ro
ro
ro

Ralf Langroth

Mauern und Lügen

THRILLER

Rowohlt Taschenbuch Verlag

2. Auflage Januar 2026
Originalausgabe
Veröffentlicht im Rowohlt Taschenbuch Verlag GmbH, Kirchenallee 19, 20099 Hamburg, September 2024

Covergestaltung Hafen Werbeagentur, Hamburg
Coverabbildung Laurence Winram / Trevillion Images; Ludwig Ehlers / ullstein bild
Karte © Peter Palm, Berlin
Satz Plantin MT Pro bei Pinkuin Satz und Datentechnik, Berlin
Druck und Bindung CPI books GmbH, Leck
ISBN 978-3-499-01495-6

Kontaktadresse nach EU-Produktsicherheitsverordnung:
produktsicherheit@rowohlt.de

MIX
Papier | Fördert gute Waldnutzung
FSC® C083411

«Niemand hat die Absicht, eine Mauer zu errichten.»

Walter Ulbricht, Staatsratsvorsitzender der DDR, auf einer Pressekonferenz in Ost-Berlin am 15. 06. 1961

«Ich bin von zwei Dingen außerordentlich beeindruckt: Erstens von der ausgezeichneten Haltung der Berliner Bevölkerung, und zweitens bin ich sehr beeindruckt davon, dass man mitten durch diese große Stadt eine solche Zone – wie soll ich sie nennen – des Schweigens oder des Todes, wie man sie nennen will, gelegt hat.»

Konrad Adenauer, Bundeskanzler der Bundesrepublik Deutschland, auf einer Pressekonferenz in West-Berlin am 22. 08. 1961

«Es ist keine sehr schöne Lösung, aber eine Mauer ist verdammt noch mal besser als ein Krieg.»

John F. Kennedy, Präsident der Vereinigten Staaten von Amerika, zu seinem Berater Kenneth O'Donnell nach dem Bau der Berliner Mauer

// PROLOG //

Berlin. Dienstag, 14. August 1945

Werwölfe! Wo mochten sie stecken?

Aus seinem Versteck, einer zerbombten Mietskaserne, glitt sein Blick über die Häuser zu beiden Seiten der Straße. Oder was von ihnen übrig war. Oft nur noch Ruinen, zerbombt, ausgebrannt, ausgeschlachtet von den Überlebenden in ihrem verzweifelten Kampf um die nackte Existenz.

Philipp Gerber schob den Stahlhelm in den Nacken und strich mit dem Ärmel seiner Uniform über seine schweißnasse Stirn. Nicht die Jagd auf die Werwölfe, die er seit Jims Tod mit Verbissenheit durchführte, trieb ihm den Schweiß auf die Stirn, sondern dieser verflucht heiße August.

Ganz Berlin stank nach Kadavern, nach erschossenen, erschlagenen, von Granaten zerrissenen Menschenleibern, die zu nichts weiter gut waren als dazu, den herrenlos gewordenen Hunden als Fraß zu dienen. Sie lagen offen herum in verödeten Gärten, auf verdorrten Wiesen, und sie verrotteten zuhauf unter den Trümmerbergen. Vielleicht, ging es Gerber durch den Kopf, gab es in der Stadt mehr Tote als Lebende.

Als gäbe es nicht schon genug Verwüstung, waren die Verblendeten, die sich Werwölfe nannten, in der Ruinenstadt unterwegs, die einmal das Herz von Hitlers Reich gewesen war. Allein der Gedanke an sie brachte Gerbers Blut in Wallung, und er musste sich zwingen, einen kühlen Kopf zu bewahren.

Vor vier Monaten hatten sie Jim erwischt. Zwei Eierhandgranaten hatten seinen Freund getötet, als sie einen Trupp Werwölfe gejagt hatten. Gerber hatte ihn noch aus dem unterirdischen Versteck der Nazibestien gezogen, um ihn ins nächste Lazarett zu bringen, aber einen Toten konnte man nicht mehr retten.

Manche bezeichneten die Werwölfe als Opfer, nicht als Täter. Opfer der Nazipropaganda, die den jungen Deutschen eingeimpft hatte, für ihren wahnsinnigen Traum vom arischen Weltreich bis zum Äußersten zu kämpfen. Nicht viele waren diesem Aufruf zu letzten Gräueltaten gefolgt, aber jeder Einzelne war eine Gefahr. Menschen, die glaubten, sie hätten nichts mehr zu verlieren, waren immer eine Gefahr. Terrorisieren und Töten, das war ihr Ziel. Sie wussten genau, was sie taten, und deshalb waren sie für Gerber Täter, keine Opfer.

Er durfte sich nicht beschweren, schließlich war er selbst bei Major Anderson vorstellig geworden und hatte seinen Vorgesetzten darum gebeten, ihn nach Berlin zu schicken. Der Hinweis eines Waffenschmugglers hatte das CIC auf die Spur der Berliner Werwölfe gebracht. Anderson, der mit Gerbers Kameraden Jim seinen Sohn verloren hatte, hatte ihm diesen Wunsch gern erfüllt. Der Major wusste, dass Gerber noch eine Rechnung offen hatte.

Die Einheit unter seinem Befehl bestand aus sechzehn Soldaten und einem blutjungen Second Lieutenant, Tom Novak, der ihm als Ersatz für Jim Anderson zugeteilt worden war. Natürlich konnte niemand Jim ersetzen, aber Gerber hatte beschlossen, Novak eine Chance zu geben.

Ein offener Jeep, auf dessen Motorhaube der weiße Stern im weißen Kreis prangte, brauste heran und umfuhr die Trümmer auf der Straße mit traumwandlerischer Sicherheit. Gerber griff nach der Thompson-Maschinenpistole, die vor ihm auf einer halb zersplitterten Kommode lag, und spähte durch eins der Fenster, in denen schon seit Monaten keine Scheiben mehr saßen, angestrengt auf die Straße. Wie er hielten auch seine Männer ihre Maschinenpistolen und Sturmgewehre schussbereit. Nicht weit vom Versteck der CIC-Einheit entfernt bremste der Fahrer ab, und seine Passagiere stiegen aus dem Wagen: drei amerikanische Offiziere. Sie riefen dem Mann am Steuer noch etwas zu und verschwanden zwischen den Trümmern auf der anderen Straßenseite, während der Jeep davonfuhr.

Nichts war geschehen, und die CIC-Männer entspannten sich wieder. Der vermeintliche Trümmerhaufen auf der anderen Straßenseite war der Eingang zur Flotten Ilse. So hieß das Kellerlokal, das sich bei den Amerikanern großer Beliebtheit erfreute. Für die Sieger war die Stadt der Trümmer und der Toten ein Paradies, in dem sie alles kriegen konnten, was das Herz begehrte. Für Dollars und Whiskey, für Zigaretten und Schokolade taten die überlebenden Deutschen alles, wirklich alles.

Lieutenant Novak huschte zu Gerber und ging neben ihm in Deckung, die Maschinenpistole in beiden Händen. «Fehlanzeige, Sir. Wie sicher ist es, dass die verfluchten Werwölfe bei der Flotten Ilse etwas vorhaben?»

«Das kann ich nicht sagen, Tom. Es ist der einzige Hinweis, den wir haben, also halten wir uns dran.»

«Ich meine ja nur, weil wir schon den vierten Abend hier auf der Lauer liegen. Die Männer werden allmählich unruhig und langweilen sich.»

«Was ihr gutes Recht ist, solange sie sich nicht dazu hinreißen lassen, aus Langeweile Mundharmonika zu spielen oder Songs von den Andrew Sisters zu singen. Dann wird sie ihre Langeweile vors Kriegsgericht bringen.»

«Gut, Sir, genau das werde ich ihnen sagen.»

Als Novak zurück zu seinem Trupp schlich, stieß der vierschrötige Sergeant McDuff, der neben Gerber lag, ein Grunzen aus. «Dem Ersten, der die Mundharmonika rausholt, breche ich die Finger, Sir.»

«Aber nicht die der Schusshand, Mac.»

Der Sergeant grinste. «Natürlich, Sir.»

Die Sonne tauchte hinter den Schutthaufen unter, als sei sie es leid, sich die Steinwüste zu betrachten. Die Straße vor ihnen lag bereits in tiefen Schatten. Ein dreiachsiger Lastwagen rumpelte die Straße entlang und hielt vor dem Kellerlokal.

Gerber sah die britische Kennung, und fünf Männer in britischen Uniformen sprangen heraus, bevor der Laster weiterfuhr. Sie verschwanden ebenso schnell im Eingang zur Flotten Ilse wie zuvor die Amerikaner.

«Der Schuppen ist bei allen beliebt, das muss man ihm lassen», flüsterte McDuff. «Bin gespannt, wann die ersten Froschfresser hier auftauchen.»

Der nächste Wagen, der das Lokal ansteuerte, war wieder ein amerikanischer Jeep. Nur zwei Männer saßen in dem offenen Wagen, und beide trugen Militärmützen. Der Mann auf dem Beifahrersitz kletterte etwas umständlich heraus.

Kaum stand er neben dem Wagen, da kam Bewegung in die Trümmerlandschaft. Dunkle Gestalten, bis gerade noch mit den Schatten verschmolzen, erhoben sich und streiften die Planen ab, mit denen sie sich so getarnt hatten, dass sie mit den Geröllhaufen eins geworden waren. Für Gerber sah es aus, als hätten sich die Toten aus dem Schutt erhoben.

Aber sie waren höchst lebendig, schwer bewaffnet und richteten ihre Waffen auf die beiden Neuankömmlinge. Denen blieb nichts anderes übrig, als überrascht die Hände zu heben.

Gerber zögerte keine Sekunde. Er brüllte den Angriffsbefehl, und die CIC-Männer stürmten aus ihrem Versteck.

Während er in geduckter Haltung auf die Straße lief, rief er den Werwölfen auf Deutsch zu: «Waffen fallen lassen und Hände hoch!»

Die Nazis, vier an der Zahl, hatten nicht vor, der Aufforderung zu folgen. Sie wirbelten herum und eröffneten das Feuer auf die CIC-Männer. Die waren schneller und in der Überzahl. Gerbers Feuerstoß traf einen jungen Mann in einer Tarnjacke, der gerade eine Stielhandgranate werfen wollte. Der Getroffene stolperte rückwärts, und die Granate in seiner Hand riss ihn in Stücke.

Die Explosion blendete Gerber für einen Moment, aber aus den Augenwinkeln nahm er eine Bewegung wahr: ein Schatten, der sich hastig entfernte, um mit der Ruinenlandschaft zu verschmelzen. Ein fünfter Werwolf!

Augenblicklich nahm Gerber die Verfolgung auf, und McDuff schloss sich ihm an.

«Was haben Sie gesehen, Sir?», fragte der Sergeant keuchend, als er Gerber einholte.

«Noch einen von der Bande.»

Sie hasteten, stolperten, kletterten durch die Trümmerlandschaft.

«Teilen wir uns auf», sagte Gerber im Flüsterton zu seinem Begleiter. «Sie nach links, ich nach rechts!»

«Ja, Sir. Seien Sie vorsichtig!»

Der Sergeant entfernte sich von Gerber, stapfte durch die Überreste eines turmartigen Gebäudes und verschwand aus seinem Blickfeld.

Auch Gerber arbeitete sich voran und wollte fast daran glauben, dass er sich den Schatten nur eingebildet hatte. Da nahm er wieder eine Bewegung wahr.

Er wischte sich mit dem Rücken der linken Hand über die Augen und nahm die Verfolgung auf, darum bemüht, möglichst leise zu sein. Vielleicht konnte er den Flüchtenden überraschen. Um ihn nicht zu warnen, unterließ Gerber es, nach McDuff zu rufen.

Ein kaum beschädigtes Haus, drei Stockwerke hoch, reckte sich vor ihm trotzig aus der Wüstenei. Der Schatten wollte es auf der linken Seite umrunden. Gerber wählte die rechte Seite und beschleunigte seine Schritte.

In geduckter Haltung lief er um das Haus, die Thompson feuerbereit in den Händen. Als er die Rückseite des Gebäudes erreichte, bog der Mann gerade um die Ecke: kaum älter als fünfzehn, spindeldürr, mit struppigen rotblonden Haaren und jeder Menge Sommersprossen in seinem sonst blassen Kindergesicht. Gerber las in seinen Zügen die nackte Panik. Den Wehrmachtskarabiner in seinen Händen schien er nur zu benutzen, um sich daran festzuhalten. Jedenfalls traf er keine Anstalten, die Waffe auf Gerber zu richten.

Der Junge blieb zitternd stehen, die weit aufgerissenen Augen auf Gerber gerichtet. Er rührte sich nicht und brachte keinen Ton heraus.

Gerber grinste ihn böse an und sagte auf Deutsch: «Klappe zu, Affe tot, wie man beim Zirkus sagt. Du hast gerade deine letzte Vorstellung gegeben.»

Die Lippen des anderen öffneten sich, und er stammelte mit leiser, unsicherer Stimme: «Sie … Sie sind … Deutscher?»

«Ich war Deutscher, bevor ihr Drecksnazis das Land übernommen habt. Solche wie du und die anderen Jäger. So nennt ihr euch doch stolz, oder? Und die Menschen, die ihr jagt, sind für euch nur Tiere, die man nach Belieben abknallen kann.»

Gerber hatte mit zunehmender Verbitterung gesprochen und

dabei an Jim gedacht, dessen Tod ihn immer wieder in seinen Albträumen heimsuchte.

«Ich bin keiner von denen!», stieß der Junge hervor, und die zitternden Hände ließen den Karabiner los, der zu Boden fiel. «Ich habe nicht auf Sie geschossen. Als es losging, bin ich weggelaufen.»

«Dann hast du mit deinem Karabiner nur einen Abendspaziergang gemacht, hm?»

«Nein.» Der andere senkte den Blick und flüsterte. «Sie waren auf einmal da. Ich bin mit ihnen gegangen, weil ich mich rächen wollte. Und weil ich allein war. Ich hatte doch keinen mehr. Vor ein paar Tagen erst. Aber ich habe niemand etwas getan, das schwöre ich.»

«Rächen? Wofür?»

«Die Russen kamen in unser Versteck. Sie haben meine Mutter und meine beiden Schwestern …» Er sprach es nicht aus, Tränen rannen über sein Gesicht. «Ich musste dabei zusehen. Die ganze Nacht. Danach …»

«Was war danach?»

«Getötet», würgte der Junge hervor. «Alle drei. Vor meinen Augen.»

Jede Kraft wich aus seinem dünnen Leib. Er sackte vor Gerber auf die Knie und schluchzte hemmungslos.

Als der Junge den Kopf hob und ihn ansah, erkannte Gerber den Blick. Er hatte ihn im Krieg häufig gesehen. Der Junge hatte mit allem abgeschlossen.

«Töten Sie mich», wisperte er mit einer dünnen Stimme, die kaum noch hörbar war. «Bitte töten Sie mich …»

Gerber richtete die Mündung seiner Maschinenpistole auf den Knienden.

--

«Was war los, Sir?», fragte ein atemloser Sergeant McDuff, als Gerber ihm entgegenkam. «Ich habe einen Feuerstoß gehört.»

«Das war der fünfte Werwolf», antwortete Gerber grimmig. «Die Ratte liegt irgendwo zwischen den Trümmern. Ein Kadaver mehr. Lassen Sie uns zu den anderen gehen, bevor es so dunkel wird, dass wir uns hier die Knochen brechen.»

Als sie zum Ort des Überfalls zurückkehrten, gab Lieutenant Novak ihnen einen Lagebericht. Zwei Werwölfe waren getötet worden, die anderen beiden waren verwundet und würden ins Lazarett gebracht werden. Der CIC-Trupp hatte zwei Leichtverwundete zu beklagen, einen Streifschuss am Arm und einen Steckschuss im Oberschenkel.

«Nichts Dramatisches», fand Novak. «Alles in allem war die Aktion ein voller Erfolg.»

Gerber zündete sich eine Camel an. «Die Sache hätte auch anders ausgehen können, wenn ich den Mann mit der Handgranate nicht rechtzeitig erwischt hätte.» Er blickte zu dem Jeep mit den beiden Männern, denen der Überfall gegolten hatte. Beide hockten auf den Vordersitzen, rauchten und blickten eher gelangweilt drein, als gehe sie das Ganze nichts an. «Was sind das für Vögel?»

«Irgendwelche Filmfritzen, Sir. Ich hatte noch keine Zeit, mich weiter um sie zu kümmern. Zumindest ist ihnen nichts passiert.»

«Immerhin», knurrte Gerber und ging zu dem Sanitätstrupp, der seine Männer versorgte. «Meine Jungs kommen vor den Nazis ins Lazarett, klar?»

«Die Deutschen sind viel schwerer verwundet», entgegnete ein Sanitäter.

Gerber starrte ihn an. «Wen interessiert das, Sarge?»

Der Sergeant nickte und gab die Order weiter.

Gerber ging zu dem Jeep, wo der Fahrer gerade über eine Bemerkung des anderen lachte. Der Fahrer trug die Ärmelstreifen eines Corporal, aber sein Begleiter, ein kleiner Mann mit rundem Gesicht und Doppelkinn, trug zwar eine amerikanische Uniform, aber, wie auch die CIC-Männer, keinerlei Rangabzeichen.

«Die Stimmung ist ja bestens», sagte Gerber hart. «Es geht doch nichts über ein ordentliches Massaker vor dem abendlichen Umtrunk. Da hat man gleich was zu erzählen.»

«Wir haben das Feuerwerk nicht bestellt», sagte der kleine Mann ohne Rangabzeichen. «Die Sache hält uns allerdings nicht davon ab, einen Schluck zu uns zu nehmen. Corporal Donovan hat mich den ganzen Tag durch Berlin kutschiert und ist entsprechend durstig. Ich gebe zu, mir geht es ähnlich bei der Hitze und dem Staub.»

«Eine Spritztour durch Berlin? Wer sind Sie überhaupt?»

Corporal Donovan machte sich kerzengerade und sah Gerber empört an. «Na, hören Sie mal, Mr. Wilder ist einer der berühmtesten Filmregisseure von Hollywood!»

«Klar doch», erwiderte Gerber mit einem breiten Grinsen. «Und ich bin der Reichsgartenbeauftragte des Führers auf der Suche nach Setzlingen für die Blumenbeete der Reichskanzlei.»

Der kleine Mann auf dem Beifahrersitz kniff die Augen zusammen und prustete vor Lachen los. «Sie sind richtig komisch. Wir beide sollten unbedingt zusammen einen trinken!»

--

Zwei Stunden später herrschte in der Flotten Ilse Hochstimmung. Das Hämmern des Klaviers, irgendein deutscher Gassenhauer, war bis nach draußen zu hören, und ebenso die etwas zu schrille Frauenstimme, die dazu trällerte. Gerber hatte sich frisch gemacht und eine saubere Uniform angezogen. Der Filmfritze hatte ihn eingeladen und wollte hier auf ihn warten. Unter den Trümmern lachte, sang und trank Berlin – oder das, was davon übrig war.

Eine nicht ganz vertrauenerweckende Steintreppe, nur beleuchtet von einem Kerzenstummel an der Wand, führte in den Keller. Am Ende der Treppe saß ein hagerer Alter mit einem Triefauge, am Leib eine viel zu große Portierslivree.

«Ist alles voll heute Abend, Captain», sagte er in einem furchtbaren Englisch. Wahrscheinlich war jeder Amerikaner für ihn ein Captain.

«Ich werde erwartet.»

Nichts in dem zerfurchten Gesicht des Alten ließ erkennen, ob er ihn verstanden hatte. Vielleicht hätte Gerber Deutsch mit ihm sprechen sollen.

«Alles voll, Captain, alles voll», sagte der Portier monoton, während in dem Lokal die Musik erstarb und von johlendem Beifall abgelöst wurde.

Gerber nahm eine Packung Wrigley's Spearmint aus der Tasche und zog einen Kaugummistreifen heraus, den er vor dem Alten auf den Tisch legte. Betont langsam fügte er einen zweiten Streifen hinzu. Kaugummi stand hoch im Kurs, nicht nur bei den Deutschen. In den Staaten hatte Wrigley's den Vertrieb aufgrund kriegsbedingter Mangelwirtschaft eingestellt. Was noch produziert wurde, ging direkt an die kämpfende Truppe in Übersee.

Ein Zucken im Gesicht des Alten sollte wohl seine Freude

bekunden. Er strich die beiden Spearmint-Streifen ein und sagte: «Bitte eintreten, Captain, ja? Bitte eintreten!»

Die Schiebetür war schwergängig, quietschte und ruckelte, als Gerber sie aufschob. Der Portier traf keine Anstalten, ihm zu helfen. Ein schwerer, muffiger Vorhang hing in Gerbers Gesicht, und er kämpfte sich durch den Stoff in das Lokal.

Eine wahrhaft atemberaubende Wolke umhüllte ihn. Der schwere Geruch von Tabak, Alkohol, Parfüm, Paraffin und erhitzten Leibern. Elektrisches Licht gab es nicht, nur Öllampen und Kerzen. Auf einer Bühne saß ein älterer Mann im zerschlissenen Frack am Klavier und nutzte die Musikpause, um ein Bierglas zu leeren. Die brünette Sängerin, die ein kurzes Glitzerkleid trug, stand am Bühnenrand und nahm den Beifall des uniformierten Publikums entgegen. Viele der Männer standen dicht vor ihr, reichten ihr Schokolade, Kekse oder Seidenstrümpfe, und dabei glitten etliche Hände über den schlanken Frauenkörper.

Der Filmfritze, Mr. Wilder, saß allein an einem Tisch, weit nach vorn gebeugt, und kritzelte etwas in ein Notizbuch. Als Gerber zu ihm trat, blickte er auf.

«Setzen Sie sich doch, Lieutenant, ich habe mir gerade eine Szene notiert. Gute Szenen kann man immer gebrauchen. Aufgepeitschte Soldaten umlagern eine Sängerin nach dem Auftritt und bejubeln sie stürmisch. Erst nach einer ganzen Weile bemerken sie, dass die Sängerin, die sie in ihrer Mitte wähnen, gar nicht mehr da ist. Schnitt, und wir sehen, dass sie längst in ihrer Garderobe sitzt und sich umzieht. Was halten Sie davon?»

Gerber nahm Platz und winkte einer Bedienung, deren Kleid nur unwesentlich länger ausfiel als das der Sängerin. «Sehr hübsch, wenn Sie die Dietrich dafür kriegen.»

«Marlene?» Wilder nickte, griff nach seinem Bleistift und

schrieb ihren Vornamen unter die eben skizzierte Szene. «Eine gute Idee, Lieutenant. Muss ich Sie eigentlich den ganzen Abend so nennen? Das sind drei lange Silben.»

«Dann sagen Sie Phil, das ist nur eine.»

«Und ich bin Billy, das sind zwei kurze.» Als sie sich die Hände reichten, fuhr Wilder fort: «Danke für die Lebensrettung, Phil. Mit dem Schießen habe ich es im Gegensatz zu Ihnen nicht so, auch wenn ich nach einem Westernhelden benannt bin. Als Kind habe ich Wildwestgeschichten geliebt, und meine Mutter gab mir den Spitznamen nach Wild Bill Hickok.»

«Dann setzen Sie sich bloß nicht mit dem Rücken zur Tür», sagte Gerber in Anspielung auf den legendären Revolverhelden Hickok, der in einem Saloon durch einen Schuss in den Hinterkopf getötet worden war.

Wilder lachte und steckte das Notizbuch ein.

Gerber ließ seinen Blick durch den verräucherten Keller schweifen. «Sind Sie öfter hier?»

«Fast jeden Abend. Hier ist eine Menge los, wie Sie sehen.»

«Die Werwölfe haben es auch gemerkt. Wenn die Ihre Vorliebe für den Laden kannten, ist mir klar, warum sie Ihnen hier aufgelauert haben.»

Die Kellnerin kam, und Gerber bestellte Bier. «Könnte ich auch etwas zu essen bekommen?»

Sie lächelte. «Ich empfehle die Bratkartoffeln.»

«Was haben Sie sonst noch anzubieten?»

«Bratkartoffeln und Bratkartoffeln.»

«Dann nehme ich die Bratkartoffeln», sagte Gerber, und Wilder schloss sich ihm an.

Der Klavierspieler hämmerte wieder auf die wehrlosen Tasten ein, und die Sängerin, die ihre eingesammelten Schätze in Sicherheit gebracht hatte, sang das Lied von der feschen Lola.

Wilder verzog das Gesicht. «Das kann Marlene wirklich besser.»

«Haben Sie sich in Hollywood kennengelernt, Sie und die Dietrich?»

«Nein, noch hier in Berlin. Bevor wir beide, unabhängig voneinander, beschlossen haben, dass wir nicht in einem Land leben wollen, in dem Schlägertrupps, die Wehrlose niederknüppeln, das höchste Kulturgut darstellen. Marlene war schon in Hollywood, als der größenwahnsinnigste Feldherr aller Zeiten in Deutschland an die Macht kam. Sie hat allen Lockangeboten von Goebbels widerstanden, heim ins Reich zu kommen. Obwohl sie mal sagte, vielleicht hätte sie den kleinen Adolf im Bett auf andere Gedanken bringen können.» Wilder trank einen Schluck. «Ich bin direkt nach der Machtübernahme weg, erst einmal 1933 nach Paris, weil mein Französisch besser war als gar kein Englisch, im Jahr darauf dann in die Staaten. Und Sie? Ihre Aussprache verrät die deutschen Wurzeln.»

«Ich bin dreiunddreißig mit meiner Familie in die Staaten gegangen.»

«Glück für Sie, Phil. Meine Eltern und andere aus meiner Familie haben es nicht geschafft. Hier in Berlin suche ich das Grab meines Vaters.»

«Mit Erfolg?»

Wilder schüttelte den Kopf. «Jede Menge Gräber und noch mehr Tote, aber meinen Vater habe ich noch nicht gefunden.»

«Und sonst? Wie nennt man Sie, wenn Sie im Dienst sind, Lieutenant Billy oder Captain Billy? Ich sehe keine Rangabzeichen an Ihrer Uniform.»

«Und ich keine an Ihrer.»

«Beim CIC ist das nicht üblich. Aber Sie gehören nicht zu unserem Verein.»

«Nein, ich bin noch nicht einmal Soldat, obwohl ich in den Diensten der U.S. Army stehe. Ich bin also einfach nur Mr. Wilder. Die Uniform trage ich, damit man mich nicht aus Versehen für einen übrig gebliebenen Nazi hält und abballert. Ich arbeite für Psychwar.»

«Psychologische Kriegsführung? Was psychologisieren Sie da?»

«Der Film ist wichtig für die Psyche der Menschen. Ich soll Konzepte für den deutschen Film der Nachkriegszeit entwickeln.» Wilder blickte sich in dem unzureichend beleuchteten Lokal um. «Obwohl Kinofilme wohl nicht das sind, was die hier am dringendsten brauchen. Erst einmal sollten Strom, Gas und Wasserleitungen wieder funktionieren.»

Die Kellnerin brachte das Bier, und Wilder hob sein Glas. «Auf die Scheißnazis, die uns hier zusammengeführt haben, Lieutenant Phil!»

Auch Gerber hob sein Glas. «Auf die Scheißnazis! Mögen sie unter den Trümmern verrotten!»

// KAPITEL 1 //

Frankfurt. Dienstag, 1. August 1961

Die Luft roch nach Kerosin und Gummi.

In seinem Rücken das Vorfeld mit geparkten Flugzeugen, auf ihren Einsatz wartenden Bussen, Tankwagen, Gangways und weiteren Gerätschaften, stand Philipp Gerber vor den Flughafengebäuden, legte den Kopf in den Nacken und suchte mit zusammengekniffenen Augen die Front aus Beton und Glas ab. Obwohl es für einen Augusttag nicht besonders heiß war, schwitzte er wie nach einem Langstreckenlauf. Am liebsten hätte er sich das Jackett vom Leib gerissen. Er hatte keine Zeit mehr.

Über ihm war bereits die Transatlantik-Maschine der Pan Am, gleich einem Riesenvogel, am Himmel aufgetaucht und setzte zur Landung an. Wenn sich die Frau am Telefon keinen schlechten Scherz erlaubt hatte, lief gerade die Uhr für einen der Passagiere ab.

Fahren Sie schnell zum Flughafen! Nach der Landung wird ein Anschlag auf General Anderson verübt!

Eine Frau mit einer kehligen Stimme, eine knappe Nachricht, die keine Nachfrage erlaubte, und dann hatte sie auch schon wieder aufgelegt.

Gerber hatte bei der Sicherungsgruppe angerufen und Erwin Sattler in kurzen Worten unterrichtet. Er hatte Sattler gebeten, die Frankfurter Polizei zu alarmieren. Dann war er im Laufschritt aus dem Hotel an der Offenbacher Landstraße gestürmt, hatte sich in den Kapitän P 2,6 geworfen, den er erst vor Kurzem gebraucht gekauft hatte, und war unter Missachtung jeglicher Verkehrsregeln zum Flughafen gerast.

Er hatte nur wenige Worte mit dem Leiter der kleinen Flughafenwache gewechselt, deren Beamte jetzt am Rand der Landebahn bereitstanden. Sie sollten den Super-Clipper abschirmen. Die Besatzung hatte über Funk Anweisung erhalten, niemanden herauszulassen, bis Entwarnung gegeben wurde.

Hätten sie nur mehr Zeit gehabt! Ausgerechnet heute kam der Nonstop-Flug aus New York dank günstiger Windverhältnisse nach weniger als acht Flugstunden an, früher als erwartet.

Gerber ließ seinen Blick unentwegt über die Mauern, Tore und Fenster des großen, ständig wachsenden Airports schweifen. Die Sonne brach durch die Wolken und wurde von Hunderten Fensterscheiben reflektiert. Er beschattete die Augen und verfluchte sich dafür, dass er die Sonnenbrille im Wagen gelassen hatte.

Den Blick auf die vielen noch fensterlosen Rohbauten zu richten, die auf Deutschlands größtem Flughafen sprossen wie Blumen auf einer Frühlingswiese, war dagegen eine Wohltat. Keine Fenster, die ihn blendeten. Nicht überall wurde gearbeitet, als gäbe es mehr Baustellen als Bauarbeiter. Tatsächlich wurde das westdeutsche Wirtschaftswunder von einem Mangel an Arbeitskräften geplagt, und man hatte Arbeiter aus Italien, Spanien und jüngst auch aus Griechenland ins Land geholt. Gastarbeiter, wie der Volksmund sie nannte, aus anderen Ländern sollten folgen.

Die Douglas DC-7 der Pan American World Airways setzte hinter Gerber unter ohrenbetäubendem Lärm auf, aber seine ganze Aufmerksamkeit gehörte einem Rohbau mit freiem Blick auf die Landebahn. Eine der Baustellen, auf der heute offenbar nicht gearbeitet wurde. Und trotzdem hatte er dort etwas aufblitzen sehen. Kurz nur, dann war es wieder verschwunden. Konzentriert richtete er seinen Blick auf die betreffende Stelle. Da war es wieder, im obersten Stock des sechsgeschossigen Gebäudes. Ein kaum wahrnehmbarer Lichtreflex. Es musste ein kleiner Gegenstand sein, ein Feuerzeug – oder ein Zielfernrohr. Gerber rannte los.

Der Pilot des Super-Clippers hatte eine saubere Landung hingelegt, und die viermotorige Douglas rollte aus, während Gerber in den Schatten des Rohbaus eintauchte. Unwillkürlich musste er an das Telegramm denken, das Hiram C. Anderson ihm vor einer Woche geschickt hatte.

BESUCHE DEUTSCHLAND MIT JUNE UND BART.
ANKUNFT FFM 1. AUGUST. KOMM BITTE. WICHTIGE
NACHRICHT FÜR DICH. ANDERSON.

Gerber hatte sich ein paar Tage freigenommen und war schon gestern nach Frankfurt gefahren, um seinen ehemaligen Vorgesetzten samt Tochter und Schwiegersohn vom Flughafen abzuholen. Ein Zusammentreffen, das nicht einer gewissen Ironie entbehrte. War June doch einmal seine Verlobte gewesen, und Bart alias Bartlett Beauville nahm jetzt den Platz ein, der einmal ihm zugedacht gewesen war.

Auf der Betontreppe nahm er mit jedem Schritt zwei Stufen, und die Gedanken an den schneidigen General, seine schöne Tochter und den ihm persönlich unbekannten Schwiegersohn lösten sich auf, je näher er seinem Ziel kam. Er trat so leise wie möglich auf, zog die FN Browning aus dem Schulterholster, lud die Waffe durch und entsicherte sie.

Ein Stockwerk trennte ihn noch von seinem Ziel. Die Luft war trocken und staubig, roch schwer nach Beton, Mörtel und Zement. Er unterdrückte den starken Hustenreiz in seiner Kehle. Auf den letzten Stufen trat er so leise auf wie ein von seiner Frau auf Diät Gesetzter, der nachts heimlich zum Kühlschrank schleicht. Der Baustaub, der unter seinen Sohlen knirschte, wollte ihn bei jedem Schritt verhöhnen.

Als er, die Dienstpistole in der Rechten, das oberste Stockwerk betrat, bestätigte sich sein Verdacht. Eine Gestalt im dunklen Overall, auf dem Kopf eine ebenfalls dunkle Ballonmütze, lag bäuchlings auf dem Boden und hatte den langen Lauf eines Gewehrs durch eine der unverglasten Fensteröffnungen auf die Landebahn gerichtet. Auf der Waffe saß ein Zielfernrohr, er hatte sich vorhin also nicht getäuscht.

«Die Hände von der Waffe und ganz langsam umdrehen!»

Die Gestalt am Fenster nahm vorsichtig die Hände von der Waffe und drehte sich bedächtig um, die behandschuhten Hände mit den Handflächen nach vorn zu ihm gestreckt. Das ovale Gesicht, aus dem ihn große, dunkle Augen anstarrten, kam ihm bekannt vor, auch wenn er es nicht einordnen konnte. Es war ein schönes Gesicht, das Gesicht einer Frau Anfang vierzig. Eine leicht gebogene Nase, ein sinnlich geschwungener Mund. Dunkle Locken lugten unter der Mütze hervor. In ihrem Blick lag Überraschung, aber keine Furcht.

Als er das Aufblitzen in ihren Augen sah, war er sofort gewarnt. Instinktiv ließ er sich fallen, und keine Sekunde später flog eine Kugel über ihn hinweg, um weit hinter ihm an einer unverputzten Mauer abzuprallen. Dann erst hörte er den Schuss.

Ein Komplize!

Gerber war so unvorsichtig gewesen, ihm direkt vor die Mündung zu laufen.

Der Schütze stand zehn oder zwölf Meter vor ihm. Ein junger Mann mit sehr kurzen Haaren und einem ausdruckslosen

Gesicht. Er trug eine dunkle Jacke und hielt in der rechten Hand eine Selbstladepistole. Die Hand senkte sich, um einen weiteren Schuss auf den jetzt bäuchlings am Boden liegenden Gerber abzugeben.

Gerber war schneller und traf den anderen in die Brust. Der schoss ebenfalls, war aber schon getroffen und verfehlte sein Ziel um einen halben Meter. Er taumelte rückwärts und stürzte durch eine Fensteröffnung ins Nichts. Gerber hörte keinen Schrei, als der Mann vom sechsten Stock in die Tiefe fiel.

Augenblicklich wirbelte Gerber zu der Frau im Overall herum, bereit, erneut zu schießen. Aber sie hockte in unveränderter Position am Boden und blickte ihn abwartend an. Ihre Hände hatte sie noch immer ausgestreckt, um ihm zu zeigen, dass keine Gefahr von ihr ausging.

Unvermittelt begann sie zu lächeln. «Danke, Sie haben mir wohl das Leben gerettet. Vielen Dank!»

Sie sprach Deutsch mit einem starken russischen Akzent, und Gerber begann zu dämmern, woher er das Gesicht kannte. Er hatte es vor vielen Jahren gesehen, im Krieg. Es war ein Foto in einem Dossier über sowjetische Scharfschützinnen gewesen. «Die Furie von Stalingrad», schoss es ihm durch den Kopf, und noch ein anderer Name tauchte aus dem Archiv seiner Erinnerungen auf: «Stalins schöne Henkerin».

Sein Blick glitt zu der Waffe, einem Mosin-Nagant-Repetiergewehr, wie es die Russen schon seit siebzig Jahren bauten. Mit einem ähnlichen Modell hatte diese Frau schon bei der Schlacht um Stalingrad auf deutsche und rumänische Soldaten geschossen. Er durfte die Russin nicht unterschätzen.

Fünf Patronen passten ins Magazin. Fünf Schüsse. Dieser Frau würde ein einziger Schuss genügen, um Gerber ins Jenseits zu befördern.

Er hielt seine Browning weiterhin auf sie gerichtet. «Ich glaube zwar, dass ich eben ein Leben gerettet habe, aber nicht das Ihre.»

«Der Mann, den Sie getötet haben … er hätte sonst mich erschossen!»

«Ihr Komplize hätte kaum auf Sie geschossen, schließlich sind Sie als ‹Heldin der Sowjetunion› ausgezeichnet worden.»

«Oh, Sie kennen mich?»

Gerber nickte. «Major Galina Walentina Markowa, geboren 1918 in Swerdlowsk, das damals noch Jekaterinburg hieß. Früher in der Roten Armee, jetzt beim KGB.»

«Sie sind gut unterrichtet.»

Die Frau lächelte und deutete eine Verbeugung an. Dabei bewegte sie sich ein kleines Stück in Richtung der Waffe.

«Bleiben Sie genau da, wo Sie sind, Major!», fuhr Gerber sie an. «Ich weiß, wie flink Sie mit dem Mosin-Nagant sind.»

«Warum sollte ich Sie töten wollen? Sie sind schließlich mein Retter! Darf ich erfahren, mit wem ich es zu tun habe?»

«Hauptkommissar Philipp Gerber vom Bundeskriminalamt.»

«Ich habe schon von Ihnen gehört, Herr Gerber. Im Krieg haben Sie für die Amerikaner gekämpft. Da waren wir Verbündete.»

«Das ist lange her. Sprechen wir lieber über die Gegenwart. Ich nehme Sie wegen versuchten Mordes vorläufig fest.»

«Wohl kaum», sagte die Russin ruhig. «Ich genieße nämlich diplomatische Immunität.»

Auf der Treppe näherten sich Schritte, und als die ersten uniformierten Polizisten im sechsten Stock des Rohbaus erschienen, hatte sich Gerber von dieser Eröffnung noch nicht ganz erholt.

Er schob die Browning zurück ins Holster, eilte die Treppe nach unten und ließ die Scharfschützin, diplomatische Immunität hin oder her, in der Obhut der Uniformierten zurück. Vergeblich versuchte er, in seinem Kopf Ordnung zu schaffen, die Fakten in einen Zusammenhang zu bringen. Hiram C. Anderson hatte seine Karriere beim Militär und damit auch beim CIC nach der unseligen Nitribitt-Affäre vor vier Jahren beendet. Warum sollte der KGB ausgerechnet jetzt auf die Idee kommen, ihn zu beseitigen?

Die Sonne hatte sich vollends durchgesetzt und blendete Gerber, als er aus dem Halbdunkel des Rohbaus ins Freie trat. Gerade wurde die Gangway zu der Douglas DC-7 geschoben. Der erste Vorfeldbus, der an einen amerikanischen Truck mit Auflieger erinnerte, rollte heran.

In Gerbers unmittelbarer Nähe scharten sich Uniformierte und Männer in Zivil um den Mann, der sechs Stockwerke in die Tiefe gestürzt war. Er lag in seltsam verrenkter Haltung, halb auf dem Rücken und halb auf der rechten Seite. Eine Armlänge neben ihm lag seine Waffe, eine sowjetische Makarow. Das Gesicht sagte Gerber auch bei eingehender Betrachtung nichts.

Er zeigte den Polizisten seine Dienstmarke, und sie stellten ihm einen feingliedrigen Mittvierziger, der sich über den reglosen Mann beugte, als Dr. Körber vor, Flughafenarzt.

«Ja, ich bin der zuständige Arzt», sagte Körber, als er sich aufrichtete und Gerber anblickte. «Aber für diesen Unglücklichen hier bin ich nicht zuständig. Der ist ein Fall für den Bestatter.»

«Des einen Unglück ist des anderen Glück», sagte Gerber frostig. «Wer auf Menschen schießt, darf sich nicht beklagen, wenn es ihn selbst erwischt.»

Gerber wandte sich an die Beamten vom zehnten Frankfurter Polizeirevier, das am Flughafen eine Außenstelle betrieb. «Konnten Sie die Identität des Toten feststellen?»

Ein Polizist reichte ihm zwei Dokumente. «Führerschein und Personalausweis lauten auf einen Horst Rechlin, 1935 in Breslau geboren, wohnhaft in West-Berlin.»

Es sah nach einem echten West-Berliner Personalausweis aus. Er war grün und nicht grau wie die westdeutschen, auch fehlte der Bundesadler auf dem Umschlag. Ausgestellt hatte ihn laut Vermerk «Der Polizeipräsident in Berlin». In beiden Dokumenten prangte das gleiche Foto, das recht eindeutig den Mann am Boden zeigte, nur ein paar Jahre jünger.

«Auf den ersten Blick wirken die Papiere echt», sagte Gerber und gab sie dem Polizisten zurück.

«Haben Sie Zweifel daran?», fragte der uniformierte Kollege.

«Ich würde mich nicht wundern, wenn der KGB oder das Ministerium für Staatssicherheit dahinterstecken. Die kriegen unsere Pässe genauso gut hin wie wir selbst.»

Ein vierschrötiger Mann bahnte sich einen Weg durch die Umstehenden und ließ sich auch von den Polizeibeamten nicht aufhalten. «Lassen Sie mich durch!», verlangte er in einem Deutsch, in dem ein starker amerikanischer Akzent mitschwang. Gerber musste zweimal hinschauen, um ihn zu erkennen. Was hauptsächlich an dem hellen Sommeranzug lag, trug er sonst doch stets eine tadellos sitzende Uniform.

«Staff Sergeant Brodie», entfuhr es Gerber, als der Mann vor ihm stand, der General Anderson loyal als Chauffeur, Koch, Butler, Gärtner und Leibwächter gedient hatte.

«Einfach nur Brodie, Captain Gerber, ich bin kein Soldat mehr. Trotzdem wollte ich es mir nicht nehmen lassen, den General und Miss June abzuholen. Man hat mich gebeten, mich während seines Aufenthalts in Frankfurt um den General zu kümmern. Aber was ist hier los?» Der Mann, der Gerber unverzagt mit seinem ehemaligen CIC-Dienstrang ansprach, sah zu dem Super-Clipper hinüber, auf dessen Gangway die ersten Passagiere erschienen.

«Ein Anschlag auf den General, wie es aussieht», sagte Gerber und deutete auf den Toten. «Ich konnte das Schlimmste gerade noch verhindern.»

Brodie grinste breit. «Wenn John Wayne mit der Kavallerie nicht rechtzeitig kommt, dann aber Captain Gerber. Danke, dass Sie zur Stelle waren!»

«Es war verdammt knapp. Kümmern Sie sich jetzt lieber um den General und seine Familie. Ich komme zu Ihnen, sobald ich kann. Wo kommt Anderson unter?»

«In seiner ehemaligen Villa am Mozartplatz natürlich. Unser alter Verein nutzt sie noch als Gästehaus.»

Er nickte Gerber zu und ging hinüber zur gelandeten Maschine. In dem Moment führten zwei Polizisten die Scharfschützin nach draußen. Einer der Männer trug das Mosin-Nagant-Repetiergewehr, das er mit einem Taschentuch am Lauf festhielt.

Gerber ging zu ihnen und sagte: «Die Waffe soll auf Fingerabdrücke untersucht werden. Wo bringen Sie die Frau hin?»

«Erst mal aufs zehnte Revier, zur erkennungsdienstlichen Behandlung», erklärte einer der beiden. «Auch wenn sie behauptet, eine Diplomatin zu sein. Sie hatte jedenfalls das hier bei sich.»

Er zog einen sowjetischen Diplomatenpass aus seiner Uniformjacke, den er Gerber reichte. Das Dokument war auf Galina Walentina Markowa ausgestellt.

Die Gleichgültigkeit in dem schönen Gesicht der Russin wandelte sich zu einem Ausdruck des Unmuts.

«Ich will den Pass wiederhaben, sofort!»

«Sofort ist nicht», erwiderte Gerber und gab den Pass dem Polizisten zurück. «Sie sind hier in Deutschland, da müssen die Behörden alles sehr sorgfältig prüfen.»

// KAPITEL 2 //

Gerber hatte das Gefühl, jemand hätte die Zeit um Jahre zurückgedreht, als Kyle Brodie ihm die Eingangstür zur Villa am Mozartplatz öffnete. Beim Läuten hatte sogar Andersons schrille Türglocke mit der *Battle Hymn of the Republic* das Haus erschüttert. Hätte Brodie Uniform getragen, wäre die Illusion einer Zeitreise perfekt gewesen.

«Sie kommen spät, Sir.»

Brodie bediente sich jetzt seiner Muttersprache, in der er sich eindeutig wohler fühlte.

«Auf dem Flughafen gab es noch einiges zu regeln.» Auch Gerber sprach Englisch, fügte aber auf Deutsch hinzu: «Papierkram.»

Brodie lächelte verstehend und zeigte zu Gerbers Wagen, den er vor dem Haus geparkt hatte. «Immer noch ein schwarzer Opel Kapitän, wie ich sehe.»

«Nur ein neueres Modell. Dafür haben Sie Ihre schmucke Uniform gegen einen schicken Anzug eingetauscht.»

«Ich bin jetzt Geschäftsmann. Mir gehört hier in Frankfurt ein Jazz-Club. Na ja, ich bin Teilhaber, um ehrlich zu sein.»

«Doch nicht etwa ...»

«Ja, das Fun Spot am Opernplatz.» Brodie, ein begnadeter Jazz-Trompeter, lächelte etwas verlegen. «Jazz ist nun mal mein Ding. Und in all den Jahren habe ich mich so an Frankfurt gewöhnt, dass es für mich eine zweite Heimat geworden ist. Aber es ist auch schön, noch einmal in diesem Haus General

Anderson und Miss June zu beherbergen. Die Umstände könnten allerdings etwas erfreulicher sein.»

Bei den letzten Worten blickte er zu den beiden Uniformierten, die aufgrund des Vorfalls am Flughafen vor der Villa Wache hielten. Der Sergeant und der Private First Class der US-Militärpolizei hatten auch Gerber überprüft, als er das Grundstück betreten hatte. Ihr grün-weißer Ford Taunus 17M, wegen seiner rundlichen Form allgemein Badewannen-Taunus genannt, parkte vor Gerbers Kapitän.

Im Hausflur blieb Brodie stehen und blickte sich suchend um. «Zu meiner Zeit lag hier immer eine Kleiderbürste griffbereit. Wenn Sie verzeihen, Captain, aber man sieht Ihrem Anzug die Aufregungen dieses Tages an.»

Gerber sah an sich hinunter und bemerkte erst jetzt die vielen Flecken auf seinem anthrazitfarbenen Anzug.

«Das mit der Bürste ist eine gute Idee, Brodie. Ich werde daran denken, wenn ich das nächste Mal auf eine Baustelle laufe, um ein Attentat zu verhindern.»

Brodie fand die gesuchte Kleiderbürste und sogar eine Schuhbürste, und Gerber brachte mithilfe des ehemaligen Staff Sergeant seine äußere Erscheinung in eine einigermaßen vorzeigbare Form.

Im Salon saßen General Anderson, seine Tochter und sein Schwiegersohn bei Bourbon und Kaffee. Gerber entschied sich für einen Bourbon, der ihm nach der Aufregung guttun würde.

Hiram C. Anderson wuchtete seinen kräftigen Körper aus dem Sessel, reichte Gerber eine Hand und klopfte ihm mit der anderen auf die Schulter.

«Gut, dich zu sehen, Phil. Ich kenne zwar weder die Hintergründe noch die Einzelheiten, aber es sieht ganz so aus, als hättest du mir am Airport die Haut gerettet. Ich danke dir!»

Er trug einen leichten, taubenblauen Dreiteiler, und das wirkte an ihm ebenso falsch wie der helle Sommeranzug an Kyle Brodie. Gerber kannte den ehemaligen CIC-Offizier fast nur in Uniform. Der General hatte noch seinen militärisch wirkenden Bürstenhaarschnitt, und das Schnarren seiner Reibeisenstimme verriet, wie sehr er das Befehlen gewöhnt war. Die Vorstellung, dass alles, was Andersons Leben in den vergangenen Jahrzehnten ausgemacht hatte, für ihn bedeutungslos geworden war, erschien Gerber befremdlich. Ein Hiram C. Anderson, der seine Zeit im Schaukelstuhl verbrachte und John Steinbeck las, war ein surreales Bild.

«Philipp ist immer wieder unser rettender Engel, vor vier Jahren schon und jetzt wieder», sagte June, die neben ihrem Mann auf einem Sofa saß, das bei Gerbers letztem Besuch in der Villa noch nicht hier gestanden hatte. In ihrem ärmellosen, gepunkteten Bleistiftkleid, das ihren schlanken Leib in fast verbotener Perfektion eng umhüllte, strahlte sie eine lässige Eleganz aus, die dem ernsten Anlass nicht recht angemessen erschien. Aber bei der Wahl ihrer Reisekleidung hatte sie gewiss nicht daran gedacht, in einen Anschlag auf das Leben ihres Vaters verwickelt zu werden.

Bartlett William Beauville erhob sich und reichte Gerber auch die Hand. «Ich schließe mich dem Dank meines Schwiegervaters an, Mr. Gerber, wenn ich in der ganzen Angelegenheit auch noch viel unwissender bin als er. Diese ganze Geheimdienstwelt ist mir so unverständlich wie einem Texas-Cowboy die Schafzucht.» Er war schlank, aber nicht hager, und einen halben Kopf kleiner als Gerber. Die randlose Brille und der dunkle Anzug ließen ihn seriös wirken, aber sein offenes Gesicht verhinderte, dass die Seriosität in Strenge umschlug.

«Und so soll es auch bleiben», fügte June hinzu, als sie aufstand und seinen linken Ellbogen mit beiden Armen umklammerte. «Schließlich habe ich einen Harvard-Dozenten geheiratet und keinen Haudrauf.»

Das belustigte Funkeln ihrer Augen verriet, dass sie Gerber mit der Bezeichnung als Haudrauf nicht beleidigen wollte. Es war ihre eigene Art, mit der ungewöhnlichen Situation umzugehen, dass sich ihr Ehemann und ihr Ex-Verlobter gegenüberstanden.

Gerber winkte ab und ließ sich in einem Sessel nieder. «Genug der Dankesreden. Ich hatte einfach das Glück, zur richtigen Zeit am richtigen Ort zu sein. Und das auch nur, weil ich kurz vorher einen Hinweis erhalten hatte. Sonst wäre die Sache ganz anders ausgegangen.»

Er nippte an seinem Bourbon und genoss den Geschmack, weich und würzig zugleich. Es sollte bei dem einen Glas bleiben, wenn er einen klaren Kopf behalten wollte.

Während sich June und ihr Mann wieder setzten, fragte der General: «Was für ein Hinweis, Phil?»

Gerber erzählte von dem Anruf in seinem Hotel.

Anderson fuhr mit der Hand über seine kurzen Haare, wie um die Gedanken in seinem Kopf zu ordnen. «Eine Frau, sagst du. Wer …»

«Sie hat sich nicht vorgestellt. Von der Stimme her, die sehr kehlig klang, würde ich sie eher jünger als älter einschätzen. Sie sprach Hochdeutsch ohne Akzent. Und das ist auch schon alles, was ich sagen kann.»

«Soweit ich gehört habe, soll es sich um zwei Attentäter handeln. Was weißt du über sie?»

Gerber räusperte sich und sah zu June und Bartlett Beauville hinüber.

June beugte sich zu ihrem Mann hinüber und sagte im verschwörerischen Ton: «Ich glaube, jetzt wird es dienstlich. Nichts, was für die Ohren von Normalsterblichen bestimmt ist. Was hältst du von einem Spaziergang durch den lauen Sommerabend, Liebling? Ganz in der Nähe ist ein hübscher Park.»

«Eine gute Idee», fand Anderson. «Aber nehmt einen der beiden MPs mit, nur zur Sicherheit.»

June machte ein unglückliches Gesicht. «Die beiden sollen dich bewachen, Dad, nicht uns.»

«Ich habe ja noch Phil und Brodie, die auf mich aufpassen.»

«Aber mit einem MP im Genick wird der Spaziergang nicht besonders romantisch werden.»

«Dafür aber besonders sicher. Also tut mir den Gefallen. Und nehmt euch Zeit. Geht unterwegs ruhig etwas essen.»

June stand auf und zog Beauville mit sich vom Sofa. «Komm, Bart, das nennt man einen Rauswurf erster Klasse.» Sie grinste ihren Vater an. «Wir werden uns ein teures Lokal aussuchen und dir die Rechnung präsentieren, Dad.»

Er grinste zurück. «Einverstanden, June. Es geht ohnehin von deinem Erbe ab.»

Als die beiden den Salon verlassen hatten, zog Anderson ein schmales Zigarrenetui aus braunem Leder hervor. «Möchtest du, Phil?»

Gerber hob abwehrend die Hand und griff nach seiner Camel-Packung. «Danke, General, ich bleibe bei meinen eigenen. Ich bin halt eine treue Seele.»

«Das bist du in der Tat. Ohne dich würde ich jetzt vielleicht die Englein singen hören.» Der General kappte das Mundstück seiner Zigarre mit dem Cutter, der in einem Extrafach des Etuis gesteckt hatte. «Oder die Teuflein, auch gut möglich. Wir beide haben nicht nur Dinge getan, die Petrus in sein goldenes Buch der guten Taten eintragen würde, stimmt's?»

Gerber griff nach seinem Zippo aus schwarzem Stahl und gab dem General Feuer. «Im Krieg herrschen andere Gesetze, und genau genommen hat der Krieg für Menschen wie uns nie wirklich aufgehört.»

Anderson nahm die glimmende Zigarre aus dem Mund, stieß den Rauch aus und lachte rau. «Das stimmt, dafür hat Onkel Joe schon gesorgt.»

«Sogar bis über den Tod hinaus», sagte Gerber, nachdem er sich eine Camel angezündet hatte. «Und wenn nicht er selbst, dann seine schöne Henkerin.»

Sein Gegenüber wirkte irritiert. «Was willst du damit sagen, Phil?»

«Stalins schöne Henkerin, so hat man sie genannt. Oder auch die Furie von Stalingrad. Im Krieg war sie eine Heldin, ein richtiges Aushängeschild der Roten Armee. Sie erinnern sich bestimmt an die vermutlich beste Scharfschützin der Sowjets, Galina Walentina Markowa, nach dem Krieg erst für das MGB und dann für den Nachfolger KGB als Ausbilderin tätig. Nicht nur als Ausbilderin, wie manche Quellen behaupten, sondern auch im Feld. Wie dem auch sei, jedenfalls hielt Major Markowa ihre bevorzugte Waffe, das Mosin-Nagant, in den Händen, als ich sie heute auf dem Airport überrascht habe.»

Anderson war ein Mann, den nichts so leicht aus der Fassung bringen konnte, aber während Gerber gesprochen hatte, war der Ausdruck des Erstaunens auf dem Gesicht des Generals immer größer geworden. Um ein Haar hätte er seine Zigarre ausgehen lassen.

«Du schaffst es immer wieder, mich zu überraschen, Phil. Und Onkel Joe auch, falls er mir seine Henkerin aus dem Grab auf den Leib gehetzt hat. Du hast ihr also gegenübergestanden. Ist sie wirklich so schön, wie man sagt?»

«Schön, gefährlich und eiskalt», erwiderte Gerber und berichtete die Einzelheiten seines Zusammentreffens mit der Scharfschützin.

Der General hörte ihm schweigend zu, zog hin und wieder an der Zigarre und streifte die Asche nur selten an einem Aschenbecher aus schwerem, grünem Glas ab. Auch als Gerber geendet hatte, blieb er noch eine Weile in sein Schweigen versunken. Seine sonst so wachen Augen waren halb geschlossen, und sein Blick schien durch Gerber hindurchzugehen.

«Heldin der Sowjetunion, das ist sie doch, nicht wahr?», fragte er schließlich leise, während er weiterhin in sich hineinzuhorchen schien.

«Ja, im Krieg hat man ihr diese Auszeichnung verliehen. Eine von vielen.»

«Weit über dreihundert Tötungen, meine ich mich zu erinnern.»

«Dreihundertsechsundsechzig bestätigte.» Gerber beugte sich vor und drückte den Stummel seiner Camel im Aschenbecher aus. «Zählt man die hinzu, für die es keine Zeugen gibt, dürften es noch ein paar Hundert mehr sein. Welcher Scharfschütze hat schon immer einen Augenzeugen zur Hand, wenn er auf der Lauer liegt? Zweitausend sowjetische Frauen haben im Krieg den Job gemacht, und Galina Markowa war von allen die erfolgreichste. So mancher Offizier von Wehrmacht und Waffen-SS geht auf ihr Konto. Ein Militärhistoriker hat mal geschrieben, ohne sie wäre die Schlacht um Stalingrad vielleicht anders ausgegangen.»

«Ein hübsches Bonmot», sagte der General mit versteinertem Gesicht. «Aber nach Stalingrad hat sie im Krieg keine Rolle mehr gespielt, wenn ich mich nicht irre.»

«Sie wurde schwer verwundet, kurz bevor Paulus mit seiner

sechsten Armee kapitulierte. Nach ihrer Genesung ist sie zwar befördert und mit Ehrungen überhäuft worden, aber an die Front durfte sie nicht mehr zurück, obwohl sie danach verlangte. Sie war für die Sowjets zu wertvoll geworden und wurde nur noch hinter der Front eingesetzt, als Propagandawaffe und zur Ausbildung neuer Scharfschützen. Ein Job, den sie nach Kriegsende nahtlos fortgeführt hat. Als sie nach ihrer Verwundung nicht an die Front zurückkehrte, schickte man sie sogar auf eine Propagandatournee durch die Vereinigten Staaten. In den Zeitungen stand damals, sie habe Freundschaft mit Eleanor Roosevelt geschlossen. Die Scharfschützin und die First Lady oder so ähnlich lautete die Schlagzeile.»

«Du bist gut über sie unterrichtet, Phil.»

«Die Geschichte hat mich schon damals fasziniert.»

Gerber zündete sich noch eine Zigarette an und verfiel, als Anderson nichts weiter sagte, seinerseits in tiefes Schweigen. Im Geiste machte er eine Zeitreise, sieben Jahre in die Vergangenheit. Im Sommer 1954 war er wegen der Affäre Otto John in Berlin gewesen, und er war im berüchtigten Stasi-Untersuchungsgefängnis Hohenschönhausen gelandet. Damals hatte man ihm eine Zigarette angeboten, die ganz anders schmeckte als die würzige, aber nicht zu kräftige Camel: eine Papirossa. Der Machorka, der grobe Bauerntabak, verlieh der Papirossa ihre eigentümliche Wirkung. Kein Glimmstängel für Feingeister, aber Gerber hatte die Papirossa genossen. Im U-Boot, wie man das unterirdische Gefängnis auch nannte, das die Sowjets gebaut und dann der ostdeutschen Staatssicherheit überlassen hatten, war eine Zigarette für einen Häftling wie ein Lotteriegewinn. Auch wenn sie einem von Pjotr Nikolajewitsch Semjonow angeboten wurde, damals Oberst in der ersten Hauptabteilung des KGB, der Auslandsaufklärung. Gerber sah den großen, drahtigen Oberst vor sich sitzen, als wäre es gestern gewesen, und hörte ihn in seinem gebrochenen Deutsch sagen: «Schafott immer ist gutes Ende.»

«Semjonow ist ein gefährlicher Mann.» Andersons Worte holten Gerber in die Gegenwart zurück, und er blickte den General erstaunt an. Der lachte kurz auf. «Komm schon, Phil, es war nicht schwer, deine Gedanken zu lesen. Ich war immerhin dein Vorgesetzter. Natürlich hast du an Pjotr Semjonow gedacht. Er kam mir gleich in den Sinn, als du die Markowa erwähnt hast. Sie ist oder war seine Geliebte.»

«Ich habe so etwas läuten hören. Daher musste ich an meine Begegnung mit Semjonow denken.»

«Dass er befördert wurde, wirst du wissen.»

«Natürlich. Zum Generalmajor und zum Chefresidenten des KGB in Ostdeutschland.»

«Dann wirst du dir denken können, welche Frage mich bewegt.»

«Ja, Sir. Weshalb setzt der KGB die Furie von Stalingrad auf Sie an? Geheimdienstleiter bringen sich in der Regel nicht gegenseitig um, sie haben Wichtigeres zu tun. Außerdem befinden Sie sich seit fast vier Jahren im Ruhestand.»

«Korrekt. Mein Tod wäre für die Sowjets ohne jeden Nutzen.»

Gerber beugte sich in seinem Sessel vor und starrte den General durchdringend an. «Wäre er das wirklich? Oder hätte Ihr Tod in der aktuellen Situation sehr wohl einen Nutzen für die Roten?»

«Wie sollte er? Ich verstehe deine Anspielung nicht.»

«Berlin», sagte Gerber gedehnt, während er sich wieder zurücklehnte. «Seit Monaten geht es um Berlin. Chruschtschow setzt die westlichen Regierungen mit seinen Forderungen und

Drohungen unter Druck. Er will den Status West-Berlins ändern, will es zur Freien Stadt erklären. Die vier Siegermächte sollen, wenn es nach ihm geht, möglichst bald einen Friedensvertrag mit Deutschland schließen.»

Ein grimmiges Lächeln zeigte sich auf Andersons Miene. «Was dein alter Freund Adenauer mit allen Mitteln verhindern will.»

«Er ist nicht mein Freund.»

«Aber du verhältst dich so.» Anderson wischte mit einer unwilligen Handbewegung den Rauch der Zigarre beiseite, der vor seinem Gesicht aufstieg. «Wie auch immer, Adenauer scheut den Friedensvertrag wie der Teufel das Weihwasser.»

«Weil er die westlichen Siegermächte nicht aus ihrer Verantwortung für Berlin entlassen will. Wenn sich Großbritannien, Frankreich und die Vereinigten Staaten auf Chruschtschows Spiel einlassen, erhält letztlich Ostdeutschland die Kontrolle über ganz Berlin. Und was Ostdeutschland tut oder lässt, das bestimmt der große Bruder Chruschtschow.» Gerbers Kehle war vom vielen Reden rau geworden, und er trank noch einen Schluck Bourbon. «Der Streit um Berlin spitzt sich zu, und immer mehr Ostdeutsche suchen Zuflucht in West-Berlin. Mit Wirkung vom heutigen Tag hat General Clarke die Ausgangs- und Urlaubsregeln für die in Deutschland stationierten US-Truppen verschärft. Wie hat er es doch so hübsch formuliert?»

«Wenn wir eines frühen Morgens Krieg haben, können wir nicht in jedem deutschen Wirtshaus unseren Soldaten hinterhertelefonieren», sagte Anderson. «So oder ähnlich hat der gute Bruce es ausgedrückt.»

«Eine erstaunlich offenherzige Formulierung für den Oberbefehlshaber in Europa. Er gibt damit zu, jederzeit mit einem Krieg gegen die Sowjets zu rechnen.»

«Genau das ist seine Aufgabe. Er wäre ein schlechter Oberkommandierender, wenn er das nicht täte.»

«Es ist wohl kaum seine Aufgabe, sein Herz auf der Zunge zu tragen. Wenn er das so deutlich sagt, hat er auf jeden Fall mit McNamara Rücksprache gehalten.»

Der General deutete mit dem glühenden Ende der Zigarre auf Gerber. «Vorsicht, Phil, leg unserem Verteidigungsminister nichts in den Mund!»

«Vor ziemlich genau einem Monat hat Chruschtschow dem britischen Botschafter in Moskau mit der atomaren Vernichtung Großbritanniens gedroht. Fast zeitgleich hat der US-Luftwaffengeneral White im Fernsehen ganz offen seine Befürchtung geäußert, dass der Streit um Berlin Auslöser eines Atomkriegs werden könnte.»

«Der kurz zuvor in den Ruhestand getretene General White», korrigierte Anderson.

«Meinetwegen. Jedenfalls standen Ost und West noch nie so nahe am Abgrund eines Krieges wie jetzt. Genau zu diesem Zeitpunkt kommen Sie, ein weiterer General im Ruhestand, zurück auf Ihr altes Wirkungsfeld, zurück nach Westdeutschland, Sir. Sie erwarten doch nicht ernsthaft, dass ich das für einen Zufall halte.»

«June hat mich wirklich gebeten, ihr und Bart Frankfurt und noch ein wenig mehr von Deutschland zu zeigen.»

«Ich will Ihnen gern glauben, dass Sie das Angenehme mit dem Nützlichen verbinden, Sir. Aber vergessen Sie nicht Ihr eigenes Telegramm, in dem Sie von einer wichtigen Nachricht für mich sprechen!»

«Ich wollte, dass du auch wirklich nach Frankfurt kommst, Phil.»

«Jetzt bin ich da, und ich frage mich, ob diese Nachricht etwas mit dem Anschlag zu tun hat. Vielleicht wollte jemand verhindern, dass ich diese Nachricht erhalte. Oder geht es darin nicht um den KGB?»

«Doch, das tut es. Es ist eine unangenehme Geschichte, die viele Interessen berührt. Deshalb erzähle ich dir alles ganz unter uns. Nichts von dem ist eine offizielle Mitteilung an dich oder das BKA. Klar?»

«Klar.»

«Nun gut, dann ...»

Weiter kam Anderson nicht, weil die Türglocke die *Battle Hymn of the Republic* durchs Haus schmetterte.

// KAPITEL 3 //

Berlin war eine Stadt, die einfach nicht zur Ruhe kam, dachte Eva, als sie die Hotelpension am Kurfürstendamm verließ. Damit meinte sie nicht die vielen Geschäftsreisenden und Touristen, die in einer Unbeschwertheit über den Kudamm flanierten, als sei dieser zwar etwas zu kühle, aber sonnige Sommernachmittag für die Ewigkeit und als gäbe es keine Berlin-Krise, keinen neuen drohenden Krieg zwischen den Siegermächten, die vor mehr als fünfzehn Jahren gemeinsam gegen Nazi-Deutschland gekämpft hatten.

Sie beneidete die Menschen um diese Leichtigkeit, die ihr fernlag. Dazu wusste sie zu viel über die internationale Lage, und sie hatte zu viel Schlimmes erlebt, gerade hier in Berlin. Sieben Jahre war es her, dass ihr Vater bei dem Versuch, von Ost-Berlin in den Westteil zu gelangen, getötet worden war. Eva hatte bei dem Fluchtversuch geholfen, und sie hatte keinen Zweifel daran, dass man sie verhaften und vor Gericht stellen würde, sobald sie einen Fuß auf Ost-Berliner Boden setzte. Deshalb vermied sie den Transitverkehr über ostdeutsches Gebiet und kam nur mit dem Flugzeug nach Berlin. Auch heute, als sie ein paar Stunden zuvor mit einer Maschine der British European Airways, gestartet in Köln-Wahn, auf dem Flughafen Tempelhof gelandet war.

Wie schon so oft sah sie vor sich, was an jenem regengeschwängerten Tag im August 1954 geschehen war. Sie sah ihren Vater, der, von den Kugeln der Vopos getroffen, kurz vor dem Grenzübergang zum britischen Sektor zusammenbrach.

Sie wäre bei ihm geblieben, hätten Philipp und Erwin Sattler sie nicht in Richtung Grenze gezerrt. Sie sah wieder die britischen Militärpolizisten mit ihren schussbereiten Waffen und hörte ihre auf brüchigem Deutsch ausgestoßenen Rufe: «Lauft! Lauft!» Philipp, Sattler und Eva hatten es geschafft, aber Evas Vater war im Ostsektor zurückgeblieben, nur wenige Meter entfernt und doch unerreichbar. Tot. Und der Regen war auf ihn niedergegangen.

Die Erinnerung war so eindringlich, dass sie den Regen zu spüren glaubte. Bis ihr bewusst wurde, dass es tatsächlich zu regnen begonnen hatte. Die Wolken, die vorhin noch ganz vereinzelt über den Berliner Himmel gezogen waren, hatten sich zusammengeballt und ließen einen satten, warmen Regen auf die Köpfe der Flanierenden prasseln. Kaum jemand hatte einen Schirm dabei, auch Eva nicht. Die Leute auf dem Kudamm drängten eilig in die Geschäfte und Lokale.

Während Eva noch überlegte, ob sie in die Pension zurückgehen und an der Rezeption nach einem Schirm fragen sollte, hielt eine schwarze Chrysler-Limousine neben ihr, ein Taxi, und der Chauffeur ließ das Seitenfenster hinunter. Aus einem gemütlichen, breiten Gesicht, das von einem gewaltigen Schnauzbart beherrscht wurde, blickten sie etwas zu kleine Augen an.

«Wollen Sie mitfahren, Fräulein?» Der Mann griff an den Schirm seiner Mütze und schob sie ein Stück weit in den Nacken. «Ist doch besser, als nass zu werden.»

Eva schüttelte den Kopf. «Nein, danke.»

«Na, dann nicht.» Er schloss das Fenster wieder und reihte sich in den fließenden Verkehr ein.

Sie ging bis zur nächsten Ecke, an der gleich zwei Taxen auf Kundschaft warteten, und klopfte an das Seitenfenster des vorderen Wagens. Ein Opel-Modell, wie Philipp es früher gefahren hatte.

Der Fahrer senkte eher widerwillig die *Bild-Zeitung*, hinter der er sich verschanzt hatte. Ein schmales, spitzes Gesicht sah sie an, und endlich zeigte er mit dem Daumen über die Schulter auf die Rückbank. Eva setzte sich in den Fond des Wagens und strich mit einer routinemäßigen Bewegung ihren leichten Sommermantel glatt.

Der klein gewachsene Mittvierziger vor ihr faltete die Zeitung grob zusammen, legte sie auf den Beifahrersitz und drehte sich zu ihr um.

«Wohin soll's gehen?»

«Marienfelde.»

Er lachte trocken. «Sie wollen doch nicht etwa zum Aufnahmelager? Sie sehen nicht aus, als kämen Sie von drüben.»

«Ob Sie's glauben oder nicht, genau dahin möchte ich.»

«Na schön, ist ja Ihr Geld.»

Er ließ den Wagen an und setzte den Taxameter in Gang.

Eva öffnete ihre Handtasche, um Zigaretten und Feuerzeug hervorzuholen. Sie zündete sich eine Overstolz an, lehnte sich zurück und versuchte, sich zu entspannen.

Vermutlich war der andere Taxifahrer, der sie eben angesprochen hatte, so harmlos, wie er aussah. Aber in Berlin musste man vorsichtig sein, besonders, wenn man auf der Fahndungsliste der Staatssicherheit stand. Menschen über die Sektorengrenze in den Osten zu entführen, um ihnen dort den Prozess zu machen, war eine übliche Stasi-Praxis. Sie verspürte nicht die geringste Lust, ihr Leben hinter Zuchthausmauern zu verbringen oder es gar unter dem Fallbeil zu verlieren.

Still lachte sie in sich hinein, als sie über sich selbst nachdachte, und das nicht zum ersten Mal. Ausgerechnet sie, von manchen respektvoll, von anderen aber auch verächtlich «die rote Eva» genannt, musste sich davor hüten, in die Hände der Kommunisten zu fallen. Es klang wie ein schlechter Witz.

Oder wie Philipp erst kürzlich zu ihr gesagt hatte: «Du selbst bist der beste Beweis dafür, dass du auf der falschen Seite stehst.»

Wie so oft hatte sie ihm nicht zustimmen können, obwohl er nicht ganz unrecht hatte. Die Gesellschaftsform, für die sie eintrat, war die richtige, aber die Menschen waren zu schwach, zu menschlich vielleicht, um mit ihr umzugehen. Sie klang schon wie eine Rednerin auf einem SED-Parteitag, rief sie sich selbst zur Ordnung. Geschwollene Worte, oft nicht mehr als leere Hülsen, vorgetragen in einer Weise, die keinen Widerspruch duldete.

Es war gut, dass Philipp sie immer wieder erdete und sie an die vielen Dinge erinnerte, die hinter dem Eisernen Vorhang verkehrt liefen. Im Gegenzug war sie ein steter Dorn in seinem Fleisch, wurde nicht müde, ihm die Fehler und Risiken jener Politik der starken Westbindung aufzuzeigen, die Konrad Adenauer so vehement vertrat. Der Konfrontationskurs mit dem Osten, auf dem Adenauer die noch junge Bundesrepublik Deutschland hielt, führte zu einem ständigen Funkenflug, dem leicht ein tödliches Feuer entspringen konnte.

Vielleicht würde sich das bald ändern. Im September würden die Westdeutschen zum vierten Mal ihre Stimmen für den Bundestag abgeben, und möglicherweise würde der ewige Kanzler Adenauer dann endlich Geschichte sein. Die SPD hatte mit Willy Brandt, dem Regierenden Bürgermeister von Berlin, einen starken Herausforderer aufgestellt. Einen Mann mit modernen Ansichten, dessen Stimme in der großen Politik wie auch beim viel zitierten kleinen Mann Gehör fand.

Der Wahlkampf ging in seine heiße Phase, und die Straßen waren von Wahlplakaten gesäumt. Auch die Straßen, durch die Evas Taxi fuhr, obwohl die West-Berliner keine Stimmen für den Bundestag abgeben durften. Hier wurden die Abgeordneten nicht gewählt, sondern vom Berliner Parlament entsandt und besaßen weder im Bundestag noch im Bundesrat Stimmrecht.

Im Gegensatz zur Bundesrepublik betrachteten die westlichen Siegermächte West-Berlin nicht als westdeutsches Bundesland, und keine der beiden Seiten hatte ein Interesse daran, diesen Konflikt offen auszutragen. Vor diesem Hintergrund hielt Eva Chruschtschows Vorschlag, West-Berlin zu einer Freien Stadt zu erklären, für eine Idee, über die man nachdenken sollte. Vielleicht gelang es auf diese Weise, den Konflikt um Berlin zu entschärfen.

Das Taxi hielt am Straßenrand, und der Fahrer sagte: «Da vorn ist das Lager, nicht zu verfehlen. Vorfahren können wir nicht bei dem Auflauf. Als gäb's hier frische Schrippen umsonst und nicht bloß die Freiheit.»

Nicht bloß die Freiheit! Die schnoddrige Bemerkung klang ihr noch im Ohr, als sie aus dem Wagen stieg. Aberdutzende Menschen drängten sich auf der Straße zusammen und begehrten Einlass in das Lager. Ihnen bedeutete die Freiheit weit mehr als ein paar frische Schrippen. Eine Freiheit, die ihnen im Osten verwehrt wurde.

Seitdem Chruschtschow in der Berlin-Frage wieder verstärkten Druck auf die Westmächte ausübte, stiegen die Flüchtlingszahlen an. Mehr als tausend Menschen kamen jeden Tag nach Marienfelde, dem größten von mehreren Aufnahmelagern. Einige trugen Taschen und Koffer, während andere nur die Kleider hatten, die sie am Leib trugen. Sie hatten Angst, durch irgendwelches Gepäck aufzufallen und von den Vopos an der Sektorengrenze zurückgehalten zu werden, auch wenn die Grenze zwischen dem Ostteil Berlins und dem Westen offen war.

Berlin war für viele Ostdeutsche die einzig verbliebene Möglichkeit, in den Westen zu gelangen. Die DDR hatte die innerdeutsche Grenze ebenso abgeriegelt wie die Grenze ihres Gebiets zu West-Berlin. Die Grenze zwischen Ost- und West-Berlin war der Flaschenhals, durch den der Weg in die Freiheit führte. Das Anschwellen der Flüchtlingswelle war ein großes Thema in den Medien, national wie international. Aber war es im Osten wirklich so schlimm für die Menschen, wie Teile der Presse und des Rundfunks es darstellten?

Eva war nach Berlin gekommen, um mehr über die Motive jener Menschen herauszufinden, die es mit solcher Macht in den Westen zog, dass sie ihr bisheriges Leben, ihre Freunde und oft auch ihre Familie dafür zurückließen. Dahinter steckten menschliche Schicksale, die vielleicht für eine große Hintergrundgeschichte taugten. Für diese Geschichte wollte sie hier recherchieren – und für sich selbst, zur Ausräumung ihrer eigenen Zweifel.

Der Regen wurde schwächer, doch für die Menschen, die sich vor dem Eingang des Lagers zusammendrängten, spielte es kaum eine Rolle. Sie hätten dort auch ausgeharrt, wenn sich Sturzbäche auf sie ergossen hätten. Das Lager war ein großer, von außen unübersichtlich wirkender Komplex aus mehrgeschossigen Betonbauten, die im Lauf der letzten zehn Jahre entstanden und immer wieder durch Anbauten erweitert worden waren. Für die Flüchtlinge aus dem Osten schien es gar nicht Platz genug geben zu können.

Eva war nicht die einzige Journalistin vor Ort. Auf den ersten Blick sah sie ein Kamerateam des Fernsehens, zwei Radioteams sowie mehrere Reporter und Fotografen der Presse. Nicht alle Flüchtlinge waren davon angetan. Viele drehten sich weg, wollten ihr persönliches Schicksal nicht mit der Öffentlichkeit teilen oder vielleicht ihre im Osten zurückgebliebenen Angehörigen nicht unnötig gefährden.

Auch Eva hatte bei den Ersten, die sie am Rand der Gruppe ansprach, kein Glück. Sie wandten sich von ihr ab oder starrten sie einfach an, ohne auf ihre Fragen einzugehen. Sie verübelte es ihnen nicht. Alle, die sich hier versammelt hatten, um Einlass zu erhalten, standen unter großem Druck, und die Fragen der Reporter waren eine zusätzliche Belastung.

«Wenn Sie möchten, Fräulein, können Sie mit mir quatschen», hörte sie dicht hinter sich eine leicht näselnde Männerstimme. «Mir ist hier ziemlich langweilig, und vielleicht haben Sie ja auch eine Zigarette für mich.»

Eva drehte sich um und sah sich einem hageren, mittelgroßen Mann Ende vierzig gegenüber. Er trug eine abgewetzte leichte Jacke, deren Knopfleiste er angesichts der sommerlichen Temperaturen nicht geschlossen hatte, darunter ein kariertes Hemd und eine Latzhose. Die klobigen Schuhe hatten schon bessere Zeiten gesehen, ebenso die speckige Schiebermütze. Sein einziges Gepäckstück war eine lederne Aktentasche, die schon ein paar Jahrzehnte auf dem Buckel zu haben schien.

Als Evas Blick auf die ausgebeulte Tasche fiel, sagte er: «Stullen und eine Flasche Limo habe ich dabei, aber nichts zu rauchen.»

Eva spendierte ihm eine Overstolz, gab ihm Feuer und sagte, während er den ersten Zug genoss: «Sie sehen aus wie jemand auf dem Weg zur Arbeit, nicht auf dem Weg in ein neues Leben.»

Langsam ließ er den Rauch durch die Nase entweichen. «Das ist ja der Trick. Ich wollte die Vopos am Grenzübergang nicht mit der Nase darauf stoßen, dass ich nicht wiederkomme. Aber ich bin Grenzgänger, na ja, auf Abruf. Jedenfalls wissen die Vopos, dass ich immer so aussehe. Ich bin auch genau zu der Zeit rüber, zu der ich jeden Tag zur Spätschicht nach Zehlendorf muss. Da bin ich Vorarbeiter in einer Möbelfabrik. Seit kurz nach dem Krieg arbeite ich da, und seit sechs Jahren bin ich jetzt Schieber. Ist eine gute Arbeit, wissen Sie.» Er zog wieder an der Zigarette.

Schieber war ein Jargonausdruck für einen Vorarbeiter, aber den Ausdruck Grenzgänger auf Abruf hatte Eva noch nie gehört, und sie fragte den Mann danach.

«Na, ich soll doch kündigen, hat mir der Bürgermeister gesagt.»

«Wieso?»

«Sie sind Reporterin, oder?»

«Ja. Eva Herden ist übrigens mein Name.»

Er lupfte seine Mütze für den Bruchteil einer Sekunde. «Klenke, mein werter Name, Willi Klenke aus Großbeeren.»

Eva gab ihm die Hand. «Ich freue mich, Sie kennenzulernen.»

«Gleichfalls.» Er hatte den kräftigen Händedruck eines Arbeiters. «Als Reporterin werden Sie doch gehört haben, dass die Regierung, also unsere im Osten, den Grenzgängern das Leben in letzter Zeit immer schwerer macht. Die wollen halt, dass wir drüben bleiben, und jetzt hat es mich eben auch erwischt. Ich habe wohl ein paarmal den Mund zu weit aufgemacht, wenn mir etwas nicht gepasst hat, und da hatten sie mich auf dem Kieker. Unser Bürgermeister hat mich vorgeladen, und ein Polizist war auch dabei. Zuerst haben sie meinen Ausweis einkassiert, und dann haben sie verlangt, dass ich meine Arbeit in der Möbelfabrik kündige. Aber mit Willi Klenke springt man so nicht um. Ich habe denen gesagt, dass unsere Gesetze mir garantieren, dass ich mir meinen Arbeitsplatz selbst aussuchen kann.» Er zog wieder den Rauch ein.

«Und dann, Herr Klenke?»

«Nur in der DDR, hat der Bürgermeister gesagt, nur dort kann ich mir einen Arbeitsplatz aussuchen. Und der Polizist hat mir noch gesagt, dass ich mir in Zossen einen neuen Ausweis holen soll. Einen, mit dem ich nicht mehr nach West-Berlin rübermachen kann. Und man würde im Volkswirtschaftsplan nachschauen, wo ich mich um eine neue Arbeitsstelle bewerben könnte. Ich habe geantwortet, dass das unmöglich ist. Mein Vertrag mit der Firma hier ist ja mal gültig, so viel steht fest. Und solange ich den nicht ordnungsgemäß kündige, kann ich wohl kaum woanders anfangen. Man kann mich behördlicherseits doch nicht zwingen, vertragsbrüchig zu werden, habe ich denen gesagt.»

«Wie war die Reaktion?»

«Sie haben mich aus dem Raum geschickt, um sich zu beraten. Als sie mich wieder reingerufen haben, habe ich meinen Ausweis zurückgekriegt mit der Maßgabe, dass ich meine Stellung in der Fabrik bis zum Ende der Woche kündigen soll.» Er stieß ein heiseres Lachen aus. «Das war gestern gewesen, und heute bin ich hier. Willi Klenke, neuer Westbürger in Erwartung, oder wie man das sagen soll.» Sein Blick ging hinüber zum Eingang des Lagers, und seine Augen umwölkten sich leicht. «Nicht, dass die hier noch wegen Überfüllung schließen oder mich ablehnen. Schließlich bringt nicht jeder, der in den Westen kommt, einen sicheren Arbeitsplatz mit.»

«Was ist mit Ihrer Familie?»

Klenke warf den Zigarettenstummel auf den nassen Asphalt und schüttelte den Kopf. «Meine Frau ist vor vier Jahren gestorben, Tuberkulose. Ich habe noch eine Tochter in Königs Wusterhausen. Ihr Mann arbeitet bei der Stadt, ist so ein Hundertfuffzigprozentiger, wissen Sie. Bevor die in den Westen geht, fragt eher der Ulbricht euren Adenauer, ob er in die CDU eintreten darf.»

Das Gespräch mit Willi Klenke schien den Bann gebrochen zu haben, und weitere Flüchtlinge waren plötzlich bereit, Eva ihre Geschichten zu erzählen. Sie sprach mit einem Maurer, einem Tapezierer, einer Lehrerin und einer Näherin, mit einer jungen Mutter, die ein kleines Kind im Kinderwagen dabeihatte und verzweifelt auf ihren Mann wartete, und mit einer vierköpfigen Familie.

Schließlich war ihr Kopf so voller eindringlicher Schicksale, dass sie es an der Zeit fand, sich ausführliche Notizen zu machen. Als sie mit dem Taxi hergekommen war, hatte sie ein Café bemerkt, einen knappen Kilometer entfernt. Ein guter Ort, ein Kaffee würde ihr guttun. Sie war erst wenige Schritte gegangen, als ein hellblauer Renault heranrollte und neben ihr hielt. Alarmiert durch das Ost-Berliner Kennzeichen, trat sie augenblicklich zwei Schritte zurück und musterte die beiden Insassen skeptisch. Da war wieder das unbehagliche Gefühl von vorhin, als das Taxi auf dem Kudamm neben ihr gehalten hatte.

Am Lenkrad des Renault saß ein Mann in einer schwarzen Lederjacke, Ende dreißig oder Anfang vierzig, mit ausdruckslosem Gesicht, der sich kaum für sie zu interessieren schien. Er war offenbar nur der Fahrer. Aber die Frau auf dem Beifahrersitz, eine Rothaarige um die dreißig, blickte Eva durch die vom Fahrer hinuntergelassene Scheibe interessiert an.

«Fräulein Herden, wir würden gern mit Ihnen sprechen.»

«Warum?», fragte Eva zurückhaltend. «Ich kenne Sie nicht.»

Die Rothaarige lächelte. «Entschuldigung, ich war sehr

unhöflich. Ulrike Vogt, stellvertretende Leiterin des Referats Presse im Ministerium für Bauwesen. Der Herr neben mir heißt Richard Geisbach. Möchten Sie sich vielleicht zu uns in den Wagen setzen, damit wir uns besser unterhalten können?»

Diese Frage ließ die Alarmsirene in Evas Kopf so laut schrillen, dass es beinah wehtat. Gleichzeitig lief vor ihrem inneren Auge ein Film ab: Sie setzte sich in den Wagen, die Frau oder der Fahrer jagte ihr eine Betäubungsspritze in den Arm, der Mann trat aufs Gaspedal, und eine halbe Stunde später befand sich die «Staatsfeindin» Eva Herden schon in einem Ost-Berliner Gefängnis.

«Kein Interesse», sagte Eva kalt. «Wer sich zur Stasi ins Auto setzt, kann es oft genug erst auf der anderen Seite der Grenze wieder verlassen.»

Die Frau, die sich Ulrike Vogt nannte, lachte und strich dabei eine rote Locke aus dem Gesicht. «Aber, aber, wenn wir Sie entführen wollten, wären wir doch nicht so dumm, einen Wagen mit Ostkennzeichen zu benutzen.»

«Vielleicht ist das gerade der Trick.» Während sie sprach, sah sich Eva nach allen Seiten um, konnte aber keine Komplizen der beiden entdecken, die sich bereithielten, um sie gegen ihren Willen in den Renault zu verfrachten. «Ich wüsste nicht, was ich mit Ihnen zu besprechen hätte.»

«Für eine Journalistin sind Sie erstaunlich wenig neugierig», fand die Rothaarige.

«Oder erstaunlich wenig lebensmüde.»

«Wir können uns gern an einem neutralen Ort unterhalten.»

Eva überlegte kurz. «Da vorn ist ein Café, da treffen wir uns zu einem Gespräch unter vier Augen. Ihr Begleiter darf gern im Auto warten.»

«Also gut.»

Vogt nickte dem Fahrer kurz zu, und der Renault setzte sich in Bewegung.

Ja, Eva war neugierig, aber als sie dem Wagen nachblickte, waren ihre Gefühle gemischt.

--

«Herr Hanisch!», rief Gerber erstaunt, als Brodie den Besucher in den Salon führte. Er hatte den Mann vor vier Jahren kennengelernt, als es im Zuge der Affäre Nitribitt darum gegangen war, eine Bande von Eisenbahnspringern dingfest zu machen. Zu Anderson sagte er: «Darf ich vorstellen? Kriminalkommissar Klaus Hanisch vom Raubdezernat der Frankfurter Polizei.»

«Inzwischen Oberkommissar», sagte Hanisch, während er Gerber die Hand gab. «Und auch nicht mehr beim Raub, sondern bei der Abteilung für Sonderaufgaben.»

«Oh», presste Gerber hervor. «Dann haben Sie Warnkes Nachfolge angetreten.»

Die Erinnerungen an seinen ehemaligen Freund Harald Warnke waren alles andere als angenehm, und er verdrängte sie schnell wieder.

«So ist es», antwortete Hanisch und nahm den Platz an, den General Anderson ihm anbot. Er ließ sich von Brodie einen Kaffee bringen, aber den Bourbon lehnte er ab. Mit einem unglücklichen Gesicht sagte er: «Die Sache am Flughafen ist eine sehr dubiose Affäre. Aber das ist wohl normal, wenn Sie darin verwickelt sind, Herr Kollege.»

Bei den letzten Worten sah er Gerber an, bevor er die Krawatte glatt strich, die sich über seinem Bauchansatz nach oben bog.

Gerber ignorierte die Anspielung und sah ihn gespannt an. «Was hat Major Markowa ausgesagt?»

Hanisch breitete in einer Geste der Hilflosigkeit die Arme aus. «Nichts.»

«Dann müssen Sie sie im Verhör härter anfassen!»

«Das wird kaum gehen, da sie sich nicht länger in unserem Gewahrsam befindet.»

«Wieso ...»

Bevor Gerber weitersprechen konnte, sagte Hanisch: «Ihr Diplomatenpass ist echt. Wir mussten sie freilassen.»

«Dann hat sie wohl ihr Scharfschützengewehr eingepackt und ist fröhlich aus dem Präsidium marschiert», versetzte Gerber.

«Das Gewehr haben wir noch. Laut ihrer Aussage gehört es ihr nicht.»

«Haben Sie es schon auf Fingerabdrücke überprüft?», fragte Anderson.

«Wozu?», erwiderte Gerber. «Die Markowa trug Handschuhe. So leicht werden wir sie nicht drankriegen.»

«Wir haben ihr gar keine Abdrücke abgenommen», sagte Hanisch.

«Natürlich nicht», knurrte Gerber. «Es könnte ja ihre Diplomatenehre verletzen.»

«Ich musste sie mit Samthandschuhen anfassen. Kaum hatte ich sie im Verhörraum, da rief auch schon Herr Littmann bei mir an.»

Gerber nickte. «Der Herr Polizeipräsident hat Ihnen wohl damit gedroht, Ihnen kräftig auf die Füße zu treten, wenn Sie die Dame nicht standesgemäß behandeln.»

«So ungefähr», seufzte Hanisch. «Fragen Sie mich nicht, woher er das mit dem Diplomatenpass wusste. Von mir jedenfalls nicht.»

Deprimiert leerte Gerber sein Glas und bedauerte seinen Entschluss, es bei einem Bourbon zu belassen.

«Was ist mit dem Toten, diesem Horst Rechlin?»

«Seine Fingerabdrücke waren nicht an dem Mosin-Nagant. Aber auf dem Flughafenparkplatz stand ein Lloyd Arabella, den er gestern Nachmittag in einem Autohaus an der Hanauer Landstraße gemietet hat. Derzeit suchen wir die Frankfurter Hotels und Pensionen danach ab, ob Rechlin oder Frau Markowa sich dort eingemietet hatten, bislang ohne Erfolg.»

«Sind seine Papiere echt?»

«Sagen wir, sie sind sehr gut gefälscht.»

«Also wohnt kein Horst Rechlin unter der Adresse, die in seinen Papieren steht.»

«Doch. Die Kollegen von der West-Berliner Kripo haben schon mit ihm gesprochen. Der Horst Rechlin, der dort gemeldet ist, ist Jahrgang 1920 und seit der Panzerschlacht von Kursk kriegsversehrt. Er hat nur noch ein Bein.»

// KAPITEL 4 //

Der Regen hatte ganz aufgehört, als Eva den Treffpunkt erreichte. «Café am Eck» stand in verschnörkelter Schrift über dem Eingang, was nicht ganz stimmte, war die nächste Ecke doch mehr als hundert Meter entfernt. Auf der gegenüberliegenden Straßenseite parkte der hellblaue Renault mit dem Ost-Berliner Kennzeichen. Der Fahrer hatte das Fenster auf seiner Seite halb nach unten gekurbelt und rauchte. Kurz streifte sein Blick Eva, dann sah er wieder geradeaus. Der Beifahrersitz war leer.

Eva betrat das Café und wurde mit dem *Babysitter-Boogie* begrüßt, der aus einem Radio hinter der Theke plärrte. Als sich ihre Augen an das Halbdunkel gewöhnt hatten, erspähte sie die rothaarige Frau an einem abseits gelegenen Tisch. Sie hatte eine Tasse vor sich stehen und nickte Eva so freundlich zu, als seien sie alte Bekannte oder gar Freundinnen. Eva konnte nicht einmal sagen, dass die Frau aus dem Osten ihr unsympathisch war. In ihren Zügen lag etwas Forsches, Suchendes, das Eva an sich selbst erinnerte.

Es war stickig hier drin, und Eva hängte den Mantel an die Garderobe, bevor sie an den Tisch trat.

«Schön, dass Sie gekommen sind», sagte die Frau, als habe sie nicht wirklich damit gerechnet. «Was möchten Sie trinken? Selbstverständlich sind Sie eingeladen.»

«Nimmt man hier Ostmark?», fragte Eva spitz, als sie sich der anderen gegenüber niederließ. Augenblicklich kam sie sich dumm und überheblich vor und bereute das Gesagte.

«So viel Westmark kriege ich schon noch zusammen», erwiderte die Rothaarige mit ihrem fast schon penetranten Lächeln und winkte der Kellnerin zu, die müde heranschlurfte.

Eva bestellte einen Kaffee und wandte sich wieder ihrem Gegenüber zu. «Also, Frau Vogt, wer von uns macht den ersten Zug?»

«Ich natürlich, schließlich habe ich Sie angesprochen.» Die Rothaarige nahm etwas aus ihrer Handtasche und schob es über den Tisch. «Bitte sehr.»

Es war ein Ausweis, demzufolge Ulrike Vogt Mitarbeiterin der Pressestelle im DDR-Ministerium für Bauwesen war. Vermutlich war er sogar echt.

Eva gab ihn zurück.

«Ich verstehe immer noch nicht, was Sie von mir wollen.»

«Sie sind eine bekannte Journalistin, Fräulein Herden. Eine, die dem Sozialismus zugeneigt ist. Sie mögen nach Berlin gekommen sein, um über diese leidige Flüchtlingswelle zu schreiben, die von der West-Propaganda ausgelöst wurde. Aber vielleicht möchten Sie auch etwas Positives berichten. Die sozialistische Bautätigkeit macht große Fortschritte, getragen durch den Leistungswillen der Werktätigen in der Hauptstadt und in der ganzen DDR.»

«Noch ein paar von Ihren sozialistischen Standardsätzen, und ich kann den Tiefschlaf nicht länger bekämpfen.» Die Kellnerin servierte Eva den Kaffee, und danach fuhr sie fort: «Sagen Sie mir doch einfach, was Sie von mir wollen.»

«Wir möchten Sie dafür gewinnen, eine unserer Baubrigaden für ein paar Tage zu begleiten, um über deren Arbeit, die Motivation in der Brigade und die dadurch ermöglichte Leistung zu schreiben, Fräulein Herden. Sie könnten den sozialistischen Aufschwung hautnah erleben.»

«Warum gerade ich?»

«Sie genießen in der BRD und darüber hinaus einen guten Ruf, sind unabhängig und haben ein Herz für den Sozialismus. Als ich hörte, dass Sie in Berlin sind, habe ich mir gesagt: Eva Herden ist genau die Richtige für diese Aufgabe. Ich habe mich ins Auto gesetzt, und hier bin ich.»

«Sie haben schnell mitbekommen, dass ich in Berlin bin.»

«Jemand auf dem Flughafen hat sie erkannt.»

Dieser Jemand war vermutlich ein Spitzel mit der besonderen Aufgabe, Passagierlisten der Berlinflüge an die Stasi zu übermitteln.

Eva war versucht, von ihrem Kaffee zu trinken, unterließ es aber. Vielleicht hatte Vogt die Kellnerin bestochen, etwas hineinzuschütten. Stattdessen dachte sie über das Angebot nach.

«Und wann soll das losgehen?», fragte sie.

«Am besten schon morgen. Die Flüchtlingswelle sorgt für so viel negative Berichterstattung im Westen, dass wir dem gern etwas entgegensetzen möchten.»

«Ich soll also Hofberichterstattung für die DDR machen.»

«Ganz und gar nicht. Sie sind vollkommen frei in dem, was Sie schreiben. Jedenfalls, so weit die Westpresse eine freie Berichterstattung zulässt.»

Eva blickte nachdenklich aus dem Fenster in Richtung des Aufnahmelagers.

«Fräulein Herden, ich sehe Ihnen Ihre Unzufriedenheit an. Was stört Sie an meinem Angebot?»

«Der Umstand, dass Ihre Baubrigaden nicht in West-Berlin bauen. Wie soll ich dann eine von ihnen bei der Arbeit begleiten?»

«Sie können doch jederzeit über die Grenze kommen.»

«Aber nicht wieder zurück. Seit der Sache mit meinem Vater damals dürfte ich auf Ihrer Fahndungsliste stehen.»

Ulrike Vogt nickte verständnisvoll. «Sie sprechen von dem missglückten Fluchtversuch Ihres Vaters, bei dem er den Tod gefunden hat.»

«Bei dem er von Ihren Vopos vor meinen Augen ermordet wurde, ja.»

«Ich möchte den Vorfall nicht weiter bewerten, da haben wir wohl unterschiedliche Ansichten. Doch ich kann Ihnen versichern, dass Sie das Staatsgebiet der DDR so frei wieder verlassen können, wie Sie es betreten haben. Wir sind doch nicht rachsüchtig.» Als Eva nichts erwiderte, sondern sie nur zweifelnd ansah, fuhr Vogt fort: «Sie haben mein Wort darauf.»

«Nehmen Sie es nicht persönlich, aber das genügt mir nicht.»

«Was verlangen Sie dann?»

Eva beugte sich vor und sah der Rothaarigen tief in die Augen.

«Ich will ein von Herrn Scholz unterzeichnetes Schriftstück. Eine offizielle Einladung der DDR an mich, über das ostdeutsche Bauwesen zu berichten. Mit der Zusicherung freier Berichterstattung und der Garantie, dass ich das Staatsgebiet der DDR jederzeit ungehindert wieder verlassen darf. Darin steht ausdrücklich, dass ich keinerlei Anklage oder Strafverfolgung seitens der DDR ausgesetzt werde und dass die DDR mich auch nicht an andere Länder ausliefern wird.»

Ernst Scholz war der ostdeutsche Minister für Bauwesen, der tatsächliche oder angebliche Dienstherr von Ulrike Vogt.

Für ein paar lange Sekunden erwiderte diese Evas Blick mit ernster Miene. Dann brach sie in ein so lautes Lachen aus, dass ein paar andere Gäste verwundert zu ihnen herübersahen.

«Für wen halten Sie sich, Fräulein Herden, für Farah Pahlavi oder Golda Meir?»

Eva lehnte sich wieder zurück und blieb ernst.

«Mitnichten, dann bräuchte ich dieses Schriftstück nicht, sondern besäße diplomatische Immunität.»

«Ich lasse Ihnen gern eine offizielle Einladung seitens meines Vorgesetzten im Pressereferat zukommen, aber ein Schreiben von Minister Scholz, noch dazu mit so umfassenden Garantien, das können Sie vergessen.»

«Das dachte ich mir.» Eva öffnete ihre Handtasche und entnahm dem Portemonnaie ein paar Münzen, die sie neben ihren nicht angerührten Kaffee legte. «Ich übernehme die Rechnung, damit Ihrem Ministerium keine Kosten für nichts entstehen. Es war sehr interessant, Ihre Bekanntschaft zu machen.»

Als sie sich erhob, um zur Garderobe zu gehen, hielt Vogt sie am Handgelenk fest.

«Warten Sie! Sie sind eine knallharte Frau, was?» Eva erwiderte kühl ihren Blick. «Also gut, ich werde mich bemühen, Ihre Bedingung zu erfüllen, Fräulein Herden. Wie kann ich Sie erreichen?»

«Ich denke, mich zu finden, wird Ihr kleinstes Problem sein.»

Eva streifte ihren Mantel über und trat hinaus auf die Straße, wo die Sommerluft nach dem Regen von vorhin roch. Sie lenkte ihre Schritte zur S-Bahn-Station Marienfelde. Das war ihr jetzt angenehmer als ein Taxi, bei dem sie sich Sorgen machen musste, ob es sie nicht gegen ihren Willen in den falschen Teil Berlins brachte.

Sorgen machte sie sich allerdings auch so. Selbst wenn Ulrike Vogt das verlangte Schriftstück beibrachte, das Ganze roch nach einer krummen Tour, nach einer Falle. Aber dass man sich so sehr um Eva bemühte, hatte ihre journalistische Neugier geweckt. Da steckte mehr hinter, und was das war, konnte sie nur herausfinden, wenn sie auf das ungewöhnliche Angebot einging. Bis dahin würde sie an ihrer Reportage über das Notaufnahmelager arbeiten.

Ein Blick über die Schulter zeigte ihr, dass Vogt grade in den Renault stieg. Vermutlich waren sie und ihr Begleiter Eva vom Kudamm bis nach Marienfelde gefolgt. Auf der Rückfahrt würde ihnen das kaum gelingen, dachte sie und ging auf den S-Bahnhof zu.

// KAPITEL 5 //

«Das hat uns nicht wirklich weitergebracht», sagte General Anderson, nachdem Oberkommissar Hanisch gegangen war. «Die Spur der Attentäter endet bei einem Autohaus an der Hanauer Landstraße.»

Gerber schüttelte den Kopf. «Ich würde sagen, sie führt nach Berlin. Da ist Major Markowa als KGB-Agentin und Geliebte oder ehemalige Geliebte von Generalmajor Semjonow, und da ist diese falsche Adresse des vorgeblichen Horst Rechlin in West-Berlin. Ich vermute, er arbeitet für die Stasi und hat der Markowa in dieser Angelegenheit als Handlanger gedient.»

Anderson goss sich noch einen Bourbon ein, trank aber nicht davon, sondern sagte ein einziges Wort: «Smersch.»

«Gibt es schon seit 1946 nicht mehr.»

Der General stieß ein dröhnendes Lachen aus. «Ist dafür aber noch sehr aktiv und hätte mich heute fast umgebracht, wärst du nicht gewesen.»

Gerbers Gedanken waren wieder in dem Flughafen-Rohbau, und er dachte daran, wie knapp die Sache ausgegangen war.

«Ich brauche jetzt doch noch etwas Gutes aus Kentucky.» Er griff nach der Bourbonflasche, und beide genehmigten sich einen Schluck. «Totgesagte leben länger, das gilt nicht nur für Menschen, sondern auch für Geheimorganisationen.»

Der Begriff Smersch setzte sich aus den Wörtern «Smert Schpionam» zusammen, russisch für «Tod den Spionen». So hatten die Sowjets ihre Sonderabteilung für die Spionageabwehr im Krieg genannt. Im Jahr 1946 als selbstständige Organisation aufgelöst, war es Smersch gelungen, innerhalb der verschiedenen sowjetischen Dienste weiter zu bestehen und war gegenwärtig als Dritte Hauptverwaltung des KGB aktiv.

Gerber genoss es, als der Kentucky-Whiskey langsam durch seine Kehle rann und sich ein beruhigendes Gefühl in ihm ausbreitete.

«Wenn jemand dem Slogan ‹Tod den Spionen› zur Geltung verhelfen kann, dann die Markowa. Aber warum gerade jetzt, General? Welche Nachricht haben Sie für mich? Sie sind kaum nur deshalb nach good old Germany zurückgekehrt, um mit Tochter und Schwiegersohn eine hübsche Besichtigungstour zu unternehmen.»

«Der eigentliche Grund ist die Auflösung unseres alten Vereins, Phil. Nenn es meinetwegen auch Umstrukturierung, wie man es höheren Ortes tut.»

Ein für ihn seltener Anklang von Wehmut schwang in Andersons Stimme mit. Gerber war darüber nicht verwundert, war Anderson doch so viele Jahre lang leitendes Mitglied im CIC gewesen, und jetzt wurde die Organisation mehr oder weniger abgewickelt. Die hohen Tiere in Washington, allen voran Verteidigungsminister Robert McNamara, hatten die Gründung eines neuen militärischen Geheimdienstes beschlossen, der Defense Intelligence Agency, kurz DIA, weil ihnen die Strukturen und Methoden des im Zweiten Weltkrieg verwurzelten CIC überaltert erschienen.

Bei dem Gedanken daran verspürte auch Gerber einen Hauch von Wehmut. Zwar hatte er dem CIC schon vor Jahren den Rücken gekehrt, aber er fühlte sich noch verbunden mit der Truppe, mit der er zurück nach Deutschland gekommen war, dem Land seiner Kindheit und Jugendzeit. Er dachte an Jim Anderson, den Sohn des Generals, der für Gerber ein guter Kamerad und ein enger Freund gewesen war. Nach all den Jahren schmerzte ihn Jims Tod noch immer.

Er riss sich von den Kriegserinnerungen los und konzentrierte sich wieder auf den General, der offenbar gar nicht so sehr im Ruhestand war, wie er vorgab.

«Jetzt verstehe ich es allmählich. Sie sind zum Großreinemachen zurück nach Deutschland gekommen, Sir. Sich um Sachen kümmern, die noch aufgeräumt werden müssen, bevor das CIC in die DIA übergeht. Akten schließen. Oder vielleicht auch verschwinden lassen?»

«So in der Art», erwiderte der General. «Aber ich bin tatsächlich auch gekommen, um dich zu warnen, mein Junge. Der enge Schulterschluss, den deine Leute seit Kurzem mit Gehlen üben, könnte leicht nach hinten losgehen. Wie mir zu Ohren gekommen ist, bist du mitten im Geschehen.»

Gerber griff erneut nach dem Bourbonglas, um seine Überraschung angesichts dieser Eröffnung zu verbergen.

«Ich weiß nicht, worauf Sie anspielen», sagte er schließlich.

«Mach keine Scherze mit mir, Phil. Mir ist bekannt, dass Gehlen euch gegenüber seit einiger Zeit den Wolf im Schafspelz spielt. Informelle Zusammenarbeit und Austausch von Informationen zwischen dem BND und der Sicherungsgruppe. Du kennst ihn doch besser, als dir lieb ist. Traust du ihm wirklich über den Weg?»

General Reinhard Gehlen, Leiter des Bundesnachrichtendienstes, dem westdeutschen Auslandsgeheimdienst, war nach Gerbers Ansicht skrupel- und gewissenlos. Er war Gehlen in den vergangenen Jahren mehrmals begegnet, und das hatte den Ex-Wehrmachtsgeneral nicht einen Deut sympathischer werden lassen. Gehlen tat alles, um seine Macht zu stärken, und es war ein offenes Geheimnis, dass er den BND am liebsten zu einem allumfassenden Geheimdienst ausgebaut hätte, der im Inland wie im Ausland tätig war.

Anderson hatte recht: Kürzlich hatte Gehlen den Kontakt zur Sicherungsgruppe des BKA intensiviert und eine Zusammenarbeit in Fällen angeregt, für die ein Einsatz außerhalb wie innerhalb der bundesdeutschen Grenzen notwendig war. Grenzüberschreitende Spionageabwehr nannte sich das Konzept. Die inländische Spionageabwehr betrieb zwar das Bundesamt für Verfassungsschutz, aber dessen Exekutivorgan war die Sicherungsgruppe.

«Natürlich findet in gewissen Fällen ein Informationsaustausch mit dem BND statt, die amerikanischen Dienste tauschen sich doch auch untereinander aus.»

Gerber blieb bewusst vage, wollte sich von Anderson nichts aus der Nase ziehen lassen.

«Unsere Dienste machen sich oft genug gegenseitig das Leben schwer, das weißt du doch genau, Phil. Gerade das CIC und die CIA trauen einander nicht über den Weg, was sicher auch ein Grund für McNamara war, dem CIC den Saft abzudrehen. Aber das ist doch bei euch und dem BND nicht anders. Deshalb wundert es mich umso mehr, dass du dich in Kürze mit Felfe, dem Leiter des BND-Referats Gegenspionage Sowjetunion, zu einem persönlichen Gespräch treffen willst. Gerade du! Du und Gehlen, ihr seid doch wie Hund und Katze!»

Gerber musste einsehen, dass er verloren hatte. Der General war fast besser informiert als zu seinen aktiven Zeiten. Es stimmte, Gerber hatte am übernächsten Tag einen Termin in München mit Heinz Felfe.

«Ich hätte auf diese Aufgabe liebend gern verzichtet», sagte er.

«Aber Gehlen selbst hat den Wunsch geäußert, dass ich als Verbindungsmann fungiere.»

«Und was glaubst du, warum er das getan hat? Weil du ihm so sehr ans Herz gewachsen bist?»

Die Ironie tropfte aus jedem von Andersons Worten, aber er hatte ja recht. Genau diese Frage hatte Gerber sich mehr als einmal gestellt.

«Meinen Sie, er spielt ein schmutziges Spiel?»

«Wenn ich den Namen Gehlen schon höre, denke ich an nichts anderes als an ein schmutziges Spiel.»

«Aber die Amerikaner arbeiten eng mit ihm zusammen, haben ihn und seine ganze Organisation finanziert und damit erst aufgebaut.»

«Weil er seit seiner Zeit bei der Wehrmacht als Experte für die Ostaufklärung und strikter Gegner der Roten gilt. Ein strammer Antikommunist zu sein, ist heutzutage das beste Arbeitszeugnis. Weißt du, was vor ein paar Jahren Präsident Truman gesagt hat, als er auf Gehlens, hm, nennen wir es moralische Defizite angesprochen wurde?» Als Gerber mit den Schultern zuckte, fuhr Anderson fort: «Truman sagte, es sei ihm egal, ob der Kerl Ziegen fickt. Wenn er uns nützlich ist, wird er von uns benutzt.»

«Was ich an den Amerikanern immer geschätzt habe, ist ihr Pragmatismus», ächzte Gerber und nippte an seinem Bourbon. «Ich weiß aber immer noch nicht, weshalb Sie mich sprechen wollten, Sir.»

«Gerade deshalb, Phil. Ich schätze dich sehr, und daher möchte ich nicht, dass du in eine Schweinerei reingezogen wirst, in der du untergehst.»

«Ich glaube, in diesem Fall wissen Sie mehr als ich.»

«Weil du schon vom CIC weg warst, als die Operation Campus startete.» Anderson beugte sich zu ihm vor und senkte die

Stimme, als würde das etwas bewirken; die Villa wurde seit jeher regelmäßig auf Wanzen untersucht. «Die Operation begann 1954, im Jahr nach deinem Wechsel zur Sicherungsgruppe. Wir haben damals beschlossen, die Org zu unterwandern, weil wir Gehlen ebenso wenig getraut haben wie den lieben Kollegen von der CIA.»

Gerber schnippte mit Daumen und Mittelfinger. «In dem Jahr haben wir uns in Camp Nikolaus getroffen, im Zuge der Affäre John. Sie haben mir damals weisgemacht, das CIC wolle bessere Beziehungen zur Org knüpfen.»

«Genau das habe ich Gehlen auch weisgemacht. Ich wollte ihm ein wenig Sand in die Augen streuen, während wir mit der Unterwanderung begannen. Daher mein Besuch in Pullach.»

In Pullach bei München lag die Zentrale des BND sowie zuvor die des Vorläuferdienstes, der Organisation Gehlen, schlicht Org genannt. Der Spitzname Camp Nikolaus rührte daher, dass man das Gelände an einem sechsten Dezember bezogen hatte. Obwohl es sieben Jahre her war, stand Gerber sein Besuch dort deutlich vor Augen. Es war ein beeindruckendes Areal, eine abgeschlossene Welt, in der Reinhard Gehlen herrschte wie ein König über sein kleines Reich.

«Die Operation Campus zu starten, war eine unserer besten Ideen», fuhr Anderson fort. «Wir sind dadurch einigen Dingen auf die Spur gekommen, die Gehlen nicht gerade in dem Licht des Meisterspions zeigen, als der er sich so gern sieht. Nicht nur wir haben nämlich den BND unterwandert, sondern auch der Russe. Wir haben ein paar von Gehlens wichtigsten Leuten im Verdacht, für die Kommis zu spionieren. Einer davon ist Heinz Felfe. Oder Hans Friesen, wie sein Deckname ist. Deshalb, Phil, wollte ich dich warnen, ganz im Vertrauen. Offiziell gibt es die Operation Campus gar nicht, aber ich wollte dich nicht ins offene Messer laufen lassen. Du hast mir damals bei Rebeccas Tod aus der Patsche geholfen, von deinem Einsatz heute ganz zu schweigen.»

Rebecca war der Name, den Rosemarie Nitribitt oft benutzt und den auch Anderson für sie verwendet hatte. Aber das ging Gerber nur beiläufig durch den Kopf.

Was ihn viel mehr beschäftigte, war Andersons Aussage über Heinz Felfe: Ausgerechnet der BND-Leiter für die Gegenspionage Sowjetunion sollte ein Agent der Roten sein?

// KAPITEL 6 //

Mittwoch, 2. August 1961

Obwohl der hinter ihm liegende Tag lang und aufregend gewesen war, fand Gerber keinen Schlaf. Zu viele Dinge schwirrten ihm durch den Kopf. Stalins schöne Henkerin mit dem Scharfschützengewehr, das angeblich nicht ihr gehörte. Ihr mutmaßlicher Komplize mit der falschen Identität. Andersons Eröffnung über die Operation Campus und den Verdacht bezüglich Heinz Felfe.

Er wälzte sich in seinem Hotelbett herum, einem französischen Doppelbett, das viel zu groß für ihn allein war, und griff nach der A-11, die er auf den Nachttisch gelegt hatte. Die rot flackernde Leuchtreklame an einem großen Geschäft für Elektronikwaren auf der anderen Straßenseite sandte trotz der heruntergelassenen Rollos genug Helligkeit aus, dass er beim nächsten Aufflackern deutlich die weißen Zeiger auf dem schwarzen Zifferblatt seiner alten Militäruhr erkennen konnte. Halb zwei.

Mit einem gequälten Seufzer legte er die A-11 zurück auf den Nachttisch, drehte sich auf den Rücken und verschränkte die Arme unter dem Kopf. Er trug nur Shorts und ein T-Shirt, aber ihm war warm, und er streifte die Decke von seinem Körper. Er ließ die Ereignisse des Tages noch einmal an sich vorüberziehen. Kyle Brodie hatte ihnen, als sei er noch immer Andersons Faktotum, ein kaltes, aber sättigendes Abendessen serviert, und irgendwann war ihr Gespräch in die Beschwörungen jener guten alten Zeiten abgeglitten, die damals nicht einmal ansatzweise so gut gewesen waren, wie sie durch die Brille der Verklärung erschienen. Als June und ihr Ehemann zurückgekehrt waren, hatte Gerber sich verabschiedet. Über die guten alten Zeiten, der er mit June verbracht hatte, wollte er im Beisein von Bartlett Beauville gewiss nicht sprechen. Außerdem hatte er Wichtigeres zu erledigen.

Er war in die Frankfurter Innenstadt gefahren, zum Fernmeldehochhaus, und hatte mit Kriminaloberrat Arild Wesler in Bad Godesberg telefoniert, dem Leiter der Ermittlungsabteilung innerhalb der Sicherungsgruppe und damit sein direkter Vorgesetzter. Wesler war trotz der vorgerückten Stunde noch im Büro gewesen, woran Gerbers Eingreifen auf dem Flughafen die Hauptschuld trug. Gerber hatte ihn auf den neusten Stand gebracht, und die Mitteilung, Felfe könne ein Spion sein, hatte Weslers Stimmung merklich gesenkt.

«Seltsame Geschichten, die sich da tun», hatte Wesler gesagt. «Erst das Attentat, dann diese Eröffnung. Und ich frage mich …»

Ein Hustenanfall, nicht der erste in dem Gespräch, hatte ihn unterbrochen, und Gerber hatte den Satz zu Ende gebracht: «Ob da ein Zusammenhang besteht? Das frage ich mich auch, Herr Kriminaloberrat.»

«Wollen Sie lieber nach Godesberg zurückkommen, statt nach München zu fahren?»

«Wenn Felfe wirklich für die Roten arbeitet, finden wir das nur heraus, wenn wir uns näher mit ihm befassen. Den Schwanz einzuziehen, hilft uns nicht weiter.»

«Da haben Sie recht, Gerber, aber seien Sie vorsichtig.»

«Wie ein Elefant, der auf Eiern geht», hatte Gerber versprochen.

Danach hatte er Eva in ihrer Hotelpension angerufen, und die freundliche Dame am Empfang hatte sie an den Hausapparat holen lassen. Da Gerber ihr ohnehin kaum etwas von dem hätte mitteilen dürfen, was er heute erlebt und erfahren hatte, hatte er ausführlich von dem Wiedersehen mit den Andersons und seiner ersten Begegnung mit Junes Mann erzählt und war sehr überrascht gewesen, als Eva von ihrem Gespräch mit Ulrike Vogt berichtet hatte.

«Sie arbeitet im Ministerium für Bauwesen?», hatte er ungläubig wiederholt. «Ich kann mir vorstellen, dass sie in einem ostdeutschen Ministerium arbeitet, aber nicht unter Scholz, sondern unter Mielke.» Erich Mielke, der Minister für Staatssicherheit, war ein gewissenloser Betonkopf, der alles dafür tat, um seinen Ansichten Geltung zu verschaffen. In höchster Alarmstimmung hatte Gerber Eva beschworen, keinen weiteren Kontakt zu Frau Vogt aufzunehmen. «Dass das Ganze eine Falle ist, kann ich von Berlin bis hier nach Frankfurt durchs Telefon riechen.»

«Natürlich ist die Geschichte mit dem Artikel über das vorbildliche Bauwesen der DDR ein Vorwand, aber wofür? Nur um mich über die Sektorengrenze zu locken und dann einzukassieren? Dafür geben die sich verflucht viel Mühe. Ich glaube, dass mehr dahintersteckt, und das macht mich neugierig. Wenn ich die gewünschte Sicherheitsgarantie des Bauministers erhalte, werde ich wohl auf den Vorschlag eingehen.»

Vergeblich hatte er versucht, sie von dieser Idee abzubringen. Was Eva vorhatte, war ein Hauptgrund für seine Unruhe. Sie in einer möglichen Gefahr zu wissen und ihr nicht helfen zu können, nagte schwer an ihm.

Seit acht Jahren kannten sie sich und waren fast genauso lange ein Paar, trotz ihrer gegensätzlichen politischen Auffassungen. Sie eine linke Kommunistin, er ein Vertreter der Staatsmacht, der auch privat mit Adenauers Politik sympathisierte. In den Augen vieler Zeitgenossen machte das ein recht seltsames Paar aus ihnen. Es hieß, dass Gegensätze sich anziehen, aber war das wirklich so? Er wusste nur, dass Eva ihn anzog, die selbstbewusste Frau, die ihr Leben nach dem Krieg allem persönlichen Unglück zum Trotz gemeistert hatte. Die einerseits willensstark war und andererseits oft auch schutzbedürftig wirkte. Ja, das war ein Gegensatz, der ihn tatsächlich anzog.

Es hatte über die Jahre zwischen ihnen manche Schwierigkeit gegeben, aber sie hatten jeden Riss gekittet, und darüber war er froh. Er wünschte, sie wäre jetzt bei ihm und nicht in Berlin, läge neben ihm in diesem viel zu großen Bett. Hier hätte er sie beschützen können, und in ihren Armen hätte er inneren Frieden gefunden.

Er rauchte noch eine Camel, dachte dabei an Eva, stellte sich ihr Gesicht neben seinem vor, ihr Lächeln, und endlich fand er trotz des roten Flackerns der Leuchtreklame den ersehnten Schlaf.

--

Als Gerber erwachte, war es draußen noch immer dunkel, nur die Reklame tauchte das Zimmer in einen flackernden roten Schimmer. Er freute sich schon auf den Morgen und auf die Fahrt nach München, ganz unabhängig davon, ob Felfe ein Verräter war oder nicht. Alles war besser als eine weitere Nacht in diesem Hotel zu verbringen. Er wollte sich auf die andere Seite drehen, um noch etwas Schlaf zu finden, aber mitten in der Bewegung verharrte er.

Irgendetwas stimmte nicht. War jemand in sein Zimmer eingedrungen? War er deshalb aufgewacht?

Mit angehaltenem Atem horchte er nach verräterischen Geräuschen.

Da schnellte ein Schatten durch die Luft und landete hart und schwer auf ihm. Gerber drehte sich zur Seite, und etwas fuhr an der Stelle, wo er eben noch gelegen hatte, in die Matratze. Es gab ein hässliches, reißendes Geräusch, und sein Blick fiel auf eine Klinge, gehalten in einer behandschuhten Hand.

Der Angreifer, der mit gespreizten Beinen auf Gerber hockte, riss die Waffe wieder hoch, um erneut zuzustoßen. Gerber packte mit beiden Händen den Unterarm des Mannes und hielt ihn fest. Die Klinge schwebte zwei, drei Handbreit über Gerbers Gesicht. Der Atem seines Gegners streifte ihn. Die Leuchtreklame flackerte abermals auf, und Gerber blickte in ein rötlich schimmerndes Gesicht.

War es bloß ein Albtraum? Er hatte dieses noch junge, glatte Gesicht doch vor einigen Stunden erst gesehen. Der Mann hatte am Flughafen auf ihn geschossen. Und war kurz darauf aus dem sechsten Stock gestürzt. Gerber hatte seine Leiche gesehen.

Der falsche Horst Rechlin!

Für einen Toten war er verflucht stark, und die Schmerzen, die Gerber empfand, weil sich die Knie des anderen in seinen Brustkorb drückten, waren für einen Albtraum zu real.

Von einer Sekunde zur anderen ließ Gerber den Arm des Gegners los und warf sich mit ganzer Kraft zur Seite. Das Manöver gelang, und die Klinge schlitzte das Kopfkissen auf. Federn stoben auf und wirbelten im Raum umher.

Gerbers Rechte griff in das Gesicht des Angreifers und grub seine Finger in dessen Augenhöhlen. Mit einem Aufschrei, halb Schmerz, halb Wut, ließ der Mann von ihm ab und landete, vom eigenen Schwung mitgerissen, auf dem Fußboden.

Mit einer reflexhaften Bewegung zog Gerber seine Browning unter dem zerfetzten Kissen hervor. Die Waffe durchzuladen, zu entsichern und auf den Angreifer zu richten, war eine fließende Bewegung, aber der Mann war ebenso schnell wie Gerber. Er hatte sich ohne zu zögern aufgerichtet und dabei einen Stuhl gepackt, den er nun mit voller Wucht auf Gerber schleuderte. Der Stuhl traf ihn schmerzhaft an der linken Schulter und sorgte dafür, dass sein Schuss in die Zimmerdecke ging.

Der Eindringling nutzte den Moment, um lautlos aus dem Raum zu verschwinden. Fast so, als wäre es doch nur ein Albtraum gewesen, aber die Verwüstung des Hotelzimmers und Gerbers schmerzende Schulter sagten etwas anderes.

Gerber rollte sich aus dem Bett und stürzte aus dem Zimmer, in der Rechten die Browning. Der Gang, von der Notbeleuchtung schwach erhellt, lag verlassen da. Ein paar Zimmertüren wurden zögerlich geöffnet, weil Gerbers Schuss die Leute aus dem Schlaf gerissen hatte.

Er kümmerte sich nicht weiter um sie und eilte die Treppe hinab, bis er im Erdgeschoss an der Rezeption landete, wo der Nachtportier, offenbar von den Ereignissen drei Stockwerke über ihm vollkommen unberührt, erstaunt über den Rand seines Jerry-Cotton-Heftes blickte. Die Leute in seinem Roman trugen wohl auch Schusswaffen, liefen aber in schnieken Anzügen herum und nicht barfuß in T-Shirt und Shorts.

«Ist hier eben einer raus?», fragte Gerber knapp.

Der Portier schüttelte verwirrt den Kopf, den Blick auf Gerbers Browning gerichtet.

Gerber senkte die Waffe und sagte: «Es ist besser, Sie rufen jetzt die Polizei.»

--

Kriminaloberkommissar Hanisch räusperte sich und warf Gerber einen fragenden Blick zu, als sie zwei Stunden später die Treppe zum Leichenkeller des Polizeipräsidiums hinuntergingen.

«Jetzt mal ehrlich, Herr Kollege, Sie denken doch nicht ernsthaft, dass Sie es mit einem lebenden Toten zu tun hatten. Oder glauben Sie an Vampire, die nachts aus ihren Särgen steigen, wie in diesen englischen Gruselfilmen?»

«Ganz sicher nicht», erwiderte Gerber. «Ich weiß nicht, was ich denken soll. Als Toter schleicht man sich kaum in fremde Hotelzimmer.»

Er musste zugeben, dass Hanisch mit seiner Anspielung auf Gruselfilme nicht ganz unrecht hatte. Dass sich draußen bereits das erste zarte Morgenrot über die Frankfurter Skyline schob, konnte man auf der nackten Steintreppe, die von Wandlampen beleuchtet wurde, kaum spüren. Mit jeder Stufe wurde es kühler, und die warme Augustnacht, die ihm so wenig Ruhe gegönnt hatte, schien eine Sinnestäuschung gewesen zu sein.

In seinem Hotelzimmer an der Offenbacher Landstraße trieben sich die Kollegen von der Spurensicherung herum, um irgendeinen Hinweis auf den nächtlichen Attentäter zu finden, der sich nach seiner Flucht in Luft aufgelöst hatte. Da er Handschuhe getragen hatte, würde man in Gerbers Zimmer keine Fingerabdrücke von ihm finden.

Außer vielleicht, mit etwas Glück, auf der zurückgelassenen Waffe. Kein Dolch oder Messer, wie Gerber zunächst angenommen hatte, sondern ein Tüllenbajonett sowjetischer Bauart, ein M91/30. Dieses Bajonett war für das Mosin-Nagant-Gewehr bestimmt. Ein tödlicher Gruß von Major Galina Markowa?

Hansen, über den nächtlichen Einsatz alles andere als begeistert, öffnete mit einer müden Geste am Ende der Treppe die

Eisentür mit der Aufschrift «Leichenraum – Zutritt nur für Befugte». Und für Tote, fügte Gerber in Gedanken hinzu.

In dem großen Kellerraum gab es drei unterschiedlich große Tische, auf denen diverse Utensilien lagen, zwei Rollbahren, in einer Ecke lehnende Leichentragen, einen großen Wandschrank und zwei klobige Waschbecken. Eine Wand wurde fast gänzlich von den Öffnungsklappen der Leichenzellen eingenommen. Obwohl es nach scharfen Reinigungsmitteln roch, erlag Gerber der Einbildung, den Geruch des Todes einzuatmen.

«Kein angenehmer Ort, nicht wahr?», begrüßte sie der einzige Mensch in dem großen Raum.

Nein, der einzige lebende Mensch, korrigierte sich Gerber. Ein untersetzter Mann um die fünfzig mit einem gutmütigen Gesicht und hinter einer Brille mit runden Gläsern listig funkelnden Augen, die den Eindruck der Gruselfilmatmosphäre abmilderten. Die Weste seines dunklen Dreiteilers spannte ein wenig über seinem Bauch, und der leichte Flaum auf seinen unrasierten Wangen verriet, dass er eigentlich vorgehabt hatte, um diese Uhrzeit im Bett zu liegen.

«Dr. Ronald Berger von der Frankfurter Rechtsmedizin», stellte er sich mit einem kräftigen Händedruck vor. «Sie bezweifeln also, dass ich noch alle im Schrank habe?»

«Wie?», erwiderte Gerber.

Berger lachte und zeigte auf die Leichenzellen. «Ich spreche nicht von Tassen, sondern von Toten. Man sagte mir, einer von den Klienten hier sei nächtens an der Offenbacher Landstraße unterwegs gewesen, um für Nachschub zu sorgen.»

«Zumindest hat jemand versucht, mich hierherzubefördern, und er sah ganz so aus wie einer Ihrer, wie nannten Sie es, Klienten.» Gerber blickte zu den Leichenzellen. «Ein Neuzugang, für den ich gesorgt habe, heute auf dem Flughafen.»

«Dann weiß ich, von wem Sie sprechen.»

Dr. Berger ging zu der Wand mit den Zellen, die nur auf den ersten Blick quadratisch wirkten. Bei näherem Hinsehen erkannte Gerber, dass sie ungefähr achtzig Zentimeter breit und siebzig Zentimeter hoch waren. Der Rechtsmediziner öffnete eine der Türen und zog den Inhalt mit einer routinierten Bewegung ein Stück heraus, um anschließend das weiße Laken, das den Leichnam bedeckte, ein Stück weit nach unten zu ziehen.

Gerber trat neben ihn und spürte die Kälte des Kühlfachs jetzt deutlich. Gleichzeitig begann seine linke Schulter, die ein Arzt im Hotel mit einer Salbe und den Worten «Ist nur eine leichte Prellung» versorgt hatte, wieder zu schmerzen. Er blickte hinab auf den Toten, auf das ihm bereits bekannte ausdruckslose, jungenhaft wirkende Gesicht.

Der Rechtsmediziner unterdrückte ein Gähnen. «Nun, ist es der Richtige?»

«Wenn Sie mich fragen, ob es der Mann ist, der mich heute auf dem Flughafen erschießen wollte, würde ich die Frage mit Ja beantworten.»

«Na, sehen Sie.»

«Aber wenn Sie mich fragen», fuhr Gerber unbeirrt fort, «ob es der Mann ist, der mich vor zwei Stunden in meinem Hotel mit einem Bajonett durchbohren wollte, würde ich die Frage ebenso mit Ja beantworten.»

// KAPITEL 7 //

Die Schrippen waren frisch, der Kaffee stark, und die Overstolz, die Eva sich angesteckt hatte, rundete ihr Frühstück ab. Die leise Tanzmusik aus dem Radio vermischte sich mit dem Motorenlärm vom Kudamm, auf dem Berliner und Touristen trotz des Nieselregens bereits in Scharen unterwegs waren.

Ein Blick auf ihre Dugena-Armbanduhr zeigte Eva, dass sie noch reichlich Zeit hatte bis zu ihrem Termin. Wenn sie sich ein Taxi nahm, war sie in weniger als einer Viertelstunde beim Rathaus. Sie freute sich auf das Wiedersehen und fragte sich gleichzeitig, ob die Jahre in der Politik Bahr verändert hatten.

Koffein und Nikotin halfen ihr, den Rest Müdigkeit zu vertreiben. Ihre Nacht war unruhig gewesen, und das unerwartete Angebot jener Frau, die sich ihr gegenüber als Ulrike Vogt ausgegeben hatte, war ihr nicht aus dem Kopf gegangen. Sie hatte versucht, Chancen und Risiken des Angebots gegeneinander abzuwägen, doch es gab zu viele Ungewissheiten, um zu einem endgültigen Urteil zu gelangen. Als sie am Abend mit Philipp telefoniert hatte, war er alles andere als begeistert von der Aussicht gewesen, sie könne Ost-Berliner Boden betreten.

Er hatte am Telefon nicht viel über das sagen dürfen oder wollen, was er am Frankfurter Flughafen erlebt hatte, und doch hatte es genügt, dass sie sich ihrerseits Sorgen um ihn machte. Nach acht Jahren konnte sie zwischen den Zeilen lesen. Philipp steckte mitten in einem Schlamassel, mal wieder.

Eva konzentrierte sich auf die Radionachrichten. Im Kongo

sollte der bisherige Innenminister Adoula eine neue Regierung bilden, und Irland hatte die Aufnahme in die EWG beantragt, die Europäische Wirtschaftsgemeinschaft. Die Regierung der DDR hatte Beschränkungen im innerdeutschen Reiseverkehr angekündigt, und die Zahl der Flüchtlinge, die nach West-Berlin kamen, hatte im Monat Juli den höchsten Stand seit dem Juni 1953 erreicht: dreißigtausendvierhundertfünfzehn Personen.

Davon hatte Eva sich gestern in Marienfelde selbst ein Bild gemacht, und sie dachte an ihre Gespräche mit dem Grenzgänger Willi Klenke und den anderen, die ihr gewohntes Leben in Ostdeutschland hinter sich gelassen hatten. Um in Freiheit zu leben, wie es einige von ihnen ausgedrückt hatten.

Ein Grund mehr für sie, sich Gedanken über Wert und Unwert des Kommunismus zu machen. Sie war mit vielen Dingen im kapitalistischen Westen nicht einverstanden, aber das traf auf den kommunistischen Osten genauso zu. Wenn sich innerhalb eines Monats mehr als dreißigtausend Menschen entschlossen zu fliehen, konnte das nicht nur das Ergebnis geschickter westlicher Propaganda sein. Diese Menschen hatten gelitten, waren zum Spielball kommunistischer Doktrinen und Geheimdienste geworden. So wie Eva und ihr Vater.

Aber das war nur die eine Seite der Medaille. Auch die Staaten im Westen und ihre Geheimdienste trieben ihre Spiele mit den Menschen, benutzten sie wie Schachspieler ihre Figuren. Vor vier Jahren hatte Eva es am eigenen Leib erfahren, als Mitarbeiter der CIA sie in ihre Gewalt gebracht und unter Drogen gesetzt hatten. Philipp war gerade noch rechtzeitig gekommen, aber auch er benahm sich nicht immer wie der strahlende Held aus den Karl-May-Büchern ihrer Kindheit. Sie spülte ihre Zweifel mit dem letzten Schluck Kaffee einstweilen hinunter und ging auf ihr Zimmer, um sich für ihren Termin im Rathaus frisch zu machen.

Als sie zwanzig Minuten später hinaus auf die Straße trat, war sie überrascht, wie warm es trotz des leichten Regens war. Sie band zwar ein Kopftuch um, aber ihren Sommermantel konnte sie offen lassen, während sie an Kinos und Cafés, an Banken und Geschäftshäusern, an den Auslagen von Kleider- und Schmuckgeschäften über den Kudamm ging, ohne wirklich hinzusehen. Die meisten Gebäude an West-Berlins Prachtstraße waren neu, die schönen Jugendstilbauten, die man auf alten Fotos bewundern konnte, größtenteils Bomben und Granaten zum Opfer gefallen.

Sie lief ein kurzes Stück und stieg in den Fond eines Taxis, das gewiss nicht auf sie gewartet hatte. Auf der Fahrt blickte sie mehrmals über die Schulter, um festzustellen, ob der hellblaue Renault mit dem Ost-Berliner Kennzeichen zu sehen war.

Sie kamen schneller durch den geschäftigen Verkehr als erwartet, und bald sah Eva vor sich den Rathausturm, den man nach dem Krieg in vereinfachter Form wieder aufgebaut hatte. In dem Turm hing die Freiheitsglocke, eine Nachbildung der amerikanischen Liberty Bell. Siebzehn Millionen Amerikaner hatten für die Glocke gespendet, und General Lucius D. Clay, der erste Militärgouverneur der amerikanischen Besatzungszone, hatte sie im Jahr 1950 den Berlinern übergeben. Seitdem läutete sie jeden Tag zur Mittagsstunde, um an die Freiheit Berlins zu erinnern. Eine überaus pathetische Angelegenheit, fand Eva, aber gerade deshalb sehr wirkungsvoll.

Das Taxi hielt vor dem großen, vierstöckigen Gebäude, das vor der Eingemeindung das Rathaus der Stadt Schöneberg gewesen war. Jetzt hatten hier der West-Berliner Senat und das Abgeordnetenhaus ihre Heimat gefunden und natürlich der Regierende Bürgermeister Willy Brandt. Eva bezahlte den Chauffeur, sprach kurz an der Anmeldung vor, nahm ihr Kopftuch ab und schritt durch die repräsentative Eingangshalle mit den bunten Glasfenstern, die Berliner Motive und Wappen zeigten. Sie wusste, wo in dem viele Hundert Räume großen Gebäude das Presse- und Informationsamt des Landes Berlin untergebracht war, ignorierte den Lift und nahm die breite Treppe, die in einem Hollywood-Historienschinken einer Ava Gardner oder einer Audrey Hepburn einen imposanten Auftritt ermöglicht hätte.

Eva klopfte an die Eingangstür zum Büro des Amtsleiters und betrat nach dem knappen «Herein» einer Frauenstimme ein Vorzimmer, in dem eine Enddreißigerin in einem schlichten Kleid und mit einer ordentlichen, aber ebenfalls schlichten Frisur hinter einer Schreibmaschine saß. Ihr Blick auf Eva war höflich, ohne etwas zu versprechen, wie von einer guten Vorzimmerdame zu erwarten.

«Ich bin ein paar Minuten zu früh», sagte Eva und nannte ihren Namen.

Die Sekretärin kannte den Terminkalender ihres Chefs auswendig. «Herr Bahr ist schon frei, womit Sie sogar etwas mehr Zeit als die vereinbarte halbe Stunde haben.» Unterschwellig schwang in ihren Worten mit, dass sie dreißig Minuten für generös hielt. «Für welche Zeitung schreiben Sie? Es ist hier nicht vermerkt.»

«Ich bin freie Journalistin für verschiedene Publikationen.» Als die Sekretärin einen leichten Zweifel in ihrem Blick nicht unterdrücken konnte, fügte Eva hinzu: «Ich kenne Herrn Bahr aus seiner Zeit in Bonn.»

Die Sekretärin nickte knapp, jetzt wieder ganz professionell, und führte Eva ins Allerheiligste ihres Einflussbereichs, in das geräumige Büro des Mannes, dem Willy Brandt im vergangenen Jahr die Leitung des Presse- und Informationsamts übertragen hatte. Er saß, in eine dicke Akte vertieft, hinter einem Schreibtisch, hinter dem der eher klein gewachsene Mann ein wenig verloren wirkte. Eva kannte ihn gut genug, um zu wissen, dass der Eindruck täuschte. Er wusste, was er wollte, und er besaß die intellektuellen wie auch die zwischenmenschlichen Fähigkeiten, das zu erreichen. Seitdem er das Amt angetreten hatte, war sein Einfluss auf den Regierenden Bürgermeister und SPD-Kanzlerkandidaten Brandt beständig gewachsen, und hinter vorgehaltener Hand bezeichnete man ihn als den «Regierenden Pressechef».

Die Sekretärin räusperte sich leicht. «Fräulein Herden aus Bonn.»

Egon Bahr ließ die Akte sinken und sah lächelnd zu den beiden Frauen herüber. «Danke, Fräulein Kirsch. In der nächsten halben Stunde bitte keine Störung.»

Die Sekretärin kehrte in ihr Reich zurück, und Bahr trat auf Eva zu, um ihr aus dem Mantel zu helfen. Er trug einen dunkelblauen Dreiteiler, ein weißes Hemd und eine dezent gemusterte Krawatte. Das dunkle Haar, in dem sich erste graue Fäden zeigten, obwohl er noch keine vierzig war, hatte er streng nach hinten gekämmt, aber es verweigerte einen korrekten Sitz. Als wolle es zeigen, dass sein Träger ein unabhängiger Geist war.

«Wie schön, Sie hier in Berlin zu haben, Fräulein Eva! Wie lange haben wir uns nicht gesehen?»

«Seitdem Sie Bonn den Rücken zugekehrt haben, um in Afrika auf Großwildjagd zu gehen.»

Bahr schmunzelte, während er Evas Mantel an die Garderobe neben der Tür hängte. «Ich war tatsächlich ein paarmal auf Safari, aber ein Großwildjäger ist aus mir nicht geworden.»

Sie hatten sich zuletzt vor zwei Jahren gesehen, bevor Bahr den Posten des Regionalbeauftragten Westafrika für Berlin-Programme der Bundesregierung in Ghana angetreten hatte, aber die alte Vertrautheit war sofort wieder da. Er hatte sie schon immer «Fräulein Eva» genannt, seitdem er Anfang der fünfziger Jahre die damals noch blutjunge Journalistin in Bonn unter seine Fittiche genommen hatte.

Bahr war als Korrespondent des West-Berliner Rundfunksenders RIAS in Bonn gewesen, hatte das Bonner Büro geleitet und war zum Chefkommentator des «Rundfunks im amerikanischen Sektor» aufgestiegen. Seinen klugen politischen Kommentaren zu lauschen, war für sie Pflichtprogramm gewesen. Manchen galt er als unterkühlt und verkopft, aber Eva hatte ihn ganz anders kennengelernt. Hinter seiner oft behaupteten Unnahbarkeit, die sie niemals empfunden hatte, steckte ein sehr empfindsamer Mensch. Auf einer Feier der Bonner Journalisten hatte sie ihn Klavier spielen hören, und weder zuvor noch danach hatte sie eine so gefühlvolle Chopin-Interpretation erlebt.

Er bot ihr einen Platz in einer kleinen Sitzecke an.

«Möchten Sie einen Kaffee? Die Kirsche macht einen ganz hervorragenden Kaffee. Es war ein wirklicher Glücksfall, dass ich sie von meinem Vorgänger übernommen habe, natürlich nicht nur wegen ihres Kaffees.»

Eva lehnte dankend ab.

«Ich komme geradewegs aus meiner Pension am Kudamm, frisch vom Frühstück sozusagen.»

Bahr setzte sich ihr gegenüber an den Nierentisch mit der ein wenig zu auffällig gemusterten Resopalplatte, und ein verträumter Zug huschte über sein Gesicht.

«Wenn ich etwas am Journalistendasein wirklich vermisse, dann sind es die Arbeitszeiten. Als ich im vergangenen Jahr

Brandts Ruf ins Schöneberger Rathaus gefolgt bin, musste ich mir als Erstes das frühe Aufstehen angewöhnen. Wenn Ihre Kollegen anfangen, ihre Fragen zu stellen, muss ich bereits über alles im Bilde sein. Derzeit sind es besonders die Flüchtlingszahlen, nach denen Sie mich natürlich auch fragen wollen.»

«Ich kenne die Zahlen, über tausend pro Tag, mehr als drei Millionen seit Gründung der DDR. Was mich interessiert, sind die Hintergründe. Wie lange wird der Osten das noch hinnehmen?»

Die Sorgenfalten auf Bahrs hoher Stirn wurden von einem verschmitzten Lächeln abgelöst.

«Immer noch die Alte, wenn Sie mir diese unpassende Bezeichnung verzeihen, Fräulein Eva. Nicht die Zahlen sind das eigentliche Interessante, sondern das, was sie erzählen. Kommunismus und Sozialismus machen die Menschen in der Zone offenbar nicht so glücklich, wie es Chruschtschow und Ulbricht gerne hätten. Die beiden wiederum sind nicht glücklich über die steigende Zahl der Flüchtlinge. Wie soll ein Arbeiter-und-Bauern-Staat funktionieren, wenn ihm die Arbeiter und Bauern weglaufen?»

«Was bedeutet, dass die Machthaber drüben reagieren müssen.»

«Eben das befürchte ich.» Bahr erhob sich seufzend, um von seinem Schreibtisch eine Pfeife, Tabak und Streichhölzer zu holen. «Früher hatte ich ständig eine Zigarette im Mundwinkel, aber ich habe mich der Würde meines Amtes ein wenig angepasst. Finden Sie nicht auch, dass eine Pfeife staatstragender wirkt?»

«Und wie», sagte Eva mit einem leichten Lachen, bevor sie die Overstolz-Packung aus ihrer Handtasche nahm. «Ich darf ja noch, so ganz ohne würdevolles Amt.»

Als Bahrs Pfeife und Evas Zigarette brannten, nahm er den Faden wieder auf.

«West-Berlin ist eine kleine, um nicht zu sagen winzige Insel, umgeben von den Kommunisten. Wenn es möglich wäre, würde der Osten unsere Insel der Freiheit augenblicklich einsacken.»

«Was hält ihn davon ab? Doch sicher nicht die wenigen amerikanischen, britischen und französischen Soldaten hier.»

«Sicher nicht. Die sowjetischen Divisionen ringsum würden die paar Uniformträger schneller überrollen, als man den Alarm ausrufen kann. Was Chruschtschow wirklich fürchtet, sind die amerikanischen Atomwaffen. Er lässt fleißig eigene Nuklearwaffen entwickeln und behauptet, dass es ganz dolle Dinger seien, aber Hunde, die bellen, beißen bekanntlich nicht.»

Eva starrte aus dem Fenster, und in ihrer Fantasie explodierte ein atomarer Sprengkopf in der Stadt. Schon konventionelle Bomben hatten eine schreckliche Wirkung, wie sie aus eigener Erfahrung wusste. Was eine ungleich stärkere Atombombe in Berlin anrichten würde, ließ ihr das Blut in den Adern gefrieren.

«Wer auch immer die besseren Waffen hat, ein Atomkrieg mitten in Europa wäre für uns alle das Ende.»

Bahr nickte. «Sie bringen es auf den Punkt, meine Liebe.»

«Haben Sie eine Lösung für das Problem?»

«Ich? Oder der Senat? Oder Brandt?» Das Nicken verwandelte sich in ein heftiges Kopfschütteln. «Wir alle nicht. Wie auch? Adenauer hat keine und Kennedy wohl auch nicht. Da kann Chruschtschow seine schon seit Jahr und Tag wiederholte Forderung nach einer sogenannten Freien Stadt West-Berlin noch so oft vorbringen, meinethalben kann er auch wieder mit dem Schuh auf den Tisch klopfen, das alles führt zu nichts.»

«In drei Tagen treffen sich die Außenminister der drei westlichen Siegermächte und ihr westdeutscher Kollege in Paris, um die Berlin-Frage zu besprechen.»

«Und in vier Monaten kommt der Nikolaus. Nein, die Konferenz in Paris wird nicht viel bringen, glauben Sie mir. Die USA, Großbritannien, Frankreich und Deutschland demonstrieren damit ihren Bürgern, dass man sich mit der Frage befasst, aber das tut man ohnehin.»

Eva blickte dem Zigarettenrauch nach, der sich auflöste, bevor er die hohe Decke erreichte.

«Das sind keine guten Aussichten. Die DDR erhöht den Druck auf ihre Bürger, besonders auf die Grenzgänger. Das wiederum könnte die Flüchtlingszahlen weiter in die Höhe treiben und zu einer Eskalation der Lage beitragen.»

«Haben Sie diesen Eindruck gestern bei Ihren Gesprächen in Marienfelde gewonnen?», fragte Bahr, und es klang fast nebensächlich.

Eva warf ihm einen erstaunten Blick zu. «Sie wissen davon?»

Er stieß jenes Kichern aus, an das sie sich so gut erinnerte. Es hatte nichts Triumphierendes oder gar Verletzendes an sich, erinnerte eher an einen Schuljungen, der sich über einen gelungenen Streich freute.

«Wenn Fräulein Eva zu mir kommt, muss ich doch wissen, was sie so umtreibt.»

«Respekt, Herr Bahr. Ihre Leute sind ja besser als die Stasi.»

«Wie meinen Sie das?»

Eva berichtete von ihrem Gespräch mit Ulrike Vogt, und Bahrs Miene verdüsterte sich.

«Das gefällt mir aber gar nicht», sagte er, als sie fertig war. «Die Stasi hat mit Ihnen noch eine Rechnung offen, und schon für etliche Leute hat sich die Überquerung der Sektorengrenze in Richtung Osten als Weg ohne Wiederkehr erwiesen. Sie sollten diesen Fehler nicht begehen!»

Eva tippte sich an die Nase. «Meine journalistische Spürnase sagt mir, dass etwas Größeres hinter der Einladung steckt, und damit meine ich nicht meine mögliche Gefangennahme. Ich würde das Risiko nur eingehen, wenn ich die verlangte Zusicherung erhalte.»

«Zusicherung hin oder her, das Risiko ist trotzdem zu groß. Die Stasi wird schon einen Grund finden, sich nicht an die Zusage zu halten.»

«Ich habe ja jemanden, der auf mich aufpasst.»

«Ach, sind Sie noch mit Ihrem Freund von der Sicherungsgruppe zusammen, Adenauers Polizisten?»

«Ja, aber den meine ich in diesem Fall nicht. Ich spreche von Ihnen, Herr Bahr.»

Sein Erstaunen ging in ein heiseres Lachen über.

«Sie wollen mich doch nicht bitten, Sie in den Ostsektor zu begleiten?»

«Im Gegenteil, hier sind Sie viel wertvoller für mich. Wenn ich die verlangte Zusicherung erhalte, würde ich sie Ihnen übergeben wollen. Falls mir drüben etwas zustößt, sind Sie der beste Schutzengel, den ich mir vorstellen kann. Als Pressechef des Berliner Senats besitzt Ihr Wort Gewicht, Sie könnten mich herausholen.»

Er drehte die Pfeife um und deutete mit dem Stiel auf Eva. «Das haben Sie sich aber fein ausgedacht. Wenn ich mächtig auf die Pauke haue, könnte der Osten endgültig auf stur schalten und Sie hinter dem Eisernen Vorhang verschwinden lassen. Haben Sie daran auch gedacht?»

«Das habe ich, Herr Bahr. Aber Ihre Intelligenz, Ihr Feingefühl und Ihr diplomatisches Geschick werden Sie schon das Richtige tun lassen.»

«Verstehe», sagte er mit einem feinen Lächeln und zog an seiner Pfeife. «Das Fräulein Eva will mich mit Schmeicheleien einseifen.»

Eva blickte ihm in die Augen. «Und? Habe ich damit Erfolg?»

«Wenn ich mich weigere, tun Sie ja doch, was Sie wollen. Richtig?»

«Richtig.»

«Ich glaube, Sie übertreffen mich mit Ihrer Intelligenz, Ihrem Feingefühl und Ihrem diplomatischen Geschick um Längen. Also her mit dem Wisch, falls Sie ihn bekommen. Und falls nicht, bleiben Sie hübsch im Westen. Haben wir da eine Abmachung?»

Eva drückte ihre zweite Overstolz in dem weißen Porzellanaschenbecher aus, den das Berliner Landeswappen mit dem Bären schmückte.

«Wir sind im Geschäft, Herr Bahr. Jetzt muss ich nur noch die Stasi ins Boot holen.»

Egon Bahr zauberte einen Ausdruck gespielter Verzweiflung auf sein Gesicht.

«Ich glaube, ich habe Ihnen damals in Bonn zu viel beigebracht.»

// KAPITEL 8 //

Philipp Gerber trat das Gaspedal durch. Auf der A5 bis Karlsruhe und von dort auf der A8 bis München, das war der Plan. Wenn in ein paar Jahren die A3 auf der Strecke von Frankfurt bis Nürnberg fertiggestellt war, würde man noch schneller in München sein. Aber auch so sollte er in seinem Kapitän ohne zu große Eile am Nachmittag ankommen. Sein Treffen mit Heinz Felfe war zwar erst für den kommenden Tag angesetzt, aber ein entspannter Abend in der bayerischen Landeshauptstadt erschien ihm nach all dem Trubel in Frankfurt als eine verlockende Aussicht.

Der kraftvolle 2,6-Liter-Motor mit den neunzig Pferdestärken tat seine Pflicht und ließ die Anzeigerfarbe auf der Tachometerskala beim Überschreiten der fünfzig Stundenkilometer vom Grünen ins Gelbe wechseln. Während der Wagen beschleunigte, glitt er seidenweich über den Asphalt und vermittelte Gerber den Eindruck zu schweben.

Einmal mehr gelangte er zu der Erkenntnis, dass er bei der Wahl des Opel eine glückliche Hand gehabt hatte. Der Vorbesitzer hatte ihm das Auto in einem hervorragend gepflegten und vor allem in einem unfallfreien Zustand übergeben. Schon die ersten fünf Minuten der Probefahrt hatten ihn überzeugt, und jetzt genoss er es einmal mehr, wie auf einem Schiff im starken, aber stetigen Wind durch die Landschaft mit ihren sanft ansteigenden Wiesen und den wie hingetupft wirkenden Bäumen zu gleiten.

Er fuhr die Luxusversion mit den getrennten Vordersitzen anstelle einer durchgehenden Sitzbank, und er bedauerte, dass der Platz neben ihm leer war. Mit Eva hätte es ein perfekter Morgen sein können. Durch die Panoramascheibe sah er, dass die Wolken sich mehr und mehr verzogen, um der Sonne zu ihrem Recht zu verhelfen.

Mit der rechten Hand nahm er die geöffnete Camel-Packung vom Beifahrersitz, ließ eine Zigarette zwei Fingerbreit herausrutschen und zog sie mit den Lippen ganz aus der Schachtel. Dann griff er nach dem Zigarettenanzünder in der Mitte des Armaturenbretts und lehnte sich, als die Camel brannte, entspannt zurück. Aus seiner Reise nach Frankfurt war alles andere als das beschauliche Wiedersehen mit den Andersons geworden, das er erwartet hatte, und jeder Autobahnkilometer, den er zwischen sich und seine alte Wirkungsstätte brachte, war wie ein Stein, der ihm von der Brust fiel.

Doch der Gedanke an Horst Rechlin ließ ihn auch jetzt nicht los. Oder vielmehr an dessen Doppelgänger. In seiner Vorstellung verschmolz der eine mit dem anderen. Der Mann vom Flughafen, der auf ihn geschossen hatte und jetzt tot und kalt im Leichenkeller lag, und der Mann, der versucht hatte, ihn mit einem Bajonett in seinem Hotelzimmer aufzuspießen. Am Vortag hatte die Frankfurter Polizei das Passfoto des Toten per Bildtelegrafie an die Sicherungsgruppe in Bad Godesberg geschickt. Als Gerber heute vor dem Frühstück mit Wesler telefoniert hatte, hatte sein Vorgesetzter noch nichts Neues über den Mann sagen können.

«Wenn Sie in München sind, zeigen Sie das Foto ruhig dem BND», hatte Wesler gesagt. «Gehlens Truppe hat die beste Kartei über die östlichen Agenten.»

«Ich bin überhaupt sehr gespannt auf das Treffen mit Felfe», hatte Gerber erwidert. «Besonders nach allem, was ich von General Anderson erfahren habe.»

«Und ich bin gespannt auf Ihren Bericht. Aber bei aller Arbeit, lieber Gerber, vergessen Sie den neunzehnten August nicht!»

«Bestimmt nicht», hatte Gerber ihm versichert. Wesler, dessen Geburtstag am siebzehnten August bevorstand, hatte alle Mitarbeiter seiner Abteilung samt Anhang am Samstag, dem Neunzehnten, zu einer Party eingeladen.

«Ich will Sie auf meiner Feier unbedingt sehen, und bringen Sie Ihre Eva mit. Viel zu oft verstecken Sie Ihre charmante Freundin. Sie haben wohl Angst, man macht sie Ihnen abspenstig.»

Das war nicht der Grund, weshalb Eva ungern zu privaten Treffen mit Gerbers Kollegen mitkam. Sie befürchtete, dass ihre Tätigkeit als Journalistin im linken Spektrum zu Spannungen mit den eher regierungsnahen Männern der Sicherungsgruppe führte, und sie wollte ihm Peinlichkeiten ersparen. Gerbers Überlegung, was er Wesler darauf antworten sollte, war hinfällig geworden, als dessen scherzhafte Bemerkung mit einem heftigen Hustenanfall geendet hatte.

Weslers häufiges Husten bereitete Gerber Sorge. Er schätzte seinen Vorgesetzten, und das beruhte auf Gegenseitigkeit, aber sie waren keine Freunde wie Gerber und sein Kollege Erwin Sattler, und deshalb hatte er nicht gewagt, Wesler darauf anzusprechen.

Er schaltete das Autoradio ein, dessen Drehknöpfe mit einem Notenschlüsselsymbol verziert waren. Was hätte passender sein können, dachte Gerber schmunzelnd. Der Wagen machte ihm immer wieder Spaß. Er drehte am Sendersuchknopf und blieb bei AFN Frankfurt hängen, wo man gerade Ricky Nelson mit seinem schwungvollen Song *Travelin' Man* spielte. Bei der

Textstelle «Oh my sweet Fraulein down in Berlin town makes my heart start to yearn» dachte er an Eva, und er freute sich jetzt schon auf das Wiedersehen mit ihr, hoffentlich in wenigen Tagen.

Seine Gedanken wanderten zurück in das Frankfurt der frühen Nachkriegszeit, als er noch Agent des CIC gewesen war. Damals hatte der Oberkommandierende Eisenhower die Verlegung des AFN-Hauptquartiers von London nach Frankfurt angeordnet, und ausgerechnet Gerber war von Hiram C. Anderson, damals noch im Rang eines Majors, damit beauftragt worden, gemeinsam mit einem Lieutenant Jim Lewis vom Stab des Soldatensenders ein geeignetes Gebäude zu finden. Sein vielleicht ungewöhnlichster Auftrag, und die Wahl war auf das Höchster Schloss vor den Toren der Stadt gefallen, von dem AFN Frankfurt heute noch sein Programm ausstrahlte. Er hatte sich gut mit Jim Lewis verstanden, hatte er ihn doch an einen anderen Jim erinnert: Lieutenant Jim Anderson vom CIC, der wenige Monate zuvor, ermordet von Himmlers Werwölfen, tot in Gerbers Armen gelegen hatte.

AFN spielte den aktuellen Hit von Ral Donner, *You Don't Know What You've Got (Until You Lose It)*. Der Text des Liebesliedes bekam für Gerber eine andere Bedeutung, als er an den Freund dachte, den er vor sechzehn Jahren verloren, aber niemals vergessen hatte.

Er zündete sich noch eine Camel an, nahm einen tiefen Zug und stutzte plötzlich, als sein Blick auf den Innenrückspiegel fiel. Hinter ihm fuhr seit einiger Zeit ein rotes Auto-Union-Coupé mit einem jungen Paar. Die beiden lachten und schienen sich gut zu verstehen. Sie waren es auch nicht, die seinen Verdacht erregt hatten. Im Windschatten des AU-Coupés hielt sich ein heller Sportwagen, ein neueres Porsche-Modell. Nur ein Mann saß in dem offenen Cabriolet, aber Gerber konnte kaum etwas von ihm erkennen. Doch so viele Porsche-Sportwagen gab es nicht, und Gerber war sich sicher, den Wagen schon bemerkt zu haben, kurz nachdem er mit dem Kapitän auf die Autobahn gefahren war. Das mochte Zufall sein, doch Gerbers Alarmglocken schrillten. Der Porsche war ein schneller Wagen, und nach seiner Erfahrung liebten es Porschefahrer, das auch auszunutzen. Der Porsche hinter ihm jedoch gondelte brav hinter ihm und dem AU-Coupé her.

Er blickte auf den Tachometer, dessen Anzeiger sich nicht entscheiden konnte, ob er gelb oder rot sein wollte, da die Geschwindigkeit des Kapitän um die Hundert-Stundenkilometer-Marke pendelte. Ein Schild am Fahrbahnrand kündigte als nächste Ausfahrt in fünf Kilometern Darmstadt an, und in Gerber reifte ein Plan, um die Absichten des Porschefahrers zu erkunden. Mit dem Durchdrücken des Gaspedals erlöste er die Tachometeranzeige von ihrer Wankelmütigkeit, und die Anzeigenwalze ging entschlossen ins Rote über.

Der Fahrtwind begann, den Wagen deutlich hörbar zu umflattern. Vielleicht der einzige Makel, der dem Fahrzeug anzulasten war. Während Del Shannons Hit *Runaway* aus dem Lautsprecher klang, beobachtete Gerber im Rückspiegel, wie das rote Coupé ungerührt immer weiter hinter ihm zurückfiel.

Der Porschefahrer hingegen setzte zum Überholen an, ohne sich damit aufzuhalten, den Blinker zu betätigen. Er setzte sich vor das Coupé und wurde noch schneller, bis er auf einem konstanten Abstand einige Fahrzeuglängen hinter Gerbers Wagen blieb.

Gerber betrachtete im Rückspiegel den Fahrer, und was er sah, gefiel ihm nicht. Hinter dem Lenkrad saß ein junger Mann mit dunklem Haar und Sonnenbrille. Auch wenn Gerber ihn nicht genau erkennen konnte, in ihm stieg ein gewisser Verdacht auf.

Noch zwei Kilometer bis zur Ausfahrt. Er nahm die Camel aus dem Mund und drückte sie im Aschenbecher aus. Gleich würde er wissen, ob er einen Verfolger hatte. Fast einhundertfünfzig Stundenkilometer, sagte Gerbers Tacho, dessen Skala bis einhundertsechzig reichte, und nur noch wenige Hundert Meter bis zur Ausfahrt, die vor seinen Augen schnell größer wurde. Ohne zu blinken, stieg Gerber voll in die Eisen und steuerte die Ausfahrt an. Der Opel schmiegte sich an die Fahrbahn, als sei er mit ihr verwachsen.

Nicht so der Porsche, der ebenfalls abbremste und gefährlich schlackerte. Der Fahrer hatte alle Mühe, ihn in der Spur zu halten. Mit dem Manöver hatte er offensichtlich nicht gerechnet. Doch der andere war ein guter Fahrer und brachte den Porsche wieder unter Kontrolle. Der silbergraue Sportwagen kam fast bis an die Stoßstange des Kapitän heran, beschleunigte abrupt und setzte sich neben den Opel, obwohl die Kurve der Autobahnausfahrt nicht für ein solches Manöver gedacht war.

Als das Gesicht des Verfolgers mit ihm auf einer Höhe war, erkannte Gerber den Mann. Es war der Attentäter aus dem Hotelzimmer. Die schmalen Lippen des Unbekannten formten sich zu einem Lächeln. Er trug dunkle Handschuhe und hielt das Lenkrad nur mit der linken Hand. Die Rechte hob sich, und der Lauf einer halbautomatischen Pistole richtete sich auf Gerber.

Der reagierte sofort und machte eine Vollbremsung. Die Kugel verfehlte ihn und durchschlug die Seitenscheibe, während der Kapitän in der Kurve von der Fahrbahn abkam.

Sekunden später krachte der Wagen mit ohrenbetäubendem Lärm gegen einen Baum, und Gerbers Kopf prallte hart gegen die mittlere Fahrzeugsäule. Ein überwältigender Schwindel packte ihn und stürzte ihn in ein tiefes, tiefes Loch aus allumfassender Schwärze. Das Letzte, was er wahrnahm, war der Lautsprecher des Autoradios, aus dem der unverkennbare Elvis Presley erklang: *Surrender.*

// KAPITEL 9 //

Philipp hatte es gut, fuhr er doch jetzt bequem in seinem Wagen nach München, dachte Eva ein wenig neidisch, als sie in der überfüllten U-Bahn stand. Sie bereute ihre Entscheidung, denn in einem Taxi wäre sie entspannter zum Kudamm zurückgefahren.

Das Gespräch mit Egon Bahr hatte ihre Laune gehoben. Das Wiedersehen war für sie fast wie das Treffen mit einem alten Freund gewesen. Zwar blieb es ein Risiko für sie, Ost-Berlin zu betreten, aber dass ihre Sicherheit notfalls in Bahrs Händen lag, beruhigte sie ein Stück weit.

Die Bahn hielt, und Eva musste ihre Ellbogen einsetzen, um nach draußen zu gelangen. Sie hatte verdrängt, wie hektisch Berlin oft sein konnte. Als sie die Pension betrat, winkte ihr die etwas matronenhafte, stets gutmütige Frau Fischer zu.

«Hier ist etwas für Sie abgegeben worden, Fräulein Herden.»

Es war ein brauner, dünner Papierumschlag, auf dem lediglich ihr Name stand.

Evas Finger glitten über das Papier. «Wer hat das abgegeben?»

«Eine junge Frau mit roten Haaren. Sie hat nicht gesagt, wer sie ist.»

«Dann kann ich mir denken, was es ist», sagte Eva mehr zu sich selbst und ging auf ihr Zimmer im ersten Stock.

Nur zwei Seiten befanden sich in dem Umschlag, ein Schreiben des DDR-Ministers für Bauwesen, unterzeichnet von Ernst

Scholz persönlich. Falls es echt war. Sie steckte das Schreiben wieder in den Umschlag und verstaute diesen in ihrer Handtasche. Ein kurzer Besuch im Bad, um sich frisch zu machen, und sie verließ ihr Zimmer wieder.

In der kleinen Empfangshalle war Frau Fischer nicht länger allein. In einem Sessel neben der Tür saß Ulrike Vogt, die Beine lässig übereinandergeschlagen, und blätterte in einer Zeitschrift. Sie trug ein blaues Kleid mit Blumenmuster, das ihre schlanke Figur betonte, und einen breitkrempigen hellen Hut. Sie wirkte sehr schick und nicht wie jemand, der auf das beschränkte Warenangebot in der Ostzone angewiesen war. Vermutlich konnte sie es sich leisten, in den Modegeschäften der Westsektoren einzukaufen.

Bei Evas Anblick legte Vogt die Zeitschrift auf den kleinen Tisch neben sich, erhob sich und strich ihr Kleid glatt.

«Fräulein Herden, Sie haben die Nachricht also erhalten. Sind Sie zufrieden?»

«Ja, gesetzt den Fall, das Schreiben ist echt.»

Vogt lachte auf, und es klang ein wenig gekünstelt. «Sie sind wirklich ulkig, Fräulein Herden. Vielleicht sollten Sie zum Kabarett gehen und bei den Stachelschweinen auftreten.» Ihr Blick wurde ernst. «Ich hatte gehofft, wir würden uns schnell einig werden, und ich könnte Sie gleich mitnehmen. Die Baubrigade ‹Siebter Oktober› freut sich schon darauf, Sie kennenzulernen.»

«Sie haben es aber eilig, mich in den Osten zu holen.» Eva blickte demonstrativ auf ihre Armbanduhr. «Es tut mir leid, aber ich habe noch Termine und bin in Eile. Wir sollten unser gemeinsames Projekt morgen beginnen. Wie kann ich Sie erreichen?»

Nur für den Hauch eines Moments war zu erahnen, dass die

barsche Abweisung Vogt verärgert hatte, doch dann lächelte sie wieder. Offenbar hatte sie gelernt, sich zu beherrschen.

«Darf ich Sie heute Abend hier anrufen?»

«Sehr gern.»

Beim Verlassen der Pension entdeckte Eva ganz in der Nähe den hellblauen Renault, zu dem Vogt ging. Hinter dem Lenkrad hockte Geisbach und starrte Löcher in die Luft.

Er und Ulrike Vogt gaben ein seltsames Paar ab, und es ging ihnen bei der ganzen Sache gewiss nicht darum, die Überlegenheit des sozialistischen Bauwesens zu beweisen. Das war glasklar. Aber würde die Stasi einen solchen Aufwand betreiben, um Eva in ihre Hände zu bekommen? Immerhin lag die misslungene Flucht ihres Vaters sieben Jahre zurück, da hätte sich Mielkes Truppe sehr viel Zeit gelassen. Evas Zweifel an den Absichten der beiden verstärkte nur ihren Entschluss, tatsächlich die Grenze zum Ostsektor zu überqueren, um den Dingen auf den Grund zu gehen. Doch war das erhaltene Schreiben eine ausreichende Lebensversicherung?

Sie tauchte wieder ins Halbdunkel der Berliner U-Bahn ein. Immer wieder schaute sie über ihre Schulter, ohne jemanden zu entdecken. Trotzdem nahm sie nicht die direkte Verbindung zu ihrem Ziel, man konnte nie wissen.

--

Schlugen die Glocken nur in seinem Kopf, oder stand in der Nähe eine Kirche? Gerber wusste es nicht, aber im Augenblick war es ihm egal. Er hatte den Mann im Porsche unterschätzt. Der hatte Gerbers Manöver an der Autobahnausfahrt in einer Art gekontert, die ihn fast das Leben gekostet hätte. Du wirst alt, Philipp, sagte er zu sich selbst, alt und leichtsinnig.

Nach der Kollision mit dem Baum hatte er kurzzeitig das Bewusstsein verloren, und als er wieder zu sich gekommen war, hatte er alles um sich herum nur schemenhaft wahrgenommen. Die Schemen waren zu Umrissen von Menschen geworden. Vorsichtig hatten sie ihm aus dem Wagen geholfen, und ein Krankenwagen hatte ihn nach Darmstadt ins Krankenhaus gebracht. Man hatte ihn geröntgt und alle möglichen Untersuchungen mit ihm angestellt, aber keine inneren Verletzungen entdeckt. Die schlimmste Verletzung schien tatsächlich die blutende Kopfwunde zu sein, die er dem Zusammenprall mit der B-Säule verdankte. Er trug jetzt einen hübschen Kopfverband.

«Und Sie haben eine Gehirnerschütterung», hatte ein Arzt ihm mitgeteilt. «Wir behalten Sie über Nacht hier.»

Gerber hatte andere Pläne, er musste nach München. Aber nicht mehr mit seinem Opel Kapitän, dessen Haifischmaul stark eingedrückt war, nachdem der Wagen den Baum geküsst hatte. Der Anblick hatte ihm in der Seele wehgetan, und er fürchtete sich jetzt schon vor dem Schadensbericht.

Während eine Krankenschwester sich an seinem Kopfverband zu schaffen machte, betrat ein gedrungener Mann in einem schlecht sitzenden Anzug den Untersuchungsraum.

«Ah, hier stecken Sie, Herr Kollege. Immer bei den jungen Damen, wie?» Kriminaloberkommissar Klaus Hanisch deutete auf Gerbers Hinterkopf. «Tut es sehr weh?»

«Nur, wenn ich an mein Auto denke.»

«Das ist noch in den Händen der Kriminaltechniker. Das Geschoss wird noch gesucht, es hat wohl beide Seitenscheiben durchschlagen.»

«Dann sollten Ihre Kollegen besser das Gelände neben der Ausfahrt durchkämmen. Ich tippe auf das Kaliber neun mal achtzehn.»

«Eine Makarow?», frage Hanisch und sah der Schwester nach, als sie den Raum verließ.

«Das ist meistens der Fall, wenn Ost-Agenten im Spiel sind. Der Mann am Flughafen hat auch eine benutzt.»

«Was wäre der Iwan ohne seine treue Makarow», sagte Hanisch, ohne eine Antwort zu erwarten. «Der Schütze ist noch flüchtig. Am Telefon sagten Sie, es sei derselbe wie letzte Nacht, dieser …»

«Lebende Tote? Wollen Sie das sagen, Herr Hanisch? Ich erspare mir jetzt, Sie zu bitten, erneut im Leichenkeller nachzusehen. Es muss ein Doppelgänger sein. Und ja, er war es. Obwohl er eine Sonnenbrille trug, habe ich ihn deutlich erkannt.»

«Auf dem Bajonett haben die Kollegen keine Fingerabdrücke gefunden. Vielleicht bringt uns der Porsche weiter, sofern wir ihn finden können. Immerhin wissen wir, wo der Attentäter ihn herhat. Das Cabrio wurde in den frühen Morgenstunden einem Gynäkologen im Westend gestohlen.»

«Vielleicht sollte ich auf Frauenarzt umschulen, damit ich mir die Reparatur meines Wagens leisten kann.»

«Machen Sie sich darüber keine Sorgen. Erholen Sie sich erst einmal in den Händen der fürsorglichen Krankenschwestern.»

Gerber schlug die Bettdecke zur Seite und setzte sich auf. «Von wegen. Ich habe morgen einen wichtigen Termin in München. Falls Sie gleich nach Frankfurt zurückfahren, würden Sie mich und mein Gepäck mitnehmen und am Hauptbahnhof absetzen? Auf der Fahrt könnten wir alles Weitere besprechen.»

Hanisch rieb mit dem Zeigefinger über seinen Oberlippenbart und sah Gerber zweifelnd an. «Das ist keine gute Idee, denke ich. Der Arzt meinte …»

«Ich entlasse mich auf eigene Verantwortung.» Gerber streifte das Patientenhemd ab, mit dem man ihn geschmückt hatte. «Wenn Sie mir bitte meine Kleidung reichen würden. Im Spind hinter Ihnen.»

Im aufrechten Sitzen spürte Gerber ein leichtes Schwindelgefühl, bemühte sich aber, es nicht zu zeigen.

--

«Sie schon wieder?», fragte Fräulein Kirsch überrascht, als Eva das Vorzimmer betrat. Doch schnell fand Egon Bahrs Sekretärin ihren sachlichen Ton wieder. «Was kann ich für Sie tun, Fräulein Herden?»

«Ich muss noch einmal mit Herrn Bahr sprechen, dringend.»

«Sie haben aber keinen Termin», antwortete Fräulein Kirsch und musste dazu nicht in ihre Unterlagen schauen.

«Es dauert auch nicht lange.»

«Bedaure, Herr Bahr ist quasi auf dem Sprung.»

«Es geht wirklich schnell», versicherte Eva.

«Zu einem Termin mit dem Regierenden Bürgermeister», fügte Fräulein Kirsch bestimmt hinzu.

Während Eva noch krampfhaft überlegte, wie sie die Sekretärin umstimmen konnte, wurde die Durchgangstür geöffnet, und Bahr trat ins Vorzimmer, eine abgegriffene Aktentasche in der Hand.

«Fräulein Eva, das ging ja schnell», sagte er erstaunt.

«Ich habe die Zusicherung. Jetzt frage ich mich nur …»

«Ob Sie sich darauf verlassen können, verständlich.» Er trat einen Schritt zurück in sein Büro und winkte ihr, ihm zu folgen. «Ich sehe mir das einmal an.»

Fräulein Kirsch hob mahnend die Rechte. «Herr Bahr, Ihr Termin mit dem Regierenden …»

«Herr Brandt wird auch in fünf Minuten noch regieren, länger werden wir nicht brauchen.»

Damit verschwand Bahr in seinem Büro, gefolgt von Eva. Sie nahm den Umschlag aus ihrer Handtasche und zog das Schreiben heraus, das angeblich Minister Scholz verfasst hatte.

Bahr las es sorgfältig und sah dann Eva an. «Auf mich wirkt es echt, aber ich bin für solche Fragen kein Fachmann. Soll ich es prüfen lassen?»

«Das wäre wunderbar. Nur es müsste schnell gehen. Die Vogt hätte mich am liebsten heute schon mit in den Osten genommen. Ich habe sie auf morgen vertröstet.»

«In Ordnung, ich melde mich heute Abend bei Ihnen.»

--

München war eine erstaunliche Stadt, dachte Gerber, als sein Fernzug auf die Minute pünktlich, wie er es von der Bundesbahn gewohnt war, auf den Münchner Hauptbahnhof zurollte. Im Krieg hatten sich die Alliierten bei der Bombardierung der «Hauptstadt der Bewegung» besondere Mühe gegeben. Hitler hatte die Stadt so genannt, weil hier sein erster Versuch der Machtübernahme stattgefunden hatte und weil die NSDAP hier gegründet worden war. Jede Bombe, die das für die NS-Propaganda so wichtige München traf, sollte ein Schlag gegen das Vertrauen der Deutschen in ihren «Führer» sein.

Nach mehreren Dutzend Luftangriffen mit mehr als sechseinhalbtausend Toten und fast sechzehntausend Verletzten, bei denen fünfundvierzig Prozent des Stadtgebiets zerstört worden waren, hatte es den Plan gegeben, den Trümmerhaufen unangetastet zu lassen und die Stadt am Nordufer des Würmsees, den viele jetzt Starnberger See nannten, ganz neu aufzubauen.

Davon war man abgekommen, und vor zwölf Jahren hatte der Oberbürgermeister Thomas Wimmer die Parole «Rama dama!» ausgegeben – «Räumen tun wir!».

Wimmer selbst hatte zur Schaufel gegriffen, um München von den gigantischen Schuttbergen zu befreien. Der Wiederaufbau historischer Gebäude war eine so gelungene Verbindung mit moderner Architektur eingegangen, wie es in kaum einer anderen deutschen Stadt geschehen war. München hatte sich schnell von den Kriegswunden erholt und herausgemacht, und die Stadt schickte sich an, das neue Berlin zu werden. Das zog die Menschen an: Die Zahl von einer halben Million Einwohner bei Kriegsende hatte sich verdoppelt. Jedes Mal, wenn Gerber in München war, hatte sich der weltstädtische Eindruck noch mehr verfestigt.

Als er sich erhob, um seinen Koffer von der Gepäckablage zu nehmen, pochte sein Schädel. Gleichzeitig kehrte der Schwindel zurück. Vielleicht war es doch keine so gute Idee gewesen, sich selbst aus dem Krankenhaus zu entlassen.

Die Dame mit der eleganten Brille, die ihm gegenübergesessen hatte und die ihn an seine Grundschullehrerin erinnerte, warf ihm einen besorgten Blick zu, der für ein, zwei Sekunden auf seinem Kopfverband verharrte.

Er betrat den Bahnsteig, und wenn der Hotelbettenanzeiger am Querbahnsteig nicht log, waren im Bundesbahn-Hotel noch Zimmer frei. Das war zwar nicht die ruhigste Lage, aber der kürzeste Weg. Zügig durchquerte er den Hauptbahnhof und betrat im Südflügel die Rezeption des Hotels, wo er ein Zimmer im zweiten Stock mietete. Als sein Blick auf das ordentlich gemachte Bett fiel, musste er gegen den Drang ankämpfen, sich darauf auszustrecken und die Augen zu schließen, hatte er doch noch einiges zu erledigen. Mehrere Telefonate warteten auf ihn, aber zuerst musste er etwas essen. Aus dem Loch in seinem Magen war fast ein Krater geworden.

Im Bahnhofsrestaurant bestellte er eine Leberknödelsuppe und danach Krautwickerl, dazu ein Halbliterglas Löwenbräu. Er erinnerte sich noch an die Zeit, als in München das Bier nur im Steinkrug, der Maß, ausgeschenkt wurde. Dem Wunsch, sich eine Camel anzuzünden, widerstand er. Irgendwie hatte er das Gefühl, Nikotin sei bei seinem Schwindel keine gute Idee. Mit einem Fläschchen Togal aus der Bahnhofsapotheke ging er zurück ins Hotel, wo er drei der Schmerztabletten mit einem Glas Wasser hinunterspülte. Er hatte ein Zimmer mit eigenem Telefonanschluss genommen und konnte sich auf dem Bett ausstrecken, während er seine Telefonate führte. Mehr Luxus brauchte er nicht.

Hanisch bestätigte Gerbers Vermutung, dass der Porschefahrer eine Makarow benutzt hatte. Darüber hinaus gab es keine neuen Erkenntnisse.

Anschließend sprach er mit Wesler. Der ermahnte Gerber zu äußerster Vorsicht.

«Heute Nacht überrascht mich niemand», versprach Gerber und blickte zur Tür, vor die er einen Stuhl geschoben hatte. Auf der Stuhlkante stand ein leeres Wasserglas. Jeder Versuch, die Tür zu öffnen, würde dazu führen, dass das Glas auf den Boden fiel und zersprang. Was ihm genug Zeit geben würde, nach seiner Browning unter dem Kopfkissen zu greifen. Zusätzlich hatte er ein Prospekt zusammengefaltet und als Keil unter die Tür geschoben, damit sich die Tür nicht leicht öffnen ließ.

Als er in Evas Pension anrief, hatte er einen Portier am anderen Ende der Leitung, der Eva erstaunlich rasch ans Telefon holte.

«Hast du schon auf meinen Anruf gewartet?», fragte er.

Eva lachte leise, es klang eher angespannt als erheitert. «Ich führe heute Abend mehrere Telefonate, und auf einen Anruf warte ich noch.»

«Auf welchen?»

«Das DDR-Bauministerium will wissen, ob ich ab morgen für den gewünschten Bericht über die Fortschritte der ostdeutschen Baubrigaden beim Wiederaufbau Ost-Berlins zur Verfügung stehe.»

Gerber verstand augenblicklich, warum Eva in die umständliche, ans Behördendeutsch erinnernde Ausdrucksweise verfiel. Sie rechnete damit, dass ihr Gespräch mitgehört wurde.

«Hast du dich entschieden?»

«Ja, ich mache es. Der Minister für Bauwesen hat mir einen so netten Brief geschrieben, da konnte ich gar nicht Nein sagen. Und wie geht es dir? Du meldest dich sehr spät.»

«Ich hatte ja keine Eile und bin sehr gemütlich gefahren.» Für den Fall, dass der Anschluss in Evas Pension tatsächlich abgehört wurde, wollte er der Stasi keine Hinweise auf seinen Zustand oder seine Unterkunft geben.

«Dann hat dein geliebter Kapitän dich gut nach München gebracht?»

Gerber antwortete in einem ungezwungenen Tonfall: «Der Zustand des Wagens würde dich erstaunen, Eva.»

Keiner wollte am Telefon etwas wirklich Wichtiges sagen, und sie hielten das Gespräch sehr knapp. Hinterher dachte Gerber noch lange an Eva und wünschte sich, sie wäre nicht auf das Angebot eingegangen, das ihr Minister Scholz – oder wer auch immer – unterbreitet hatte.

--

Was für ein unergiebiges Telefonat, dachte Eva, als sie von der Rezeption zurück zu dem Sessel ging, in dem sie auf ihre Anrufe wartete. Immerhin, Philipp schien es gut zu gehen, und darüber war sie sehr froh. Einen Augenblick lang hatte sie geglaubt, er spiele ihr etwas vor. In seiner Stimme hatte ein Unterton gelegen, als er vom Zustand seines Wagens gesprochen hatte. Aber sie musste sich getäuscht haben. Wenn Philipp auf der Fahrt etwas zugestoßen wäre, wäre er wohl kaum in München gewesen. Natürlich hätte er sie von sonst wo anrufen können, aber warum?

Sie setzte sich wieder, nippte an ihrer Zitronenbrause und blätterte im Politikteil des *Tagesspiegel*, ohne sich wirklich auf die Lektüre konzentrieren zu können. Anders als der Nachtportier, der sich nach Philipps Anruf wieder in sein abgegriffenes Karl-May-Buch vertieft hatte, das auf seinem bunten Deckelbild zwei Indianer in einem Kanu zeigte. Eva dachte an den Anruf von Egon Bahr, der eine knappe Stunde zurücklag. Bahr war vorsichtig gewesen und hatte seinen Namen nicht genannt. Das war auch gar nicht nötig gewesen, seine hohe, durchdringende Stimme war unverkennbar.

«Es geht um den Brief. Nach Ansicht unserer Experten ist er echt.»

«Dann kann ich das Angebot ja beruhigt annehmen.»

«Beruhigt?» Bahr hatte hörbar ausgeatmet. «Ich wäre an Ihrer Stelle höchst wachsam und würde Scholz nicht trauen. Er hat eine lange Karriere hinter sich und kennt eine Menge Tricks.»

«Ich werde vorsichtig sein», hatte Eva versprochen. «Und für den Notfall habe ich ja Sie.»

Erneut drang das schrille Klingeln des Telefons durch die Lobby. Mit einem schweren Seufzer nahm der in seiner Lektüre gestörte Portier den Hörer ab, meldete sich knapp, lauschte kurz in die Hörmuschel und hielt ihr den Hörer hin.

«Wieder für Sie, Fräulein. Ich hoffe, dass sie den *Schatz im Silbersee* bald mal als Film bringen. Wenn das so weitergeht, komme ich mit dem Buch nie durch.»

Eva stand auf, strich über ihren Rock und ging wieder zur Rezeption. Sie meldete sich mit ihrem Namen und sah, sobald sie die Stimme hörte, die Frau mit den roten Locken deutlich vor sich.

«Vogt hier, guten Abend. Ich hoffe sehr, Sie haben sich in unserem Sinne entschieden.»

«Das habe ich. Und ich hoffe sehr, es ist die richtige Entscheidung.»

«Ganz bestimmt, Fräulein Herden, ganz bestimmt. Es wird eine interessante Erfahrung für Sie werden. Ich freue mich schon darauf. Ist es Ihnen recht, wenn ich Sie morgen gegen halb neun in Ihrer Pension abhole? Der Genosse Minister für Bauwesen möchte Sie gern persönlich begrüßen.»

Damit hatte Eva nicht gerechnet, und irritiert schwieg sie etwas zu lange. Sie war davon ausgegangen, dass die Geschichte mit der Baubrigade nur ein Vorwand für etwas anderes war und dass Scholz, falls die Unterschrift tatsächlich echt war, nur am Rande wahrgenommen hatte, was er da unterschrieben hatte. Vogts letzte Eröffnung brachte alles, was Eva sich zurechtgelegt hatte, durcheinander. Waren ihre Befürchtungen grundlos, und hatte sie Egon Bahr für nichts und wieder nichts behelligt?

«Fräulein Herden, sind Sie noch dran?»

Eva nickte eifrig, bis ihr einfiel, wie sinnlos das am Telefon war.

«Natürlich, Fräulein Vogt. Ich überlege, ob es sinnvoll ist, wenn ich mich für morgen um einen Fotografen bemühe.»

«Nicht nötig, den stellen wir. Selbstverständlich dürfen Sie alle Fotos, die er schießt, nach Ihrem Gutdünken benutzen.»

«Sie haben anscheinend an alles gedacht.»

«Das ist meine Aufgabe. Also dann bis morgen, halb neun.»

«Ja, bis morgen», erwiderte Eva. «Ich bin schon sehr gespannt.»

// KAPITEL 10 //

Donnerstag, 3. August 1961

Lustlos blätterte Eva in den Zeitungen, unfähig, sich auf einen Artikel zu konzentrieren. Sie fühlte sich wie zerschlagen, hatte unruhig geschlafen. Sie hatte immer wieder daran denken müssen, was sie im Ostsektor erwarten mochte. Schließlich hatte sich das Gedankenkarussell so schnell gedreht, dass sie eine Schlaftablette genommen hatte. Sie griff ungern auf Tabletten zurück, um einzuschlafen oder um munter zu bleiben. Mit solchen Hilfsmitteln war sie vorsichtig geworden, seitdem sie ihre Pervitinsucht überwunden hatte. Wäre Philipp damals nicht gewesen, wäre sie vielleicht nicht von dem Teufelszeug losgekommen. Er hatte es nie wieder erwähnt, aber sie wusste, was sie ihm zu verdanken hatte.

Sie saß in dem kleinen Frühstücksraum der Pension. Das Frühstück war gut und reichlich, aber sie hatte mehr aus Vernunft als aus Appetit gegessen. Der Tag schien lang und anstrengend zu werden, und sie wusste nicht, wo sie am Ende des Tages sein würde.

Eva rieb mit einer Hand über ihre müden Augen, da sah sie durchs Fenster den Renault vorfahren. Ulrike Vogt, die unter ihrem offenen Sommermantel ein blaues Kostüm trug, stieg aus und steuerte zielstrebig auf die Pension zu. Pünktlich auf die Minute.

Ein Herr vom Nachbartisch sprang eilig auf, um Eva in den

Mantel zu helfen, beobachtet von seiner skeptisch dreinblickenden Frau. In der Lobby trafen sie sich, und Vogt wirkte frisch und ausgeruht.

«Sie sehen übermüdet aus, Fräulein Herden. Haben Sie schlecht geschlafen? Wir werden Sie ganz hübsch beanspruchen in den kommenden Tagen, um beim Arbeitsbeginn der Brigade ‹Siebter Oktober› dabei zu sein. Wollen Sie lieber bei uns im Osten übernachten, damit der Weg für Sie kürzer ist? Die DDR würde selbstredend für die Kosten aufkommen, und Sie könnten sich das Geld für Ihr Zimmer hier sparen.»

Eva bemühte sich, das unschuldig wirkende Lächeln zu erwidern. «Ich fühle mich hier sehr wohl, vielen Dank.»

«Wir haben sehr gute Hotels im Osten.»

«Das weiß ich. Bei Ihnen ist ja generell alles besser. Ich frage mich nur, weshalb sich dann so viele Menschen bemühen, in den Westen zu kommen.»

Vogts Züge verhärteten sich. «Das liegt an der West-Propaganda, die den Bürgern der DDR unermüdlich eintrichtert, im Westen flössen Milch und Honig.»

«Das wird es sein», sagte Eva und seufzte. «Na, dann lassen Sie uns mal an einem flotten Bericht über die Fortschritte des sozialistischen Bauwesens arbeiten, damit Ihre Bürger merken, wie gut es Ihnen geht. Falls Sie meinen Artikel auch in der DDR publizieren wollen.»

«Wenn er gut wird, natürlich», versetzte Vogt schnippisch.

«Ich werde mir besondere Mühe geben, um Ihren hohen Ansprüchen gerecht zu werden.»

Eva unterdrückte auch den kleinsten Anflug von Ironie in ihrem Tonfall, ihre Wortwahl sprach für sich.

Vogt räusperte sich. «Daran wollte ich nicht zweifeln, entschuldigen Sie.»

Sie verließen die Pension, und Eva nahm im Fond des Renault Platz. Auf dem Fahrersitz saß wieder Richard Geisbach, dessen knappes «Morgen!» sie an ein Schnarren erinnerte.

Er wendete den Wagen und reihte ihn flott in den Verkehr Richtung Ost-Berlin ein. Zu flott, wie Eva fand. Sie fuhren durch den Tiergarten und bogen auf die Straße des 17. Juni. Jeder Meter, der sie der Sektorengrenze näher brachte, ließ sie stärker an ihrer Entscheidung zweifeln.

Eva Herden, die sturmerprobte Journalistin, die für eine gute Story jedes Wagnis auf sich nahm. Aber was für eine Story war es wirklich? Um die wackeren Helden der Ost-Berliner Neubauten in einem Artikel zu glorifizieren, vielleicht mit Bildunterschriften wie «Ein kühles Bier für den Polier», hätte man nicht eine Journalistin mit ihrem Ruf engagieren müssen.

Der Sektorenübergang am Brandenburger Tor kam in Sicht, und Bilder aus der Vergangenheit tauchten vor ihr auf. Sechs Jahre zuvor hatten sie und Philipp dort darauf gewartet, dass Otto John in den Westen zurückkehrte. Dort war ihnen auch der in den Diensten der Stasi stehende Ex-Fremdenlegionär Walter Dorst begegnet, den sie zwei Jahre später in Frankfurt wiedergetroffen hatte. Sie dachte an ihren Vater, der jetzt so tot war wie Dorst. Und sie dachte auch an den KGB-Oberst Semjonow, der sie und ihren Vater benutzt hatte, um an Philipp heranzukommen. Und jetzt wollte sie wirklich zurück nach Ost-Berlin? Freiwillig?

Am Brandenburger Tor herrschte reges Treiben. Ein Filmteam hatte seine Gerätschaften aufgebaut. Eva fiel es wieder ein, sie hatte einen Artikel darüber gelesen. Der berühmte Regisseur Billy Wilder war in Berlin, um seinen neuen Kinofilm zu drehen. Offenbar hatte er die Erlaubnis erhalten, auch in Ost-Berlin zu drehen.

Ihr Blick wanderte weiter zu den bewaffneten Wachen beiderseits der Sektorengrenze und zu den Hinweisschildern, die in mehreren Sprachen verkündeten: «Sie verlassen den britischen Sektor», und kurz dahinter Schilder mit der DDR-Flagge und der Aufschrift: «Sie betreten das Demokratische Berlin».

Der Renault wurde langsamer, fuhr jetzt nicht mehr als die im Grenzbereich erlaubten fünf Stundenkilometer. Eva sah nach links zum Reichstagsgebäude, dann wieder nach vorn, zwischen Geisbach und Vogt hindurch. Wie in Zeitlupe rückte die Grenze näher. In ihr wuchs der Drang, die Tür aufzustoßen und einfach aus dem Wagen zu springen. Aber sie rührte sich nicht. Etwas in ihr drängte sie, die seit Jahren in ihr schlummernde Furcht zu überwinden. Der Widerstreit ihrer Gefühle wurde so stark, dass sie zu zittern begann.

Als hätte sie es gespürt, drehte Ulrike Vogt sich auf dem Beifahrersitz nach hinten und sah sie mitfühlend an.

«Sie Arme, Sie zittern ja wie bei einer Erkältung. Aber keine Sorge, wir passen gut auf Sie auf. Was Sie schon alles mitmachen mussten!»

Eva war wie erstarrt, die ganze Situation kam ihr unwirklich vor. Sie hätte sich über die Worte Ulrike Vogts ärgern sollen, aber in ihrer gegenwärtigen Verfassung empfand sie es nicht als unangenehm oder herabsetzend. Im Gegenteil, es beruhigte Eva.

Geisbach hielt den Renault vor den britischen Militärpolizisten an, kurbelte das Seitenfenster nach unten und reichte einem Sergeant seine und Vogts Papiere. Nach einem kurzen prüfenden Blick gab der Sergeant ihm die Papiere zurück und trat zum Fond. Er starrte Eva durch das Fenster an. Schließlich zog er die Tür auf und beugte sich zu ihr herunter. Ein mittelgroßer Mann in den Vierzigern, mit einem sauber gestutzten

Oberlippenbart und sonnengebräunter Haut. Vielleicht hatte er im Krieg in Birma gedient oder in Nordafrika.

«Und Sie, Fräulein?», fragte er mit starkem Akzent, aber in einem fehlerfreien Deutsch.

Endlich löste sich Eva aus ihrer Erstarrung und nestelte ungeschickt an ihrer Handtasche, bis sie ihm endlich ihren Personalausweis reichte.

Er sah ihn sich aufmerksam an. «Sie kommen aus Westdeutschland. Was wollen Sie im Ostsektor?»

Eva räusperte sich. «Ich bin Journalistin und recherchiere für einen Artikel.»

Er richtete seinen Blick nach vorn. «Gemeinsam mit diesen Herrschaften?»

«Ja. Sie sind vom DDR-Bauministerium und unterstützen mich bei der Recherche.»

«Sie fahren also aus freiem Willen in den Ostsektor, Fräulein Herden?»

Ein Wort, ein kurzes «Nein» hätte genügt, und der Sergeant hätte sie aus dem Auto geholt. Es lag ihr auf den Lippen, aber sie schluckte es hinunter und sagte: «Ja, Sergeant, ganz aus freien Stücken.»

«Wie Sie meinen, Fräulein.» Er gab ihr den Ausweis zurück. «Passen Sie gut auf sich auf!»

Er schloss die Tür wieder, trat einen Schritt zurück und gab seinen Männern ein Zeichen. Die Briten ließen den Schlagbaum nach oben gehen, Geisbach tippte aufs Gaspedal, und der Renault rollte langsam über die Grenze und durch das Brandenburger Tor.

Sie waren in Ost-Berlin.

Ulrike Vogt drehte sich wieder zu Eva um und lächelte. «Na, sehen Sie, Eva, das war doch gar nicht schwer.»

--

Das Boettners in der Münchner Theatinerstraße war ein altehrwürdiges Traditionslokal, und genauso sah es auch aus. Von allem ein bisschen zu viel. Zu schweres Mobiliar, zu dunkles Holz, zu viele Vitrinenschränke mit Fayencen und altem Geschirr, an den Wänden zu viele Bilder mit Landschaften und Tieren und zu viele Geweihe, als beschäftige man einen eigenen Präparator. Es war wie eine Reise zurück in die Gründungszeit des Restaurants, als in Bayern noch Prinzregent Luitpold regiert hatte.

«Man kann dort hervorragend frühstücken, aber es ist schon etwas Feineres», hatte Heinz Felfe vor einer Stunde am Telefon zu Gerber gesagt. «Da ist man unter sich, trifft nicht auf Krethi und Plethi. Gehobene Preisklasse, versteht sich, aber keine Sorge, Herr Gerber, Sie sind eingeladen.»

Von wem, überlegte Gerber, während er das Lokal nach Felfe absuchte. Vom BND? Oder vielleicht gar vom KGB?

Er hatte nichts gegen das Frühstück im Boettners, im Gegenteil. Ein Treffen mitten in München war ihm lieber als in Camp Nikolaus, direkt unter den Augen von Reinhard Gehlen. Gerber und Gehlen waren sich ungefähr so sympathisch wie Kennedy und Chruschtschow. Außerdem war es ein bequemer Spaziergang vom Hauptbahnhof bis in die Theatinerstraße. Am Himmel über München kämpfte die Sonne mit den Wolken, aber es regnete nicht.

Gerber hatte die frische Luft genossen und sich eingebildet, sie helfe ihm gegen sein Schwindelgefühl. Vielleicht waren es aber auch die Tabletten, die er eingeworfen hatte.

Im hinteren Teil des Restaurants hatte sich ein mittelgroßer Mittvierziger im braunen Anzug von seinem Platz erhoben und winkte Gerber zu. Das runde Gesicht, das stark zurückweichende Haar und der breite Mund, der auch einer Frau hätte gehören können – kein Zweifel, das war Heinz Felfe.

Gerber hängte seinen Trenchcoat an die Garderobe und ging zu dem etwas abseits gelegenen Tisch, den Felfe sich wohl mit Bedacht ausgesucht hatte.

Er begrüßte Gerber mit einem breiten Lächeln und einem Händedruck, der ein wenig kraftlos ausfiel. «Schön, dass Sie es einrichten konnten, Herr Gerber. Oder werden Sie lieber mit Ihrem Dienstrang angesprochen?»

Gerber schüttelte den Kopf und setzte sich. «Wenn Sie jedes Mal ‹Herr Kriminalhauptkommissar› zu mir sagen und ich mit ‹Herr Regierungsrat› antworte, ist der Vormittag vorbei.»

Felfe lachte pflichtschuldigst und holte mit einem kurzen Wink den Ober an den Tisch. Sie bestellten ein ausgiebiges Frühstück mit Kaffee und frisch gepresstem Orangensaft.

«Ein sehr angenehmes Restaurant mit einer entspannten Atmosphäre», sagte Felfe, während er dem Ober nachblickte. «Oder wären Sie lieber zu uns nach Pullach gekommen?»

«Nichts gegen Ihr Geheimagentendorf, aber es ist Ihre kleine Welt, nicht meine. Außerdem dürfte Ihnen bekannt sein, dass Dr. Schneider und mich nicht gerade eine innige Zuneigung verbindet.»

Dr. Schneider war Reinhard Gehlens Deckname.

Felfe markierte den Ahnungslosen. «Wirklich? Dabei hat er mir Grüße an Sie aufgetragen.»

«Wirklich?», wiederholte Gerber im selben naiven Tonfall wie sein Gegenüber.

«In der Tat. Schneider war es auch, der Ihren Namen ins Spiel brachte. Er sagte, für die Operation Abstellgleis könne er sich niemand Geeigneteren vorstellen als Sie.»

Der Ober schob einen Servierwagen an den Tisch und baute das Frühstück auf.

Als er sich wieder entfernt hatte, sagte Gerber: «Abstellgleis? Das hört sich für mich an, als wolle Dr. Schneider mich abservieren.»

«Keineswegs. Der Name stammt übrigens von mir. Wie Sie wissen, findet von Samstag bis Montag in Paris die Konferenz zur Berlin-Frage statt. Unser Außenminister Heinrich von Brentano nimmt als Beobachter daran teil. Aber schon in der Nacht von Sonntag auf Montag wird ein diplomatischer Kurier unserer Pariser Botschaft mit einem Vorabbericht nach Bonn fahren, um den Bundeskanzler über den Stand der Dinge in Kenntnis zu setzen. Damit Adenauer notfalls Brentano anweisen kann, vor Abschluss der Gespräche in der einen oder anderen Richtung Einfluss zu nehmen.»

«Falls die Amerikaner, Briten und Franzosen uns einen solchen Einfluss zugestehen», warf Gerber ein, während er ein Brötchen mit fein geschnittenem Räucherlachs belegte.

«Das ist nicht unser Problem. Uns geht es um den Boten, Legationsrat Wilko von Kempen. Er wird regelmäßig als Kurier zwischen Paris und Bonn eingesetzt. Wir haben ihn im Verdacht, für die andere Seite zu arbeiten und Kopien der ihm anvertrauten Dokumente an Mittelsmänner zu übergeben. Da die Berlin-Frage für die Gegenseite ein höchst bedeutsames Thema ist, wird von Kempen wohl auch diesmal eine Kopie des Berichts weiterreichen. Wir wollen ihn und möglichst auch den Mittelsmann auf frischer Tat ertappen, wofür wir die Hilfe der Sicherungsgruppe benötigen. Von Kempen reist mit dem Nord-Express, der von Paris über Belgien fährt. Nach Mitternacht überquert der Zug die deutsch-belgische Grenze und erreicht Aachen gegen zwei Uhr morgens. Falls die Übergabe bis dahin stattfindet, werden unsere Leute, die ab Paris an Bord sind, den Zugriff übernehmen. Sobald der Zug aber einen deutschen Bahnhof erreicht hat, ist uns als Auslandsnachrichtendienst der Zugriff verwehrt, und da kommen Sie ins Spiel, Herr Kollege.»

«Wieso arbeitet dieser von Kempen für die Roten? Aus Überzeugung oder bloß für Geld?»

In Gedanken fügte Gerber hinzu: Und warum, wenn General Anderson recht hat, tun Sie es, Felfe?

«Verarmter Adel, die Familiengüter in Schlesien sind nach dem Krieg alle futsch.» Felfe stieß ein meckerndes Lachen aus. «Ein Problem, das wir beide nicht kennen, Herr Gerber. Der junge Herr Legationsrat hat eine starke Neigung zu anspruchsvollen Frauen und zum Glücksspiel. Zwei teure Leidenschaften, die er mit seinem Doppelspiel finanziert.»

Gerber nahm einen Schluck von dem starken Kaffee. «Wieso nimmt es der BND mit den Zuständigkeiten in jüngster Zeit so genau?»

«Die Zeiten ändern sich, und wir stehen immer stärker unter Beobachtung von Politik und Presse. Sie beim BKA stellen das sicher auch fest.»

«Wie Sie schon sagten, die Zeiten ändern sich.»

Gerber blieb bewusst vage. Nicht er wollte Erklärungen abgeben, das sollte der BND-Mann tun.

Felfe seufzte schwer. «Für uns wäre natürlich vieles einfacher, wenn wir im Inland dieselben Kompetenzen hätten wie im Ausland.»

«Mir ist zu Ohren gekommen, dass Dr. Schneider sehr zielstrebig genau darauf hinarbeitet.»

«Es würde unsere Arbeit sehr erleichtern und der Sicherheit der Bundesrepublik dienen.»

«Zu Punkt eins haben Sie meine Zustimmung.»

«Und wie steht es mit der Operation Abstellgleis?»

«Ich werde die Zusammenarbeit befürworten, weil sie der Sicherheit der Bundesrepublik dient, wie Sie ganz richtig sagen, aber die Entscheidung fällen wir erst nach eingehender Beratung.» Während Gerber sprach, zog er ein Foto hervor und legte es auf den Tisch. «Da Sie so gut über die Gegenseite Bescheid wissen, kennen Sie diesen Mann? Vermutlich MfS. Hatte einen falschen Ausweis auf die gestohlene Identität Horst Rechlin in West-Berlin.»

«Hatte?»

«Er ist kürzlich verstorben. Aber er hat einen Doppelgänger, nicht minder gefährlich und sehr aktiv. Ich vermute, es sind Brüder. Klingelt da etwas bei Ihnen, Herr Felfe? Oder soll ich besser Herr Friesen zu Ihnen sagen?»

«Friesen wäre mir lieber.» Felfe setzte sich eine Hornbrille auf und betrachtete das Foto. «Ja, da klingelt etwas, aber ich möchte mich in unseren Akten vergewissern. Darf ich das Foto mitnehmen?»

«Selbstverständlich.»

Der Mann vom BND steckte die Brille und das Foto ein. «Wir sollten das Gespräch über diesen Horst Rechlin dann doch in Pullach fortsetzen, wo ich alle nötigen Unterlagen habe. Sagen wir, heute Nachmittag zum Kaffee?»

«Wenn er so gut ist wie der Kaffee hier, okay.»

Gerber griff nach der hübsch dekorierten Porzellankanne, schenkte sich Kaffee nach und dachte an Gehlens kleines Reich in Pullach, in das ihn so gar nichts zog. Offenbar konnte er seinem Schicksal nicht entkommen.

Sie hatte fast vergessen, wie sonderbar Ost-Berlin wirkte, wenn man geradewegs aus dem Westen kam. Alles war weniger farbenfroh, grauer. Die Fassaden der Häuser, die Autos, selbst die Gesichter der Menschen. Als wollten sie nicht zeigen, was sie dachten, damit niemand ihnen vorwerfen konnte, das Falsche zu denken. Hier schienen auch viel weniger Leute auf den Straßen zu sein als wenige Hundert Meter weiter westlich. Dabei fuhren sie nicht durch irgendwelche Randbezirke, sondern durch das einstige Herz Berlins, Unter den Linden. Sechzehn Jahre nach Kriegsende standen hier noch Ruinen.

«Ihre ruhmreichen Baubrigaden haben aber noch einiges an Arbeit vor sich», entfuhr es Eva.

Ulrike Vogt wandte sich zu ihr um. «Schreiben Sie das ruhig, Fräulein Herden. Schreiben Sie, welch gigantische Aufgabe es ist, die Schäden des Krieges zu beseitigen. In einer Zeit, in der so leicht ein neuer Krieg entbrennen kann, weil der Westen auf unvernünftigen Ansprüchen beharrt und Westdeutschland gemeinsam mit den kriegslüsternen Westalliierten Front gegen den Osten macht.»

«Gegen den friedliebenden Osten, wollten Sie wohl sagen.»

Evas Ironie prallte an der Rothaarigen ab, und sie erwiderte kalt: «So ist es. Chruschtschow hat schließlich alles versucht, eine friedliche Regelung für Berlin zu finden, ohne Erfolg.»

«Hm», machte Eva nur und blickte weiterhin nach draußen, während Geisbach sie durch Ost-Berlin kutschierte.

Sie sah keinen Sinn darin, mit Vogt politische Grundsatzgespräche zu führen. Schon gar nicht, wenn sie sich in die Rolle gedrängt sah, die sonst Philipp in Diskussionen mit ihr einnahm. Allen politischen Gegensätzen zum Trotz, vielleicht sogar wegen ihnen, hatte sie die Auseinandersetzungen mit Philipp meistens genossen, besonders die Versöhnungen danach. Sie wünschte sich, bei ihm zu sein, in München, in Bonn oder hier in Berlin. Ihre Berufe brachten es mit sich, dass sie oft voneinander getrennt waren, und früher hatte ihr das nichts ausgemacht. Sie hatte es als Zeichen persönlicher Unabhängigkeit betrachtet, nicht aufeinander angewiesen zu sein.

Doch mit den Jahren hatte sich Evas Einstellung geändert. Es gab einen Unterschied zwischen einem losen Miteinander und einem gemeinsamen Leben. Wenn zwei Menschen, die sich liebten, oft voneinander getrennt waren und sich nicht über die Dinge, die sie bewegten, austauschten, liefen sie Gefahr, das, was sie miteinander verband, zu verlieren. Danach hatte es schon ein-, zweimal ausgesehen, und sie wollte nicht, dass es wirklich dazu kam. Seltsam, dass sie gerade jetzt daran dachte, wo sie sich mit anderen Dingen beschäftigen sollte. Vielleicht lag es daran, dass sie sich hier, in Ost-Berlin, einsam und verloren fühlte.

Der Weg zur Clara-Zetkin-Straße und damit zum Ministerium für Bauwesen war nicht weit. Geisbach parkte den Renault auf dem Innenhof und blieb im Wagen sitzen, während Eva der Rothaarigen ins Innere des kalt wirkenden Gebäudes folgte. Vogt nickte dem Pförtner kurz zu, der ihren Gruß erwiderte. Flure und Treppenhaus waren eine Reise durch Vergangenheit und Gegenwart des Kommunismus mit gerahmten Fotos von Lenin, Chruschtschow, der Frauenrechtlerin Clara Zetkin, Walter Ulbricht und Erich Honecker, dessen Einfluss als FDJ-Vorsitzender, Mitglied des Politbüros und Sekretär des Nationalen Verteidigungsrates der DDR beständig wuchs.

Einen Mann mit strengem Gesicht und strenger Brille sah Eva gleich zweimal, einmal als Foto und kurz darauf, als sie in seinem großen Büro standen, in Person: Dr. Ernst Scholz, Minister für Bauwesen. Er war, wie Eva wusste, noch keine fünfzig, hätte aber auch als zehn Jahre älter durchgehen können. Ein ereignisreiches Leben hatte Spuren in seinen Zügen hinterlassen.

Der studierte Architekt aus Berlin hatte sich schon früh dem Kommunismus zugewandt und im Spanischen Bürgerkrieg auf der Seite der Republikaner gekämpft. In Frankreich interniert, war ihm 1940 die Flucht gelungen, und er hatte sich der Résistance angeschlossen. In verschiedenen Einheiten hatte er gegen die Nazis gekämpft, war 1945 nach Deutschland zurückgekehrt, hatte sich politisch engagiert, hatte seinen Abschluss als Diplom-Wirtschaftler gemacht und war vor seiner Berufung ins Bauministerium der DDR-Bevollmächtigte für die arabischen Staaten mit Sitz in Kairo gewesen. Ein Mann also, der einiges von der Welt gesehen hatte, der gelernt hatte, für seine Ziele zu kämpfen und sich durchzusetzen.

Vielleicht, dachte Eva, steckte gar nicht die Stasi hinter der Sache. Scholz mochte seine eigenen Ziele mit ihr verfolgen.

Er bot den beiden Besucherinnen einen Platz an, und seine Sekretärin brachte Kaffee.

«Ich freue mich, dass Sie sich zur Zusammenarbeit mit uns entschlossen haben, Fräulein Herden», sagte der Minister. «Und ich bin gespannt, wie Sie als Vertreterin der westdeutschen Presse die Arbeit unserer wackeren Baubrigaden bewerten.»

Eva trank von dem Kaffee, der besser schmeckte als erwartet. «Ich nehme an, die Brigade ‹Siebter Oktober› ist handverlesen.»

Das dünne Lächeln auf dem Gesicht ihres Gastgebers sollte wohl nachsichtig wirken. «Natürlich haben wir für Ihren Bericht nicht die zwanzig faulsten Arbeiter der DDR ausgewählt.»

«So etwas gibt es bei Ihnen also auch?»

«Aber Fräulein Herden, wir sind doch alle Realisten und wissen, dass in jedem Sack Äpfel ein paar faule zu finden sind. Was die Brigade ‹Siebter Oktober› betrifft, sie bewirbt sich um den Ehrentitel einer ‹Brigade der sozialistischen Arbeit› und wird sich schon allein deshalb ordentlich ins Zeug legen. Sie wissen, was das bedeutet?»

«Es ist eine Auszeichnung auf Zeit, soweit ich weiß.»

«Ganz recht», sagte Vogt. «Die Mitglieder einer ‹Brigade der sozialistischen Arbeit› verpflichten sich, nicht nur ihre Arbeit, sondern ihren ganzen Tagesablauf in den Dienst des Sozialismus zu stellen. Die Freizeitgestaltung, die berufliche und die sozialistische Fortbildung, alles nehmen sie gemeinsam und mit besonderem Eifer in die Hand, und der Brigadier führt darüber ein Tagebuch. Nur wenige Brigaden erringen diese Auszeichnung, und sie gilt nur für ein Jahr. Danach muss man sich erneut um sie bewerben. Ich möchte die Männer und Frauen, denen das gelingt, als die Besten der Besten bezeichnen.»

«Im Sinne des Sozialismus», ergänzte Scholz.

Vogt nickte eifrig. «Natürlich, im Sinne des Sozialismus. Und Sie, Fräulein Herden, werden diesen unbedingten Willen, für den Sozialismus zu arbeiten und zu leben, dokumentieren können.»

«Ich freue mich schon darauf», sagte Eva, ohne dass ihrer Stimme oder ihrer Miene auch nur ein Anflug von Freude zu entnehmen war.

Der Minister blickte die Rothaarige leicht irritiert an. «Da wir gerade vom Dokumentieren sprechen, wollten Sie nicht den Fotografen mitbringen, der Fräulein Herden begleiten soll?»

«Ich hielt es für besser, ihn gleich zu der Baustelle zu schicken, Genosse Minister. Da kann er schon erste Aufnahmen machen.»

«Eine gute Idee», lobte Scholz und wandte sich wieder Eva zu. «Fräulein Herden, es freut mich, Sie kennengelernt zu haben.

Die DDR wird alles in ihrer Macht Stehende tun, um Sie bei Ihrer Arbeit zu unterstützen. Wenn Sie irgendein Anliegen haben, welcher Art auch immer, zögern Sie nicht, sich damit an die Genossin Vogt zu wenden.»

Die Verabschiedung war knapp und geschäftsmäßig freundlich. Draußen auf dem Flur äußerte Eva ihrer Begleiterin gegenüber ihre Verwunderung über den kurzen Termin.

«Es gab ja eigentlich nichts zu besprechen.»

«Der Genosse Minister wollte Sie unbedingt persönlich begrüßen, Fräulein Herden. Er ist ein viel beschäftigter Mann. Sie dürfen das Gespräch deshalb als Auszeichnung betrachten.»

«Auch begrenzt auf ein Jahr, und muss ich mich neu bewerben?»

Vogt warf Eva einen missbilligenden Blick zu, erwiderte aber nichts.

Als sie beide wieder in dem Renault saßen, sagte Vogt nur: «Zur Baustelle.»

Geisbach ließ sein knarrendes Geräusch hören, das «Ja, Genossin», «Verstanden» oder sonst etwas bedeuten konnte, und ließ den Wagen an. Sie fuhren zurück zu den Linden, wo die Großbaustelle nicht weit vom Brandenburger Tor entfernt lag. Eva verspürte eine gewisse Erleichterung, befand sie sich doch näher am sicheren Westen. Ihr Verstand sagte ihr, dass es ohne Belang war, nichts als ein trügerisches Gefühl. Die Kugeln aus den Karabinern und Maschinenpistolen der Vopos waren hier, in der Nähe der Sektorengrenze, nicht weniger tödlich als zehn oder zwanzig Kilometer weiter östlich. Ihr Vater hatte es am eigenen Leib erfahren.

Die Brigade «Siebter Oktober» war damit beschäftigt, ein mehrstöckiges modernes Gebäude aus grauem Kieselbeton, nüchtern und funktional, an der Stelle zu errichten, wo die

Bomben der Alliierten nur eine Ruine hinterlassen hatten, «ein steinernes Opfer des vom Faschisten Hitler vom Zaun gebrochenen Krieges». So unerwartet poetisch drückte es Werner Funk aus, Polier und Brigadier, als er Eva begrüßte. Sie hegte keinen Zweifel daran, dass er der richtige Mann war, um das Brigadetagebuch zu führen.

«Brigadier, wo steckt denn der Kollege Wittmann?», fragte Ulrike Vogt.

«Ach, der Fotofritze. Der kraucht hier durch den Rohbau und macht seine Aufnahmen. Ich glaube, besonders gern knipst er die weiblichen Mitglieder der Brigade.»

Vogt rief laut Wittmanns Namen, bis sich ein eingestaubter Endvierziger durch die Bauwerkzeuge kämpfte, um den Hals eine teure Contax-Kamera. Eva staunte nicht schlecht, als sie das Gesicht unter der alten Schiebermütze erkannte. Erst vor zwei Tagen hatte sie mit dem Mann gesprochen, vor dem Notaufnahmelager Marienfelde.

«Willi Klenke!», entfuhr es ihr.

Er grinste verlegen. «Da habe ich ein bisschen geschwindelt. Karl Wittmann ist mein Name.»

«Dann sind Sie auch kein Schieber in einer West-Berliner Möbelfabrik.»

«Nein, bin ich nicht.»

«Und auch kein Grenzgänger.»

«Auch nicht.»

«Und schon gar kein Flüchtling», fuhr Eva fort.

Ulrike Vogt trat einen Schritt vor und setzte eine entschuldigende Miene auf. «Seien Sie dem Kollegen Wittmann nicht böse. Ich habe ihn in Marienfelde vorgeschickt, damit er ein bisschen die Lage bei Ihnen sondiert, Fräulein Herden.»

«Ich würde das Spionieren nennen», sagte Eva.

Sie spürte, wie das bisschen Sicherheit, das die Nähe zur Sektorengrenze ihr vermittelt hatte, schlagartig weg war. Hier gab sich jemand sehr viel Mühe, ein Netz um sie zu spinnen. Der Brigadier Funk und seine Kollegen schienen echte Arbeiter zu sein, und trotzdem wurde sie den Eindruck nicht los, Mittelpunkt einer großen Inszenierung zu sein.

Was war der Zweck des Ganzen? Und wer stand hinter dieser Aufführung?

Vogt?

Minister Scholz?

Oder wer sonst?

// KAPITEL 11 //

Der Olympia Rekord, den Gerber bei einem Opel-Händler geliehen hatte, war mit seinem Kapitän nicht zu vergleichen, erfüllte aber seinen Zweck. Für einen Ausflug von München ins nahe Pullach tat es der Wagen allemal, auch wenn er schon ein paar Jahre auf dem Buckel hatte. Ein älteres Auto, auf das er sich verlassen konnte, war ihm lieber als ein neues mit Macken.

Pullach war ein lauschiger Ausflugsort am Hochufer der Isar. Neben den Ausflüglern, die von einer der zahlreichen Gaststätten die Sicht auf die Alpen und ins Isartal genießen wollten, fand man hier viel Geld, das vor dem Trubel der Großstadt in nette Villen geflüchtet war. Und man fand, wenn man es wollte, die ehemalige Reichssiedlung Rudolf Hess mit dem Führerhauptquartier Siegfried, verborgen allerdings hinter Stacheldraht und hohen Mauern. In Gerbers Augen hatte es einen tieferen Sinn, dass Gehlen sich mit seinem BND ausgerechnet hier angesiedelt hatte. Im Krieg hatte der General versucht, sich mit der Abteilung Fremde Heere Ost bei Hitler unentbehrlich zu machen. Jetzt versuchte er, eine ähnliche Stellung bei Adenauer einzunehmen.

Gerber drosselte die Geschwindigkeit und hielt vor dem Eisentor. Zwei Männer in Zivil hielten in einem kleinen Häuschen Wache. Einer von ihnen trat an den Rekord, während Gerber das Seitenfenster herunterkurbelte.

Er nannte seinen Namen und fügte hinzu: «Dr. Schneider erwartet mich.»

Vor einer Stunde hatte Felfe ihn im Hotel angerufen und ihm mitgeteilt, er sollte direkt zu Gehlen alias Dr. Schneider fahren, der an der Besprechung teilnehmen wolle.

«Ist bekannt», sagte der Wachtposten, ein breitschultriger Mann mit buschigem Oberlippenbart. «Ich werde Sie zum Doktorhaus begleiten.»

Als der Mann sich auf dem Beifahrersitz niederließ, nahm Gerber die Ausbuchtung unter seiner linken Schulter wahr.

Der Wachtposten hatte seinen Blick bemerkt. «Ich bin autorisiert, hier eine Waffe zu tragen, Sie allerdings nicht. Ich darf Sie daher bitten. Bei Ihrer Abreise erhalten Sie das gute Stück zurück.»

Gerber händigte ihm seine Browning aus, die der andere fast achtlos in seinen Schoß legte, bevor er seinem Kollegen im Wachhäuschen zunickte. Der trat heraus und öffnete das schwere Tor. Nachdem Gerber den Rekord hatte hindurchrollen lassen, schloss der Wachtposten es wieder. Der Mann auf dem Beifahrersitz leitete Gerber durch die Straßen des Camps wie ein Fahrlehrer seinen Schüler.

Er ließ sich nicht anmerken, dass er sich hier einigermaßen auskannte. Bei seinem ersten Aufenthalt hatte Gerber einen Plan von Camp Nikolaus angefertigt. Jetzt stellte er fest, dass an mehreren Stellen gebaut wurde. Gehlen stockte sein Personal auf, und das benötigte mehr Platz. Zweimal sah er Wachleute, die mit Schäferhunden auf Streife waren.

Obwohl er das Areal noch aus den Zeiten der Org kannte, erstaunte ihn das persönliche Erleben dieser kleinen, in sich geschlossenen Welt aufs Neue. Hier arbeiteten nicht nur die BND-Mitarbeiter, hier lebten sie auch mit ihren Frauen und Kindern. Es gab Geschäfte, eine Schule, einen Kindergarten, eine Tankstelle und auch eine Feuerwehr. Niemand schien gezwungen zu sein, das Camp zu verlassen, es sei denn aus beruflichen Gründen. Als hätte Gehlen beschlossen, hinter den hohen Mauern seine eigenen Agenten zu züchten.

«Da vorn liegt das Doktorhaus», sagte Gerbers Begleiter und deutete auf eine große, weiße Villa. Hier arbeitete Gehlen seit ein paar Jahren, weshalb man das Gebäude auch als Präsidentenvilla bezeichnete. Der Spitzname Doktorhaus leitete sich von Gehlens Decknamen ab. Als Gerber den Rekord vor dem Gebäude parkte, beugte sich der BND-Mann vertraulich zu ihm herüber und sagte halblaut: «Früher war es die Villa von Martin Bormann. Bormanns Schlafzimmer ist jetzt das Büro von Dr. Schneider.»

Es hörte sich wie eine Anerkennung dafür an, dass Gehlen es so weit gebracht hatte, Hitlers Privatsekretär quasi zu beerben. Viele von Gehlens Männern hatten schon im Krieg unter ihm gedient. Vielleicht war es in ihren Augen wirklich eine hervorhebenswerte Leistung des Ex-Wehrmachtsgenerals, jetzt in Bormanns Villa zu residieren.

Im Eingangsbereich übergab der Wachtposten Gerber an einen Einarmigen, der ihn wortkarg, aber nicht unfreundlich begrüßte, und verabschiedete sich mit einem knappen Nicken.

«Der Herr Doktor erwartet Sie bereits, Herr Gerber», sagte der Einarmige und führte ihn durch einen großen Saal mit einem Kamin, über dem ein Foto von Bundespräsident Heinrich Lübke hing. Über eine breite Holztreppe ging es hinauf in den ersten Stock und dort in einen Konferenzraum, dessen Wände, Fußboden und Mobiliar ebenfalls aus Holz bestanden. Kronleuchter an der Decke und an den Wänden verstärkten den Eindruck, jeden Augenblick könne eine Gestalt aus der Vergangenheit den Raum betreten, Martin Bormann höchstpersönlich vielleicht.

An dem langen Tisch standen viele Stühle, aber nur einer war besetzt. Heinz Felfe blätterte in einem Stapel Unterlagen. Beim Eintreten der beiden Männer blickte er auf und nickte dem Einarmigen zu, der sich zurückzog.

«Danke, Erdmann. Nehmen Sie Platz, Kollege Gerber. Der Herr Doktor kommt gleich.»

Kaum hatte Gerber sich hingesetzt, verteilte eine Sekretärin Kaffeetassen, Teller und Besteck vor Felfe, Gerber und dem leeren Stuhl zwischen ihnen am Kopfende des Tisches. Anschließend stellte sie einen Aschenbecher, ein Milchkännchen, eine Zuckerdose und einen Gugelhupf auf den Tisch, um auf jeden Teller ein Stück Kuchen zu legen. «Selbst gebacken.» Sie verschwand wieder und kehrte mit einer Warmhaltekanne wieder, aus der sie dampfenden Kaffee in die Tassen goss. Schließlich stellte sie die Kanne auf einen Untersetzer aus Porzellan und blickte die beiden anderen zufrieden an. «Der Herr Doktor kommt gleich.»

«Wenn das noch jemand zu mir sagt, glaube ich es», sagte Gerber und zündete sich eine Zigarette an.

Er hielt die Packung auch Felfe hin, doch der winkte ab.

«Rauchen Sie immer noch Ihre teuren amerikanischen Zigaretten, Herr Gerber?», fragte eine Stimme in seinem Rücken.

Sie gehörte Reinhard Gehlen, der sich auf den Stuhl am Kopfende setzte. Seine Anspielung galt den Camel-Zigaretten, die in Deutschland nur als Importware zu bekommen und durch den Tabakzoll sehr teuer waren. Gerber hatte in den USA angefangen, Camel zu rauchen, und als amerikanischer Soldat war er auch in Europa günstig an sie herangekommen. Später war es ihm nicht gelungen, auf eine andere Marke umzusteigen.

Gerber stieß einen Rauchkringel in Gehlens Richtung aus. «Ihre Akte über mich ist sehr penibel gehalten, Herr Doktor.»

Ein dünnes Lächeln zeigte sich auf dem sonst eher sauertöpfischen Gesicht des Endfünfzigers. «Wer viel weiß, kann viel erreichen.»

«Den Spruch sollten Sie sich über die Einfahrt zu Ihrem kleinen Reich nageln lassen.»

Gehlen blickte von Gerber zu Felfe und wieder zurück. «Herr Friesen hat Sie bereits über die Operation Abstellgleis informiert. Ich habe zwischenzeitlich mit Dr. Brückner telefoniert, und er hat sein Einverständnis zu allem gegeben. Herr Friesen, der die Operation leitet, wird Sie später über die Details unterrichten. Aber Sie haben noch ein Anliegen an uns. Es geht um eine Personenidentifizierung, nicht wahr?»

«Ja», sagte Gerber, ohne richtig bei der Sache zu sein. «Ich habe Herrn Friesen das Foto eines Attentäters gegeben.»

Seine Gedanken waren noch bei der Operation Abstellgleis. Er fühlte sich übergangen, weil Dr. Ernst Brückner, der die Sicherungsgruppe leitete, das Unternehmen bereits abgesegnet hatte. Besonders wurmte ihn, dass der BND somit die Leitung und damit auch die Befehlsgewalt über ihn hatte.

Felfe blätterte in seinen Unterlagen. «Wir haben ihn in unserer Kartei, beziehungsweise sie. Es sind Zwillingsbrüder.»

«Das beruhigt mich sehr», erwiderte Gerber.

«Wieso?», fragte Gehlen.

«Wären es nicht zwei, hätte ein Toter zwei Anschläge auf mich verübt.»

Gehlen nickte kaum merklich. «Ich nehme an, das Ganze hängt mit dem versuchten Attentat auf General Anderson zusammen.»

Einmal mehr erwies sich der Chef des BND als gut informiert. Gerber verzichtete auf eine entsprechende Bemerkung, die Gehlen womöglich zu weiterem Eigenlob ermutigt hätte.

Stattdessen sagte er: «Einer der beiden Attentäter ist der Mann auf dem Foto. Er weilt nicht mehr unter uns.»

«Richard und Dietmar Krohn, geboren am achten Februar 1936 in Dresden», referierte Felfe aus seinen Unterlagen. «Ihr Vater gilt seit Dezember vierundvierzig bei den Kämpfen in Ungarn als verschollen. Kurz darauf, bei der schweren Bombardierung Dresdens im Februar fünfundvierzig, starb auch die Mutter. Danach verliert sich die Spur der Brüder für einige Jahre, vermutlich lebten sie in der Obhut von Verwandten. 1956 tauchen beide bei den Pionieren der Nationalen Volksarmee wieder auf, und beide bringen es dort zum Unteroffizier. Ab 1958 stehen sie im Dienst des MfS, Hauptverwaltung A.»

«Der Auslandsnachrichtendienst der sogenannten DDR», ergänzte Gehlen überflüssigerweise.

«Abteilung für aktive Maßnahmen», fuhr Felfe fort. «Was auch Attentate beinhaltet und naturgemäß eine enge Zusammenarbeit mit dem KGB.»

«So wie in diesem Fall», sagte Gehlen und heftete seinen lauernden Blick auf Gerber. «Oder?»

Gerber nickte. «Es war die Markowa. Leider hat die Polizei sie gehen lassen. Ihr diplomatischer Status stand einem längeren Gewahrsam im Weg.»

«Aber weshalb Anderson?», fragte Felfe. «Er ist doch schon lange vom CIC weg.»

«Vielleicht befürchtet man, bei der Abwicklung des CIC könnten unschöne Dinge zutage treten», vermutete Gehlen.

«Gut möglich», sagte Gerber und wechselte schnell das Thema, ehe das Gespräch zu sehr in die Nähe der Operation Campus driftete. «Mich beschäftigt derzeit noch mehr die Frage, warum der überlebende Zwilling mich ins Jenseits befördern will. Im Vergleich zu Anderson bin ich unbedeutend.»

Felfe blickte kurz in seine Unterlagen. «Vermutlich ist der, der es auf Sie abgesehen hat, Dietmar Krohn. Er ist der Jüngere, wenn man das bei Zwillingen überhaupt sagen kann. Sein um wenige Minuten älterer Bruder Richard war tatsächlich wie ein großer Bruder für ihn. Ein Vorbild, zu dem er aufgesehen hat wie ein Kind zu einem Vater. Außerdem ist den Unterlagen zufolge Dietmar der Heißblütigere von den beiden. Sein Bruder Richard war eher von der ruhigen, kühl kalkulierenden Sorte.»

Gerber hatte seine Tasse angehoben, hielt jetzt mitten in der Bewegung inne und starrte Felfe über den Rand hinweg an. «Wollen Sie damit sagen, er ist auf Rache aus? Auge um Auge, Zahn um Zahn?»

«Das klingt etwas pathetisch», fand Felfe. «Aber so ist es wohl.»

Gehlen ließ ein Geräusch hören, das an ein unterdrücktes Kichern erinnerte. «Herr Gerber hat ein Händchen dafür, sich Feinde zu machen.»

--

Eva konnte es noch gar nicht richtig fassen. Mehrmals blickte sie über die Schulter und sah durch die Heckscheibe das angestrahlte Brandenburger Tor allmählich kleiner werden. Sie war wieder in West-Berlin, und Geisbach chauffierte sie durch den britischen Sektor.

Die Sonne war fast untergegangen, und ein ausgiebiges Gähnen überfiel Eva. Es war ein langer Tag gewesen, und morgen würde sie früh aufstehen müssen. Geisbach sollte sie um halb sechs abholen. Die Anspannung des hinter ihr liegenden Tages tat ein Übriges, um sie in den Zustand der Erschöpfung zu versetzen. Bis zuletzt hatte sie damit gerechnet, nicht wieder nach West-Berlin zurückzukehren.

Und jetzt? Sie war erleichtert gewesen, als sich der Schlagbaum der Briten hinter dem Renault gesenkt hatte. Erleichtert und gleichzeitig enttäuscht, weil sie gern verstanden hätte, was hinter alldem steckte.

Sie hatte heute nichts anderes getan als ein bisschen mit Minister Scholz zu plaudern, den Bauarbeitern bei ihrer Tätigkeit zuzusehen und nach Feierabend an ihrem «gemeinschaftlichen Brigadeleben» teilzunehmen, wie Vogt es ausgedrückt hatte. Man hatte gemeinsam zu Abend gegessen, und danach hatte der Brigadier einen Vortrag über den inneren Sozialismus, wie er es genannt hatte, und den äußeren Erfolg bei der Arbeit gehalten. In Evas Ohren waren es nur Phrasen gewesen, aber vielleicht musste sie noch einmal ihre Notizen durchsehen und darüber nachdenken. Nach dem Vortrag hatte ein Maurer zur Gitarre gegriffen, und eine Kranführerin hatte mit engelsgleicher Stimme sozialistische Arbeiterlieder vorgetragen. Eva hatte geduldig zugehört, pflichtschuldigst geklatscht und sich wiederholt gefragt, ob die Männer und Frauen der Brigade «Siebter Oktober» überhaupt so etwas wie Familie und Privatleben besaßen.

Der sonst so stoische Mann hinter dem Lenkrad warf ihr einen kurzen Seitenblick zu. «Ist mit Ihnen alles in Ordnung, Fräulein?»

«Ja, bestens, vielen Dank. Ich freue mich nur auf mein Bett.»

Als Erwiderung ließ Geisbach nur jenes einsilbige Geräusch hören, das er am liebsten von sich gab und das alles Mögliche bedeuten konnte.

Er setzte sie vor ihrer Hotelpension ab, und der Nachtportier teilte ihr mit, dass schon zweimal jemand für sie angerufen habe. «Ein Herr Färber oder so ähnlich. Er will sich noch einmal melden.»

Sie lächelte bei dem Gedanken an Philipp. «Ich gehe für ein paar Minuten unter die Brause, dann komme ich wieder runter, um auf den Anruf zu warten.»

«Ja», brummte der Portier. «Aber Brausen ist nur bis um zehn.»

Als Eva erfrischt wieder in die Empfangshalle trat, klingelte gerade das Telefon.

Der Nachtportier hielt ihr den Hörer hin und runzelte die Stirn. «Das ist jetzt ein anderer, ein Herr Karlsson.»

Eva stutzte kurz und griff dann nach dem Hörer. Ihr war eingefallen, das Egon Bahrs Vater Karl hieß.

«Hallo, Eva Herden am Apparat.»

Tatsächlich klang Bahrs unverwechselbare Stimme aus der Hörmuschel. «Schön, Sie zu hören, Fräulein Eva. Ich hatte mir schon Sorgen gemacht, ob Sie meine Unterstützung benötigen.»

«Nein, vielen Dank, mit mir ist alles in Ordnung.»

«Bei nächster Gelegenheit müssen Sie mir persönlich darüber berichten. Ich bin wirklich neugierig, wie sich Ihre neue Aufgabe anlässt. Den Bauarbeiten in Ost-Berlin beizuwohnen, kann ja nicht so ganz einfach sein.»

«Wieso nicht?», fragte sie irritiert.

«Ach, ich habe nur so etwas gehört.»

«Was denn, Herr … Karlsson?»

«Man erzählt sich, dass das Baumaterial in Ost-Berlin knapp ist und dass man deshalb auf den meisten Baustellen die Arbeit vorübergehend eingestellt hat.»

«Davon habe ich nichts mitbekommen», sagte Eva, ehrlich erstaunt. «Die Baubrigade ‹Siebter Oktober› scheint davon nicht betroffen zu sein.»

«Gut so, Fräulein Eva, sonst könnten Sie ja Ihre schöne

Reportage nicht schreiben. Ich rufe Sie morgen Abend wieder an, wenn es recht ist.»

«Ich bitte darum.»

Nachdem sie sich verabschiedet hatten, legte der Portier den Hörer zurück auf die Gabel. Eva setzte sich in einen Sessel, um auf Philipps Anruf zu warten. Knappes Baumaterial? Das war mal eine interessante Information.

// KAPITEL 12 //

Freitag, 4. August 1961

Gerber flüchtete aus dem penetranten Nieselregen in das Godesberger Dienstgebäude der Sicherungsgruppe. Er war über Nacht mit dem Zug von München nach Bonn gefahren, davon den größten Teil der Strecke bis Köln im Schlafwagen. Die Geräuschkulisse des durch die Nacht rollenden Zugs war wie ein Wiegenlied gewesen, das ihn eingelullt hatte.

Kriminalkommissar Müller, der heute die Pflichten des Kommissars vom Dienst versah, kam aus dem kleinen Raum neben dem Haupteingang und winkte ihm zu. «Guten Morgen, Herr Hauptkommissar, da sind Sie ja wieder. Aber warum mit dem Taxi? Wo ist Ihr schicker Kapitän?»

«In Darmstadt», knurrte Gerber unfreundlicher als beabsichtigt, aber der Gedanke an seinen demolierten Wagen verdüsterte sein Gemüt. «Genauer gesagt, in einer Werkstatt. «Fragen Sie lieber nicht weiter, Müller.»

Das nach all den Jahren immer noch jungenhafte Gesicht des Kollegen zeigte leichte Verwunderung. «Ich soll Sie gleich zu Dr. Brückner schicken. Der Kriminaloberrat ist bereits bei ihm.»

Gerber ging geradewegs zum Chef, in dessen Vorzimmer die junge Renate Senft saß, die Tochter des Kollegen Senft. Sie lächelte auf ihre entwaffnende Art und winkte ihn durch. «Der Kaffee kommt gleich, Herr Gerber.»

«Immer gern», sagte Gerber und hängte seinen Trenchcoat an den Garderobenständer neben der Eingangstür.

Brückner saß mit Kriminaloberrat Wesler unter den Augen von Bundespräsident Lübke, Bundeskanzler Adenauer, Bundesinnenminister Gerhard Schröder und BKA-Präsident Reinhard Dullien. Alle vier blickten auf den Fotografien, die die Wände des Büros schmückten, ernst und würdevoll drein.

Wesler kämpfte mit einem großen Schluck Wasser gegen einen Hustenanfall und schien sich bei Gerbers Anblick zu entspannen. «Ich freue mich sehr, Sie noch unter den Lebenden zu sehen, Herr Gerber. Die berühmteste Scharfschützin des KGB und ein Attentäter, der eigentlich längst tot sein sollte, Sie sind nicht gerade zurückhaltend in der Wahl Ihrer Gegner.»

«Ich habe sie mir nicht ausgesucht», sagte Gerber, während er sich zu ihnen an einen kleinen Konferenztisch setzte. «Den Attentäter hat übrigens der BND in seiner Kartei gefunden, es ist der Zwillingsbruder des anderen Mannes.»

«Des Mannes, den Sie auf dem Frankfurter Flughafen getötet haben», präzisierte Brückner.

«Ich habe in Notwehr geschossen.»

«Aber sein Bruder scheint das anders zu sehen», erwiderte Brückner, dessen unbeteiligt wirkendes Bürokratengesicht nicht verriet, was er wirklich von der Sache hielt. «Niemand macht Ihnen einen Vorwurf, Gerber. Im Gegenteil, wir sind froh, dass Sie General Anderson das Leben gerettet haben. Wer hat Sie über das Attentat informiert? Haben Sie inzwischen einen Verdacht, wer Sie angerufen hat?»

«Nicht die Spur. Ich habe schon darüber nachgedacht, ob es Major Markowa selbst war. Aber aus welchem Grund?»

Renate Senft servierte Kaffee, und danach berichtete Gerber über seine Gespräche mit Gehlen und Felfe.

«Diese Operation Abstellgleis gefällt mir nicht so recht. Früher hat Gehlen uns wie die letzten Trottel behandelt, und jetzt legt er sich so für eine Zusammenarbeit ins Zeug.» Gerber schüttelte den Kopf. «Ich mag nicht so recht daran glauben.»

«Aber Gehlen hat Ihnen doch erklärt, dass sein Dienst jetzt stärker unter Beobachtung steht als früher», entgegnete Brückner.

«Er hat große Ambitionen, will aus dem BND eine noch mächtigere Organisation mit umfassenden Befugnissen formen», ergänzte Wesler. «Ganz so, als würden die Amerikaner die CIA und das FBI zu einer einzigen Organisation verschmelzen.»

«Umfassende Befugnisse im In- wie auch im Ausland, ich weiß», seufzte Gerber, dem diese Vorstellung zutiefst zuwider war. «Kann er Adenauer wirklich davon überzeugen?»

«Wenn ihm das gelingen soll, darf er sich keine Fehler erlauben», sagte Brückner. «Also achtet er auf einmal peinlich genau auf die Zuständigkeiten des BND.»

«Vielleicht will er uns auch deshalb mit ins Boot nehmen, um einen Sündenbock für mögliche Fehler zu haben», überlegte Gerber laut. «Vielleicht sind sogar Fehler eingeplant.»

«Von Gehlen?», fragte Wesler. «Weshalb?»

«Nicht von ihm, aber vielleicht von Felfe.»

Brückner erzeugte mit Zeige- und Mittelfinger einen kleinen Trommelwirbel auf der Tischplatte. «Sie spielen auf die Information an, die Sie von Anderson erhalten haben. Darauf, dass Felfe ein Verräter sein könnte.»

«Ich hatte den Eindruck, dass Anderson mir die Wahrheit sagt, auch wenn ich nicht meine Hand dafür ins Feuer legen kann.»

«Sollten wir nicht schon deshalb auf Gehlens Angebot eingehen, um diese verschlungenen Fäden zu entwirren?»

Gerber starrte den Leiter der Sicherungsgruppe an, ohne

sich Mühe zu geben, seinen Mangel an Begeisterung zu verbergen. «Wir sind ja schon auf das Angebot eingegangen, wenn ich Gehlen richtig verstanden habe.»

Brückners Züge nahmen wieder den ernsten, maskenhaften Ausdruck an, der ihm bei einer Karriere als Pokerspieler sehr geholfen hätte. «Damit haben wir beim BND einen Fuß in der Tür. Wer weiß, wozu uns das noch nützlich sein kann.»

«Der Fuß bin dann wohl ich», sagte Gerber mit einem kaum unterdrückten Lachen.

Wesler nickte. «Weil Gehlen Sie angefordert hat.»

«Ebendas bereitet mir Sorge. Wenn es in der Sicherungsgruppe ein rotes Tuch für Gehlen gibt, bin ich das.»

Brückner beugte sich zu ihm vor. «Möchten Sie, dass ich Sie von dem Auftrag entbinde, Gerber?»

«Danke für das Angebot, aber nein. Wenn es eine Falle ist, wollen wir den geplanten Ablauf nicht stören. Alles soll genauso sein, wie Gehlen sich das vorstellt. Oder Felfe. Oder alle beide.»

«Sie werden einen zweiten Mann an Ihrer Seite haben», sagte Wesler. «Am besten jemand, auf den Sie sich blind verlassen können. Sie haben freie Wahl.»

«Da muss ich nicht lange nachdenken.»

«Sattler, nicht wahr?»

«So ist es, Herr Kriminaloberrat. Ein kleiner Wochenendausflug in Richtung belgische Grenze wird ihm guttun. Er läuft sonst Gefahr einzurosten, jetzt, wo er verheiratet ist.»

// KAPITEL 13 //

Sonntag, 6. August 1961

Nichts störte die Idylle dieses Nachmittags im Volkspark Friedrichshain. Es gab Kartoffelsalat und Bockwurst, Kuchen und Kaffee, der Maurer spielte wieder Gitarre und begleitete die Kranführerin bei dem Lied *Ich steige dir aufs Dach.* Keine Lobeshymne auf eine sozialistische Dachdeckerbrigade, wie Eva angesichts des Titels zuerst vermutet hatte, sondern ein heiteres Liebeslied. Es war bei den Angehörigen der Baubrigade und ihren Familien offenbar sehr beliebt, und die meisten klatschten zum Takt begeistert in die Hände. Die Stimme der Kranführerin wurde vom Geschrei der herumtollenden Kinder fast übertönt.

Eva fand das alles ein wenig übertrieben. Drei Tage lang hatte sie die Brigade begleitet, hatte mit den Männern und Frauen Vorträge zur politischen Schulung besucht, hatte erlebt, dass sie auch einen guten Teil ihrer Freizeit miteinander verbrachten. Und nun noch den Sonntag, an dem sie nichts anderes zu tun hatten, als ihre Familien hier zu einem gemeinsamen Fest zu versammeln. Dabei gab es nicht einmal einen konkreten Anlass, keinen Geburtstag oder etwas in der Art. Zusammengeführt hatte sie einfach nur «die Freude an der Gemeinschaft Gleichgesinnter». So jedenfalls hatte es ihr Ulrike Vogt erläutert, die jetzt zu denjenigen gehörte, die mit begeistertem Händeklatschen die singende Kranführerin anfeuerten. Karl Wittmann, den Eva als Willi Klenke kennengelernt hatte, schoss so begeistert Fotos, als fände hier der nächste Parteitag der SED statt. Wie so oft in den letzten Tagen hatte Eva den Eindruck, einer großen Inszenierung beizuwohnen, die eigens für sie aufgeführt wurde.

Sie hatte versucht, die Sache mit dem Materialmangel zu überprüfen, indem sie sich auch die Arbeit auf anderen Baustellen in Ost-Berlin ansehen wollte, aber Ulrike Vogt hatte ihre Bitte zurückgewiesen.

Als Eva das Egon Bahr bei ihrem nächsten Telefonat erzählt hatte, hatte der geantwortet: «So etwas hatte ich mir schon gedacht, es passt ins Bild.»

«In welches Bild?», hatte Eva gefragt.

«In ein beunruhigendes.» Bahr hatte nachdenklich geklungen. «Wir sollten das nicht am Telefon besprechen, Fräulein Eva. Ich hoffe sehr, wir haben in den nächsten Tagen noch einmal Gelegenheit, uns persönlich zu treffen.»

Das Picknick zog sich bis in die frühen Abendstunden hin, als ein heftiger Regenschauer die Menschen aus dem Park vertrieb. Eva sah sich nach dem blauen Renault um, aber der Wagen war verschwunden und mit ihm ihr Chauffeur.

«Ich habe den Genossen Geisbach nach Hause geschickt», erklärte Vogt. «Genosse Wittmann wird uns fahren, nicht wahr?»

«Aber gern», sagte der Fotograf und zeigte auf einen weinroten Wartburg. «Da steht mein Wagen.»

Ulrike Vogt nahm auf dem Beifahrersitz Platz, und Eva setzte sich nach hinten, froh, dem immer stärker werdenden Regen zu entkommen. Die Wolken hatten den Himmel verdunkelt, und der Regen erschwerte die Sicht zusätzlich. Dank der unermüdlich arbeitenden Scheibenwischer erkannte Eva jedoch, dass sie keineswegs nach Westen fuhren, zur Sektorengrenze, sondern in südöstlicher Richtung.

Sie sprach Wittmann darauf an, und er sagte: «Nur ein kleiner Schlenker, um dem ärgsten Verkehr zu entgehen. Ich biege gleich wieder nach Westen ab.»

Aber das tat er nicht. Bald überquerten sie die Stalinallee, mit der sie so unselige Erinnerungen verband. Wittmann behielt die Richtung bei, immer weiter nach Südosten. Er hatte nicht vor, sie zurück in den Westsektor zu bringen. Neben ihm saß Ulrike Vogt, rührte sich nicht und sagte kein Wort. Sie schien sich nicht zu wundern, es war ein abgekartetes Spiel.

Aber warum? Wenn man Eva im Osten hätte festhalten wollen, hätte man das schon vor drei Tagen haben können. Warum erst jetzt?

Evas Puls begann zu rasen, Panik stieg in ihr auf. Das tiefe Brummen des Motors, mit dem sich das monotone Kratzen der Wischerblätter vermischte, erschien ihr wie eine Drohung oder wie der Urteilsspruch eines Richters, der sie zu lebenslanger Haft hinter Zuchthausmauern verdammte.

«Halt!», schrie sie mit sich überschlagender Stimme. «Anhalten, sofort. Ich will auf der Stelle aussteigen.»

Endlich drehte sich Vogt zu Eva um, und sie lächelte dabei. «Aber das ist doch Unsinn, meine Liebe. Draußen regnet es Bindfäden. In Ihrem dünnen Sommermantel wären Sie im Nu nass bis auf die Haut. Also wirklich, seien Sie doch vernünftig!»

Eva wollte nicht vernünftig sein. Sie wollte nur raus aus dem Wagen, der sie gegen ihren Willen mit unbekanntem Ziel durch Ost-Berlin fuhr.

«Das ist mir egal!», fauchte Eva die Frau vor ihr an. «Ich will aussteigen, sofort! Sonst ...»

«Sonst was? Wir werden nicht anhalten», sagte Vogt mit einer Bestimmtheit, die keinen Widerspruch duldete. «Und Sie, Fräulein Herden, werden ganz ruhig auf Ihrem Platz sitzen bleiben!» In der Rechten hielt sie jetzt eine kleine Pistole, die sie auf Evas

Kopf richtete. «Bevor Sie auch nur eine Bewegung machen, bohrt meine Kugel ein hübsches Loch in Ihren Schädel. Also überlegen Sie es sich!»

Evas Puls raste noch immer, aber sie gehorchte und blieb reglos sitzen, während der Wartburg weiter durch das verregnete Ost-Berlin fuhr.

Sie blickte durch die nassen Fenster nach draußen, wo Häuser und Fahrzeuge hinter einem Schleier verschwammen. Selbst wenn es ihr gelungen wäre, aus dem Wagen zu entkommen, hätte sie irgendwo da draußen Hilfe gefunden? Die Menschen fürchteten die Obrigkeit in ähnlicher Weise wie im Dritten Reich. Den Kopf senken und mitmarschieren, das war die Devise unter Hitler gewesen, und so war es auch unter Ulbricht.

Eva, die dem Kommunismus so lange das Wort geredet hatte, kam sich bei dieser bitteren Erkenntnis schlecht vor. Nicht, weil es eine Abkehr von den früher von ihr vertretenen Werten bedeutete – das hatte sie schon lange in sich gespürt. Aber erst unter der Gefahr für ihre eigene Freiheit konnte sie sich dazu durchringen, sich die Wahrheit einzugestehen. Sie wurde das Gefühl nicht los, dass auch sie nur den Kopf gesenkt hatte und mitmarschiert war.

Durch die Frontscheibe blickte sie auf große Lagerhäuser, auf deren Dächern sich ein paar Möwen zusammendrängten. Das Spreeufer. Wittmann ging auf Schrittgeschwindigkeit herunter, als sich aus den Schatten der Lagerhäuser die Umrisse von zwei Uniformierten lösten. Volkspolizisten. Der eine hatte eine Maschinenpistole mit Trommelmagazin über die rechte Schulter gehängt, der andere trug auf dem Rücken einen Karabiner mit aufgepflanztem Bajonett. Unwillkürlich tauchten vor ihrem geistigen Auge wieder die Bilder der Vopos auf, die ihren Vater auf dem Gewissen hatten.

Wittmann hielt an und ließ das Fenster auf seiner Seite herunter. Er hielt dem jungen Mann mit dem Karabiner irgendein Papier vor die Nase, das er aus seiner Jacke gezogen hatte. Der nickte knapp, trat zurück und salutierte. Spätestens jetzt war Eva klar, dass Karl Wittmann – oder wie immer er wirklich hieß – alles andere war als ein gewöhnlicher Fotograf.

Sie fuhren weiter und hielten vor einem schmalen Durchgang zwischen zwei Lagerhäusern. Wittmann stellte den Motor ab.

Ulrike Vogt machte eine schnelle Seitenbewegung mit der kleinen Pistole. «Jetzt dürfen Sie aussteigen, Fräulein Herden. Aber denken Sie gar nicht erst daran wegzulaufen. Die Vopos haben Schießbefehl. Sie wissen ja aus eigener schmerzlicher Erfahrung, wie so etwas enden kann.»

Am liebsten hätte Eva ihr links und rechts ins Gesicht geschlagen. Sie stieg aus und ging hinter Wittmann her. Vogt, die noch immer ihre Waffe auf Eva richtete, folgte ihnen. Der unbefestigte Boden war schlammig, und Eva passte bei jedem Schritt auf, wohin sie trat. Möwenschreie drangen an ihre Ohren und das tiefe Tuckern eines Lastkahns, der jenseits der Lagerhäuser auf der Spree unterwegs sein musste.

Durch eine kleine Seitentür betraten sie das größere der Lagerhäuser. Drinnen war die Luft abgestanden, feucht und kühl. Nur wenige Lampen verbreiteten ein diffuses Licht. Das Lagerhaus war bis zur Decke gefüllt mit Baumaterial, mit Absperrgittern und mit Stacheldraht.

Sie dachte wieder an Bahrs Worte. Offenbar bestand doch kein so großer Mangel. Aber zu welchem Zweck wurde all das Material hier gehortet?

«Was soll das alles?», fragte Eva. «Warum haben Sie mich hierher verschleppt?»

«Verschleppt?», kam es hinter einem hohen Kistenstapel hervor. «So dürfen Sie das nicht sehen, Fräulein Herden. Betrachten Sie es lieber als eine Einladung, der wir den nötigen Nachdruck verliehen haben.»

Der Mann klang wie ein Sowjet, sein Deutsch war hart und gebrochen. Seine Stimme kam Eva ebenso vertraut vor wie der strenge Tabakgeruch, der ihre Nase kitzelte. Beides erinnerte sie an einen Mann, mit dem sie es vor einigen Jahren zu tun gehabt hatte. Ein Mann, der sein perfides Spiel mit ihr und ihrem Vater getrieben hatte. Ein Mann, dem sie die Schuld am Tod ihres Vaters gab.

Hinter den Kisten trat ein großer, drahtiger Mann Ende fünfzig hervor, das graue Haar militärisch kurz geschnitten. Auch seine Haltung war militärisch gerade, aber er trug Zivil: einen offenen grauen Mantel und darunter einen Dreiteiler in derselben Farbe. Zwischen Zeige- und Mittelfinger hielt er eine seiner geliebten Papirossy und nahm einen tiefen Zug. Eva starrte ihn an und konnte das Grauen, das sie bei seinem Anblick überkommen hatte, nicht abschütteln. Es war wie eine Erscheinung aus ihrem schlimmsten Albtraum.

Als er den Rauch ausgestoßen hatte, lächelte er etwas verunglückt. «Ich habe immer gewusst, dass wir uns eines Tages wiedersehen», sagte Generalmajor Pjotr Nikolajewitsch Semjonow, der oberste KGB-Mann in Ostdeutschland.

--

«Die nächste Straße rechts», sagte Philipp Gerber zu dem bulligen Mann neben ihm, der den in Türkis und Weiß lackierten Taunus 17M durch die Straßen von Aachen lenkte.

Vor ihnen tat sich der Bahnhofsvorplatz auf.

Sattler nahm die Chesterfield aus dem Mundwinkel und hielt

sie zwischen den Fingern, als er die Hand wieder ans Lenkrad legte. «Mensch, Philipp, du kennst dich aus, als hättest du hier deinen Führerschein gemacht.»

«Jim und ich hatten hier während der Schlacht um Aachen einen Einsatz.» In Gerbers Erinnerung sah er sich und seinen Freund Jim Anderson im Oktober 1944, wie sie sich durch die Trümmer der alten Reichsstadt unter Feindbeschuss vorarbeiteten. Die Eroberung Aachens als erster deutscher Stadt durch die US-Truppen war als wichtiges Kriegsziel ausgegeben worden, um den Durchhaltewillen der Deutschen zu erschüttern.

«Damals muss es hier etwas anders ausgesehen haben.»

«Die Luft war bleihaltig, und auf den Straßen waren Panzer unterwegs. Aber ich bin nicht das erste Mal seit dem Krieg hier.» Er zeigte durch die Windschutzscheibe schräg über den Platz. «Da vorn steht das Parkhaus.»

Sattler stellte seinen Wagen in der Nähe der Einfahrt ab, wo es der Parkwächter von seinem Häuschen aus im Blick hatte. «Wäre doch schade, wenn dem guten Stück was passiert. Der Nachfolger, den sie jetzt bauen, trifft nicht so meinen Geschmack. Außerdem wären wir dann beide ohne fahrbaren Untersatz.»

«Streu noch ein bisschen Salz in meine Wunde, Erwin, und ich streiche dich von meiner Freundesliste.»

Gerbers Kapitän stand weiterhin in der Darmstädter Werkstatt, die Schäden waren noch längst nicht behoben. Wie oft hatte er sich schon dafür verflucht, dass dieser Dietmar Krohn ihn ausmanövriert hatte. Wenigstens war der Schmerz in seinem Kopf besser geworden, und er musste den Verband nicht mehr tragen.

Während Sattler alles Nötige mit dem Parkwächter regelte, trat Gerber ins Freie und sah zum Bahnhof hinüber. Der wuchtige Bau mit der Natursteinfassade hatte ihn schon immer an eine Festung erinnert, als hätte man bei seiner Errichtung geahnt, dass er zwei Weltkriege überstehen musste. Er stellte den Lederkoffer neben sich ab, steckte die Hände in die Seitentaschen seines Trenchcoats und blickte in den Himmel, wo sich graue Wolken durch das verblassende Blau des Sommerabends schoben.

Den Koffer hatte er eigentlich zur Tarnung mitgenommen, damit man ihn für einen harmlosen Reisenden hielt, wenn er zwei Stunden nach Mitternacht in den Nord-Express stieg. Trotzdem hatte er seine Reiseutensilien und Wechselwäsche hineingepackt. Ein leerer Koffer wirkte nicht überzeugend, und wenn er schon etwas mitschleppte, konnte es gleich etwas Sinnvolles sein. Sattler hatte es auch so gehalten.

Sattler stellte seinen schwarzen, mit Holzleisten verstärkten Pappkoffer neben Gerber ab. «Ganz schön schwer für etwas Tarnung. Lilly glaubt wohl, wir machen eine Weltreise.»

Gerber grinste breit. «Sieh an, der feine Herr lässt also seine Gattin für sich packen.»

Sattler zwinkerte ihm zu. «Zu etwas muss die Ehe ja gut sein. Da solltest du auch mal dran denken, dann könnte Eva das Kofferpacken für dich übernehmen.»

«Wenn ich ihr mit der Begründung einen Antrag mache, stellt sie mir den Koffer ganz schnell vor die Tür.»

Sattlers Miene und Tonfall wurden ernst. «Hauptsache, du machst ihr bald mal einen Antrag. Ihr kennt euch schließlich länger als Lilly und ich.» Als Gerber nichts erwiderte, fasste Sattler nach: «Was ist, Philipp? Habt ihr Probleme?»

«Ach, nur die alte Geschichte. Ich arbeite für Adenauer und Eva für die Genossen Marx, Engels und Lenin. Das macht sich nicht gut bei Kollegen und Vorgesetzten.»

«Das ist doch eine olle Kamelle. Die ganze Sicherungsgruppe

weiß seit Jahren, wer deine Freundin ist. Ich glaube eher, du hast dich so sehr an den jetzigen Zustand gewöhnt, dass du deine Junggesellenbude gar nicht aufgeben magst. Eva ist eine starke Frau, und eine Heirat würde dir jede Rückzugsmöglichkeit nehmen.»

«Wenn du auf Psychoanalytiker umschulst und dich in den Vereinigten Staaten niederlässt, kannst du schnell reich werden, Erwin», brummte Gerber und griff nach seinem Koffer. «Sag mir lieber, ob Lilly sehr böse ist, dass ich dich für den Sonntagabend mit Beschlag belegt habe?»

«Frag mich lieber, ob ich böse bin. Lilly hat extra einen Sauerbraten vorbereitet, aber richtig mit Pferdefleisch, wie es sich gehört.»

«Du weißt doch schon seit Freitag von dem heutigen Einsatz.»

Sattler spielte den Empörten. «Ich glaube, du hast keine Ahnung, wie viele Tage das Fleisch in der Beize liegen muss.»

Gerber legte seinem Freund die Hand auf die Schulter. «Zwecks Wiedergutmachung lade ich dich nachher zum Abendessen ein. Und jetzt lass uns den Bahnhof begutachten. Vor einer Schlacht erkunde ich gern das Terrain.»

Sie nahmen die Koffer auf und gingen hinüber zum Bahnhof.

«Schlacht?», fragte Sattler. «Wenn es zu einer Auseinandersetzung kommt, dann wohl eher im Zug und nicht auf dem Bahnhof.»

«Vermutlich. Aber warum blind in etwas hineintappen, wenn man darauf vorbereitet sein kann?»

«Wovon sprichst du jetzt? Von unserem Legationsrat oder vom BND?»

«Wenn ich das wüsste», seufzte Gerber.

«Und da hast du dir gedacht: Wenn ich schon ins offene Messer laufe, nehme ich den lieben Onkel Erwin gleich mit, damit er auch was von dem Ärger hat.»

«Ganz genau. Wenn ich in der Scheiße stecke, brauche ich einen starken Arm, der mich wieder rauszieht. Mir ist kein stärkerer eingefallen.»

«Du raspelst ja mehr Süßholz als meine Lilly, wenn sie ein neues Sommerkleid haben möchte. Treib mir bloß nicht die Tränen der Rührung in die Augen, alter Freund.»

«Solange es keine Krokodilstränen sind», lachte Gerber.

Im Hauptbahnhof sahen sie sich genau um, kauften an einem der schmalen Automaten Bahnsteigkarten und nahmen jeden der vier Bahnsteige unter die Lupe. Hätte jemand die beiden Männer beobachtet, die mit ihren Koffern von Bahnsteig zu Bahnsteig gingen, hätte er sie für orientierungsschwache Reisende gehalten, vielleicht Ausländer aus Belgien oder den Niederlanden, oder für zwei seltsame Vögel, die sich nicht entscheiden konnten, wohin die Reise gehen sollte.

Nach ihrer Bahnhofsmission, wie Sattler es scherzhaft nannte, fanden sie ein Gasthaus in der Innenstadt, das Aachener Sauerbraten auf der Karte hatte.

Nach dem Essen leckte sich Sattler über die Lippen. «Das war gut, aber nicht so gut wie der Sauerbraten von Lilly. Vor allem war es kein Pferdefleisch, da wette ich drauf.»

Gerber bot ihm eine Camel an und nahm sich auch eine aus der Packung. Sattler gab erst ihm und dann sich selbst Feuer. Dabei benutzte er das vergoldete Dunhill-Feuerzeug, das Lilly ihm zur Hochzeit geschenkt hatte. «LILLY» und der Hochzeitstag waren auf dem Deckel eingraviert. Das Dupont-Feuerzeug, das ihm im Krieg die schöne Comtesse aus Suippes geschenkt hatte, hatte Gerber seitdem nie wieder bei ihm gesehen.

«Wie macht denn Eva den Sauerbraten?», fragte Sattler nach dem ersten Zug.

«Wenn ich sie bitte, mir über mehrere Tage einen Braten zuzubereiten, wird höchstens sie sauer.»

Sattler fiel in Gerbers Lachen ein. «Aber du vermisst sie, oder?»

«Klar», sagte Gerber und zog an seiner Zigarette. «Ich wäre jetzt lieber bei ihr als hier auf der Jagd nach einem verarmten Adligen, der über seine Verhältnisse lebt.»

«Sie ist in Berlin, sagtest du?»

Gerber nickte und dachte an das Wenige, was Eva ihm erzählt hatte.

«Sie ist zum ersten Mal wieder im Ostsektor – seit damals. Ich kann nur hoffen, dass es ihr gut geht.»

// KAPITEL 14 //

Eva verfluchte ihre Neugier. Die Neugier, die ihr Leben bestimmte. Die ihr bei ihrer Arbeit den Ruf, sehr professionell und erfolgreich zu sein, eingetragen hatte. Die sie aber auch immer wieder in Gefahr brachte – vielleicht einmal zu viel.

Gedankensplitter, die durch Evas Kopf wirbelten wie Schneeflocken in einem Wintersturm. Sie versuchte, sich darauf zu konzentrieren, einen Ausweg zu finden. Doch gegen Semjonow, Wittmann und Ulrike Vogt mit ihrer Pistole hatte sie nicht den Hauch einer Chance. Selbst wenn es ihr gelang, aus dem Lagerhaus zu fliehen, warteten draußen die schwer bewaffneten Vopos auf sie. Semjonow hatte vielleicht noch mehr Leute rings um das Lagerhaus postiert.

Er machte ein paar Schritte auf sie zu, und sie wich unwillkürlich zurück. Beinahe wäre sie über eine Rolle Stacheldraht gestürzt.

Ulrike Vogt bedachte sie mit einem besorgten Blick. «Wir haben ihr vielleicht zu viel zugemutet.»

«Es musste schnell gehen», erwiderte Semjonow mit seinem starken russischen Akzent.

Erst jetzt fiel Eva auf, dass Vogt ihre kleine Pistole weggesteckt hatte.

Sie sah Eva fest in die Augen, umfasste ihr Gesicht mit beiden Händen und sagte: «Sie müssen sich keine Sorgen machen, Eva! Wir wollen Ihnen nichts Böses. Die Pistole habe ich nur benutzt, damit Sie keinen Unsinn anstellen.»

Semjonow trat langsam näher und zog etwas aus seiner Manteltasche. Eine zerknitterte Zigarettenpackung, die er Eva hinhielt. «Eine Papirossa? Ist nicht jedermanns Geschmack, schon gar nicht jeder Frau.»

Eva schluckte und schüttelte den Kopf. Sie war noch immer fassungslos darüber, wem sie hier gegenüberstand.

Der KGB-Mann steckte die Packung wieder ein. «Ihr Geschmack auch nicht, dachte ich mir schon.»

Sie musste endlich etwas tun. Sich an einer Zigarette festzuhalten, war vielleicht nicht die schlechteste Idee. Rauchen, Zeit schinden, überlegen, vielleicht auch ruhiger werden. Sie holte ihre Overstolz-Packung aus der Handtasche und zog eine Zigarette heraus. Semjonow hielt ihr sein Feuerzeug hin.

In diesem Augenblick flammten weitere Lampen in dem Lagerhaus auf, als sei es ein Zaubertrick des Generalmajors. Erst als Vogt und Wittmann wieder zu ihnen traten, begriff Eva, dass die beiden das Licht eingeschaltet hatten. Sie zog an ihrer Overstolz und zermarterte sich das Gehirn darüber, was die ganze Aktion hier draußen an der Spree bedeuten mochte.

Wittmann fummelte an seiner Kamera herum, und plötzlich flammte der Blitz auf, stach direkt in Evas Augen.

«Blondes Fräulein vor Stacheldraht, rauchend.» Wittmann feixte und zuckte die Schultern. «Ich hätte Sie wohl warnen sollen, Verzeihung. Jetzt vielleicht eine Aufnahme von Ihnen und dem Genossen Generalmajor.»

Semjonow stellte sich neben Eva und blickte den Fotografen an.

«Bitte recht freundlich!», rief Wittmann.

Eva lächelte ebenso wenig wie Semjonow, als Wittmann erneut auf den Auslöser drückte und wieder ein Blitzlicht aufzuckte. Das Ganze wirkte absurd auf Eva, und gerade das half ihr, gegen die Todesangst anzugehen, die sie beim Auftauchen des Generalmajors befallen hatte. Offenkundig hatte man etwas mit ihr vor. Im Augenblick siegte ihre angeborene Neugier über ihre Angst.

«Wenn ich gewusst hätte, dass Sie mich zu einer Fotosession für die *Sibylle* einladen, hätte ich mir etwas anderes angezogen.»

Die *Sibylle* war eine ostdeutsche Frauenzeitschrift, die ihren Schwerpunkt auf Mode legte.

«Die Fotos sind für Sie gedacht, Fräulein Herden», sagte Ulrike Vogt. «Für Ihren Bericht.»

«Soll ich darüber schreiben, über welche Unmengen an Baustoffen die DDR verfügt? Dabei begleite ich zwar seit ein paar Tagen Ihre wackere Brigade, aber andere Baustellen, auf denen tatsächlich gearbeitet wird, habe ich kaum gesehen.»

Semjonow schnippte einen Zigarettenstummel auf den Boden und zertrat ihn. «Das ist Punkt von der Sache, genau das. Nur wenige Baustellen im Demokratischen Berlin, wo gearbeitet wird. Aber jede Menge Material für Bau und Absperrung wird gehortet in Lagern wie diesem. Verstanden?»

«Noch nicht so ganz», antwortete Eva. «Wofür wird es gebraucht?»

«Wofür? Na, für Mauer!» Während er das sagte, streckte der Generalmajor seine Hände nach beiden Seiten aus, als wolle er mit ihnen eine Mauer errichten. «Für Mauer durch Berlin. Mauer, die trennt demokratisches Berlin von Rest.»

Die Worte des sowjetischen Geheimdienstmannes sickerten recht langsam in Evas Bewusstsein, auch wenn sie für gewöhnlich über eine rasche Auffassungsgabe verfügte. Dann aber ergab alles einen Sinn.

«Sie wollen damit sagen, die DDR hat die Absicht, eine Mauer mitten durch Berlin zu errichten, ja?»

«Genau das haben Ulbricht und Honecker vor», kam die Antwort von Vogt. «Ein klarer Schnitt zwischen dem Osten und den Westsektoren, und schon ist der stete Flüchtlingsstrom unterbrochen. Ulbricht und Honecker hocken in den Startlöchern und benötigen nur noch Chruschtschows Zustimmung. Sobald die vorliegt, geht es los.»

Sie wies auf die unzähligen Paletten, die sich rings um die vier Menschen stapelten. Wenn Eva daran dachte, dass es mehrere solcher Lagerhäuser gab, war die Vorstellung einer Mauer, die sich durch ganz Berlin zog, gar nicht so fernliegend. Das Unvorstellbare an der Sache war der Umstand, dass man damit eine ganze Stadt zerreißen würde, das einstige Herz Deutschlands. Man würde Familien trennen, Freunde, Liebende, als wären sie nichts als ein Stück weicher Butter, durch die man mit einem Messer schnitt.

«Das können Ulbricht und seine Genossen nicht tun», sagte Eva schockiert, auch wenn ihr Verstand es besser wusste. «Die Berliner, sie werden das nicht hinnehmen. Und die West-Alliierten auch nicht.»

«Ich wäre mir da nicht so sicher», erwiderte Vogt. «Jeder Meter Stacheldraht, der einen Menschen davon abhält, in den Westen zu flüchten, trägt zum Abbau der Spannungen zwischen Ost und West bei. Klare Verhältnisse werden die Lage stabilisieren und helfen, eine militärische Auseinandersetzung zu vermeiden. Das ist auch im Sinne der West-Alliierten, deren Truppen hier viel zu schwach sind. Seien wir mal ehrlich, hauptsächlich sind es Paradesoldaten, die außer zum Säbelrasseln zu nichts zu gebrauchen sind.»

Semjonow legte in einer vertraulichen Geste eine Hand

auf die Schulter der Rothaarigen. «Ulrike hat recht. Vielleicht wird Kennedy sogar Dankschreiben schicken an Genosse Chruschtschow.»

«Denkt niemand an die Menschen und daran, was man ihnen antut?»

«Verkaufen Sie sich nicht unter Wert, Fräulein Herden», sagte Vogt. «Sie sind doch sonst nicht so naiv. Für die hohe Politik sind Menschen in erster Linie Kanonenfutter, wenn sie nicht gerade bei Paraden und großen Reden Beifall spenden dürfen.»

In Evas Kopf lief ein Film ab, der ihr gar nicht gefiel. Ganze Kolonnen von Arbeitern, Baubrigaden und wer sonst noch, bauten eine Mauer durch Berlin und rollten Stacheldraht aus. Menschen versuchten, sie daran zu hindern, versuchten im letzten Augenblick, über die Grenze zu gelangen. Väter, Mütter, Söhne, Töchter, Ehegatten und Verlobte, Brüder und Schwestern. Aber sie wurden mit Waffengewalt daran gehindert von Männern wie den beiden Vopos, die sie vor dem Lagerhaus gesehen hatte.

«Die Menschen werden durchdrehen, wenn sie das mitbekommen», sagte sie, ein wenig gefasster, aber noch immer aufgebracht. «Sie werden die Arbeiten stören, die Grenzanlagen stürmen, vielleicht sogar gegen die Regierung rebellieren!»

Semjonows kalter Blick ruhte auf Eva. «Sie täuschen sich, Fräulein. Die Menschen sind wie Vieh, das man leicht lenken kann. Man braucht dazu nur genug Gewehre.»

Vielleicht lag es an dem langen Tag, der hinter ihr lag, vielleicht auch an den durchlittenen Ängsten. Für Eva fühlte es sich an, als schwanke der Boden unter ihr. Sie wankte zu einem Bretterstapel und ließ sich darauf nieder.

Schwarze Punkte tanzten vor ihren Augen, und sie war wieder ein junges Mädchen mitten im Krieg. An jenem verhängnisvollen Donnerstag im März 1945, als die alliierten Bomberflotten ihre Heimatstadt Hildesheim mit dem Ziel angriffen, einen alles vernichtenden Feuersturm zu entfachen. Das Haus ihrer Familie wurde zerstört, und in den Trümmern lagen ihre Mutter, ihre Geschwister und ihre Großeltern.

Eva hatte sich die Hände blutig gegraben, aber sie hatte in der Ruine, die ihr Heim gewesen war, nur noch Leichen gefunden. Sie war allein gewesen, bis sie nach Jahren die Nachricht erhalten hatte, ihr an der Ostfront verschollener Vater sei noch am Leben. Wie hatte sie sich daran geklammert, ihren Vater noch zu haben, bis auch er niedergemetzelt wurde. Wenn Berlin durch eine Mauer geteilt wurde, war es dann weniger schmerzhaft für die Menschen, dass ihre Angehörigen zwar unerreichbar, aber am Leben waren? Oder war das Wissen um diese Unerreichbarkeit noch schmerzhafter, noch quälender?

«Warum zeigen Sie mir das hier?», fragte sie schließlich matt. «Warum erzählen Sie mir von den Plänen der DDR-Regierung, die doch sicher geheim sind?»

«Streng geheim», bestätigte Semjonow.

«Sie werden mir kaum gestatten, darüber zu berichten», seufzte Eva.

«Ganz im Gegenteil. Wir erwarten sogar, dass Sie darüber berichten», entgegnete Vogt. «Mehr noch, wir fordern Sie dazu auf. Das dürfte die einzige Möglichkeit sein, Ulbricht und Honecker aufzuhalten. Nur wenn der Westen im Vorfeld über den geplanten Mauerbau informiert ist, kann er vielleicht Druck auf die DDR-Führung ausüben, vermutlich über Moskau. Wenn Chruschtschow erst einmal sein Einverständnis gegeben hat und die Arbeiten begonnen haben, dann ist alles zu spät. Dann wird sich der Westen, wie schon gesagt, damit abfinden, weil es auch für ihn bequem ist.»

Verständnislos ließ Eva ihren Blick von Frau Vogt zu Generalmajor Semjonow schweifen.

«Ich begreife das nicht. Warum soll ich die Pläne im Westen bekannt machen. Warum teilen Sie mir das alles mit? Wir sind doch Feinde!»

«Wir brauchen Sie, Fräulein», sagte Semjonow. «Wir sind jetzt Verbündete!»

«Tatsächlich? Und wozu brauchen Sie mich?»

«Ich benötige Kontakt zu westlichem Dienst.»

«Zum Geheimdienst? Sie dürften über mehr Kontakte zu den westlichen Geheimdiensten verfügen als ich im Leben jemals haben werde.»

«Ja, sicher, aber wem ich kann trauen? Wem? Mir fällt nur ein Mann ein.»

«Vom wem sprechen Sie?»

«Philipp Gerber, ihm kann ich vertrauen. Sie bringen ihn zu mir nach Ost-Berlin.»

Endlich ergab alles Sinn. Der ganze Aufwand drehte sich nicht um sie, die unbedeutende Journalistin, sondern um Philipp, der schon einmal Semjonows Gefangener gewesen war. Als Eva das erkannte, konnte sie ein hysterisches Lachen nicht unterdrücken.

Semjonow legte die Stirn in Falten. «Was finden Sie jetzt lustig?»

«Ich finde Sie lustig, Herr Generalmajor. Ich habe Philipp einmal an Sie verraten, um meinen Vater zu retten. Jetzt ist mein Vater tot. Womit wollen Sie mich dieses Mal erpressen? Mit meinem eigenen Leben oder meiner Freiheit? Da haben Sie sich geschnitten. Töten Sie mich oder sperren Sie mich ein, aber ich werde Philipp nicht hierherlocken!»

Semjonows Brauen zogen sich zusammen, und er stand

offenbar kurz davor, die Beherrschung zu verlieren. Ulrike Vogt trat neben ihn, ergriff seine Hand und drückte sie fest, was ihn zu beruhigen schien.

Sie sah Eva an. «Sie haben den Genossen Generalmajor falsch verstanden, Fräulein Herden. Von Herlocken war nicht die Rede. Sie sollen Herrn Gerber lediglich über das in Kenntnis setzen, was Sie hier gesehen haben. Der Kollege Wittmann wird Ihnen seine Aufnahmen zur Verfügung stellen. Herr Gerber kann das, wohl mithilfe seiner Vorgesetzten, prüfen und sich frei entscheiden, ob er nach Berlin kommt oder nicht.»

«Aber was soll Philipp hier tun?»

«Mit mir verhandeln», sagte Semjonow.

«Es geht um die Bedingungen und die Modalitäten für den Übertritt des Genossen Generalmajor in den Westen», ergänzte Vogt.

«Sie wollen überlaufen?» Ungläubig starrte Eva den KGB-Offizier an. «Warum?»

Semjonow sagte nur ein Wort und spie dabei auf den Boden: «Chruschtschow!»

Wieder übernahm Vogt die Erläuterung. «Seit seiner Machtübernahme hat Chruschtschow begonnen, die sowjetischen Nachrichtendienste von allen Führungspersonen zu säubern, mit denen er nicht einverstanden ist. Der Genosse Generalmajor hat erfahren, dass auch er auf der schwarzen Liste steht.»

«Aus welchem Grund will Chruschtschow ihn absägen?»

Vogt wechselte einen schnellen Blick mit Semjonow und sagte: «Der Genosse Generalmajor hat Chruschtschows Vorgänger treu gedient. Das allein genügt schon, um bei Chruschtschow Zweifel an seiner Zuverlässigkeit zu säen.»

Eva hatte auch Zweifel – an der Zuverlässigkeit dieser Erklärung. Natürlich hatte sie mitbekommen, dass Chruschtschow an der Spitze der sowjetischen Dienste Umbesetzungen vornahm, aber wer seinen Posten verlor, wanderte nicht gleich ins Gulag. Diese Männer schickte Chruschtschow in den Ruhestand, oder er setzte sie auf andere, weniger bedeutende Stühle. Wenn Semjonows Befürchtungen ihn dazu trieben, in den Westen überzulaufen, musste er etwas Besonderes auf dem Kerbholz haben. Vermutlich etwas, das noch nicht aufgeflogen war, mit dessen Entdeckung er aber rechnete. Darüber hätte sie zu gern einen Artikel geschrieben oder auch eine ganze Serie, aber der Generalmajor würde ihr kaum ein Interview über seine schwersten Verfehlungen gewähren.

«Warum soll ausgerechnet Philipp Gerber Ihr Kontaktmann sein, Herr Generalmajor? Er bekleidet keine besonders hohe Position beim BKA, und für die DDR ist ohnehin der BND zuständig.»

«BND? Gehlen?» Semjonow verzog das Gesicht zu einer Grimasse und machte eine wegwerfende Handbewegung. «Ich habe kein Vertrauen zum BND. Vertrauen zu Gerber, ja. Wir kennen uns, ich habe in seine Augen gesehen.»

«Natürlich. Als er Ihr Gefangener in Ost-Berlin war.»

«Ich habe ihn freigelassen. Oder etwa nicht?»

Das stimmte, er hatte Philipp und Eva zurück nach West-Berlin geschickt. Aber nicht aus Mitleid oder Menschenfreundlichkeit, sondern weil es ein Zug Semjonows in dem Schachspiel um Otto John gewesen war. Sie konnte sich gar nicht vorstellen, dass der KGB-Mann etwas tat, was nicht aus Berechnung geschah. Kannte er überhaupt Gefühle wie Freundschaft oder Liebe? Soweit sie wusste, war er nicht verheiratet. Aber keine Familie gegründet zu haben, war ein Kriterium, das auch auf Eva und Philipp zutraf.

«Wenn Herr Gerber herkommt, erhält er vom Genossen

Generalmajor sämtliche Informationen zum geplanten Mauerbau», sagte Vogt. «Und anderes mehr.»

«Was wäre das?»

«Das wird Bestandteil der Verhandlungen zwischen dem Genossen Generalmajor und Ihrem Herrn Gerber sein.»

«*Mein* Herr Gerber?»

Vogt lächelte. «Sie haben doch einen gewissen Einfluss auf ihn, oder?»

Eva ahmte ihr Lächeln nach. «So wie Sie auf den Generalmajor, meinen Sie das?»

Die Rothaarige gab sich irritiert. «Ich weiß nicht, wovon Sie sprechen.»

«Von vorhin, als Sie das Händchen Ihres Genossen gedrückt haben. Werden Sie mit ihm in den Westen umsiedeln?»

Semjonow lachte auf und steckte sich eine weitere Papirossa zwischen die Lippen. «Fräulein sehr schlau, gut. Sie wird nicht machen Fehler.»

«Das wollen wir hoffen», sagte Vogt und nahm wieder Eva ins Visier. «Sie sollten den Artikel über die Brigade ‹Siebter Oktober› unbedingt veröffentlichen, mag es auch unter Ihrer journalistischen Würde sein. Nur so können wir unverdächtig bleiben, bis Herr Gerber hier ist und alle wichtigen Punkte geklärt sind. Kollege Wittmann übergibt Ihnen jetzt eine Mappe mit dem Fotomaterial.»

Der Fotograf legte eine Ledermappe neben Eva auf den Holzstapel. «Darin sind auch zwei noch nicht entwickelte Filme, einer in einem schwarzen und einer in einem roten Kästchen. Die sollten Sie nicht verwechseln.» Er klopfte auf die Mappe. «In dem schwarzen Kästchen ist der Film vom heutigen Picknick, falls Sie die Fotos für Ihren Artikel benötigen. In dem roten Kästchen …»

«Sind Stacheldraht und Baustoffe», schnitt Eva ihm das Wort ab. «Richtig?»

«Richtig», antwortete Vogt an Wittmanns Stelle. «In dem roten Kästchen ist auch meine Telefonnummer im Ministerium. Da kann Herr Gerber mich erreichen, wenn er in Berlin ist. Da er kaum unter seinem Namen anrufen wird, lautet seine Losung ‹Schöne Grüße von Fräulein Herden›.»

«Wie originell. Aus reiner Neugier, ist Minister Scholz Teil Ihrer netten Verschwörung?»

«Nein», antwortete Vogt. «Er hält Sie für eine überzeugte westdeutsche Kommunistin, die ihrem Land ein Loblied auf die tollen Leistungen unserer Baubrigaden singen möchte. Auch der Kollege Geisbach ist übrigens nicht eingeweiht.»

«Ich verstehe. Eine Sache wüsste ich noch gern: Wann rechnen Sie mit dem Beginn des Mauerbaus?»

Statt zu antworten, blickte Vogt den Generalmajor an.

«Das ist noch nicht ganz klar, leider», sagte er. «Hängt ab von Einwilligung aus Moskau. Vielleicht weiß ich mehr, wenn Gerber hier ist.»

Eva war sich nicht ganz sicher, ob das stimmte, aber sie sah keine Möglichkeit, Semjonow mehr zu entlocken. Wahrscheinlich sagte er sogar die Wahrheit.

«Nächstes Mal treffe ich Sie hoffentlich an schönerem Ort, in B-R-D.» Er sprach jeden Buchstaben einzeln und mit einer Pause aus, als sei es ein Wort, zu dem er sich überwinden musste. «Wir sehen uns dann häufiger.»

«Ist das eine Drohung oder das Versprechen eines Exklusivinterviews?»

«Großes Interview, viele Interviews. Ganze Serie für *Spiegel* oder *Stern*. Dann wir machen Buch daraus, wird Bestseller.»

«Na, dann habe ich ausgesorgt», sagte Eva, während sie zu

ihrer Handtasche und der Ledermappe griff. «Ich habe auch schon einen guten Titel: *Der Spion, der aus dem Osten kam.*»

Semjonow nickte ihr noch einmal zu und blieb allein im Lagerhaus zurück, als Eva mit Vogt und Wittmann nach draußen trat. Es war dunkel geworden, aber sie war froh, nicht länger zwischen all dem Stacheldraht, den Sperrgittern, den Holzbalken und Hohlblocksteinen zu sein. Vorboten einer düsteren Zukunft für Berlin, wenn das Ganze mit Philipps Hilfe nicht verhindert werden konnte.

Als sie wieder im Fond des Wartburg saß und der Wagen jetzt wirklich Kurs auf die Sektorengrenze nahm, wünschte Eva sich, er würde neben ihr sitzen und den Arm um ihre Schultern legen.

// KAPITEL 15 //

Montag, 7. August 1961

Gerber war froh, als die Lautsprecherstimme die Einfahrt des Nord-Express ankündigte. Die letzten Stunden hatten er und Sattler in einer Bar in Bahnhofsnähe verbracht und sich dabei an einem Bitburger festgehalten. Der Barmann hatte ihnen schon einen unfreundlichen Blick zugeworfen und erleichtert aufgeseufzt, als Gerber endlich gezahlt hatte. Durch ein leichtes Tröpfeln waren sie zum Aachener Hauptbahnhof gegangen und warteten jetzt auf dem Bahnsteig auf die Einfahrt des einstigen Luxuszugs, dessen Ruhm aus der Zeit vor den Weltkriegen stammte. Vor mehr als sechs Stunden hatte er den Pariser Gare du Nord verlassen und mitten in der Nacht Belgien durchquert.

Sattler legte eine Hand auf seinen Bauch. «Hoffentlich hat der Speisewagen geöffnet, ich habe schon wieder Hunger.»

«Kurz nach zwei», stellte Gerber nach einem Blick auf seine A-11 fest. «Dafür ist es definitiv zu spät.»

«Für den Hunger? Den habe ich eigentlich immer.»

«Nein, für den Speisewagen.»

«Dann stehen wir uns hier die Beine in den leeren Bauch für nichts und wieder nichts.»

«Wie kommst du darauf, Erwin?»

«Wahrscheinlich hat unser Kurier die Dokumentenübergabe längst vollzogen, Zeit genug hatte er. Falls nicht, wird auch jetzt nichts mehr passieren. Überleg doch mal, Philipp. In einer Stunde ist der Zug bereits in Köln, und da steigt unser feiner Pinkel von Legationsrat auch schon aus, weil ihn eine Limousine nach Bonn bringt. Warum sollte sich das Ganze quasi auf den letzten Kilometern abspielen?»

«Weil es jetzt tiefe Nacht ist. Weil alle übermüdet und unaufmerksam sind. Weil niemand mehr damit rechnet.»

«Vor allem dieser Herr von Kempen wird hoffentlich nicht damit rechnen, überwacht zu werden. Sonst wird er die Übergabe tatsächlich nicht vollziehen.»

Gerber legte ihm eine Hand auf die Schulter. «Ich glaube, dir fehlt deine Lilly zu sehr. Wird Zeit, dass wir wieder nach Hause kommen.»

«Gehlen und dieser Felfe werden sich über uns totlachen, wart es nur ab!»

Gerber war nicht so gelassen, wie er tat, aber er zwang sich zur äußeren Ruhe, da er an der Situation ohnehin nichts ändern konnte. Er konnte Sattler nicht einmal sagen, dass die nächtliche Aktion vielleicht ein Schritt auf dem Weg zur Überführung Felfes war. Dr. Brückner und Wesler wollten den von General Anderson ausgesprochenen Verdacht nicht weiter verbreiten. Je mehr Leute davon wussten, desto größer die Gefahr, dass etwas zu Felfe durchdrang.

In der Ferne tauchten die Lichter des herannahenden Zugs auf, und die leicht scheppernde Lautsprecherstimme meldete sich wieder: «Planmäßige Einfahrt des Nord-Express von Paris über Saint-Quentin, Jeumont, Charleroi, Namur und Lüttich auf Gleis drei. Bitte treten Sie von der Bahnsteigkante zurück und achten Sie auf die Anweisungen der Zollbeamten. Dies ist ein Grenzbahnhof. Bitte befolgen Sie die Anweisungen der Zollbeamten. Der Zug hat fünfzehn Minuten Aufenthalt.»

Der Lärm des abbremsenden Zugs vermischte sich mit den letzten Worten der Durchsage, und die Lokomotive, über der eine weiße Rauchfahne durch die Nacht wehte, fuhr langsam auf sie zu. Hunderte Tonnen Stahl wälzten sich an ihnen vorbei und kamen mit einem langen Kreischen zum Stehen. Gerber und Sattler suchten den Kurswagen nach Warschau, in dem für den Legationsrat ein Abteil reserviert war. Es war kein Schlafabteil. Vielleicht geziemte es sich für einen diplomatischen Kurier nicht, während der Fahrt zu schlafen. Die Tür zu dem Abteil war geschlossen, und vor den Fenstern zum Gang waren die Vorhänge zugezogen.

Ein untersetzter Mann im schlecht sitzenden Anzug unter dem offenen Trenchcoat, Hutträger und in der Hand eine Aktentasche, blieb vor ihnen stehen. «Die Nacht ist dunkel, wenn der Mond nicht scheint.»

Eine lustige Losung, fand Gerber und erwiderte: «Wer nicht rechtzeitig zu Bett geht, ist selber schuld. Wie haben Sie uns so schnell erkannt?»

«Zwei Herren mit je einem nicht zu schweren Koffer und suchendem Blick, das war leicht.» Der BND-Mann räusperte sich. «Alles ruhig in dem Abteil. Bislang keine Übergabe. Gute Nacht, die Herren!»

Er lüpfte kurz seinen Hut und drängte sich an ein paar einsteigenden Passagieren vorbei aus dem Zug. Gerber hielt Ausschau nach dem zweiten BND-Agenten, vergeblich.

Ihr Abteil lag am Ende des Gangs, und sie saßen dort nicht allein. Ein Paar mittleren Alters, das sich auf Polnisch unterhielt, erwiderte kurz ihren Gruß. Am Fenster saß ein Geistlicher, der ebenfalls kurz aufblickte, um die neuen Mitreisenden zu begrüßen, bevor er die Nase wieder in sein Buch steckte. Es war nicht die Heilige Schrift, sondern ein Werk von Henry Miller.

Während Sattler ihre Koffer auf der Gepäckablage verstaute, behielt Gerber das Abteil des Kuriers fest im Blick, aber auch im Gewimmel des Ein- und Aussteigens tat sich dort nichts. Ein Zollbeamter ging durch den Wagen, hielt sich aber nicht weiter auf. So pünktlich, wie er in den Bahnhof eingefahren war, verließ der Zug ihn auch wieder. Köln, wo Legationsrat Wilko von Kempen aussteigen würde, war der nächste Halt. Dort würde sich auch der Zugteil mit ihrem Kurswagen abspalten, der über Hannover und Berlin nach Warschau weiterfuhr. Der eigentliche Nord-Express würde über Hamburg und Flensburg bis nach Kopenhagen fahren. Gerber und Sattler sollten den Zug auch in Köln verlassen, ihre Fahrkarten galten aber bis Berlin, um keine Aufmerksamkeit zu erregen.

Die beiden Männer von der Sicherungsgruppe stellten sich auf den Gang und rauchten Sattlers Chesterfield-Zigaretten. Bald war die alte Kaiserstadt im Dreiländereck nur noch ein Lichterteppich, der hinter ihnen zurückblieb, während der Zug sich durchs nächtliche Rheinland schlängelte.

«Ob die beiden Polen es sind?», spekulierte Sattler. «Aber zwei Polen als östliche Agenten, das wäre doch viel zu offensichtlich. Dann eher Hochwürden.»

Gerber blickte zu ihrem Abteil und grinste. «Hoffentlich nicht. Ein Geistlicher, der erotische Literatur liest, ist mir sympathisch.» Sein Blick glitt weiter an den Abteiltüren entlang. «Es kann auch jemand aus einem der anderen Abteile sein oder jemand aus einem anderen Waggon.»

«Oder einer vom Zugpersonal», ergänzte Sattler. «Oder ein Zollbeamter. Nur keiner von uns beiden.»

«Aha. Und warum nicht?»

«Weil wir uns wechselseitig im Blick haben. Außerdem bin ich als treu sorgender Familienvater ohnehin unverdächtig.»

«Du meinst als treu sorgender Ehemann.»

«Das auch.» Ein beglücktes Lächeln zeigte sich auf Sattlers breitem Bulldoggengesicht, und er wirkte in diesem Augenblick sanftmütig wie selten. «Aber bald als Familienvater. Und du bist dann Onkel Philipp. Jedenfalls wird dein Patenkind dich so nennen.»

Gerber legte die Hände auf Sattlers Schultern. «Mensch, Erwin, Glückwunsch! Wann ist es so weit?»

«In sechs Monaten. 1962 wird bestimmt ein guter Jahrgang.»

«Bestimmt! Ich möchte jetzt viel lieber mit dir feiern gehen, als Verrätern und Agenten nachzujagen.»

«Du weißt doch, erst die Arbeit und dann das Vergnügen. Danke übrigens.»

«Wofür? Ich werde gern Patenonkel, aber für den Rest bist doch du verantwortlich.»

«Nicht ganz. Erinnerst du dich an damals in Berlin? Du hast mir den richtigen Schubser gegeben, als ich mich in Lilly verguckt hatte.»

«Amor ist mein zweiter Vorname», sagte Gerber und dachte an jene aufregende Zeit in Berlin.

Die Tage, in denen er im Stasiknast und in den Händen von Oberst Semjonow gelandet war. Als Eva ihn verraten hatte, um ihren Vater zu retten. Den sie dann doch verloren hatte. Eva und Gerber hatten wieder zueinander gefunden, wie sie es immer geschafft hatten. Er liebte sie mehr denn je und dachte daran, wie es wäre, mit ihr eine Familie zu gründen. Die Gedanken waren frei, aber in der Realität führte jeder von ihnen ein eigenes Leben. Eva war noch mehr unterwegs als er. Er konnte nur hoffen, dass sie in Berlin gerade nicht erneut in Kalamitäten geriet.

Der Schaffner, ein kleiner Mann in den Fünfzigern, kam und

kontrollierte ihre Fahrkarten, die er mit seiner Zange markierte. Er sprach mit einem starken französischen Akzent.

«Ah, nach Berlin wollen die Herren. Ja, da ist immer etwas los.»

«Das ist es ja gerade», seufzte Gerber, als der Schaffner weitergegangen war.

«Du denkst an Eva, hm?»

«Lies nicht immer meine Gedanken, Erwin. Borg dir lieber ein anregendes Buch von Hochwürden aus.»

Regentropfen schlugen gegen die Fenster, während draußen die nächtliche Eintönigkeit an ihnen vorbeizog. Gerber spürte, wie er müde wurde. Hätte er jetzt gemütlich in seinem Abteil gesessen, wäre es ihm schwergefallen, wach zu bleiben.

«Kneif mich, da kommt er», flüsterte Sattler plötzlich.

Die Tür zum Abteil des Kuriers öffnete sich, und Wilko von Kempen trat auf den Gang. Schlank und hoch gewachsen, mit einem sauber gezogenen Mittelscheitel und einem ebenso sauber gestutzten Oberlippenbart. Sein Dreiteiler mit den feinen Nadelstreifen saß wie angegossen. Er hielt sich kerzengerade und wirkte dadurch noch größer. Mit einem schwarzen Diplomatenkoffer ging er zum Waschraum für die Herren.

«Der Herr Legationsrat muss mal, aber mit Köfferchen.» Sattler klang leicht amüsiert. «Das nenne ich Pflichterfüllung, die geheimen Dokumente bloß nicht aus den Augen lassen.»

«Oder er will etwas im Waschraum deponieren.»

«Das werde ich überprüfen, sobald er wieder auf seinem Platz sitzt.»

Keine fünf Minuten später verschwand von Kempen wieder in seinem Abteil, und Sattler eilte in den Waschraum. Er hielt sich weitaus länger darin auf als der Kurier und kam schließlich mit enttäuschtem Gesicht wieder heraus.

«Fehlanzeige, Philipp. Ich habe da drinnen jeden Zentimeter abgetastet. Keine geheime Nachricht und schon gar kein Geheimversteck.»

Gerber schaute auf seine Uhr. «In zehn Minuten erreichen wir Köln. Ich glaube nicht, dass sich bis dahin noch etwas tut.»

«Und dann?»

«Wenn von Kempen den Zug verlässt, gehst du ihm bis zu der Limousine nach, die auf ihn wartet. Ich nehme mir sein Abteil vor.»

«Glaubst du, er lässt die Kopie des Berichts über die Pariser Konferenz einfach zurück?»

«Dort dürfte es jedenfalls mehr Verstecke geben als im Waschraum.»

Gerber behielt recht: Der Nord-Express lief in den Kölner Hauptbahnhof ein, ohne dass sich etwas Nennenswertes ereignete. Der Legationsrat, jetzt in einen Kaschmirmantel gehüllt und einen Homburger auf dem Kopf, trug einen größeren Koffer und seinen Diplomatenkoffer, als er das Abteil verließ.

«Wir haben in Köln fast eine halbe Stunde Aufenthalt», sagte Sattler laut zu Gerber, damit man es auch hörte, und gähnte. «Ich gehe mir mal draußen die Füße vertreten und Zigaretten holen.»

Die Hände in den Hosentaschen, folgte er dem Diplomaten.

Gerber blieb auf dem Gang stehen und wartete auf eine Gelegenheit, unbemerkt in das jetzt leere Abteil des Kuriers zu schlüpfen. Da näherte sich der Schaffner, der keine Stunde zuvor ihre Fahrkarten kontrolliert hatte, hielt zielstrebig auf von Kempens Abteil zu und verschwand darin.

«So ist das also», sagte Gerber leise zu sich selbst.

Auf einen Schlag hellwach, zog er die Browning aus dem Schulterholster und zählte dabei in Gedanken langsam bis fünf.

Dann öffnete er mit einem Ruck die Abteiltür und hielt die Pistole schussbereit in der Rechten.

Der Schaffner kniete vor dem Fenster auf dem Boden und sah sich überrascht zu ihm um. Er hatte einen Teil der Wandverkleidung unter dem Fenster gelockert und einen Stapel Papiere herausgezogen.

«Sie kontrollieren aber sorgfältig, ob die Reisenden etwas im Abteil vergessen haben», spottete Gerber. «Was haben Sie denn gefunden? Vielleicht einen Bericht über die Außenministerkonferenz in Paris?»

Der Schaffner nagte mit den Zähnen an seiner Unterlippe, bevor er antwortete. «Sie werden es mir nicht glauben, aber das hier habe ich wirklich gefunden. Zufällig.»

«Sie haben ganz recht, das glaube ich Ihnen nicht. Denken Sie sich eine bessere Geschichte aus. Bis dahin nehme ich Sie wegen des Verdachts auf Landesverrat fest.»

«Ich bin französischer Staatsbürger.»

«Das wird sich kaum strafmildernd für Sie auswirken, Monsieur.» Gerber streckte die linke Hand aus. «Und jetzt her mit den Papieren!»

Er bemerkte, dass der Blick des Schaffners kurz über Gerbers Schulter zuckte. Gerber wirbelte herum und spürte, wie etwas dicht an seiner Schläfe vorbeifuhr. Fast gleichzeitig hörte er das Krachen eines Schusses. Hätte er nicht so schnell reagiert, wäre die Kugel wohl mitten in seinen Hinterkopf gedrungen. So durchschlug das Projektil das Abteilfenster neben dem Schaffner.

Vor sich sah Gerber einen jungen Mann in einer Lederjacke, der seine Pistole auf ihn richtete. Dietmar Krohn!

Bevor der ein zweites Mal abdrücken konnte, schoss Gerber zurück. Zwei Kugeln bohrten sich in rascher Reihenfolge in die

Brust des Gegenübers. Krohn taumelte rückwärts auf den Gang, prallte gegen die Fenster, und die Pistole fiel aus seiner krampfartig zuckenden Hand auf den Boden. Krohns Augen, erst hasserfüllt auf Gerber gerichtet, blickten jetzt glasig drein, und der Mann rutschte leblos an der Wand nach unten.

Gerber trat rasch auf den Gang und bückte sich, um die Waffe des Attentäters zu sichern. In dem Moment traf ihn ein Schlag genau an der Stelle des Hinterkopfes, die vor wenigen Tagen ungewollte Bekanntschaft mit der B-Säule seines Kapitän gemacht hatte. Eine Welle von Schwindel und Übelkeit überflutete ihn, und er sackte über Krohns Leiche zusammen.

Am liebsten hätte er einfach die Augen geschlossen und wäre liegen geblieben, wo er war. Aber er kämpfte dagegen an und riss die Augen auf. Verschwommen sah er Beine in einer Uniformhose. Der Schaffner hastete durch den Gang zur nächsten Waggontür.

Gerber war geistesgegenwärtig genug, seine Browning zurück ins Schulterholster zu schieben und Krohns Waffe in eine Tasche seines Trenchcoats zu stecken. Im Augenblick war er ohnehin nicht in der Lage, einen sicheren Schuss abzugeben. Er hätte nur die Menschen gefährdet, die, durch die Schüsse aufgeschreckt, aus den Abteilen auf den Gang strömten. Außerdem benötigte er beide Hände, um sich an der Wand abzustützen, als er sich mühsam erhob. Er hatte das Gefühl, eine Elefantenherde trampele durch seinen Kopf.

Er tastete sich an den Fenstern entlang zur Tür, ohne auf die Zugpassagiere zu achten, die auf ihn einredeten und ihn mit Fragen bestürmten.

Endlich erreichte er die Tür und blickte hinaus in die riesige, hell erleuchtete Bahnsteighalle, deren Dachkonstruktion aus Stahl und Glas sich über seinem Kopf wölbte. Trotz der nächtlichen Stunde war auf dem Gleis Betrieb. Passagiere und Bahnbedienstete, die aus dem Nord-Express gestiegen waren oder einsteigen wollten, auch Männer in Uniform. War der Verräter unter ihnen? Und wo steckte Sattler?

Je mehr er sich um einen klaren Kopf bemühte, desto schwindliger wurde ihm. Stolpernd stieg er aus dem Zug und wäre auf dem Bahnsteig wohl gestürzt, hätten ihn nicht zwei Männer festgehalten und zu einer Sitzbank bugsiert.

Einer der Umstehenden, dessen Gesicht er nur verschwommen sah, sagte: «Mein Gott, ist das Blut? Der Mann braucht einen Arzt!»

--

Irgendwann stand Sattler vor ihm und redete auf ihn ein. Dann kam ein Sanitäter und nach ihm auch ein Arzt. Am Ende hatte er ein paar Pillen geschluckt und wieder einen Verband um den Kopf.

«Sie müssen dringend ins Krankenhaus», sagte der Arzt, bevor er sich verabschiedete.

Der Nord-Express stand immer noch auf dem Gleis, an eine Weiterfahrt war mit einer Leiche an Bord nicht zu denken. Die Bahnpolizei war vor Ort, und die Kölner Kripo musste jeden Augenblick eintreffen.

«Die Schlagzeile kann ich mir jetzt schon vorstellen», sagte Sattler. «Der Tote im Nord-Express.»

Gerber saß immer noch auf der Bank, atmete tief durch und fühlte sich etwas besser.

«Was ist mit von Kempen?», fragte er.

Sattler blickte griesgrämig drein. «Nichts ist mit ihm. Er ist in seine Limousine gestiegen und abgerauscht. Wahrscheinlich ist er schon bald in Bonn. Ich hätte lieber im Zug bleiben und dir helfen sollen.»

«Wir konnten nicht wissen, was kommt. Besonders mit dem mörderischen Zwilling habe ich hier wirklich nicht gerechnet.»

«Wie kommt der hierher? Wie passt er ins Bild?»

«Eine zu schwere Frage für einen Mann mit meinem Kopfweh. Sag mir lieber, was mit dem Schaffner ist.»

«Weiterhin flüchtig, scheint mir, sonst hätte sich die Bahnpolizei schon bei mir gemeldet. Ich war eben in dem Abteil. Der Mann hat die Papiere mitgenommen, wie es aussieht.»

Gerber stieß einen lauten Fluch aus. «Ich habe den kleinen Franzosen unterschätzt.»

«Neben Krohns Leiche haben die Kollegen die Zange des Schaffners gefunden. Die hat er dir wohl über den Kopf gezogen.»

«So schwer ist das Ding doch gar nicht.»

«Offenbar hat er die richtige Stelle getroffen.»

«Durch eine Schaffnerzange außer Gefecht gesetzt. Das ist so peinlich, dass ich es lieber nicht in meinen Bericht schreibe.»

Gerber wollte den Kopf über sich selbst schütteln, aber dabei wurde ihm erneut übel, also ließ er es bleiben.

// KAPITEL 16 //

«Schon wieder ohne Termin, Fräulein Herden?» Die Vorzimmerdame hätte Eva wohl am liebsten weggeschickt, doch das verboten ihr die Höflichkeit und vielleicht auch das Wissen darum, wie Egon Bahr zu Eva stand. Also sagte sie nur: «Sie können jetzt wirklich nicht hinein, Herr Bahr ist mitten in einem Gespräch.»

Das hörte Eva sogar durch die geschlossene Tür, auch wenn sie nicht verstehen konnte, was gesprochen wurde. Die eine Stimme, sehr hell, aber durchdringend, gehörte eindeutig Bahr. Die andere Stimme war etwas tiefer und rauer, als rutschten die Stimmbänder ständig über ein Reibeisen. Sie musste nicht lange überlegen, wer da sprach. Auch diese Stimme hatte sie schon gehört, bei Ansprachen und in Interviews.

«Was ich ihm zu sagen habe, ist sehr wichtig. Ich habe nicht viel Zeit, weil ich mein Flugzeug in Tempelhof erreichen muss.»

Eva hatte die halbe Nacht überlegt, ob sie Egon Bahr in das, was sie gestern Abend in dem Lagerhaus an der Spree erfahren hatte, einweihen sollte. Doch der Regierende Bürgermeister musste zumindest darauf vorbereitet sein, dass vielleicht schon bald eine Mauer seine Stadt zerschneiden würde. Alles, was Semjonow und seine Pläne betraf, würde sie hingegen für sich behalten. Das ging nur Philipp und seine Vorgesetzten etwas an. Eva hatte ihren Rückflug telefonisch von der Pension aus gebucht und war anschließend mit dem Taxi zum Schöneberger Rathaus gefahren.

«Für Ihre Termine kann ich nichts», sagte Bahrs Vorzimmerdame und zeigte eine Miene des Bedauerns, wie echt das auch immer sein mochte.

«Ja, natürlich», sagte Eva und ging dann schnell zur Verbindungstür.

Sie legte die Hand auf die Klinke und drückte sie nach unten, bevor Fräulein Kirsch von ihrem Stuhl aufspringen konnte. Mit einem Ruck öffnete sie die Tür und trat ein. Die beiden Männer an dem Nierentisch in der Besprechungsecke, jeder mit einer Pfeife bewaffnet, blickten zu ihr hoch.

Fräulein Kirsch erschien hinter Eva in der Tür. «Verzeihen Sie die Störung, ich konnte sie nicht mehr aufhalten. Ich habe ihr gesagt, dass sie nicht ohne Termin ...»

Bahr nahm die Pfeife aus dem Mund und lächelte. «Lassen Sie es gut sein, Fräulein Kirsch. Ich bin sicher, Fräulein Herden stört uns nicht ohne triftigen Grund. Bringen Sie ihr doch auch einen Kaffee, ja?»

Während er aufstand, um Eva aus dem Mantel zu helfen, schnippte der andere Mann mit den Fingern und sagte mit seiner Reibeisenstimme: «Aber ja, Eva Herden ist Ihr Name, richtig?»

«Ja, ich hatte ein kurzes Interview mit Ihnen anlässlich Ihrer Wiederwahl zum Regierenden Bürgermeister vor drei Jahren. Aber es waren nur ein paar Minuten.»

«Die mich sehr beeindruckt haben, Fräulein Herden.»

Das sagte er mit einem warmen Lächeln, als er aufstand und ihr einen Stuhl anbot. Ein stattlicher Mann, der gereifter wirkte als bei ihrer letzten Begegnung. Doch er gehörte unverkennbar einer anderen Generation an als sein Rivale ums Kanzleramt. Sie fand den Vergleich mit John F. Kennedy ein wenig abgedroschen, aber gerechtfertigt. Zumal Willy Brandt nichts von seinem Charme eingebüßt hatte, besonders den Damen gegenüber.

Sollte es ihm gelingen, Adenauer bei der Wahl zum Deutschen Bundestag im September zu schlagen, würde das nicht zuletzt an den Stimmen der weiblichen Wählerschaft liegen. Auch Eva gehörte zu denen, die Brandt gern im Palais Schaumburg sehen würden, aber das hatte nichts mit seinem Charme zu tun. Ein frischer Wind jenseits von Adenauers eingefahrenen Gleisen würde der jungen Bundesrepublik guttun.

Als die Sekretärin Eva einen Kaffee gebracht hatte, wandte sich Brandt an Bahr. «Ist es Ihnen lieber, wenn ich Sie mit Fräulein Herden allein lasse? Schließlich hatten wir heute Morgen keinen Termin, und ich bin einfach so bei dir … Ihnen reingeplatzt.»

«Dann bin ich ja nicht die Einzige», sagte Eva und registrierte, dass der Bürgermeister seinen Pressechef unabsichtlich geduzt hatte. Es hieß, zwischen die beiden passe kein Blatt Papier, aber zumindest nach außen hin benutzten die beiden das formelle «Sie».

«Die heiße Wahlkampfphase beginnt bald», erklärte Bahr in Richtung Eva. «Deshalb wollte der Bürgermeister ein paar Termine mit mir absprechen.»

«Ich will nicht lange stören, habe ohnehin den nächsten Flug nach Köln-Wahn gebucht.»

«So rasch?», fragte Bahr. «Haben Sie genug Material über die Baubrigade beisammen?»

Eva lachte kurz auf. «Natürlich war das Ganze nur ein Vorwand. Aber das muss einstweilen unter uns bleiben.»

«Jetzt machen Sie mich neugierig, Fräulein Eva», sagte Bahr und erklärte Brandt, als er dessen fragenden Blick bemerkte, in kurzen Worten, was es mit der Baubrigade auf sich hatte.

«In Wahrheit wird in Ost-Berlin im Augenblick nicht viel gebaut», ergriff Eva wieder das Wort. «Aber das könnte sich bald ändern aus Gründen, die wir alle nicht begrüßen dürften. Und deshalb ist es gut, dass der Herr Bürgermeister anwesend ist.»

Sie erzählte, was sie am Vorabend gesehen und gehört hatte, jedoch ohne Generalmajor Semjonow und dessen Wunsch, in den Westen überzulaufen, zu erwähnen. Die beiden Männer hörten ihr mit immer länger werdenden Gesichtern zu und stellten nur wenige Zwischenfragen.

Als sie geendet hatte, nahm Willy Brandt seine Pfeife aus dem Mund und sah sie nachdenklich an. «Würden wir uns hier nicht bei Herrn Bahr befinden, der Ihnen offenbar ganz und gar vertraut, wäre ich geneigt, Ihre Worte als Hirngespinst abzutun, Fräulein Herden. Und sei es nur, weil es besser für diese Stadt und ihre Bewohner wäre.»

Bahr räusperte sich. «Die Geschichte mit dem Lagerhaus passt – ich sage ausdrücklich leider – in unser Lagebild. Wir haben eine Zunahme an Transporten mit Bau- und Absperrmaterial nach Ost-Berlin verzeichnet, einhergehend mit einer Abnahme der Bautätigkeit. Alles spricht dafür, dass tatsächlich Material gehortet wird.»

«Man hat mir nur ein einziges Lagerhaus gezeigt», sagte Eva. «Aber es soll mehrere davon geben.»

Brandt zog die Stirn in Falten. «Ich wüsste doch zu gern, wer Ihnen dieses Lagerhaus gezeigt hat. Das könnte uns bei einer realistischen Einschätzung der ganzen Sache helfen.»

«Sie meinen wohl, bei der Einschätzung der Frage, ob ich Ihnen einen Bären aufbinde oder nicht», erwiderte Eva leicht unterkühlt.

Der Regierende Bürgermeister änderte seinen Gesichtsausdruck und lächelte wie auf Knopfdruck. «Ich glaube nicht, dass Sie uns bewusst die Unwahrheit erzählen, Fräulein Herden. Aber man könnte Sie dazu benutzen, uns etwas glauben zu machen, was nicht den Tatsachen entspricht. Die andere Seite ist in solchen Ränkespielen sehr erfahren.»

«Welchem Zweck sollte das dienen?»

Die Antwort kam von Bahr: «Eine unmittelbar drohende Gefahr könnte eine andere Gefahr als akzeptableren Weg erscheinen lassen. Seit drei Jahren setzt Chruschtschow den Westen mit seiner Drohung, einen Separatfrieden mit der DDR zu schließen und West-Berlin zur Freien Stadt zu erklären, unter Druck. Wenn der Westen glaubt, Berlin könnte zerteilt werden wie eine Geburtstagstorte, lässt er sich vielleicht auf Chruschtschows Plan ein, um diese Teilung zu vermeiden.»

Konnte Bahr damit recht haben? In Evas Kopf rotierten die Gedanken. Wenn es so war, wie von Bahr skizziert, dann war sie einer sehr überzeugenden Inszenierung aufgesessen. Aber Semjonow hatte schon einmal sein perfides Spiel mit ihr getrieben – warum nicht auch dieses Mal?

Es lag nicht an ihr, das zu entscheiden, sagte sie sich. Sie war Journalistin und keine Geheimagentin. Sollten sich die Leute, für die Semjonows Botschaft bestimmt war, den Kopf darüber zerbrechen, Philipp und seine Vorgesetzten.

«Wie gesagt, wir könnten uns ein ausgewogeneres Urteil bilden, wenn wir wüssten, wer Ihnen dieses Lagerhaus gezeigt hat», sagte Brandt. «Dann könnten wir seine Motive besser einschätzen.»

«Das verstehe ich gut, trotzdem werde ich es Ihnen nicht sagen. Ich habe versprochen zu schweigen. Schon mein Besuch bei Ihnen könnte als Wortbruch gewertet werden. Ich habe mich zu diesem Besuch im Interesse der Berliner Bürger entschlossen und weil ich mich Herrn Bahr verbunden fühle.»

Brandt wirkte nicht enttäuscht. «Ich schätze Menschen, die zu ihrem Wort stehen.»

Bahr beugte sich zu ihr vor. «Haben Sie eine Idee, und sei es auch nur eine Vermutung, für wann die Ostzone den Bau der Mauer plant?»

«Leider nicht. Aus meiner Mission schließe ich, dass es nicht gleich morgen geschehen wird, aber ich weiß es wirklich nicht.»

Brandt ließ ein tiefes Lachen hören. «Ihre Mission, Fräulein Herden? Geben Sie es zu, Sie sind doch eine Geheimagentin.»

«Wenn ich so über die letzten Tage nachdenke, fühle ich mich jedenfalls wie eine.»

«Fräulein Eva verfügt zumindest über hervorragende Kontakte in diese Richtung», sagte Bahr zu Brandt. «Ihr Freund ist bei der Sicherungsgruppe. Man sagt ihm einen guten Draht zu Ihrem Rivalen nach.»

«Zu meinem Rivalen?»

«Zu Adenauer.»

«Ah», machte Brandt und richtete seinen Blick wieder auf Eva. «Dann will ich mal hoffen, dass Sie nicht hier sind, um mich im Wahlkampf aufs Glatteis zu führen.»

«Da müssen Sie keine Sorge haben, Herr Bürgermeister», sagte Bahr. «Ich kenne Fräulein Eva seit vielen Jahren und lege für sie meine Hand ins Feuer.»

«Wenn Sie das sagen, Herr Bahr. Zumindest können wir uns denken, wer mehr über den großen Unbekannten erfahren wird, der Fräulein Herden dieses ominöse Lagerhaus gezeigt hat.» Wieder blickte Brandt zu Eva. «Ich wäre gern dabei, wenn Sie Ihren Bericht bei der Sicherungsgruppe abliefern. Schöne Grüße nach Bad Godesberg!»

// KAPITEL 17 //

Bad Godesberg empfing Gerber und Sattler mit einem morgendlichen Regenschauer, und sie eilten mit hochgeschlagenem Mantelkragen, ihre Koffer mit sich schleppend, das kurze Stück vom Bahnhof zum Hauptquartier der Sicherungsgruppe. Gerbers Laune war auf dem Tiefpunkt, und das neuerliche Hämmern in seinem Kopf, das der Schlag mit der Schaffnerzange ausgelöst hatte, würde ihn mit ein bisschen Pech noch lange an diesen Tag erinnern. In der nächsten Apotheke musste er sich unbedingt Nachschub an Togal besorgen.

Nachdem endlich alles mit der Kölner Kriminalpolizei geklärt gewesen war, hatten sie den nächsten Eilzug nach Godesberg genommen. Unterwegs hatte Gerber seinen Freund über den Verdacht unterrichtet, den General Anderson bezüglich Heinz Felfe geäußert hatte. Nach dem unerwarteten Auftauchen des Krohn-Zwillings im Nord-Express würde er das Thema Sattler gegenüber nicht länger ausklammern können.

Der Eilzug war überpünktlich, dabei hatte Gerber es gar nicht eilig. Das missglückte Unternehmen im Nord-Express war alles andere als ein Ruhmesblatt. Was sich wohl schon herumgesprochen hatte. Rudolf Senft, der heutige Kommissar vom Dienst, empfing sie mit einer mitleidigen Miene.

«Lassen Sie die Koffer ruhig bei mir stehen, Kollegen. Meine Tochter hat vorhin durchgerufen. Wesler ist bei Brückner, und Sie sollen sich da auch melden.»

Senfts Tochter hatte immerhin ein aufmunterndes Lächeln

für sie, als sie Brückners Vorzimmer betraten. «Soll ich Ihnen gleich einen Kaffee reinbringen?»

«Am liebsten für jeden eine ganze Kanne», antwortete Sattler. «Und am besten schnell, noch vor der Hinrichtung.»

Die Begrüßung durch die beiden Vorgesetzten fiel eher förmlich als freundlich aus, was Gerber nicht anders erwartet hatte.

Wesler deutete auf Gerbers Kopfverband. «Ist es sehr schlimm?»

«Vor allem ist es ärgerlich. Der Schmerz von der Sache bei Darmstadt war gerade weg, jetzt fängt es wieder an.»

«Pistolengriff oder Schlagstock?»

«Schaffnerzange», sagte Gerber und begann zu erzählen, unterbrochen von Renate Senft, die nicht nur den versprochenen Kaffee brachte, sondern auch eine Schale mit Gebäck. Vielleicht hatte sie geahnt, dass Gerber und Sattler noch nicht gefrühstückt hatten.

«Und der Mann, den Sie erschossen haben, Gerber, ist tatsächlich Dietmar Krohn?», erkundigte sich Dr. Brückner.

«Falls es nicht noch einen dritten Bruder gibt, muss er es sein. Die Papiere, die er bei sich trug, lauteten allerdings auf einen Siegfried Dobler aus Düsseldorf. Wahrscheinlich ebenso eine gestohlene Identität, wie sie sein Bruder bei dem Anschlag am Frankfurter Flughafen benutzt hat. Bei dem Toten wurde eine Makarow gefunden. Vermutlich passt die Kugel, die er auf der Autobahn auf mich abgefeuert hat, zu dieser Waffe.»

«Wie kam der Mann in den Nord-Express? Hat er Sie verfolgt?»

«Möglich, aber wenig wahrscheinlich. Ich nehme an, jemand hat ihn auf mich angesetzt. Jemand, der von seinem Hass auf mich weiß.»

«Dieser Jemand müsste auch von der Operation Abstellgleis gewusst haben», warf Wesler ein.

Gerber beging den Fehler zu nicken, und sein Verlangen nach einer Handvoll Tabletten wuchs schlagartig. «Was den Kreis der Verdächtigen einschränkt.»

«Also Felfe?»

«Das liegt nahe, denke ich.» Gerber hatte Brückners fragenden Blick in Richtung Sattler bemerkt und fügte hinzu: «Ich habe Herrn Sattler über den Felfe-Verdacht ins Bild gesetzt.»

«Aber aus welchem Grund sollte Felfe das Unternehmen sabotieren, das er selbst angeleiert hat?»

«Darüber habe ich mir schon ein paar Gedanken gemacht», meldete sich Sattler zu Wort. «Wenn wir davon ausgehen, dass diese ganze Geschichte mit der engeren Zusammenarbeit zwischen dem BND und uns gar nicht ernsthaft gewollt war, ergibt es einen Sinn. Jetzt kann der BND mit dem Finger auf uns zeigen und behaupten, dass wir einfach zu dusselig sind.»

«Was bereits geschehen ist», sagte Brückner. «Ich hatte einen Anruf von Dullien, der wiederum einen Anruf von Gehlen hatte. Gehlen hat sich darüber beschwert, dass wir die Aktion in den Sand gesetzt haben. Und er hat Dullien gegenüber Zweifel an einer weiteren Zusammenarbeit angemeldet.»

Dass Gehlen sich direkt an den BKA-Präsidenten Dullien wandte und nicht an Dr. Brückner als Leiter des Sicherungsgruppe, sollte wohl verdeutlichen, wie wenig Gehlen nach der Sache im Nord-Express von der Sicherungsgruppe hielt. Es war ein für Gehlen typisches Ränkespiel.

«Damit ist Gehlen wieder einen Schritt weiter auf dem Weg zu einem allmächtigen BND», sagte Wesler bitter. «Jetzt kann er sagen, er habe ja eine Zusammenarbeit mit uns versucht, aber wir spielen einfach nicht in seiner Liga. Ein guter Grund für ihn, zu Adenauer und Globke zu marschieren und mehr Kompetenzen für seinen eigenen Verein einzufordern.»

Brückner sah ihn zweifelnd an. «Aber würde Gehlen einen Mörder auf einen unserer Männer ansetzen?»

«Wenn Gehlen jemanden aus der Sicherungsgruppe hasst, dann mich», sagte Gerber. «Das geht noch auf die Affäre John zurück.»

Brückner schüttelte den Kopf. «Trotzdem ist das weit hergeholt. Mit solchen Anschuldigungen würde ich sehr vorsichtig sein.»

«Ich tippe auf diesen Felfe», schnaubte Sattler. «Vielleicht hat er im Sinne seines Herrn und Meisters Gehlen gehandelt, ohne dass dieser davon wusste. Und wenn die gesamte Gegenspionage in den Händen des BND liegt, hat Felfe mit seinen Verrätereien künftig leichteres Spiel.»

«Apropos Verrätereien», sagte Brückner, «was ist mit den Papieren, die der Schaffner aus dem Abteil des Kuriers geholt hat?»

«Die befinden sich wohl noch in den Händen des Schaffners», erklärte Gerber.

«Und wo ist der?», fragte Brückner.

«Der Mann ist zur Fahndung ausgeschrieben, und die französische Polizei wurde um Amtshilfe gebeten», sagte Gerber. «Er kommt aus einem kleinen Ort nahe Paris.»

Sattler schlug mit der flachen Hand auf den Tisch. «Wenigstens haben wir den sauberen Herrn Legationsrat auf frischer Tat ertappt. Damit ist die Operation kein völliger Fehlschlag.»

Brückner nahm ihn ins Visier, und seine Miene wurde dabei noch düsterer. «Wie kommen Sie darauf, Sattler? Auf frischer Tat ertappt? Gar nichts haben wir! Wilko von Kempen hat seine Reise planmäßig durchgeführt und den Zwischenbericht des

Außenministers ordnungsgemäß im Kanzleramt übergeben. Ihm können wir gar nichts ans Zeug flicken.»

«Aber … Philipp hat doch gesehen, wie der Schaffner ein Duplikat des Berichts aus einem Geheimversteck in dem Abteil geholt hat!»

«Er hat nur gesehen, dass der Schaffner Papiere in der Hand hielt, die hinter die Wandverkleidung gerutscht waren. Er hat aber nicht gesehen, was es war. Der Schaffner, falls wir ihn jemals erwischen, kann behaupten, es sei das verlorene Manuskript eines Kriminalschriftstellers gewesen oder der Entwurf eines Pfarrers für eine Predigt.»

Schlagartig verfinsterte sich auch Sattlers Miene. «Das heißt also, wir haben auf ganzer Linie versagt.»

Niemand im Raum widersprach ihm.

// KAPITEL 18 //

Gerber ließ das Taxi, das ihn zu seiner Wohnung zurückbrachte, bei einer Apotheke halten, wo er gleich drei Fläschchen Togal kaufte.

«Bei dauerhaften Schmerzen sollten Sie zum Arzt gehen», riet ihm der Apotheker.

«Wenn mir das nächste Mal ein Zugschaffner seine Zange über den Kopf ziehen will, passe ich einfach besser auf.»

Der Apotheker starrte ihm verständnislos nach, als Gerber hinausging und wieder in das Taxi stieg, das mit laufendem Motor wartete.

In seiner Wohnung stellte er den Koffer achtlos auf den Flur, ging ohne Umschweife ins Bad und begann schon auf dem Weg dahin, sich die Kleider vom Leib zu streifen. Als er das Schulterholster mit der Browning an einen Haken hängte, verharrte er und starrte die Waffe an, die ihm seit Jahren gute Dienste leistete. In den letzten Tagen hatte er mit ihrer Hilfe zwei Männer ins Jenseits befördert, die Zwillinge Richard und Dietmar Krohn. Gewissensbisse hatte er deshalb nicht. Beide waren Ost-Agenten gewesen und hatten versucht, ihn zu töten. Das Schicksal, das sie ereilt hatte, hatten sie sich selbst ausgesucht. Wenn er anfing, sich wegen so etwas Vorwürfe zu machen, konnte er seinen Beruf gleich an den Nagel hängen.

Während er in der Wanne stand und sich von den Schultern abwärts abbrauste, kreisten seine Gedanken um Heinz Felfe. Je länger er nachdachte, desto sicherer wurde er sich, dass Felfe für das Auftauchen Dietmar Krohns im Nord-Express verantwortlich war. Spätestens durch Gerbers Bitte, das Foto des Mannes vom Frankfurter Flughafen zu identifizieren, hatte Felfe erfahren, dass der zweite Krohn-Zwilling hinter ihm her war. Wenn Felfe wirklich, wie Anderson sagte, ein Doppelagent war, hatte er die Möglichkeit gehabt, Dietmar Krohn im Zug zu postieren, dadurch die Operation Abstellgleis zu unterlaufen und die Sicherungsgruppe bloßzustellen. Gerber fiel keine andere Möglichkeit ein, die Krohns Anwesenheit im Nord-Express erklärte.

Die weitergehende Frage, ob Reinhard Gehlen in dieses Doppelspiel verstrickt war, musste offenbleiben. Aufgrund der Erfahrungen, die Gerber mit dem BND-Chef gemacht hatte, traute er Gehlen zwar alles zu, aber seine persönliche Antipathie war weder ein Beweis noch ein Indiz. Im Zweifel für den Angeklagten, sagte er sich, und noch mehr galt das für einen bloßen Verdächtigen.

Gerber streifte sich einen Pyjama über und beschloss, sich etwas hinzulegen. Ihm war nach einem Schlummertrunk, aber die harten Sachen aus seiner Bar vertrugen sich kaum mit den Schmerztabletten. Also nahm er ein kaltes Bier aus dem Kühlschrank, um eine Handvoll Tabletten damit herunterzuspülen. Bevor er sich hinlegte, schob er die Browning unter sein Kopfkissen. Vielleicht hatte Felfe ihm einen weiteren Krohn-Bruder verschwiegen, man konnte nie wissen.

--

Ein Super-Clipper flog durch seine Träume und verwandelte sich von einem Moment zum anderen in einen Fernzug, der von einer schweren Lokomotive durch die Nacht gezogen wurde. Ob im Flugzeug oder im Zug, überall traf Gerber auf den jungen Mann, der ihn verfolgte. Als aus dem Zug ein Auto wurde, saß der junge Mann in einem offenen Sportwagen dahinter und feuerte auf ihn. Es waren Schüsse, die sich anhörten wie Klopfgeräusche. War es das Hämmern in seinem Kopf?

Gerber richtete sich im Bett auf und schüttelte den Schlaf von sich ab. Ja, sein Kopf schmerzte noch, aber das war nicht das, was er hörte. Jemand machte sich an seiner Wohnungstür zu schaffen.

Seine Hand glitt unter das Kissen und zog die Dienstpistole hervor. Als er aufstand und barfuß auf den Flur huschte, war die Waffe schussbereit. Er hörte deutlich, wie jemand am Türschloss hantierte.

Den Gedanken, telefonisch Hilfe anzufordern, verwarf er schnell, obwohl es die vorgeschriebene Vorgehensweise für solch einen Fall war. Bis Unterstützung hier war, konnte es längst zu spät sein. Gerber hatte genug davon, dass andere ihr Spiel mit ihm trieben, wollte den Dingen endlich auf den Grund gehen.

Mit dem Rücken gegen die Wand des Flurs gepresst, drehte er leise den von innen steckenden Schlüssel herum und riss die Tür auf. Das tat er mit der linken Hand, während er in der anderen die Browning hielt.

Der Eindringling stolperte, vom eigenen Schwung mitgerissen, herein, verlor das Gleichgewicht und ging vor ihm zu Boden.

Sofort richtete Gerber den Lauf seiner Waffe auf den Kopf von …

«Eva!»

Überrascht stieß er ihren Namen hervor, während sie vor ihm kniete und zu ihm aufsah.

Eva strich sich eine Haarsträhne aus der Stirn. «Wen hast du erwartet, Brigitte Bardot?»

Sein Kopf war noch immer nicht ganz klar. Er warf einen forschenden Blick ins Treppenhaus und bemerkte Evas Schlüsselbund, der vor seiner Wohnungstür lag. Nachdem er die Browning gesichert und auf die Anrichte im Flur gelegt hatte, half er ihr hoch und hob den Schlüsselbund auf. Jetzt erst sah er ihren Koffer, der draußen neben der Tür stand. Er holte ihn herein und stellte ihn neben seinen eigenen, bevor er die Tür schloss.

Er fasste mit einer Hand an seinen Kopf, was aber auch nicht für Besserung sorgte. «Warum hast du versucht, die Tür aufzuschließen? Ich bin doch da.»

«Das weiß ich jetzt auch. Aber dein Kapitän steht nicht vor der Tür.»

«Der steht in Darmstadt.»

«Was ja vollkommen logisch ist. Ich parke meinen Wagen am liebsten in Kairo oder Istanbul.»

«Das ist eine lange Geschichte.»

Sie blickte ihn besorgt an. «Und was ist mit deinem Kopf?»

«Das ist ein Teil der langen Geschichte.»

«Gut, dann mal eine einfache Frage: Warum gibst du mir keinen Begrüßungskuss?»

«Weil ich ein Idiot bin», sagte er, nahm sie in die Arme und zog sie an sich.

Es wurde ein ausgiebiger Kuss, und es blieb nicht bei einem. Während er sie an sich drückte, spürte er zum ersten Mal seit Tagen, wie er ruhiger wurde und sich entspannte. Jetzt erst wurde ihm bewusst, wie sehr er Eva vermisst hatte.

Als sie sich schließlich voneinander lösten, fragte sie: «Wen hast du eigentlich an meiner Stelle erwartet, dass du deine Wohnungstür mit der Pistole in der Hand öffnest?»

«Einen Krohn-Drilling.»

«Das hört sich an wie ein Bohrer beim Zahnarzt.»

«Zumindest kann so ein Krohn genauso schmerzhaft sein wie ein Zahnarztbesuch.» Er zeigte auf seinen verbundenen Kopf. «Dafür ist zum Beispiel ein Krohn verantwortlich. Ein Zwilling zumindest. Na ja, eigentlich nur teilweise, den Rest verdanke ich einem französischen Zugschaffner, der seine Zange nicht zweckgebunden einsetzt.»

Eva legte die flache Hand an seine Stirn. «Hast du Fieber?» Sie hielt kurz inne. «Zumindest hast du Bier getrunken, das rieche ich deutlich.»

«Nur eine Flasche zum Entspannen. Dass ich noch nicht ganz wach bin, liegt wohl eher an den Tabletten.»

«Tabletten?»

«Gegen die Kopfschmerzen.»

«Jetzt sag nur noch, du hast die Tabletten mit dem Bier runtergespült.»

Er seufzte. «Ja, habe ich.»

Eva gab sich keine Mühe, ihre Missbilligung zu verbergen. Jetzt war sie es, die auf seinen Kopfverband deutete. «Offenbar hat man dir das Gehirn weichgeklopft, Philipp. Jetzt brauche *ich* erst mal ein kaltes Bier.»

«Ich auch.»

«Von wegen, für dich gibt es Wasser. Und wenn du nicht bald richtig wach wirst, kommt noch eine kalte Dusche dazu.»

«Die hatte ich eben schon, bevor ich mich hingelegt habe.» Er sah auf seine Armbanduhr, die er im Bett umbehalten hatte. «Oder was man so ‹eben› nennt. Es scheint sechs Stunden her zu sein. Ich wusste nicht, dass ich so lange geschlafen habe.»

«Wer seine Tabletten mit Bier runterspült, muss sich über so was nicht wundern.»

Gerber rasierte sich und zog sich an. Als er ins Wohnzimmer

kam, stand ein Bier vor Eva, und für ihn gab es tatsächlich nur ein Glas Wasser. Außerdem hatte sie ein paar belegte Brote zubereitet.

«Du hast sicher viel zu erzählen, selbst abzüglich dessen, was unter die Geheimhaltung fällt», sagte sie.

Er setzte sich zu ihr, spürte seinen leeren Magen und griff nach einem Schinkenbrot. «In der Tat.»

«Dann merk dir das gut, denn was ich dir zu erzählen habe, ist jetzt wichtiger. Das ist auch der Grund, warum ich nicht zu meiner Wohnung, sondern direkt hierher gefahren bin. Aber mein Klingeln und Klopfen hast du ja geflissentlich überhört.»

«Ist ja gut. Du sprichst mit mir, als wären wir verheiratet.»

«Dann, lieber Philipp, würde ich noch ganz anders mit dir sprechen.»

Er grinste. «Danke für die Warnung. Dann überlege ich mir das mit dem Heiratsantrag noch mal.»

«Heiratsantrag? Hast du dir ein Fremdwörterlexikon gekauft?»

«Wenn ich schon Patenonkel werde, warum nicht gleich auch Ehemann und Vater?»

«Patenonkel? Wir sollten mit deinem Kopf vielleicht doch ins Krankenhaus.»

«Das habe ich bestimmt nicht geträumt. Erwin und Lilly, im kommenden Jahr.»

«Oh.»

«Ganz genau. Aber jetzt genug geplaudert. Was hast du mir Wichtiges zu erzählen?»

«Ich soll dich grüßen. Vom guten alten Pjotr Nikolajewitsch.»

Vielleicht lag es an den Tabletten, aber Gerber brauchte ein paar Sekunden, um das zu verarbeiten. «Semjonow? Hast du mit ihm telefoniert, als du in Ost-Berlin warst?»

«Ich habe ihn persönlich getroffen. Du siehst, auch andere

Männer interessieren sich für mich, wenn auch aus anderen Gründen als du. Aber in Wahrheit geht es um dich. Er will dich sehen, Philipp, von Angesicht zu Angesicht, natürlich in Ost-Berlin.»

«Wenn mir das jemand anderes als du sagen würde, ich würde es nicht glauben.»

«Dann erzähle ich dir jetzt eine kleine Geschichte von einem verregneten Sommerabend in Ost-Berlin und von einem streng bewachten Lagerhaus an der Spree.»

--

Eine Stunde später saß Eva mit Gerber im Hauptquartier der Sicherungsgruppe und musste ihre Geschichte im Beisein von Dr. Brückner und Kriminaloberrat Wesler noch einmal erzählen. Sie reagierten genauso überrascht wie Gerber, aber ihr Unglaube schwand, als Kommissar Senft, der den Film aus dem Lagerhaus zum Entwickeln gegeben hatte, die Fotos brachte.

Als Senft wieder fort war, sagte Wesler: «Semjonow meint es zweifellos ernst. Diese Fotos kompromittieren ihn als Verräter, wenn sie in die falschen Hände gelangen. Ein ganz schönes Wagnis von ihm, sie aus der Hand zu geben.»

«Oder auch nicht», erwiderte ein nachdenklicher Brückner. «Vielleicht ist die Geschichte mit seinem Wunsch, zu uns überzulaufen, nur eine Finte, um den Kollegen Gerber in seine Hände zu kriegen.»

Wesler unterdrückte ein Husten. «Das wäre aber einiger Aufwand, nur um Gerber nach Ost-Berlin zu locken. Zumal die Stasi derzeit verzweifelt versucht, ihn ins Jenseits zu befördern.»

Bei diesen Worten zuckte Eva zusammen und legte eine Hand auf Gerbers Arm.

«Was ist Ihre Einschätzung, Gerber? Sie hatten schließlich schon persönlich mit dem Generalmajor zu tun.»

«Der Mann ist undurchschaubar», sagte Gerber. «Zuzutrauen ist ihm alles. Die Wahrheit werden wir nur herausfinden, wenn ich mich mit ihm treffe.»

Wesler sah ihn besorgt an. «Damit würden Sie ein großes Wagnis eingehen. Die Beute begibt sich ins Jagdrevier der Stasi.»

«Wir wissen nicht, ob die Stasi es wirklich auf mich abgesehen hat. Wenn Felfes Theorie stimmt, hat Dietmar Krohn mich aus persönlicher Rache verfolgt. Nicht, weil er einen Auftrag dazu hatte.»

Wesler wirkte skeptisch. «Nach allem, was wir über Felfe wissen, würde ich seinen Worten keinen großen Wert beimessen.»

«Eins ist klar, Gerber», sagte Brückner. «Falls Sie nach Ost-Berlin gehen, dann ohne unsere Rückendeckung. Sie wären dort ganz auf sich allein gestellt. Aber im Augenblick beschäftigt mich etwas ganz anderes, dieser angebliche Mauerbau. Wenn das keine Ente ist, dann ist das *die* Nachricht des heutigen Tages. Die Regierung muss umgehend davon in Kenntnis gesetzt werden.»

Er griff zum Telefon. «Fräulein Senft, rufen Sie bitte im Palais Schaumburg an und bitten Sie um ein Telefongespräch mit dem Bundeskanzler. Ja, Dr. Adenauer persönlich. Halten Sie nicht den Dienstweg ein, hören Sie? Staatssekretär Dr. Globke darf unter keinen Umständen davon erfahren.»

Brückner legte den Hörer auf und sagte zu den anderen: «Wenn Globke es weiß, weiß es auch Gehlen.»

// KAPITEL 19 //

Brückner, Wesler, Gerber und Eva saßen in einer schwarzen Mercedes-Limousine, die von Kriminalkommissar Müller zur Rheinfähre gesteuert wurde. Hin und wieder tropfte es aus dem wolkenverhangenen Himmel, und Müller schaltete die Scheibenwischer ein.

Erst nach der Überquerung des Rheins, als sie weiter in Richtung Rhöndorf fuhren, durchbrach Brückner das Schweigen: «Es ist gut, dass der Bundeskanzler uns so spontan empfängt. Noch besser ist es, dass er uns in seinem Haus erwartet und nicht im Palais Schaumburg. Da wäre unser Besuch Dr. Globke kaum verborgen geblieben.»

«Überhaupt ist es ein Skandal, dass ein Mann wie Globke, der so eng mit dem Nazi-Regime verbunden war, Chef des Bundeskanzleramts ist», empörte sich Eva von der Rückbank.

«Bitte, Fräulein Herden, keine Grundsatzdiskussionen», sagte Brückner, der neben ihr saß. «Das alles wurde in der Presse rauf und runter diskutiert, und Adenauer mag solche Debatten überhaupt nicht.»

«Natürlich nicht», erwiderte Eva. «Es wirft ein schlechtes Licht auf den Kanzler, wenn er so einen Mann zu seiner rechten Hand macht.»

«Vielleicht können Sie Ihre linke Gesinnung heute Abend einmal zurückstellen, auch wenn es Ihnen schwerfällt.»

«Ohne meine linke Gesinnung, wie Sie es nennen, Dr. Brückner, hätte man mich kaum nach Ost-Berlin eingeladen.»

«Und wenn Sie das, was Sie mir jetzt sagen, vor dem Kanzler wiederholen, kann ich mich auch gleich nach Ost-Berlin einladen lassen, mit der Bitte um Asyl.»

Eva lachte. «Sie haben ja Humor, Herr Doktor, dabei machen Sie immer ein so ernstes Gesicht.»

Der Bundestagswahlkampf hatte dafür gesorgt, dass die Straßen mit etlichen Wahlplakaten geschmückt waren. In Rhöndorf waren es besonders viele Plakate mit dem Antlitz Adenauers. Seit zwölf Jahren regierte der Alte, wie man ihn eher liebevoll als spöttisch nannte, Westdeutschland, und aus einem in Trümmern, Schuld und Schande darniederliegenden Land war ein Wirtschaftswunder geworden, fest integriert in das westliche Bündnis. Gerber empfand Hochachtung vor Konrad Adenauer und dachte an jenen fernen Tag im März 1945 zurück, als er mit Jim Anderson an der Spitze eines amerikanischen Militärkonvois zu dem Haus am Hang gefahren war, das jetzt als Wohnhaus des Bundeskanzlers bekannt war. Fast gegen seinen Willen hatten sie Adenauer aus dem Kellerversteck gezerrt, und Gerber hatte ihn an seine Pflichten gegenüber seinem Land erinnert.

Als er die Geschichte Jahre später Eva erzählt hatte, hatte sie ihn empört angeschaut. «Du bist also schuld, dass Adenauer das Land regiert?»

Gerber hatte gelacht. «Schuld, wenn du es unbedingt so nennen willst, sind die Menschen, die ihn gewählt haben. Jim und ich haben lediglich dafür gesorgt, dass er wieder einen Platz in der Politik eingenommen hat. Was dann aus ihm wurde, hat er allein seiner Energie, seinem Charisma und seiner Intelligenz zu verdanken.»

«Manche bezeichnen es auch als Gerissenheit», hatte Eva geantwortet, und zwischen ihnen war ein heftiger politischer

Zank entbrannt, der mit einer ebenso leidenschaftlichen Versöhnung geendet hatte.

Schon damals, als er dem späteren Kanzler zum ersten Mal gegenübergestanden hatte, war der ein alter Mann gewesen, fast siebzig und aufgrund der Entbehrungen in der Nazi-Haft eher älter wirkend. Jetzt war er Mitte achtzig und trat zum vierten Mal für das wichtigste Amt der Bundesrepublik an. Für viele Bürger war das Land ohne Adenauer an der Spitze gar nicht mehr denkbar, und der CDU-Slogan «Keine Experimente» aus dem letzten Wahlkampf sprach für sich. Das westliche Bündnis hatte das Land bisher vor den aggressiven Sowjets geschützt, und die Wirtschaft brummte so sehr, dass man Arbeitskräfte aus dem Ausland anwerben musste. Gerber hatte in den acht Jahren bei der Sicherungsgruppe mehr als einen Blick hinter die Kulissen werfen können und wusste, mit welchen Anstrengungen Adenauer diese Erfolge errungen hatte. Bei allen Verdiensten, die sich Adenauers Herausforderer Willy Brandt auf die Fahne schreiben konnte, Gerber würde seine Stimme auch diesmal dem Alten aus Rhöndorf geben.

Adenauers Wohnort lag am Fuß des Siebengebirges, über dem sich die Wolken ballten. Ausgerechnet als ihre Limousine das Ziel erreichte, begann ein neuer, heftiger Regenschauer. Müller war wahrscheinlich froh, dass er im Wagen bleiben konnte. Eilig erklommen die anderen die achtundfünfzig Stufen hinauf zum Haus, und niemand von ihnen warf einen bewundernden Blick auf die Pracht der Blumenterrassen neben der Treppe.

Der zum Oberkommissar beförderte Fritz Blaschke und seine Kollegen vom Kommando Adenauer, dem der Personenschutz des Kanzlers oblag, blickten ihnen von oben entgegen. Adenauers Haushälterin empfing sie und nahm ihnen Mäntel und Hüte ab, um sie dann in das Arbeitszimmer zu führen, das Gerber inzwischen recht gut kannte. Ein großes Fenster gewährte einen Blick ins Tal und auf den Rhein, der von Ausflugsdampfern und Lastkähnen befahren wurde. Dort stand der Hausherr, die Hände auf dem Rücken verschränkt, und blickte hinaus. Für sein Alter hielt er sich erstaunlich gerade.

«Die Herren von der Sicherungsgruppe sind hier, Herr Dr. Adenauer.» Die Haushälterin räusperte sich, bevor sie fortfuhr: «Und eine Dame.»

Adenauer drehte sich um. «Danke. Machen Se uns mal Kaffee, ja?» Als die Haushälterin gegangen war, sagte er: «Dr. Brückner, Herr Wesler und der Herr Jerber. Wenn Sie dabei sind, Jerber, wird es immer aufregend. Hat man Ihnen auf den Kopf gehauen?»

Gerber nickte. «Leider ja, Herr Bundeskanzler.»

«Se sollten sich endlich einen Hut anschaffen. Jute Besserung jedenfalls.» Adenauer stieß einen kurzen Seufzer aus. «Ich bin jespannt, was für Jeheimnisse Se mir mitzuteilen haben. Zunächst aber freue ich mich, Fräulein Herden begrüßen zu dürfen, die ich bisher nur von Pressekonferenzen kenne. Wollen Se den Klassenfeind mal aus der Nähe bejutachten?»

Eva erwiderte sein Lächeln. «Ich wollte mich persönlich davon überzeugen, ob das Gerücht stimmt, das über Sie in Umlauf ist, Herr Bundeskanzler.»

Adenauer zog eine Braue hoch. «Welches Jerücht?»

«Dass Sie missliebige Journalistinnen zum Abendessen verspeisen.»

«Nur, wenn jenüjend Senf im Hause ist.»

Nach dem kleinen Geplänkel setzten sie sich an den Tisch, und die Haushälterin servierte den Kaffee. Niemand von ihnen rauchte, und es stand auch kein Aschenbecher auf dem Tisch. Adenauer hasste die Qualmerei, wie er es nannte.

«Nun, was liegt an?», fragte Adenauer. «Ich will nicht verhehlen, dass ich die ausdrückliche Bitte, den Chef des Kanzleramts nicht zu informieren, ausjesprochen unjewöhnlich finde.» Sein Kopf ruckte zu Eva herum. «Mir ist zu Ohren jekommen, dass Sie nicht viel von Dr. Globke halten.»

«Das ist nicht der Grund für unsere Bitte», sagte Brückner schnell, bevor Eva den Ball aufnehmen und eine Diskussion über Hans Globke entfachen konnte. «Was wir hier mit Ihnen besprechen wollen, Herr Bundeskanzler, sollte keine Kreise ziehen und vor allem den Ohren des Bundesnachrichtendienstes verborgen bleiben. Herr Dr. Globke unterhält nun einmal enge Kontakte zu Gehlen und dem BND.»

«Was zu seinen Aufjaben jehört», sagte Adenauer, jetzt ohne jedes Lächeln. «Wie er auch engen Kontakt zu Ihrer Sicherungsgruppe unterhält, Herr Dr. Brückner.»

Der Leiter der Sicherungsgruppe murmelte etwas davon, dass der Kanzler sich selbst ein Bild machen solle, öffnete seine Aktentasche und breitete vor Adenauer die Fotos vom Lagerhaus aus. Adenauer schaltete eine Stehlampe an und nahm sich die Zeit, jedes Foto ausführlich zu betrachten.

Schließlich sah er Eva an. «Sie und der Herr neben Ihnen auf den Fotos haben also ein Lager für Stacheldraht, Steine und Holz in Aujenschein jenommen.»

Brückner beugte sich über den Tisch. «Der Herr ist Generalmajor Semjonow, KGB-Chefresident in Ost-Berlin, wo auch die Fotos entstanden sind.»

«Wenn Fräulein Herden dabei war, soll se mir auch die Jeschichte erzählen», sagte Adenauer, lehnte sich in seinem Stuhl zurück und trank einen Schluck Kaffee.

Man merkte Eva nicht an, dass sie ihre Erlebnisse bereits zum dritten Mal innerhalb weniger Stunden erzählte, und Adenauer ließ sich nicht anmerken, was er dabei empfand. Sein prägnantes Gesicht, das manche als asiatisch, andere als indianisch geschnitten bezeichneten, blieb ausdruckslos. Zeitweilig schloss er die Augen, aber er schlief nicht, sondern hörte konzentriert zu. Das zeigte sich, wenn er Eva hin und wieder unterbrach, um ihr eine Zwischenfrage zu stellen. Als Eva mit ihrem Bericht fertig war, schwieg er eine Weile und hatte die Augen wieder geschlossen.

Endlich setzte er sich in seinem Stuhl auf und richtete den Blick auf Eva. «Weiß sonst noch jemand von dieser Jeschichte?»

«Von Generalmajor Semjonows Wunsch, in den Westen überzulaufen, niemand außer den Anwesenden. Was den Bau dieser Mauer, oder wie immer man die Absperrung nennen will, betrifft, das habe ich heute Morgen vor meinem Abflug Willy Brandt und Egon Bahr erzählt.»

«Warum?», fragte Adenauer knapp und schneidend.

«Herrn Bahr bin ich persönlich verpflichtet, weil er mein Rettungsanker für meinen Aufenthalt in Ost-Berlin war. Den Regierenden Bürgermeister von Berlin darüber zu informieren, was seiner Stadt möglicherweise bevorsteht, hielt ich für selbstverständlich.»

«Ja, da stimme ich Ihnen zu, wenn auch nur unjern. Zwingen Se mich dadurch doch, mit Brandt zu telefonieren und mich mit ihm abzustimmen. Wir sind nicht jerade die besten Freunde, was Se wohl wissen.» Adenauers Kopf ruckte zu Brückner herum. «Und warum soll Jehlen nichts von der Sache erfahren?»

«Wir haben Hinweise darauf, dass der BND vom Osten unterwandert ist. Wenn Semjonows Nachricht durch diese Lücke sickert …»

«Ich verstehe», sagte Adenauer, ohne dass Brückner seinen Satz beendet hatte. «Von wem kommt der Hinweis auf eine Unterwanderung des BND?»

«Von den Amerikanern.»

Adenauer nickte. «Dann dürfte es ein glaubwürdiger Hinweis sein. Ich werde die Sache mit dem KGB-Jeneralmajor also vor Globke verschweijen, wenn es irgend jeht. Über den möglichen Bau einer Sperranlaje quer durch Berlin muss ich ihn allerdings informieren, schließlich ist er mein engster Berater.»

«Und wenn er Sie fragt, woher Sie die Information haben, Herr Bundeskanzler?», fragte Wesler.

«Dann werde ich ihm sajen, dass er zwar alles essen, aber nicht alles wissen darf.»

«Und was werden Sie gegen den Mauerbau unternehmen?», fragte Eva.

Adenauer machte ein unglückliches Gesicht. «Unternehmen? Was kann man dajejen unternehmen? Ich werde mich mit Globke beraten, mit Herrn Brandt und natürlich mit den Vertretern der Westmächte. Das ist alles sehr schwierig, und wir wollen doch keinen Krieg.» Mit einem schweren Seufzer fügte er hinzu: «Nicht schon wieder.»

Brückner meldete sich wieder zu Wort: «Herr Bundeskanzler, sind Sie damit einverstanden, dass wir Kontakt zu Semjonow aufnehmen?»

«Das muss unser Freund Jerber entscheiden. Es ist sein Kopf, den er riskiert, wenn er in den Osten jeht.»

«Es ist nicht ganz einfach, aber ich habe da schon eine Idee», sagte Gerber.

«Das schätze ich so an Ihnen, Jerber, Sie haben immer eine Idee.» Ruckartig erhob sich Adenauer von seinem Stuhl und streckte ihm die Hand hin. «Ich wünsche Ihnen eine jute Reise und vor allem eine sichere Heimkehr!»

// KAPITEL 20 //

Dienstag, 8. August 1961

Die viermotorige Passagiermaschine setzte zur Landung an, und das Häusermeer unter ihr kam sekündlich näher. Der BEA-Flug von Köln-Wahn nach Berlin-Tempelhof war für die Menschen an Bord eine solche Selbstverständlichkeit geworden, dass manch einer die bevorstehende Landung nur beiläufig zur Kenntnis nahm. Dabei, dachte Gerber, konnten die Menschen sich glücklich schätzen, dass es die drei Luftkorridore zwischen Westdeutschland und West-Berlin gab.

Der Hamburg Air Corridor für die nordwestliche Verbindung, der Frankfurt Air Corridor für die südwestliche Verbindung und dazwischen der Bueckeburg Air Corridor, über den Gerber und Eva eingeflogen waren, für die westliche Verbindung. Drei jeweils zwanzig Meilen breite Schneisen, in denen die Flugzeuge der drei westlichen Siegermächte auf einer Mindestflughöhe von zweitausendfünfhundert Fuß und einer maximalen Flughöhe von zehntausend Fuß ostdeutsches Gebiet überfliegen durften. Die einzigen Verbindungen mit West-Berlin, die nicht durch ostdeutsches Gebiet führten, die keinen Kontrollen und Repressalien durch die Volks-, Grenz- und Transportpolizei unterworfen waren.

Wie lange noch? Das war ihm auf dem Flug immer wieder durch den Kopf gegangen. Wer plante, eine Mauer quer durch eine Weltstadt zu ziehen, scheute sich vielleicht auch nicht, die

Zufahrtsstraßen und die Gleise zu blockieren, auf denen die Interzonenzüge verkehrten. Von da bis zu dem Verbot an die Westmächte, Berlin weiterhin anzufliegen, war es dann nur noch ein kleiner Schritt. Die USA, Großbritannien und Frankreich mochten auf ihre Rechte pochen und auf Absprachen verweisen, das alles nutzte nichts, wenn die Sowjets auf die geballte Macht ihrer Streitkräfte setzten.

«Woran denkst du?», fragte Eva, die neben ihm am Fenster saß.

«An einen Atomkrieg um West-Berlin.»

«Welchen Sinn sollte ein Atomkrieg um West-Berlin haben, wenn es danach West-Berlin nicht mehr gibt? Und auch Ost-Berlin nicht.»

«Eben darüber denke ich nach.»

In den vergangenen Jahren hatten die Sowjets bei der atomaren Rüstung aufgeholt und fühlten sich stark genug, gegenüber den Amerikanern und deren Verbündeten die Muskeln spielen zu lassen. Chruschtschow war ein Meister darin, in schöner Regelmäßigkeit wohlklingende Verlautbarungen abzugeben, die nichts anderes waren als kaum verhüllte Drohungen. Wenn er von einer Freien Stadt West-Berlin schwadronierte, meinte er damit eine Stadt, die frei war von westlichem Einfluss und dem Schutz durch die Westmächte. Die Frage bei all seinen Tiraden war stets, wie weit er im Ernstfall gehen würde. Er vermittelte den Menschen im Westen ständig das Gefühl, auf einem Pulverfass zu sitzen, und der Mittelpunkt dieses Pulverfasses war Berlin.

Gerber und Eva nahmen getrennte Taxis. Eva hatte sich wieder ein Zimmer in der Hotelpension Fischer genommen. Sie wollte an der Reportage über die Baubrigade arbeiten, ihre Recherchen an dem Bericht über die Flüchtlingswelle fortsetzen und hatte auch schon einen Berliner Fotografen kontaktiert, mit dem sie nach Marienfelde fahren wollte.

Gerber würde ebenfalls am Kudamm, aber weitaus nobler logieren, in Berlins Luxusherberge Kempinski für stolze dreißig Mark pro Nacht. Er hatte einen Grund dafür, denn er war nicht länger Philipp Gerber vom Bundeskriminalamt, sondern Gerald Wedekind von der Kölner Firma Ost-West-Fernhandel Wedekind.

Als das Taxi mit Eva davonfuhr, sah Gerber ihr mit gemischten Gefühlen nach. Er witterte in Berlin Gefahr, aber er hatte Eva nicht davon abhalten können, ins Pulverfass zurückzukehren. Andere hätten Berlin schnellstmöglich verlassen, hätten sie gewusst, was dieser Stadt und ihren Bewohnern möglicherweise bevorstand. Nicht so Eva, für sie war es eher ein Grund mehr, hier zu sein. Sie war nicht leichtsinnig, nicht leichtsinniger als er selbst. Sie machte ihren Job. Das erforderte oft eine Menge Mut, und dafür bewunderte er sie.

Er übergab seinen Koffer dem Taxichauffeur und ließ sich ins Polster des Fonds sinken. Dabei registrierte er ein leichtes Tuckern in seinem Kopf, aber es war nicht dramatisch. Den Verband hatte er am Morgen abgenommen, um nicht unnötig aufzufallen. Für den Notfall hatte er einen Vorrat an Tabletten eingesteckt.

Der Fahrer ließ den Motor an und setzte den Taxameter in Gang. «Wohin soll's gehen?»

«Kempinski», sagte Gerber nur und zündete sich mit dem vergoldeten Pan-Am-Feuerzeug eine Peer Export an.

Der Wechsel von Feuerzeug und Zigarettenmarke gehörte ebenso zu seiner Tarnung wie der dunkelgraue Fedora-Hut und die farblich passende Hornbrille mit Fensterglas. Ein paar einfache Kniffe, die oft mehr brachten als aufwendige Verkleidungen mit falschen Bärten, Perücken oder gefärbten Haaren, wie man sie aus Spionagefilmen kannte.

Der West-Berliner Straßenverkehr konnte sich mühelos mit dem jeder westdeutschen Großstadt messen, aber der Taxifahrer nutzte geschickt jede Lücke. Wären die Menschen ihren Geschäften auch so unbekümmert nachgegangen, hätten sie von den Dingen gewusst, die ihnen blühten? Vielleicht war die Teilung der Stadt, von der Eva durch Generalmajor Semjonow erfahren hatte, nur ein Stück vom großen Ganzen. Vielleicht würden die NVA und die sowjetische Armee zusätzlich die Transitwege nach West-Berlin blockieren. Oder die angebliche Mauer durch Berlin war bloß ein Ablenkungsmanöver, um in dessen Schatten ebenjene Absperrung der Transitwege vorzubereiten. Die halbe Nacht hatte er darüber nachgedacht, die andere Hälfte hatte er Eva gewidmet.

«Das Kempi, der Herr», sagte der Fahrer, als er vor dem beeindruckenden, sieben Stockwerke hohen Bau anhielt.

Das ursprüngliche Gebäude, ein Nobelrestaurant, war im Krieg abgebrannt, der Neubau war Anfang der fünfziger Jahre an derselben Stelle entstanden. Hier residierte die Prominenz, besonders die Stars aus der Filmwelt, denen man sonst nur in den Blättern der Regenbogenpresse begegnete. Deshalb war Gerber hier.

--

Als Gerber von seinem Zimmer mit dem Lift hinunter in die Hotelhalle fuhr, lag trotz der schwierigen Aufgabe, vor der er stand, ein Lächeln auf seinem Gesicht. So luxuriös hatte er selten gewohnt, und das auch noch auf Staatskosten. Kaum hatte er den Fahrstuhl verlassen, stieg seine gute Laune noch einmal. In der Halle stand der Regisseur des Hollywood-Films, der zurzeit in Berlin gedreht wurde, und übte mit einer Schauspielerin ein paar Bewegungsabläufe. Sie, in einem weißen Kleid mit großen dunklen Punkten, drehte sich schwungvoll im Kreis und lachte das helle, ansteckende Lachen, für das sie berühmt war. Gerber blieb stehen und applaudierte.

Der Regisseur, ein kleiner Mann mit wenig Haar und einer dicken Brille, drehte sich zu ihm um und funkelte ihn wütend an. «Wir arbeiten hier, wenn's recht ist. Wenn Sie den Film sehen möchten, müssen Sie noch ein Weilchen warten und sich dann eine Kinokarte kaufen. Geduld ist das halbe Leben.» Er sah wieder zu seiner Schauspielerin. «Frau Pulver hat sogar einen wichtigen Termin verschoben, um den Film zu drehen.»

Die Schauspielerin, viel blonder, als er sie aus diversen Filmen in Erinnerung hatte, sah Gerber an und sagte lächelnd: «Meine Hochzeit, der Termin ist meine Hochzeit.»

«Dann noch viel Spaß beim Üben, vielleicht wird eine Nummer für die Flotte Ilse draus», erwiderte Gerber und ging in die Bar, wo er sich an einen Ecktisch setzte und die Packung Peer Export hervorzog.

Er hatte sich gerade die Zigarette angezündet, da stand der Regisseur neben ihm und sah ihn fragend an.

«Flotte Ilse? Welche Flotte Ilse? Was soll das heißen?»

Gerber nahm seine Fensterglasbrille ab. «Billy, Sie sind alt geworden und brauchen die Brille offenbar wirklich, im Gegensatz zu mir. Muss ich mir erst eine Uniform anziehen, damit Sie mich erkennen?»

«Uniform? Flotte Ilse? Sie meinen, Sie sind ... der Reichsgartenbeauftragte des Führers!»

«Sehr schön, bleiben Sie dabei, ich möchte nämlich meinen richtigen Namen nicht hören», sagte Gerber leise. Lauter sagte er: «Gerald Wedekind von Ost-West-Fernhandel Wedekind. Ich hoffe, wir kommen ins Geschäft.»

Der Barkeeper kam und fragte nach ihren Wünschen.

Wilder sah ihn nur kurz an. «Zwei Bier natürlich. Bratkartoffeln werden Sie wohl nicht haben.»

Der Barmann war irritiert. «Hier in der Bar nicht. Aber unsere Küche erfüllt Ihnen gern jeden Wunsch, Herr Wilder.»

«Erst mal bleibt es beim Bier.»

Der Mann ging zurück hinter seinen Tresen, und Wilder musterte Gerber feixend. «Immer noch in geheimer Mission unterwegs, Lieutenant … keine Sorge, ich lasse Sie nicht auffliegen. Aber Sie sind noch immer bei Ihrem Verein?»

«Bei einem anderen Verein, aber ich jage noch immer die bösen Buben», sagte Gerber mit gedämpfter Stimme. «Nur sind es diesmal die Roten und nicht die Braunen. Dabei könnte ich Ihre Hilfe gebrauchen. Wie ich gelesen habe, drehen Sie derzeit am Brandenburger Tor.»

«Stimmt.»

«Also filmen Sie auch auf ostdeutschem Gebiet.»

«In Ost-Berlin, in West-Berlin und direkt an der Grenze. Hinüber und wieder herüber, darum geht's in meinem Film.»

«Wann gehen die Dreharbeiten weiter?»

«Gleich morgen, Zeit ist Geld.»

«Am Brandenburger Tor?»

«Aber ja.»

«Dann könnten Sie mir helfen, Billy.»

«Für meinen Lebensretter tu ich alles. Aber eins müssen Sie mir versprechen: Wenn Ihre geheime Geheimsache jemals öffentlich gemacht werden darf, kriege ich die Filmrechte.»

«Abgemacht.»

Der Kellner brachte das Bier, und Wilder hob sein Glas. «Auf die Scheißkommis, die uns wieder zusammengebracht haben!»

Auch Gerber hob sein Glas. «Auf die Scheißkommis!»

// KAPITEL 21 //

Mittwoch, 9. August 1961

Wilder hatte nicht zu viel versprochen. Die Dreharbeiten beiderseits der Grenze galten einer wilden Verfolgungsjagd, und die Fahrer der Filmautos nahmen keine Rücksicht auf das Fünf-Stundenkilometer-Limit, das für Reisende beim Durchqueren des Brandenburger Tors galt. Die Menschen, die durch das Tor wollten, sahen fasziniert zu, ebenso die ostdeutschen Wachen. Am gelassensten wurde das Spektakel von den britischen Wachtposten auf der West-Berliner Seite aufgenommen. Gerber lief am Rand des Spektakels hin und her, maß mit einem Zollstock Abstände, kritzelte etwas auf einen Notizblock, kontrollierte die Kamera und das Filmmaterial. Ganz so, wie Wilder ihm am vergangenen Abend seine Aufgaben erklärt hatte.

Bei einem Umtrunk an der Hotelbar hatte Wilder ihn der Filmcrew als seinen alten Freund Gerald Wedekind vorgestellt und erklärt, Wedekind habe früher mal als Kameraassistent gearbeitet und wolle gern mal wieder etwas Filmluft schnuppern. Eine etwas dünne Geschichte, aber Wilder als Produzent, Regisseur und Autor des Films hatte für die Crew ungefähr die Bedeutung wie Gott für den Rest der Christenheit, und so gab niemand seiner Verwunderung Ausdruck.

«Das war kurz nach dem Krieg», hatte Gerber gesagt. «Ich muss zugeben, dass ich von der ganzen Filmerei nicht mehr die geringste Ahnung habe.»

Nach dieser Erklärung hatte Frau Pulver in die Runde gerufen: «Herr Wedekind ist nicht der Erste ohne die geringste Ahnung von dem, was er tut, den ich beim Film treffe, aber alle anderen würden es nie zugeben.»

Alle hatten «auf den Neuen im Team» angestoßen und gelacht, laut und schallend, aber niemand so schön wie die Pulver.

Gerber stand jetzt auf ostdeutschem Gebiet, ohne dass ihm jemand Beachtung schenkte. Aller Augen, auch die der Vopos, waren auf das scheinbare Tohuwabohu gerichtet, das sich in unmittelbarer Nähe des Brandenburger Tors abspielte. Autos jagten hin und her, Schauspieler streckten die Köpfe heraus, und die Filmkamera hielt alles fest. Immer wieder sprang Wilder, ein wahres Energiebündel, von seinem Regiestuhl auf, eilte zu den Fahrzeugen und gab Anweisungen. Meistens rief er: «Das Ganze noch mal, aber schneller!»

Die Magie des Films hatte die Routinen der realen Welt an die Seite gedrängt. Alle waren gespannt darauf, was der Regisseur noch alles aus seinen Schauspielern und aus den professionellen Fahrern, die hinter den Lenkrädern der Filmautos saßen, herausholen würde. Die perfekte Ablenkung, besser hätte Gerber es sich nicht wünschen können.

Er klappte den Zollstock zusammen, mit dem er bedeutungsvoll, aber sinnlos hantiert hatte, ließ ihn in eine Manteltasche gleiten und überquerte gemessenen Schrittes das große Karree des Pariser Platzes, dessen Randbebauung im Krieg großflächig zerstört worden war. Das ostdeutsche Regime hatte sich für einen Wiederaufbau nicht interessiert, war im Gegenteil froh darüber, an einem der wichtigsten Sektorenübergänge freies Sicht- und Schussfeld zu haben. Es lief wie geschmiert, und niemand achtete auf den Mann im Trenchcoat, der sich wie beiläufig immer weiter vom Filmset entfernt hatte.

Gerber hielt an einem Zeitungskiosk, wo er dem einäugigen Verkäufer für das *Neue Deutschland* fünfzehn Pfennig hinlegte. Er faltete das Zentralorgan der SED zusammen, klemmte sich die Zeitung unter den Arm und steuerte eine Telefonzelle an, die in Ost-Berlin ebenso im Postgelb gehalten war wie im Westen. Was ihn ein wenig wunderte, war man in der DDR doch sehr darauf bedacht, alles anders zu machen als die Westdeutschen.

Bis jetzt hatte alles reibungslos geklappt. Natürlich hätte er auch als ganz normaler Besucher aus dem Westen über die Grenze gehen können. Seine auf den Namen Wedekind ausgestellten Papiere waren von echten nicht zu unterscheiden. Er hatte sich dagegen entschieden, weil er den direkten Kontakt mit der Volkspolizei vermeiden wollte.

In der Telefonzelle legte Gerber die Zeitung ab und kramte eine ostdeutsche Zwanzig-Pfennig-Münze für ein Ortsgespräch aus der Manteltasche. Dann wählte er die Nummer, die Eva von Ulrike Vogt erhalten hatte.

Von West-Berlin aus telefonischen Kontakt aufzunehmen, wäre weitaus schwieriger gewesen. Schon vor zehn Jahren hatte die Sowjetzone die Telefonverbindungen zwischen Ost- und West-Berlin gekappt. Selbst wenn eine Verbindung auf Umwegen gelang, konnte man sicher sein, dass die Stasi ihr Ohr in der Leitung hatte.

«Vogt am Apparat», meldete sich eine dunkle, kehlige Frauenstimme, die eine Erinnerung in ihm weckte, aber er musste sich jetzt auf seine Mission konzentrieren.

«Schöne Grüße von Fräulein Herden», benutzte Gerber die verabredete Losung.

Nach einer kurzen Pause sagte die Frau: «Das ging ja schnell, ich freue mich. Wo sind Sie?»

«In einer Telefonzelle vor dem S-Bahnhof Unter den Linden.»

«Ganz in der Nähe, wie schön. Ich hole Sie ab. Es dauert ein paar Minuten. Wie erkenne ich Sie?»

«Ich werde das *Neue Deutschland* lesen.»

Die Frau lachte auf. «Das ist ja mal ganz ungewöhnlich. Was haben Sie an?»

«Fedora, Trenchcoat, Brille», sagte Gerber.

«Das wird genügen», meinte Vogt und legte auf.

Er setzte sich auf eine Bank und blätterte in der Zeitung. Ein Zeitungsleser auf einer Bank war unverdächtiger als ein Mann, der einfach nur herumstand und Löcher in die Luft starrte.

Schon beim Lesen des Aufmachers wusste Gerber nicht, ob er lachen oder weinen sollte. Es war der Abdruck eines Briefes, den fünfundzwanzig westdeutsche Arbeiter, Angestellte, Gewerkschaftler und SPD-Mitglieder nach einem Besuch in der DDR angeblich an den Staatsratsvorsitzenden Walter Ulbricht geschrieben hatten. Darin bekundeten sie ihre helle Begeisterung über das wunderbare Leben, das Angehörige der Arbeiterklasse in Ostdeutschland führten. Billige Wohnungen, günstige Preise für Strom und Gas, für Brot und Kartoffeln und auch für die Sozialversicherung und natürlich ein preiswerter Arbeiterurlaub: für umgerechnet dreißig D-Mark an die See oder ins Gebirge. Diese Freuden des sozialistischen Daseins hatten die fünfundzwanzig Begeisterten überzeugt, und sie wollten sich in ihrer westdeutschen Heimat dafür einsetzen, dass man mit der Hetze gegen die DDR und den «Spukgeschichten» über den ostdeutschen Staat aufhören solle.

Nachdem er das gelesen hatte, war Gerber sehr verwundert über die Flüchtlingsströme in Richtung West-Berlin. Bei solch paradiesischen Zuständen hätten sich die Menschen in die andere Richtung bewegen müssen.

Wie viel der DDR am Wohlbefinden ihrer arbeitenden

Bevölkerung wirklich lag, sah Gerber an einer auf der Titelseite abgedruckten Anordnung des Magistrats von Groß-Berlin. Danach hatten Ost-Berliner, die in Westdeutschland arbeiteten, sämtliche Miet- und Pachtzahlungen, Abgaben für Strom, Gas und Wasser sowie öffentliche Gebühren in Westmark zu entrichten, also in der Währung aus dem Land der Hetze und der Spukgeschichten. In einem Artikel auf der letzten Seite wurden die zur DM-Zahlung aufgeforderten Grenzgänger als «Lohndrücker», «Spekulanten» und «politisches Treibholz» bezeichnet und durften über ihre angebliche Unbeliebtheit bei den westdeutschen Arbeitern lesen.

In der Zeitung ging es auch immer wieder um die angeblichen Bonner Kriegspläne. Dem SED-Blatt zufolge wollte die Adenauer-Regierung West-Berlin als «Ausgangsposition für Eroberungen» benutzen, und «der Bonner Kriegsminister Strauß» sei in die USA gereist, um «Angriffswaffen aller Art», besonders aber «Atomwaffen für seine ‹Front›-Divisionen» zu kaufen.

Wenn es denn gesammelte Hetze und «Spukgeschichten» gab, dann im *Neuen Deutschland*, fand Gerber und gratulierte sich dazu, nicht für Gehlens BND zu arbeiten. Dort gab es Leute, die diese Zeitung und viele andere östliche Propagandablätter tagtäglich lesen und auswerten mussten. Ein Job, den er für kein Geld der Welt hätte machen wollen.

«Interessiert Sie wirklich, was die Sozialistische Einheitspartei Deutschlands zu verkünden hat?»

Vor ihm stand eine Frau im offenen Mantel und mit einem Kopftuch, die er noch nie zuvor gesehen hatte, aber sofort als Ulrike Vogt identifizierte. Eva hatte ihm die schlanke Frau mit den roten Locken, die jetzt unter dem Kopftuch hervorlugten, sehr genau beschrieben. «Smaragdgrüne Augen wie eine Katze, sie wird dir gefallen.»

Das tat sie tatsächlich, aber erstens gab es Eva, und zweitens war er nicht zum Vergnügen hier.

«Fräulein Vogt vom Referat Presse im Ministerium für Bauwesen, nehme ich an. Ich hatte gedacht, Sie kommen mit dem Wagen.»

«Wir werden später abgeholt. Lassen Sie uns ein paar Schritte gehen. Niemand liest besonders lange in dieser Zeitung.»

Er stand auf, faltete die Zeitung wieder zusammen, steckte sie in die Manteltasche und reichte Ulrike Vogt seinen Arm. Sie hakte sich bei ihm ein, und sie schlenderten wie ein Paar Unter den Linden entlang. Dabei betrachteten sie die Auslagen der Ladenpavillons, die an der Ecke Friedrichstraße die altehrwürdigen, im Krieg weggebombten Kaffeehäuser ersetzt hatten. Vor einer Boutique blieben sie stehen, und seine Begleiterin richtete ihr Augenmerk auf ein grünes Kleid mit Gürtel und geknöpftem Rock.

«Ob mir das stehen würde?», flötete sie.

«Es ist das Grün Ihrer Augen, und es bildet einen wunderbaren Kontrast zu Ihrem schönen Haar.»

Sie lächelte «Wer macht mir gerade dieses Kompliment?»

Er lüftete kurz den Hut. «Gerald Wedekind, Ost-West-Fernhandel Wedekind aus Köln. Meine Firma hofft, durch Vermittlung Ihres Ministeriums in eine Geschäftsbeziehung mit der DDR über den Baustoffhandel zu treten. Wir haben gehört, an Baumaterial besteht gerade ein besonderer Bedarf.»

«Haben Sie auch Interesse an Importen, Herr Wedekind?»

«In der Tat. Sowjetische Generäle mit langjähriger Berufserfahrung sind in Westdeutschland höchst willkommen.»

«Wir können liefern, aber die Einzelheiten bedürfen genauer Erörterung.»

«Aus diesem Grund bin ich hier, Fräulein Vogt.»

«Ich bin froh, das zu hören», sagte sie und nahm das helle Kopftuch ab.

Zwanzig Sekunden später hielt ein weinroter Wartburg neben ihnen am Straßenrand, und der Fahrer stieß die Beifahrertür auf.

Ulrike Vogt wies auf den Wagen. «Einsteigen, bitte. Willkommen in Ost-Berlin, Herr Wedekind!»

--

Auf der Fahrt nach Marienfelde klapperte es dauernd irgendwo im Auto, ohne dass der Fahrer sich darum scherte. Winfried Gallasch, den alle Welt nur Winni nannte, fuhr einen VW Käfer, der so alt war, dass er noch ein geteiltes Rückfenster hatte. Das gewölbte Fenster sah aus wie eine Brezel und hatte dem Wagen im Volksmund den Spitznamen Brezelkäfer eingebracht. Das Auto war nicht besonders gepflegt, und Winnis Freunde spotteten, nur Schmutz und Rost würden es noch zusammenhalten. Tatsächlich konnte auch Eva nicht genau sagen, an welchen Stellen der dunkelbraune Lack den Rostflecken gewichen war.

Gallasch war ein guter Fotograf, ein sehr guter sogar, litt aber an seinem Selbstverständnis. Er hielt sich für ein Genie und war der festen Überzeugung, der Welt fehle ein Kunstfotograf von seinem Format. Er konnte von seiner Fotokunst nicht leben und nahm Aufträge als freier Pressefotograf an, um die Miete für seine Spandauer Dachgeschosswohnung nahe der Nikolaikirche bezahlen zu können. Eva hatte bereits mit ihm zusammengearbeitet und dabei gute Erfahrungen gemacht. Er wusste genau, was für Fotos seine Auftraggeber benötigten und vergaß dann auch jede künstlerische Attitüde. Als Eva ihn angerufen hatte, hatte er ohne Zögern zugesagt und sie vor der Pension eingesammelt, um mit ihr nach Marienfelde zu fahren.

«Ach du grüne Neune», entfuhr es Gallasch, sobald sie sich dem Notaufnahmelager näherten. «Das ist ja ein Volksauflauf.»

«Eher eine Volksflucht», sagte Eva, die auf dem Beifahrersitz saß und durch die verschmierte Frontscheibe staunend auf das blickte, was sich vor ihnen abspielte.

Die Menschentrauben, die sich vor dem Lager zusammendrängten, waren ungleich größer als bei ihrem letzten Besuch. Für Fahrzeuge war an ein Durchkommen ohnehin nicht zu denken, und aus Sicherheitsgründen hatte die Polizei die Straße ganz gesperrt.

«Ich suche mir mal besser einen Parkplatz», brummte Gallasch und steuerte seinen Brezelkäfer geschickt in eine Parklücke, die kaum größer war als der Wagen.

«Hier dürfen wir nicht stehen», sagte Eva, die neben sich eine gepflasterte Zufahrt zu einem Bürogebäude erspähte.

«Ach so.» Der Fotograf beugte sich zu ihr herüber und zog aus dem Handschuhfach einen zerknitterten Zettel, auf den er mit einem dicken Stift «Presse» gekritzelt hatte. Er strich den Zettel glatt und legte ihn hinter die Windschutzscheibe. «So, sieht doch gut aus.»

«Ich weiß nicht, ob das unsere Freunde und Helfer überzeugt.»

«Wenn nicht, übernimmst du das Bußgeld. Du kannst es ja mit deinen Spesen abrechnen.»

Diese lässige Art, die Dinge zu betrachten, war für Gallasch ebenso typisch wie das Duzen. Wenn er jemanden siezte, war das ein sicheres Anzeichen dafür, dass er den Betreffenden nicht mochte.

Gallasch schnappte sich die Kameratasche vom Rücksitz,

schloss den Wagen ab und wollte sich einen Weg durch die Menge bahnen, doch Eva hielt ihn an der Schulter fest. «Mach ruhig ein paar Aufnahmen aus dieser Perspektive.»

«Das Lager ist doch viel zu weit weg.»

«Ebendrum. Es streben so viele Flüchtlinge in den Westen, dass das Aufnahmelager für viele unerreichbar bleibt. So in der Art.»

«Verstehe», sagte Gallasch mit einem Lächeln auf seinem bärtigen Gesicht und nahm die Kamera aus der Tasche.

Eva wandte sich an einen der Polizisten und zeigte ihm ihren Presseausweis. «Ich habe den Eindruck, es werden immer mehr Flüchtlinge.»

Der Uniformierte rückte seine Dienstmütze gerade. «Das können Sie wohl sagen, Fräulein. Vor ein paar Tagen hatten wir schon tausend Flüchtlinge am Tag, aber heute könnte es glatt das Doppelte sein.»

«Schafft man es im Lager, diese Menge aufzunehmen?»

«Das schafft keiner. Wahrscheinlich werden wir im Laufe des Tages das Vergnügen haben, die Leute hier auf die anderen Lager umzuverteilen. Aber die sind ja auch voll.»

«Und dann?»

Der Polizist breitete die Arme aus. «Heiße ich Exner?»

Kurt Exner war der West-Berliner Sozialsenator, in dessen Zuständigkeit die Flüchtlingslager fielen.

Gallasch hatte genug Fotos aus dieser Perspektive geschossen, und sie arbeiteten sich durch Flüchtlinge, durch Kollegen von Presse, Rundfunk und Fernsehen und durch etliche Schaulustige vor. Da der Fotograf groß und breitschultrig war, kamen sie ganz gut voran.

«Wenn die alle aus dem Osten kommen, müsste da jede Menge Platz sein», sagte Gallasch, als er seinen Blick über die

Flüchtlinge schweifen ließ. «Ich möchte wissen, warum es ausgerechnet jetzt so viele sind.»

Genau das ging Eva auch durch den Kopf, und sie dachte an ihre Begegnung mit Generalmajor Semjonow. Hatte die steigende Zahl der Flüchtlinge etwas mit dem geplanten Mauerbau zu tun? Auch wenn die Sache geheim gehalten wurde, irgendetwas sickerte immer durch, und wenn es nur Gerüchte waren. Es gab stets jemanden, der etwas wusste oder zu wissen glaubte. Zum Beispiel die Vopos, die vor dem Lagerhaus Wache standen. Sie hatten Angehörige und Freunde, denen gegenüber sie kaum so verschwiegen waren, wie es die Vorschriften verlangten. Selbst wenn sie nicht genau wussten, was sie dort bewachten, mochten sie etwas gesehen oder gehört haben, was zu Vermutungen führte, und eine Vermutung wiederum gab mehr Anlass zum Spekulieren als konkretes Wissen.

Eva dachte an Philipp, der sich, wenn alles nach Plan verlief, jetzt wohl schon in Ost-Berlin befand, und ihr war bei diesem Gedanken gar nicht wohl zumute.

// KAPITEL 22 //

Gerber saß auf der Rückbank des Wartburg, genau wie Eva bei der Fahrt zum Lagerhaus an der Spree. Dahin ging es diesmal nicht. Der Mann am Steuer, nach Evas Beschreibung Karl Wittmann alias Willi Klenke, lenkte den Wagen durch Straßen mit immer spärlicher werdender Bebauung, mehrmals fuhren sie durch Waldgebiete. Sie befanden sich zweifellos in Köpenick, wahrscheinlich nicht weit entfernt vom Müggelsee. Die Straße war nur noch ein besserer Waldweg, aber als der Wartburg nach einer scharfen Bremsung nach rechts abbog, wurde es noch schlimmer. Der Wagen kam auf der schmalen Piste aus dem Holpern gar nicht mehr heraus, obwohl er jetzt kaum schneller als Schrittgeschwindigkeit fuhr. Gerber wurde richtig durchgeschüttelt.

«Gut, dass ich nur ein leichtes Frühstück hatte», sagte er, ohne eine Antwort zu erhalten.

Der schmale Weg, zu beiden Seiten von Bäumen und Sträuchern begrenzt, endete nach wenigen Minuten vor einem Tor aus schwerem Gusseisen. Die Mauer zu beiden Seiten war aus rotem Backstein, zweieinhalb Meter hoch und mit eisernen Dornen besetzt.

Der Fahrer betätigte zweimal kurz die Hupe. Kurz darauf erschien jenseits des Tors ein knochiger Mann, der so grantig dreinblickte wie ein zum Tode Verurteilter auf dem Weg zum Richtblock. Er trug eine dunkle Jacke, eine dunkle Hose, schwarze Stiefel und an einem Riemen unter der rechten

Schulter eine Kalaschnikow. Die Haare waren militärisch kurz geschnitten. Die rechte Hälfte des Gesichts war eine einzige vernarbte Brandwunde, was den Mann nicht gerade freundlicher wirken ließ.

Gerber hatte erwartet, der Unbekannte würde das Tor öffnen, aber der Mann verließ das Grundstück durch eine schmale Pforte neben dem großen Tor und blieb, die Kalaschnikow im Anschlag, wenige Schritte vor dem Wartburg stehen.

Vogt stieg aus und wechselte mit dem Bewaffneten ein paar Worte auf Russisch, bevor sie sich durch die offene Beifahrertür an Gerber wandte.

«Steigen Sie bitte aus!» Als Gerber dem nachgekommen war, fuhr sie fort: «Legen Sie die Hände aufs Autodach und spreizen Sie die Beine.»

Gerber musste lachen, obwohl der Mann mit der Kalaschnikow so aussah, als würde er schon aus dem kleinsten Anlass schießen. «Sie glauben doch nicht im Ernst, dass ich bewaffnet nach Ost-Berlin komme. Eine Kontrolle durch die Volkspolizei würde genügen, um mich ins Gefängnis zu bringen.»

«Tun Sie bitte, was ich gesagt habe!»

«Ich will den Generalmajor in den Westen holen und bin ganz sicher nicht hier, um ihn zu erschießen», sagte Gerber, während er der Aufforderung nachkam.

«Ist es Ihnen recht, wenn ich Sie abtaste?», fragte Vogt mit einem spöttischen Unterton. «Oder soll ich lieber Herrn Wittmann rufen?»

«Er kann das sicher nicht besser als Sie. Also fangen Sie schon an!»

Als die Hände der Rotblonden über seinen Körper glitten, wusste Gerber sofort, dass sie darin geübt war, andere nach versteckten Waffen abzusuchen. Sie ging zügig, aber methodisch vor. In Gedanken gab er Eva recht. Sie hatte den Verdacht geäußert, dass Vogt in Wirklichkeit bei der Stasi war. Was die Rotblonde gerade mit ihm tat, lernte man jedenfalls nicht in der Ausbildung zur Pressereferentin.

Am Ende der Prozedur hielt sie seinen Zollstock in der Hand, den sie aus seiner Manteltasche gezogen hatte. «Was wollen Sie damit?»

«Das ist die neueste Geheimwaffe der Westmächte», spottete er. «Man muss nur eine Spitze anbringen, schon hat man eine gefährliche Stichwaffe.»

Sie legte die Stirn in Falten und wiederholte: «Was wollen Sie damit?»

«Er gehörte zu meiner Tarnung, um über die Sektorengrenze zu kommen. Von mir aus können Sie das Ding gern behalten.»

Er wollte vermeiden, Wilder und sein Filmteam in die Sache zu verwickeln.

Vogt betrachtete kurz den Zollstock und gab ihn achselzuckend an Gerber zurück.

«Wir können zu Fuß zum Haus gehen», sagte sie und sprach anschließend kurz auf Russisch mit dem Bewaffneten.

Der senkte den Lauf der Kalaschnikow und trat zwei Schritte zur Seite, sodass Gerber und Vogt durch die kleine Pforte auf das Grundstück gehen konnten. Der Mann folgte ihnen, verschloss sorgfältig die Pforte mit einem Schlüssel, der an einem handtellergroßen Metallring befestigt war, und schloss mit einem anderen Schlüssel das große Tor auf.

Gerber folgte Vogt über den unbefestigten Fahrweg, der von Kiefern gesäumt wurde. Der Weg machte einen Bogen, und erst dann sah man das Haus, von dem seine Begleiterin gesprochen hatte. Es war ein lediglich eingeschossiger Bau, aber so verwinkelt, dass Gerber seine Größe nicht abschätzen konnte. Als habe man immer mal wieder ein Stück angebaut. Vor dem Haus stand eine große Garage mit Platz für mehrere Fahrzeuge. Das Tor stand offen, und Gerber konnte einen russischen Geländewagen erkennen, einen GAZ-69, der wie eine Mischung aus einem amerikanischen Jeep und einem Wehrmachtskübelwagen auf ihn wirkte. Der Wagen, der über einen Allradantrieb verfügte, hatte keinen militärischen Anstrich, sondern eine rotbraune Lackierung. Daneben stand eine graue Limousine aus westdeutscher Fabrikation, ein Mercedes-Benz 180. Der Geländewagen hatte ein Ost-Berliner Kennzeichen, der Mercedes dagegen ein sowjetisches mit Diplomatenstatus.

An der Tür aus massivem Holz hing ein schmiedeeiserner Türklopfer in Form eines Eberkopfes. Vogt nahm den Ring in die Hand und sah mit einem unerwarteten Lächeln zu Gerber.

«Dieser Türklopfer erinnerte mich immer an die Sage vom wilden Eber. In Neubrandenburg, wo ich herkomme, soll im Mittelalter ein wilder Eber in die Marienkirche gestürmt sein, mitten im Gottesdienst. Aber der Priester konnte das Untier zähmen, indem er ihm das Kruzifix entgegenhielt, und er führte es wieder nach draußen. Daraufhin hat man einen Türklopfer in Gestalt eines Eberkopfes an der Kirche angebracht.»

Wenn das alles stimmte, hatte Vogt gerade ein wichtiges Detail aus ihrem Leben preisgegeben, ihre Herkunft, und das völlig ohne Not. Das zu erzählen, musste ihr also etwas bedeuten. Es musste in irgendeiner Beziehung zu ihr stehen.

«Und welches Untier haben Sie gezähmt?», fragte er und sah dabei tief in ihre Smaragdaugen.

Darin leuchtete es kurz auf, und sie wandte sich wieder der Tür zu, ohne seine Frage zu beantworten. Das war auch nicht nötig. Seit Eva ihm die Ereignisse in dem Lagerhaus geschildert hatte, hegte er einen gewissen Verdacht.

Vogt klopfte zweimal, und ein junger Mann, kaum älter als zwanzig, öffnete die Tür. Er war groß und schlank, hatte dunkles, kurz geschnittenes Haar und ein ovales Gesicht mit großen dunklen Augen. Sein Mund hatte etwas Sinnliches an sich, wirkte fast weiblich. Wahrscheinlich flogen ihm die Sympathien der Damenwelt wie von selbst zu. Beim ersten Anblick glaubte Gerber, den Mann zu kennen, aber beim näheren Hinsehen kam er zu dem Schluss, dass er ihm noch nie begegnet war. Sein dunkler Anzug mit der dezenten Krawatte und die gepflegten Schuhe wollten nicht so recht in die Umgebung passen. Die kleine Ausbuchtung unter der linken Schulter verriet das Pistolenholster.

«Immer herein», sagte er mit einem Lächeln und trat einen Schritt zurück. «Der Tee ist gleich fertig.»

Während Gerber und Vogt eintraten, rollte der Wartburg mit Schrittgeschwindigkeit heran, und Wittmann steuerte ihn zu den beiden anderen Wagen in die Garage. Der Mann mit der Kalaschnikow war nirgends zu sehen.

Der Eingangsraum war exakt so, wie man ihn sich in dieser Umgebung vorstellte. Ein großes, nicht sehr kunstvolles Gemälde zeigte einen Jäger mit seinem Hund auf der Pirsch. An den Wänden hingen ein Hirschkopf und mehrere Geweihe, und auf einer Anrichte stand ein ausgestopfter Fuchs.

Sie hängten ihre Mäntel an die aus dunklem Holz gefertigte Garderobe, und Gerber hängte seinen Hut dazu. Der junge Mann führte sie in ein großes Kaminzimmer, das ähnlich ausgestattet war. Vor dem Kamin, in dem kein Feuer brannte, saß in einem großen Sessel Pjotr Nikolajewitsch Semjonow und las in einem dicken Buch. Er trug einen schwarzen Rollkragenpullover, eine helle Leinenhose und Wildlederschuhe.

Er klappte das Buch zu und legte es auf einen kleinen Holztisch. «*Krieg und Frieden* ist immer noch eine der besten Quellen über die historische Wolfsjagd, nicht wahr, Herr Gerber?»

«Wenn Sie es sagen, Herr Generalmajor. Ich schätze das Buch, aber nicht wegen der Wolfsjagd.»

«Und warum schätzen Sie es?»

«Weil man daraus lernen kann, welche Fehler man im Kampf gegen die Russen vermeiden muss. Sonst geht es einem wie Napoleon.»

Semjonow sah ihn einen Augenblick lang verdutzt an, dann begann er laut zu lachen. «Sehr gut, das ist sehr gut! Man kann also sagen, Tolstoi hat sehr dicken Ratgeber für viele Menschen geschrieben. Ein vielfaches Werk, sagt man so?»

«Ein vielfältiges Werk», korrigierte Gerber.

«Ja, das ist es.» Der KGB-Offizier zeigte auf zwei weitere Sessel, die den Tisch umstanden. «Setzen Sie sich, Tee ist gleich bereit. Oder, Kolja?»

«Ich bringe ihn sofort», antwortete der junge Mann und verließ den Raum.

«Ich hoffe, Fahrt war gut», sagte Semjonow, während Gerber und Vogt Platz nahmen.

«Weitgehend ereignislos», erwiderte Gerber. «Nur jede Menge Bäume und eine Kalaschnikow.»

«Gut gesagt», gab sich der Generalmajor weiterhin jovial.

Bis jetzt erweckte die Veranstaltung den Eindruck einer heiter-belanglosen Teestunde, aber Gerber hatte nicht vor, den ersten Zug zu machen. Semjonow hatte ein Anliegen, und Gerber wollte nicht den Eindruck erwecken, in der Rolle des Bittstellers zu sein. Mit seinem Gerede über Tolstoi stellte der KGB-Mann Gerbers Geduld auf die Probe, aber Gerber hatte sich vorgenommen, sehr geduldig zu sein.

Kolja schob einen silber glänzenden Servierwagen herein,

auf dessen oberster Platte ein Samowar stand. Er nahm das mit einem Jagdmotiv verzierte Geschirr von der mittleren Platte und verteilte es auf dem Tisch, bevor er von der untersten Platte einen Teller mit belegten Broten und einen zweiten mit kleinen Gebäckstücken holte.

Semjonow deutete auf das Gebäck. «Ist sehr schmackhaft, heißt Ioschik. Wie sagen Deutsche?»

«Igelchen», half Vogt ihm aus.

«Ja, Igelchen. Mikhail hat gebacken. Er ist sehr gut in Küche.» Semjonow biss in eines der Gebäckstücke. «Genauso gut wie mit Kalaschnikow. Am besten war er im Krieg mit Molotow-Cocktails. Hat damit geknackt Panzer schneller, als Hitler Panzer bauen konnte. Einmal ging Sache etwas schief, wie Sie sehen können an seinem Gesicht. Schlimm verbrannt, wirklich schlimm.»

Gerber griff nach einem Wurstbrot und sagte ohne jede erkennbare Anteilnahme: «Ja, der Krieg war für uns alle unangenehm.»

Interessiert nahm er zur Kenntnis, dass nicht Kolja, sondern Ulrike Vogt den Tee servierte. In Russland übernahm diese Aufgabe traditionell die Frau des Hauses.

Er trank genüsslich den Tee und aß das Wurstbrot, bis es aus Semjonow herausplatzte: «Mit welchem Angebot kommen Sie zu mir, Herr Gerber?»

Er hatte sich vorgebeugt und den Blick prüfend auf Gerber gerichtet. Die behagliche Atmosphäre der Teestunde war nichts anderes als eine Schimäre, die Gerber einlullen sollte, damit der KGB-Offizier seinen Überfall auf eine arglose Beute unternehmen konnte. Semjonow kannte sich tatsächlich mit den Methoden der Jagd aus.

Vogts Augen waren ebenso gespannt auf Gerber gerichtet wie

die des gut aussehenden jungen Mannes, der neben dem Servierwagen stand.

Gerber biss von seinem Brot ab, kaute ausgiebig und trank einen Schluck Tee hinterher, bevor er sich entspannt in seinem Sessel zurücklehnte und die Beine übereinanderschlug.

«Angebot? Da liegt wohl ein Missverständnis vor, Herr Generalmajor. Wie mir Fräulein Herden mitgeteilt hat, haben Sie uns ein Angebot zu machen. Ich bin zu Ihnen gekommen, um es mir anzuhören. Danach werden wir sehen, ob wir ins Geschäft kommen.»

«Wir sind schon im Geschäft», sagte Semjonow, jetzt ohne jede Freundlichkeit. «Ich habe Ihnen durch Fräulein Herden wichtige Informationen zukommen lassen. Ich habe geliefert, Sie werden jetzt bezahlen!»

Gerber breitete die Hände auseinander. «Geliefert, was denn? Ein paar Fotos aus einem abgelegenen Lagerhaus und dazu eine wilde Geschichte über einen angeblichen Mauerbau mitten durch Berlin. Das Baumaterial kann irgendwelchen Zwecken dienen, und die Sache mit dem Mauerbau fällt für mich in die Kategorie Räuberpistole.»

Der KGB-Offizier wirkte wie ein Raubtier, kurz davor, seine Beute anzuspringen. Gerber fühlte sich an die Situation vor sieben Jahren erinnert, als er Semjonows Gefangener gewesen war und ihm in dem unterirdischen Verhörraum gegenübergesessen hatte. Auch jetzt war er kaum etwas anderes als ein Gefangener, seinem «Gastgeber» auf Gedeih und Verderb ausgeliefert.

Semjonow brachte es dann auch auf den Punkt: «Sie sollten sich nicht zu sicher fühlen, Herr Gerber. Sie befinden sich auf fremdem Terrain, Spion und Saboteur vom BKA im Demokratischen Deutschland. Vor Haus steht Mikhail mit Kalaschnikow und …»

Als der Blick des Generalmajors auf Kolja fiel, sagte Gerber: «Ich habe die Ausbuchtung unter dem Jackett bemerkt. Fräulein Vogt hat vermutlich ihre handliche Damenpistole griffbereit, die sie schon Fräulein Herden gezeigt hat. Und Sie und Herr Wittmann dürften auch bewaffnet sein.»

«Im Gegensatz zu Ihnen, Herr Gerber», entgegnete Semjonow.

«Ich habe nur einen Zollstock, und der steckt draußen in meinem Mantel.»

«Einen was?»

Gerber winkte ab. «Nicht so wichtig. Wichtig ist vielmehr, ob Sie ernsthaft an einer Zusammenarbeit mit dem Westen interessiert sind, Herr Generalmajor. Natürlich können Sie mich jederzeit, tot oder lebendig, den ostdeutschen Staatsorganen übergeben, aber dann haben Sie den mühsam aufgebauten Kontakt zerstört. Und zu welchem Preis?»

«Preis ist sehr gut! Sie sind wichtiger Mann bei Sicherungsgruppe, Freund von Adenauer.»

«Ich bin nicht sein Freund, ich arbeite nur für ihn. Und ich bin auch kein wichtiger Mann bei der Sicherungsgruppe, nur ein kleiner Hauptkommissar.»

«Sie wichtiger Mann», beharrte Semjonow. «Sie haben der Sowjetunion und der DDR schon viel Ärger gemacht. Ihre Auslieferung wird mein Ansehen steigen lassen.»

«Ihr Ansehen ist eher mächtig im Sinken, wie Sie Fräulein Herden gegenüber bereits angedeutet haben. Ich glaube allerdings, dass Sie ihr nicht alles gesagt haben. Chruschtschow baut den sowjetischen Geheimdienstapparat um und bringt Männer, denen er vertraut, in die wichtigen Ämter. Aber die, die er von ihren Posten entfernt, müssen nicht gleich nach Sibirien. Als er Iwan Serow an der KGB-Spitze durch Alexander Schelepin ersetzt hat, wurde Serow nicht in die Verbannung geschickt, sondern nur an die Spitze des weniger bedeutenden Militärgeheimdienstes GRU versetzt. Etwas Ähnliches dürfte auch Sie erwarten, wenn Chruschtschow Sie als KGB-Chefresident in der DDR ablösen lässt. Vielleicht werden Sie Chefresident in Bulgarien oder Rumänien. Das ist kein Grund, gleich in den Westen überzulaufen.»

Statt zu antworten, steckte Semjonow sich eine seiner Bauernzigaretten an und hielt die Packung auch Gerber hin. Der lehnte ab und nahm sich eine Peer Export. Das war zwar nicht seine eigentliche Marke, aber er zog fast jede andere Zigarette dem derben Machorka-Kraut vor.

Sie rauchten schweigend, und der Generalmajor betrachtete seinen Gast – oder Gefangenen – dabei eingehend. Schließlich nickte er, und ein Anflug von Anerkennung huschte über sein Gesicht.

«Sie sind gut, Herr Gerber, wirklich gut. Dann Sie hören jetzt zu. 1957 kam es zu Putschversuch gegen Chruschtschow unter Führung von Malenkow, Molotow, Woroschilow und anderen, Anhänger von Stalin und Mitglieder von Politbüro. Putsch hat nicht geklappt, und Chruschtschow blieb an Macht. Sache ist immer noch nicht ganz aufgearbeitet, und weitere Enthüllungen stehen bevor.»

«Bei denen zutage treten wird, dass Sie einer der führenden Köpfe hinter dem Putschversuch waren, nehme ich an.»

«Ich schon gesagt, Sie gut. Ja, ich habe keine weiße Weste in Angelegenheit. Im Gegenteil, meine Weste ist tiefschwarz. Ich muss Einflussbereich von Chruschtschow so schnell wie möglich verlassen. Jetzt haben Sie mich in Hand.»

«Für einen leitenden Geheimdienstoffizier sind Sie sehr offen mit Ihren dunklen Geheimnissen.»

«Für die anderen hier ist es kein Geheimnis.» Semjonow deutete mit seiner Zigarette auf den jungen Mann. «Kolja ist mein Sohn.»

«Meines Wissens waren Sie nie verheiratet.»

Der Generalmajor lachte. «Oh, ein Mann kann Sohn zeugen ohne Heirat. Auch im Westen ist das möglich, hoffe ich.»

«Natürlich. Wird Ihre Geliebte Sie in den Westen begleiten?»

Während er die Frage stellte, sah Gerber Ulrike Vogt an.

Semjonow zog erstaunt die Brauen hoch. «Woher wissen Sie das?»

«Fräulein Vogt agiert in Ihrem Haus als Gastgeberin, ist in Ihre Geheimnisse eingeweiht, und es gab durchaus eine gewisse Vertrautheit zwischen Ihnen beiden, von der mir Fräulein Herden erzählt hat.»

Der KGB-Mann warf der rothaarigen Frau einen langen Blick zu. «Ja, Ulrike wird mich begleiten. Im Westen wir zeugen Kind mit Heirat. Auch Kolja, Mikhail und Wittmann kommen mit. Wenn wir beide einig werden, Herr Gerber.»

«Für Sie gibt es keine Alternative, Herr Generalmajor.»

«Doch. Für einen Offizier letzte Kugel ist immer Alternative. Letzte Kugel ist niemals bestimmt für Feind, wie Sie wissen.»

«Was wollen Sie in den Westen mitbringen?»

«Material über KGB-Netz in Deutschland, umfassendes Material.»

«Sie sprechen von Ostdeutschland?»

«Ich spreche von Ost- und von Westdeutschland.»

«Können Sie mir eine Kostprobe geben?»

«Was meinen Sie?»

«Ihr ausführliches Dossier über Heinz Felfe. Alles, was ich benötige, um ihn als Verräter zu überführen.»

«Wer ist dieser Felfe?»

Gerber drückte den Stummel seiner Zigarette in dem schwarzgrauen Marmoraschenbecher aus. «Gehen die Spielchen jetzt wieder los?»

«Felfe, also gut, Sie kriegen Dossier vorab.»

«Wohin möchten Sie, in die Bundesrepublik?»

«BRD ist nur vorübergehend.» Semjonow schüttelte heftig den Kopf. «Keine gute Wahl für länger. Mein Deutsch ist viel besser als mein Englisch, aber Westdeutschland ist zu nah an Ostdeutschland und damit an KGB. Daher ich möchte weiter in Vereinigte Staaten.»

«Warum haben Sie dann einen Mitarbeiter des BKA um Hilfe gebeten und nicht einen der CIA?»

«Weil ich Sie kenne und Ihnen traue. Schließlich habe ich Ihnen damals Freiheit und Leben geschenkt.»

«Nachdem Sie mich in eine Falle gelockt und inhaftiert hatten.»

«So geht das Spiel. Mal ist der eine oben, mal der andere.» Er nahm das dickleibige Buch wieder zur Hand. «Mal Napoleon siegt, dann Kutusow. Wichtig ist, wer siegt zuletzt.» Nachdem er das Buch zurück auf den Tisch gelegt hatte, fügte er hinzu: «Außerdem haben Sie gute Verbindung zu Vereinigte Staaten, zu General Anderson.»

Gerber wurde hellhörig. «Den man vor ein paar Tagen fast erschossen hätte, als er in Frankfurt eintraf. Das wäre Ihren Plänen wohl nicht zuträglich gewesen, Herr Generalmajor.»

«Das wäre gar nicht gut für meine Pläne. Attentat ist nicht über meinen Schreibtisch gegangen, war Sache von Dritte Hauptverwaltung.»

«Sie sprechen von Smersch.»

Semjonow nickte. «Ja, Smersch. Ganz dumme Sache. Geheimdienstchefs machen Pläne gegeneinander, aber sie bringen nicht einander um die Ecke.»

«Ich bin ja zum Glück rechtzeitig angerufen worden», sagte Gerber und blickte Ulrike Vogt an. «Ich nehme an, von Ihnen.»

Vogt machte ein überraschtes Gesicht. «Wie kommen Sie auf mich?»

«Als ich Sie heute anrief, kam mir Ihre Stimme am Telefon irgendwie bekannt vor. Ich habe eine Weile gebraucht, um darauf zu kommen. Schließlich war der Anruf in Frankfurt nur kurz.»

Sie wechselte einen schnellen Blick mit Semjonow. «Ja, ich war es. Im letzten Augenblick haben wir davon erfahren. Ich bin schnell über die Sektorengrenze gefahren und habe Sie in Ihrem Frankfurter Hotel angerufen.»

«Woher wussten Sie, wo Sie mich erreichen können?»

«Wir wussten von Andersons Besuch in Frankfurt und haben die Lage vor Ort beobachtet», antwortete Vogt. «Sonst hätten wir von dem geplanten Anschlag nichts gewusst. Smersch ist sehr gut in Sachen Geheimhaltung.»

«Offensichtlich», seufzte Gerber. «Und Smersch ist hervorragend informiert. Major Markowa wusste, mit welcher Maschine General Anderson ankommt.»

«Wir wissen nicht, wer der Verräter ist», sagte Vogt. «Aber wir konnten herausfinden, dass er aus dem engsten Umfeld des Generals kommt. Das ist leider alles.»

Semjonow nahm einen braunen Umschlag aus einem kleinen Regal hinter ihm und reichte ihn Gerber. «Meine Wunschliste für General Anderson.»

Gerber nahm den Umschlag entgegen. «Sie meinen wohl Ihre Preisliste. Ich hoffe, Sie sind das wert, was Sie verlangen. Bis jetzt haben wir wenig von Ihnen erhalten.»

«Wenig?», fragte der Generalmajor verwundert. «Sie haben gerade gehört, dass ich Andersons Leben gerettet habe.»

«Nicht ganz uneigennützig. Ohne Anderson wäre ich als Kontakt zu den Amerikanern für Sie nicht mehr besonders wertvoll gewesen. Aber was ist mit dieser ominösen Mauer durch Berlin? Wird sie gebaut? Und wenn ja, wann?»

«Ich habe noch keine genauen Angaben. Wenn ich es weiß, dann melde ich mich sofort.»

«Sind Sie wirklich noch gut informiert, Herr Generalmajor, oder hat man Sie schon von den wichtigen Nachrichten abgeschnitten?»

Semjonows Gesicht verdüsterte sich. «Hier habe ich ganz aktuelle Nachricht für Sie. Morgen empfängt Ulbricht in Ost-Berlin Marschall Konew, der hat geholfen bei Berlins Eroberung. Damit wird Konew Oberbefehlshaber der Sowjetstreitkräfte in DDR. Morgen werden Sie das sehen.»

// KAPITEL 23 //

Gerbers Audienz bei Generalmajor Semjonow war beendet. Karl Wittmann sollte Gerber zurück nach West-Berlin fahren. Ulrike Vogt blieb bei ihrem Geliebten, und diesmal nahm Gerber auf dem Beifahrersitz des Wartburg Platz.

Während der Fotograf und mutmaßliche Stasi-Agent den Wagen über die schwergängige Piste steuerte, fragte Gerber: «Was ist Ihr Grund, in den Westen zu gehen?»

«Ein ganz privater. Ich liebe eine Frau, die mit ihren Eltern die DDR verlassen hat. Kurz nach der Flucht in die BRD sind die Eltern gestorben, und jetzt ist Elfie allein.»

«Und wenn Sie Semjonow helfen, sichert das Ihnen und Ihrer Elfie ein Flugticket in die USA und ein gutes Leben dort, ja?»

Wittmann grinste. «Sie könnten sich Ihr Geld auch als Gedankenleser im Varieté verdienen.»

«Wenn ich Gedanken lesen könnte, hätte ich es in meinem jetzigen Job um einiges leichter.»

Sie verließen die Piste und bogen auf den größeren Waldweg ein. Gerber zündete sich und Wittmann eine Peer Export an und dachte über das Gespräch mit Semjonow nach. Ein aufschlussreiches Gespräch, auch in Bezug auf Frankfurt. Aber es klärte nicht die Frage nach dem Grund für den Attentatsversuch.

Während sie durch ein dichtes Waldgebiet fuhren, kreisten seine Gedanken um Anderson und darum, wie der General den Wunsch Semjonows aufnehmen würde, in die USA überzusiedeln. Der KGB-Mann war ein großer Fisch, keine Frage, ein Leckerbissen für jeden westlichen Dienst. Also würde auch Anderson anbeißen. Vielleicht wurde das Ganze sein letzter großer Coup, bevor das ruhmreiche CIC endgültig Geschichte war.

Bevor Gerber überhaupt das Geräusch von zerspringendem Glas hörte, kippte Wittmann plötzlich zur Seite, gegen Gerber und verriss das Lenkrad. Der Wartburg kam von der Straße ab und krachte, bevor Gerber noch etwas unternehmen konnte, in die Front aus Bäumen und Büschen. Instinktiv riss er die Hände hoch, um seinen Kopf zu schützen. Dann stand der Wagen auch schon still, und der Motor erstarb.

Der Fahrer lag halb auf Gerbers Schoß, ein blutiges Loch in seiner linken Schläfe, wo die tödliche Kugel eingedrungen war. Die Scheibe auf seiner Seite war zersplittert. Elfie würde vergebens auf Karl Wittmann warten und auf ein neues Leben in den USA.

Gerber war für solche Situationen ausgebildet, und sein Verstand arbeitete auf Hochtouren. Der Attentäter war noch da draußen, und Gerber brauchte eine Waffe. Methodisch tastete er den Toten ab. In der Jacke fand er eine Makarow und zwei Ersatzmagazine. Insgesamt vierundzwanzig Schuss, damit ließ sich arbeiten.

Der Wagen steckte im Unterholz fest, aber er konnte die Beifahrertür weit genug aufstoßen, um sich hinauszuzwängen. Da hörte er auch schon Stimmen und Schritte, die sich schnell näherten. Er warf sich zu Boden, rollte sich hinter den Stamm einer Kiefer und brachte die Waffe in Anschlag.

--

«Ich dachte schon, die zerquetschen uns», sagte Winni Gallasch, als sie von Marienfelde zurück zum Kurfürstendamm fuhren. «So eine Menschenmenge. Da wundert man sich, dass überhaupt noch jemand drüben in Ost-Berlin herumläuft.»

Die Stunden in Marienfelde waren in der Tat beeindruckend gewesen, aber auch anstrengend, und Eva freute sich darauf, sich in der Pension frisch zu machen. Bei diesem Gedanken überfiel sie ein schlechtes Gewissen. Die Flüchtlinge, die sich schon den ganzen Tag vor dem Notaufnahmelager zusammendrängten, hatten keine Möglichkeit, sich mal eben zur Erfrischung abzubrausen oder sich auf ein gemütliches Bett zu legen. Sie standen mit Sack und Pack, mit Kindern und alten, teilweise gebrechlichen Angehörigen im wahrsten Sinne des Wortes auf der Straße, Wind und Wetter ausgesetzt, und konnten nur darauf hoffen, dass man ihnen bis zur Nacht irgendeine Unterkunft zuwies. Etwas anderes blieb ihnen nicht übrig, wollten sie nicht in den Osten zurückkehren und sich den Repressalien aussetzen, die sie als Republikflüchtlinge erwarteten.

Während Gallasch seine Fotos geschossen hatte, hatte sie mit vielen Flüchtlingen gesprochen, und keiner von ihnen war ohne guten Grund in den Westen gegangen. Manchmal hatte der Grund einfach nur geheißen: «Ich will endlich meine Freiheit wiederhaben!» Aber vielleicht war das der beste Grund. Zumindest, und da war sie wieder ganz die professionelle Journalistin, war es ein guter Titel für ihre Reportage.

Gallasch setzte sie vor der Pension ab und versprach, die Filme schnellstmöglich zu entwickeln.

«Ich fahre noch zu ein paar Grenzübergängen, um dort Fotos zu machen. Die kannst du für deine Geschichte vielleicht gebrauchen.»

«Du bist ein Schatz, Winni», sagte sie beim Aussteigen.

«Ein Schatz, der jeden Ersten seine Miete berappen muss», erinnerte er sie, bevor er in seinem Brezelkäfer davonfuhr.

Der Portier gab ihr den Zimmerschlüssel und einen verschlossenen Umschlag, auf den jemand mit dem Füllfederhalter ihren Namen geschrieben hatte. «Das ist für Sie abgegeben worden, Fräulein Herden, vor etwa einer halben Stunde.»

«Von wem?»

«Es war ein Chauffeur, seiner Mütze nach zu urteilen.»

Sie ging auf ihr Zimmer, griff zu dem Brieföffner aus Messing auf dem kleinen Schreibtisch und schlitzte den Umschlag auf. Drinnen steckte ein zusammengefalteter Zettel mit einer kurzen, handschriftlichen Nachricht, geschrieben offenbar mit demselben Füllfederhalter wie ihr Name auf dem Kuvert: «Wie ich höre, sind Sie wieder in Berlin. Melden Sie sich doch, sobald Sie können. E. B.»

Zwar war kein Absender angegeben, aber es konnte niemand anderer als Egon Bahr sein.

Zwei Minuten später stand sie wieder in der Empfangshalle und telefonierte mit Fräulein Kirsch, die ungewohnt freundlich klang: «Fräulein Herden, wie nett, dass Sie sich so rasch melden. Herr Bahr erwartet Sie bereits.»

«Ich habe aber keinen Termin.»

Den Satz konnte sich Eva einfach nicht verkneifen.

«Aber das macht doch gar nichts», flötete Fräulein Kirsch. «Sollen wir Ihnen eine Limousine schicken?»

«Das wäre reizend», antwortete Eva, fest entschlossen, die freundliche Stimmung auszunutzen, die Bahrs Sekretärin überfallen hatte.

Warum nicht mal auf vornehm machen, dachte sie. Wenn Philipp schon im feudalen Kempinski wohnte, konnte sie sich wenigstens mit einer Limousine des Berliner Senats durch die Stadt kutschieren lassen. Es hatte doch sein Gutes, dass sie kein Versteckspiel mehr mit der Stasi treiben musste.

--

Leichter Regen hatte eingesetzt, aber das war nicht Gerbers vordringliches Problem. Mindestens zwei Unbekannte waren da draußen im Wald, die wussten, wie man mit einer Waffe umgeht.

Einige Meter links von sich hörte er es knacken, dann war es wieder still. Nur das leise Plätschern des Regens war zu hören. Gerber war fest entschlossen, seine Haut so teuer wie möglich zu verkaufen.

Ein großes Schussfeld hatte er im Unterholz nicht, aber das empfand er nicht als Nachteil. Im Gegenteil, schienen die Gegner doch ein Gewehr zu haben. Nur so war der gut gezielte Schuss auf Wittmann im fahrenden Wagen zu erklären. Im Unterholz brachte ihnen das aber keinen Vorteil, da genügte die Makarow vollauf. Gerber lag mit gespreizten Beinen flach auf dem Waldboden und versuchte, die Kiefer als Deckung zu nutzen.

Der Regen wurde etwas lauter, sonst blieb alles still. Dann knackte wieder ein Zweig, und wieder kam es von links. Gerber veränderte seine Position zentimeterweise, bis der Kiefernstamm ihm Deckung bot.

Im Unterholz erschien ein Mann, mittelgroß, untersetzt, kein Gewehr in den Händen, sondern eine Pistole in der Rechten, vermutlich auch eine Makarow.

«Die Waffe fallen lassen und die Hände hoch!», zischte Gerber.

Der Mann, der eine schwarze Lederjacke trug, fuhr sichtlich

ertappt zusammen. Aber er befolgte Gerbers Anweisung nicht, sondern riss seine Pistole herum, um auf Gerber zu feuern.

Der war schneller und drückte zweimal kurz hintereinander ab. Die Kugeln fuhren in die Brust des Mannes, der nicht mehr dazu kam, auch nur einen Schuss abzugeben. Er sackte zu Boden wie eine Marionette, deren Puppenspieler das Spielkreuz losgelassen hatte. Die Makarow glitt dabei aus seiner Hand und landete im Laub.

Gerber steckte die Pistole des Angreifers ein und kniete sich hin, um ein besseres Sichtfeld zu haben als im Liegen. Jetzt kam es darauf an, den zweiten Angreifer rechtzeitig zu entdecken.

Der Regen nahm zu, das Wasser suchte sich seinen Weg durch das Geäst und tropfte auf Gerber herab. Trotzdem nahm er den Fedora vom Kopf, um besser sehen zu können, und legte den Hut ins feuchte Laub. Anschließend steckte er die Brille ein, die er ohnehin nicht benötigte. Die Regentropfen auf den Gläsern waren nicht nur lästig, in seiner Situation konnten sie tödlich sein.

In dem Moment, als er sich bewegte, um die Brille in eine Tasche seines Mantels zu schieben, fiel der Schuss. Die Bewegung hatte ihm das Leben gerettet, die Kugel ging haarscharf an seinem Kopf vorbei und fuhr in den Kiefernstamm.

Der Schütze befand sich in seinem Rücken. Gerber fuhr herum und ließ sich wieder auf den Boden fallen, während der zweite Schuss über ihn hinwegging.

Zwischen Bäumen und Gestrüpp nahm er einen Schatten wahr. Die Beine leicht gespreizt, die Ellenbogen auf dem Boden abgestützt, hielt er die Makarow mit beiden Händen, nahm den Schatten ins Visier und feuerte zweimal.

Ein dumpfer, kehliger Laut drang an seine Ohren, und der Unbekannte verschwand aus seinem Sichtfeld. Hatte er ihn erwischt? Lauerten noch weitere Männer im Unterholz? Der Schatten hatte, wie sein von Gerber getöteter Verbündeter, mit einer Pistole geschossen, was er am Knall der Schüsse gehört hatte. Entweder einer der beiden hatte auch den Gewehrschuss abgegeben, oder es gab einen dritten Angreifer.

Langsam kroch er über den feuchten Boden, näherte sich der Stelle, von wo aus der Schatten gefeuert hatte. Jetzt wusste er, dass er getroffen hatte. Der Mann war schwer verletzt, so schwer, dass er das Bewusstsein verloren hatte. Ein großer, schlanker Mittdreißiger, der halb auf der Seite, halb auf dem Bauch lag. Gerbers Kugeln hatten ihn in die Brust getroffen. Die Pistole, wieder eine Makarow, hielt er noch halb in seiner Rechten. Gerber nahm die Waffe an sich und fand in den Taschen des Mannes zwei Ersatzmagazine, die er ebenfalls einsteckte. Papiere entdeckte er nicht, was ihn nicht überraschte. Gerber konnte nichts weiter für ihn tun.

Er schob ein volles Magazin in Wittmanns Pistole und schlich in geduckter Haltung, sich nach allen Seiten sichernd, zurück zu dem Wartburg. Nachdem er Wittmanns Leichnam aus dem Wagen gezogen und im Wald abgelegt hatte, stieg er auf den Fahrersitz und versuchte, den Motor anzulassen. Der Wagen war seine beste Chance, das Gefahrengebiet schnell zu verlassen.

Der Motor machte ihm einen Strich durch die Rechnung. Mehr als ein beleidigtes Gurgeln beim Anlassen gab er nicht von sich.

Gerber änderte seinen Plan und schlich weiter durch den Wald, mit drei Pistolen und mehreren Ersatzmagazinen gut gerüstet. Aber er wusste nicht, wie viele Gegner ihm noch auflauern mochten. Wieder dachte er an das Gewehr, das Wittmann getötet hatte, und dabei dachte er unwillkürlich auch an Major Galina Markowa, die Furie von Stalingrad.

--

Der offenbar unvermeidliche Sommerregen tropfte auf die Dächer und Straßen Berlins, und Eva genoss es, bequem und trocken im Fond der Limousine zu sitzen, die Egon Bahr ihr geschickt hatte. Vielleicht wäre sie mit der U-Bahn schneller gewesen, aber sie hatte es nicht eilig. Sie lehnte sich zurück und genoss den Blick auf das wachsende, geschäftige Berlin, bis sich der Gedanke an das, was sie in dem Lagerhaus gesehen und gehört hatte, in den Vordergrund schob. Eine Mauer mitten durch die Stadt mochte in den Planspielen der Machthaber beider Seiten etwas für sich haben, für die Berliner war es schlichtweg eine Katastrophe.

«Ich fahre Sie später gern zurück zu Ihrem Hotel oder wohin Sie möchten», sagte der Chauffeur, als er Eva vor dem Schöneberger Rathaus die Wagentür öffnete. «Herr Bahr hat es mir aufgetragen.»

Eva bedanke sich bei ihm und betrat das Rathaus, das mittlerweile schon vertraut auf sie wirkte. Vor dem Eingang zu Bahrs Vorzimmer traf sie auf den Regierenden Bürgermeister, der ihr lächelnd die Hand reichte.

«Wie schön, Fräulein Herden, zu Ihnen wollte ich gerade.»

«Zu mir?»

«Herr Bahr sagte mir, dass er Sie erwartet, da bin ich gleich rübergekommen. Sie haben sicher Interessantes zu berichten.» Willy Brandt bemerkte, dass sie weiterhin irritiert war. «Sie wundern sich bestimmt, weshalb der Regierende zum Pressesprecher kommt und nicht umgekehrt.»

«Ehrlich gesagt, ja.»

«Das Rathaus hat viele Augen und Ohren. Wenn ich Sie in meinem Büro empfange, werden gleich Fragen gestellt. Hier bei

Herrn Bahr, den Sie ja gut aus Bonn kennen, ist es nicht mehr als eine zufällige Begegnung.»

In Bahrs Büro nahmen Brandt, Bahr und Eva in der Konferenzecke Platz, und Fräulein Kirsch versprach ihnen Kaffee und Gebäck.

Brandt beugte sich zu Eva vor. «Haben Sie Bonn über das Lagerhaus informiert?»

«Ja, ich konnte den Bericht an höchster Stelle vortragen.»

«Dem Minister für gesamtdeutsche Fragen etwa oder dem Chef des Kanzleramts?»

«Weder Barzel noch Globke. Ich meine noch eine Stelle höher, nämlich …»

«Adenauer», nahm Bahr ihr das Wort aus dem Mund. «Natürlich, Sie verfügen ja dank Ihres Polizisten über exzellente Beziehungen.»

«Sie waren bei Adenauer persönlich?», vergewisserte sich Brandt.

«Ja, in Rhöndorf, zusammen mit Dr. Brückner und Philipp. Ich meine Philipp Gerber.»

«Ihr Polizist, von dem Herr Bahr sprach», sagte Brandt und nickte verstehend. «Was hat der Kanzler zu Ihrem Bericht gesagt?»

«Nicht viel. Nur, dass er Globke wegen der Mauer ins Vertrauen ziehen und dass er Sie anrufen will, Herr Bürgermeister.»

Brandt zeigte ein schiefes Lächeln und sagte spöttisch: «Ich höre den Alten schon sagen ‹Herr Frahm, äh, ich meine Brandt›.»

Eine Anspielung auf Adenauers Masche, im Wahlkampf nicht unerwähnt zu lassen, dass Willy Brandts Geburtsname Herbert Frahm war. Das sollte die Wähler daran erinnern, dass der SPD-

Kandidat als unehelicher Sohn einer Verkäuferin mit einem Geburtsmakel behaftet war. Adenauer war dafür bekannt, den Wahlkampf mit härtesten Bandagen zu führen.

Fräulein Kirsch deckte den Tisch ein, und danach sagte Brandt: «Dieser Mauerbau lässt mir keine Ruhe. Es ist wie ein Damoklesschwert, das über Berlin hängt. Wenn Familien auseinandergerissen werden, das ist fürchterlich. Wissen Sie, Fräulein Herden, ich habe das selbst erlebt, als ich vor den Nazis ins Exil geflohen bin. Meine Familie lebte zu der Zeit in Lübeck und stand unter Beobachtung, weil sie sozialdemokratisch eingestellt war. Meine Mutter und ich konnten uns hin und wieder Briefe schreiben, aber es war sehr aufwendig, weil es über Deckadressen ablief. In all den Jahren konnte meine Mutter mich nur einmal besuchen, fünfunddreißig war das in Kopenhagen.» Brandt stützte sein Kinn auf die linke Hand und wirkte nachdenklich. «Allein der Gedanke, dass dieses Schicksal drei Millionen Menschen droht, lässt mich schaudern.»

«Ganz zu schweigen von der Bevölkerung West- und Ostdeutschlands, die Berlin bislang als Brücke nutzen konnte, einander zu sehen», fügte Bahr hinzu. «Allein das Wissen darum, dass man nicht ganz und gar voneinander abgeschnitten ist, hat etwas Tröstliches.»

«Die Menschen scheinen zu spüren, dass ihnen etwas Schlimmes bevorsteht», sagte Eva und berichtete von ihrem heutigen Ausflug nach Marienfelde. «Ein Polizeibeamter, mit dem ich sprach, meinte, allein heute seien um die zweitausend Flüchtlinge angekommen.»

Bahr nickte. «Ja, die Lage verschärft sich. Genauere Zahlen werden wir morgen haben. Allein am vergangenen Wochenende, also Samstag und Sonntag zusammengenommen, waren es dreitausenddreihundert.»

«Es gibt viele Mosaiksteinchen, die in das Bild passen und darauf schließen lassen, dass sich in Berlin etwas zusammenbraut», sagte Brandt. «Es gibt Berichte darüber, dass die Transportpolizei auf den Bahnhöfen verschärfte Kontrollen durchführt und vielen Reisenden, besonders Jugendlichen, die Weiterfahrt nach Berlin verwehrt. Als wollte die SED Menschen, denen sie ein besonderes Widerstandspotenzial zutraut, nicht in der Stadt haben.»

Brandt und Bahr nannten weitere Fakten, die Eva in der Ansicht bestärkten, dass Generalmajor Semjonow ihr die Wahrheit gesagt hatte.

Betroffen sagte sie: «Alles deutet auf diese Absperrung hin, vielleicht sogar auf einen Krieg zwischen Ost und West.»

Bahr verzog das Gesicht. «An einen heißen Krieg will ich nicht glauben. Beide Seiten wissen, das würde nicht gut ausgehen.»

«Unglücklicherweise wäre so eine Mauer den Westmächten nicht so unwillkommen, wie sie nach außen hin tun», sagte Brandt. «Das große Problem der Zone sind die steigenden Flüchtlingszahlen, und eine Mauer würde die Menschen im Osten zurückhalten. Für die Sowjets gäbe es damit einen Kriegsgrund weniger, und wo kein Angriff stattfindet, müssen die Westmächte auch nicht militärisch reagieren. Der amerikanische Senator Fulbright, den Kennedy gern zu seinem Außenminister ernannt hätte, wäre er für die öffentliche Meinung nicht zu weit links, hat erst kürzlich gesagt, eine Mauer wäre die Lösung der Berlin-Krise. Dabei ist eine Mauer schon für sich eine Krise für die Menschen in Berlin.»

«Fulbright!» Auf Bahrs Gesicht zeichnete sich deutlicher Widerwille, vielleicht sogar Verachtung ab. «Man sollte ihn Fulbricht nennen!»

// KAPITEL 24 //

Gerber lief seit einer halben Stunde durch den Wald. Hin und wieder blieb er stehen und lauschte, aber er hörte keine verräterischen Geräusche. Nur der Regen begleitete ihn unentwegt, und er bereute, dass er den Hut zurückgelassen hatte. In der Rechten hielt er Wittmanns Makarow.

In der Hoffnung, dass ihn seine Orientierung nicht täuschte, setzte er den Weg fort. Er lief quer durch den Wald, um die Strecke abzukürzen, die sie mit dem Auto gefahren waren. Den Gedanken, der Straße zu folgen, hatte er schnell wieder verworfen. Wenn er verfolgt wurde, würde man ihn dort am leichtesten entdecken. Und auf der Straße würde er ein leichtes Ziel abgeben.

Als etwas Großes, Rotes vor ihm auftauchte, blieb er stehen und wischte mit dem Ärmel des Mantels den Regen aus seinen Augen. Es war tatsächlich die Mauer von Semjonows Anwesen. Er musste um das halbe Grundstück laufen, um zum Eingangstor zu gelangen, und hielt sich dabei im Schutz des Unterholzes.

An einem der Torpfeiler gab es eine kleine Messingklingel, nichts weiter. Keine Gegensprechanlage und auch kein Namensschild oder sonst eine Beschilderung. Was hätte dort auch stehen sollen? Refugium des KGB-Chefresidenten?

Gerber drückte auf den Klingelknopf und wartete. Irgendwann zeigte sich Mikhail samt seiner Kalaschnikow zwischen den Kiefern, die den Blick aufs Haus versperrten. Gerber winkte ihm, was in dem verunstalteten Gesicht keine erkennbare Reaktion auslöste. Er starrte Gerber einfach nur an, drehte sich dann um und verschwand wieder zwischen den Bäumen.

Gerber klingelte erneut, und schließlich eilte Kolja in schnellen Schritten auf ihn zu, gefolgt von Mikhail. Semjonows Sohn trug seinen Anzug und die guten Straßenschuhe, und er hielt zum Schutz gegen den Regen einen großen, schwarzen Schirm über sich. Seine dunklen Augen blickten bei Gerbers Anblick verwundert drein.

Ein paar Schritte vor dem Tor blieb er stehen und fragte: «Warum haben Sie eine Waffe in der Hand?»

Gerber wurde erst jetzt bewusst, dass er noch die Makarow umklammerte. «Die gehört Wittmann.»

«Wo ist Wittmann?»

«Er ist tot. Wir sind überfallen worden.»

Kolja sagte auf Russisch etwas zu Mikhail und öffnete die kleine Pforte, die er gleich hinter Gerber wieder verschloss. Sein Blick glitt an Gerber entlang, der einen erbarmungswürdigen Eindruck machen musste.

«Sind Sie verletzt?»

«Ich glaube nicht. Nur nass, dreckig und etwas abgekämpft. Zwei Mann habe ich erwischt, aber es könnten noch mehr sein. Vielleicht sind sie mir gefolgt. Da sie Wittmann und mir aufgelauert haben, dürften sie diesen Ort ohnehin kennen.»

«Mikhail wird aufpassen», sagte Kolja und sprach kurz mit dem anderen.

Der Mann mit der Kalaschnikow zog sich zwischen die Bäume zurück, um von dort aus das Tor zu beobachten.

Als er mit Kolja zum Haus ging, fragte Gerber: «Versteht Mikhail kein Deutsch?»

«Sehr, sehr wenig, obwohl er schon viele Jahre hier lebt. Vielleicht versteht er mehr, als er zugibt, aber er weigert sich, es zu sprechen. Für ihn ist es die Sprache der Nazis, die im Krieg sein Dorf niedergebrannt und seine Familie ermordet haben. Er sagt, man spricht nicht mit Nazis, man tötet sie.»

«Und für ihn ist vermutlich jeder Deutsche ein Nazi.»

«Vermutlich.»

«Sie dagegen sprechen unsere Sprache perfekt.»

«Ich arbeite für die sowjetische Botschaft hier in Berlin, da ist das hilfreich. Mein Vater hat darauf bestanden, dass ich schon als Junge Deutsch lerne.»

«Weil er uns nicht alle als Nazis betrachtet?»

Kolja lächelte. «Er sagte, es sei immer gut, wenn man versteht, was der Feind vorhat.»

Im Haus rief Kolja auf Russisch nach seinem Vater. Der kam barfuß aus dem Schlafzimmer und stopfte sich das Hemd in die Hose. Durch die halb offene Tür sah Gerber die unbekleidete Ulrike Vogt in einem breiten Holzbett, das vermutlich aus dem letzten Jahrhundert stammte. Als sich ihre Blicke trafen, zog sie ohne jede Hast die Bettdecke über ihre Brust.

Gerber berichtete dem Generalmajor eilig, was sich ereignet hatte, und schloss: «Hier sind Sie nicht länger sicher. Vielleicht sollten Sie versuchen, noch heute in den Westen zu fahren. Sie haben doch einen Wagen mit Diplomatenkennzeichen in der Garage, mit dem dürften Sie mühelos durchkommen.»

«Nicht ich, sondern Sie, Herr Gerber, werden mit Diplomatenwagen zurück nach West-Berlin fahren. Kolja, du fährst unseren Gast. Aber nimm sicheren Weg!»

«Und was machst du, Vater?»

«Ich werde mich auch absetzen, du weißt schon, wohin. Zusammen mit Ulrike und Mikhail in Geländewagen.»

«Ihr Plan bereitet mir Magengrimmen, Generalmajor», sagte Gerber. «Sie sind im Osten nicht länger sicher, das haben die heutigen Ereignisse bewiesen.»

«Ich bin anderer Meinung. Keine offizielle Verhaftung bis jetzt. Sie haben noch nichts gegen mich in der Hand. Das Ganze riecht nach Komplott.»

«Es riecht nach Smersch», knurrte Gerber.

«Gut möglich», stimmte der KGB-Mann ihm zu.

«Auf jeden Fall wären Sie im Westen besser aufgehoben», versuchte Gerber es noch einmal.

«Erst muss ich Bedingungen aushandeln mit General Anderson. Sonst begebe ich mich auf Gedeih und Verderb in amerikanische Hände.»

Vogt erschien in der Schlafzimmertür. Sie hatte eine Bluse übergezogen, ihre Beine und Füße waren nackt.

«Müssen wir weg?»

«Wir müssen», antwortete Semjonow. «So schnell wie möglich. Jemand hat Wittmann getötet und auf Gerber geschossen.»

Gerber sah ein, dass er Semjonow nicht umstimmen konnte, und er verstand ihn gut. Semjonow war ein wichtiger Mann im KGB, dessen Wissen sehr wertvoll war. Er wollte für dieses Wissen einen angemessenen Preis erzielen. Aber wenn Smersch ihn auf der Abschussliste hatte, war es nur eine Frage der Zeit, bis sein Kurs ins Bodenlose fiel. Wenn das geschah, konnte er froh sein, die eigene Haut in den Westen zu retten.

«Wie bleiben wir in Kontakt?», fragte Gerber. «Wenn das Versteck hier aufgeflogen ist, müssen wir auch damit rechnen, dass Fräulein Vogts Telefon abgehört wird.»

Kolja kritzelte eine Telefonnummer in ein Notizbuch, riss das Blatt heraus und gab es Gerber. «Wenn Ulrikes Telefon abgehört wird, dann vermutlich auch meins. Rufen Sie hier an, wenn Sie mich sprechen wollen. Ein Anschluss in Lichtenberg. Der Mann heißt Klaus und ist ein guter Freund. Er stellt keine Fragen.»

Gerber steckte den Zettel ein. «Zu welchen Zeiten ist er zu erreichen?»

«Immer. Er arbeitet zu Hause als Übersetzer und geht kaum raus. Ehrlich gesagt, er geht nie irgendwohin, rollt höchstens mal zum Laden an der Ecke. Klaus sitzt im Rollstuhl.»

Gerber säuberte sich im Bad, so gut es in der Eile ging. Als er wieder herauskam, legte er zwei Pistolen ab, behielt nur Wittmanns Waffe und zwei Ersatzmagazine.

Ulrike Vogt, inzwischen vollständig angezogen, starrte auf die Waffen, die er auf einen großen Tisch im Wohnzimmer legte.

Gerber nickte ihr zu. «Hier ist etwas Nützliches, falls es zum Ernstfall kommt.»

--

Der graue Mercedes mit Kolja und Gerber verließ das Anwesen zuerst, der Geländewagen mit den anderen würde in kurzer Zeit folgen. Gerber hatte auf der Rückbank Platz genommen. Kolja hatte ihm dazu geraten und sich selbst eine Chauffeurmütze aufgesetzt.

«So wirkt das Ganze echter», hatte er gesagt.

«Solange mich keiner genau anschaut», hatte Gerber erwidert. «Trotz der versuchten Grundreinigung sehe ich bei näherer Betrachtung wie ein Waldschrat aus.»

Er fühlte sich unwohl in der klammen, immer noch schmutzbefleckten Kleidung, aber besser unwohl als tot.

Die schmale Piste, die das Anwesen im Wald mit der nächsten Straße verband, wollte kein Ende nehmen, was an der Schrittgeschwindigkeit lag.

«Das Schneckentempo macht uns zu einem Ziel erster Güte», sagte Gerber. «Da kann uns jeder halbwegs versierte Pistolenschütze treffen.»

«Kaum, eine simple Pistole kann uns nichts anhaben. Die Fenster sind aus kugelsicherem Glas, und die Karosserie ist verstärkt. Aber wenn ich schneller fahre und wir mit einem Achsbruch liegen bleiben, müssen wir aussteigen. Dann kann uns wirklich jede Kugel treffen.»

Da musste Gerber Kolja recht geben.

Als sie endlich die Straße erreichten, erhöhte Kolja die Geschwindigkeit und nahm, wie versprochen, einen anderen Weg als Wittmann. Gerber kannte sich hier nicht aus und musste darauf vertrauen, dass Semjonows Sohn wusste, was er tat.

Sie erreichten das Zentrum von Ost-Berlin, und bald wurde Gerber klar, dass Kolja nicht das Brandenburger Tor ansteuerte. Gerber sprach ihn darauf an.

«Wenn uns jemand erwartet, dann auf dem Weg zum Brandenburger Tor. Deshalb nehme ich den Grenzübergang Invalidenstraße. Wir sind bald da. Ich glaube zwar nicht, dass die Vopos ein Fahrzeug mit sowjetischem Diplomatenkennzeichen kontrollieren, aber zur Sicherheit sollten Sie mir trotzdem die Makarow geben. Schließlich haben Sie keinen Diplomatenpass, soweit ich weiß.»

«Nein, den habe ich nicht. Ihr Vorschlag ist vernünftig. Außerdem brauche ich die Waffe nicht mehr, im Hotel habe ich meine eigene.»

An der nächsten Kreuzung hielt Kolja kurz an und verstaute die Pistole samt Magazinen im Handschuhfach. Kurz danach tauchte der Sektorenübergang vor ihnen auf. Vopos, die mit Karabinern und Maschinenpistolen bewaffnet waren, und einer, der mitten auf der Straße stand und ihnen eine rote Kelle entgegenhielt. Kolja ließ die Limousine langsam auf den Polizisten zurollen, brachte sie aber nicht zum Stehen.

Der Uniformierte runzelte die Stirn, schien dann aber das sowjetische Diplomatenkennzeichen wahrzunehmen. Er trat beiseite, rief seinen Kameraden etwas zu und winkte den Wagen mit der grünen Seite der Kelle durch. Auch die britischen Posten und die Zöllner auf der anderen Seite der Grenze ließen den Mercedes ungehindert passieren.

«Es ist so leicht», seufzte Gerber. «Ich wünschte, Ihr Vater wäre mit uns gekommen.»

«Er wird ja noch kommen, sobald er alle erbetenen Garantien hat.»

«Wenn es dann noch so einfach ist.»

«Warum sollte es nicht?», fragte Kolja.

«Ich habe bei der Sache ein schlechtes Gefühl.»

Kolja lachte. «Ein Gefühl? Hier zählen wohl nur Fakten.»

«Werden Sie so alt wie ich, junger Mann, dann lernen Sie, dass ein Bauchgefühl manchmal wertvoller ist als Fakten.»

«Sie reden wie mein Vater, Herr Gerber.» Kolja wandte kurz den Kopf nach hinten. «Welches Hotel?»

«Kempinski.»

Kolja stieß einen anerkennenden Pfiff aus. «Alle Achtung vor dem Spesenkonto der westdeutschen Beamten.»

«Halten Sie nicht direkt vor dem Hotel, lieber ein Stück entfernt in der Fasanenstraße. Wenn ich in meinem Aufzug aus dieser Limousine steige, erregt das nur unnötige Aufmerksamkeit.»

«Hoffentlich lässt man Sie im piekfeinen Kempi überhaupt rein.»

Kolja hielt in einiger Entfernung vom Hotel. Gerber stieg aus, und als er dem davonfahrenden Mercedes nachblickte, dachte er an sein ungutes Bauchgefühl und wünschte sich die jugendliche Unbeschwertheit zurück.

Auf dem Fußweg zum Kempinski traf Gerber nur auf vereinzelte Passanten. Ein junges Paar in solch inniger Weltvergessenheit, dass er sie sofort als frisch verliebt einstufte. Ein älterer Herr mit dem Regenschirm in der einen und einem angeleinten Schäferhund in der anderen Hand, der unverkennbar zu den hochherrschaftlichen Gründerzeithäusern gehörte, die diesen Teil der Fasanenstraße prägten. Ein großer, schwerer Mann, der ihn ein wenig an Erwin Sattler erinnerte und der offenbar zu früh am Tag zu tief ins Glas geschaut hatte. Auf nicht ganz geradem Weg kam er, den Mantelkragen hochgeschlagen und den Hut tief in die Stirn gezogen, Gerber entgegen und summte ein Lied vor sich hin.

Als er mit Gerber auf einer Höhe war, blieb der Betrunkene stehen, fasste an seine Hutkrempe und brummte undeutlich: «Verzeihung, der Herr. Vielleicht können Sie mir helfen.»

Gerber blieb stehen und sah in ein fleischiges Gesicht. Eine Knollennase saß über aufgeworfenen Lippen, und die etwas zu kleinen Augen drohten zu verschwinden.

«Ja, bitte?», fragte Gerber.

«Ich suche den Weg. Moment mal, hier», brabbelte der Betrunkene und zog mit der Rechten einen zusammengefalteten Stadtplan aus der Manteltasche. Der Plan rutschte ihm aus der Hand und landete auf dem nassen Bürgersteig. «Mist!»

Der Mann wollte sich ungelenk nach dem Plan bücken und hätte dabei fast das Gleichgewicht verloren. Geistesgegenwärtig packte Gerber mit beiden Händen den linken Oberarm des Schwankenden und konnte ihn mit Mühe festhalten.

Das Licht aus einem Schaufenster hinter ihnen wurde von etwas in der Rechten des Fremden reflektiert. Eine dünne lange

Klinge, die auf Gerbers Brust zuschoss. Gerber stieß den Mann von sich weg und machte gleichzeitig einen Ausweichschritt nach rechts.

Die Klinge verfehlte ihr Ziel, aber der jetzt gar nicht mehr betrunken wirkende Mann setzte sofort zu einem neuen Angriff an. In seinen Schweinsäuglein stand wilde Entschlossenheit.

Gerber bereute, dass er Wittmanns Makarow in der Limousine gelassen hatte. Das einzige halbwegs Brauchbare, was er aus seinem Mantel zutage förderte, war der Zollstock, den er schon den ganzen Tag mit sich herumschleppte.

Der Angreifer stutzte im ersten Augenblick, wirkte aber nur belustigt, als ihm klar wurde, was Gerber aus der Tasche gezogen hatte. Mit einer Behändigkeit, die man dem schweren Körper nicht zutraute, sprang er auf sein Opfer zu.

Gerber wich ein paar Schritte zurück, klappte den Zollstock ein Stück aus und stieß das dünne Ende in das fleischige Gesicht. Sobald das Holz in sein linkes Auge eindrang, stieß der Attentäter einen gellenden Schrei aus, ließ seine Waffe fallen, schlug die Hände vor das Gesicht und krümmte sich zusammen. Er schrie noch immer wie am Spieß.

Ein dunkler Borgward preschte heran und bremste lautstark neben ihnen ab. Fahrer- und Beifahrertür flogen auf, und zwei Männer sprangen heraus.

Gerber hatte nicht den Eindruck, sie wollten ihm zu Hilfe kommen. Eilig lief er in den nahen Durchlass zwischen zwei Gebäuden und beobachtete, wie die Männer den Massigen, der weiterhin beide Hände vor sein Gesicht presste, in den Wagen bugsierten. Sie verfrachteten ihn auf die Rückbank, stiegen selbst wieder ein, und der Borgward jagte in südlicher Richtung davon.

Als Gerber sein Versteck verließ, schien sich niemand für ihn zu interessieren. Das Ganze war furchtbar schnell und fast lautlos vor sich gegangen. Zurückgeblieben war nur die Klinge auf dem Bürgersteig. Und natürlich der Zollstock in seiner Hand, an dessen Ende etwas Klebriges hing.

Er säuberte den Zollstock mit seinem Taschentuch, klappte ihn wieder zusammen und steckte ihn ein. Dann hob er die Waffe des Fremden auf. Es war die Replik eines Stiletts aus dem sechzehnten oder siebzehnten Jahrhundert, komplett aus Stahl gefertigt und vom oberen Ende des Knaufs bis zur Klingenspitze etwas über dreißig Zentimeter lang. Die Waffe heimtückischer Attentäter vergangener Jahrhunderte. Nicht nur vergangener, fügte er in Gedanken hinzu, und dachte an die vielen Arten zu töten, die Smersch seinen Killern beibrachte.

// KAPITEL 25 //

Mit schnellen Schritten ging Gerber zum Kurfürstendamm. Seine feuchte, verschmutzte Kleidung musste er dringend wechseln. Vor allem aber war es seine Pflicht, Dr. Brückner über die neuesten Entwicklungen zu informieren. Wenn Semjonow in die USA wollte, mussten die Amerikaner schleunigst ins Boot geholt werden. Falls das bedeuten sollte, dass Gerber nicht länger mit von der Partie war, umso besser. Allein heute war er dem Tod mehrmals nur knapp entgangen, und auf weitere Tage wie diesen konnte er gut verzichten.

Der letzte Vorfall in der Fasanenstraße hatte ihm gezeigt, dass die Gegenseite nicht nur über Semjonow, sondern auch über Gerber bestens informiert war. Wenn man so gut über seine Bewegungen Bescheid wusste, mochte sich auch Eva in Gefahr befinden. Deshalb schob er all das, was dringend zu erledigen war, einfach beiseite, und stieg auf dem Kurfürstendamm in einen Omnibus, der nach Westen fuhr.

Im Bus musste er sich ein paar neugierige Blicke gefallen lassen, was bei seinem derangierten Äußeren kein Wunder war. Aber auch der Portier in der Hotelpension Fischer nahm Anstoß an seinem unrepräsentablen Zustand und wollte ihn partout nicht zu Eva lassen. Immerhin schien sie da zu sein, was ihn ein wenig beruhigte.

Als sogar ein Zehn-Mark-Schein den Portier nicht umstimmen konnte, sagte Gerber: «Rufen Sie Fräulein Herden einfach an und sagen Sie ihr, Gerald Wedekind wartet auf sie.»

«Das geht nicht, sie hat auf ihrem Zimmer kein Telefon.»

«Dann gehen Sie zu Fräulein Herden und erkundigen sich, ob sie mich empfangen will.»

Der Blick des Portiers maß Gerber vom ungekämmten Kopf bis zu den verschmutzten Schuhen. «Ich kann Sie hier nicht allein lassen.»

Gerbers Geduldsfaden war kurz vor dem Zerreißen. «Dann begleiten Sie mich zu ihr und fragen Fräulein Herden, ob ich ins Zimmer darf.»

Diesem Vorschlag schien der Portier nicht ganz abgeneigt, und ein Anflug von Gier trat in seine Augen, als er den Geldschein betrachtete, der noch vor ihm auf dem Tresen lag.

Mit einer ebenso eleganten wie flinken Bewegung strich der Portier den Schein ein, ließ ihn, einem Zauberkünstler gleich, in einer Hosentasche verschwinden und verließ seinen Posten. «Ich denke, für so kurze Zeit kann der Empfang unbeaufsichtigt bleiben. Schließlich scheinen Sie ein wichtiges Anliegen zu haben, Herr …»

«Immer noch Wedekind», sagte Gerber und folgte ihm die Treppe hinauf.

Kaum hatte der Portier an Evas Tür geklopft, meldete sie sich auch schon.

«Hier ist der Empfangschef mit einem Herrn, der dringend zu Ihnen möchte. Wedekind ist der Name.»

Ein paar Sekunden später riss sie die Tür auf, starrte Philipp an und wollte seinen Vornamen ausrufen.

Vermutlich war er ohnehin enttarnt, trotzdem sagte er schnell: «Guten Tag, Fräulein Herden. Entschuldigen Sie meinen Aufzug, ich hatte ein paar Unannehmlichkeiten.»

Der Portier räusperte sich. «Also ist das mit dem Besuch dieses Herrn in Ordnung?»

«Voll und ganz», versicherte Eva.

Obwohl sie sich bemühte, ihre Gefühle zu verbergen, konnte Gerber sie an ihrem Gesicht ablesen. Er kannte Eva zu lange und zu gut, um ihr den geschäftsmäßigen Ton abzunehmen. Sie war hocherfreut und tief erschrocken zugleich.

Als sie sich in ihrem Zimmer nach Kleingeld umsah, um dem Portier ein Trinkgeld zu geben, sagte Gerber: «Bezahlt ist schon.»

Der Portier deutete eine Verbeugung an, wünschte ihnen noch einen schönen Tag und machte auf dem Absatz kehrt.

Nachdem sie die Zimmertür hinter sich geschlossen hatten, fielen sie sich in die Arme, und ihr Kuss wollte kein Ende nehmen. Er hielt sie fest an sich gedrückt, und genau das war es, was er jetzt brauchte, mehr als alles andere.

Schließlich löste er sich von ihr, so schwer es ihm auch fiel, und berichtete von seinem ereignisreichen Tag. Er zog das Stilett aus der Manteltasche und nahm sein Taschentuch ab, das er um die schlanke, dreiseitige Klinge gewickelt hatte.

«Ein hübsches Spielzeug, nicht? Das wollte der Kerl mir in die Brust rammen.»

«Wie bist du entkommen?», fragte Eva, die ihn so fest am Oberarm gepackt hielt, als wolle sie ihn nie wieder loslassen.

«Für den Angreifer ist die Sache ins Auge gegangen.» Er wickelte das Tuch wieder um die Klinge und steckte die Stichwaffe zurück in den Mantel. «Du solltest den nächsten Flug nach Köln-Wahn nehmen und von hier verschwinden, Eva.»

«Wie bitte?» Sie blickte ihn an, als sei er das achte Weltwunder. «Warum sollte ich das tun?»

«Die andere Seite ist dicht an mir dran. Leute, die zu allem bereit sind, vermutlich Smersch. Wenn sie dich aufspüren, könnten sie auf den Gedanken kommen, dich in ihre Gewalt zu bringen, um mich zu erpressen oder in eine Falle zu locken. Genau hier in Berlin hat man dich schon einmal benutzt, um mich in die Hände zu kriegen.»

«Damals war es Semjonow, der mich benutzt hat. Dieses Mal stehen er und du auf derselben Seite.»

«Semjonow, Smersch, wer auch immer, sie alle haben dieselben schmutzigen Tricks gelernt.»

«Du sprichst nicht gerade freundlich von deinem neuen Verbündeten, Philipp.»

«Verbündeter? Das ist ein seltsamer Gedanke, wenn auch nicht ganz verkehrt. Aber es ist allenfalls ein Zweckbündnis auf Zeit, ein Geschäft. Ich bin dabei in der unglücklichen Rolle des Vermittlers. Sobald der Deal über die Bühne gegangen ist und Semjonow sich in den Händen der Amerikaner befindet, habe ich damit nichts mehr zu tun. Hoffentlich!» Er seufzte und blickte ihr tief in die Augen. «Ich würde mich wirklich besser fühlen, wenn ich dich in Sicherheit wüsste.»

«Ich nehme das als Riesenkompliment, Philipp, aber ich werde in Berlin bleiben, solange auch du hier bist. Du bist derjenige, um den *ich* mir Sorgen mache. Wie ich die Geschichte einschätze, musst du bald wieder in den Ostsektor.»

«Das wird sich wohl nicht umgehen lassen.»

«Dann bist *du* derjenige, der sich in großer Gefahr befindet. Ich will wenigstens in deiner Nähe sein, wenn uns auch Grenzsperren und bewaffnete Vopos trennen, aber wenigstens keine sechshundert Kilometer.»

Er las in ihren Augen dieselbe Sorge, die auch ihn erfüllte, und wusste, dass er sie nicht umstimmen konnte.

«Trotzdem musst du aus dem Hotel verschwinden, und zwar sofort. Zu viele Leute kennen deinen Aufenthaltsort. Möglicherweise hat man mich auch verfolgt, als ich eben zu dir gefahren bin. Aber ich musste mich einfach davon überzeugen, dass es dir gut geht.»

Sie küssten sich wieder, und irgendwann sagte sie leise: «Winni.»

In gespieltem Unmut kräuselte er die Stirn. «Du denkst an diesen Fotografen, während du mich küsst?»

«Ich denke an Winni, weil er in seiner Wohnung immer ein paar Matratzen hat für andere arme Künstler, die bei ihm unterschlüpfen wollen.»

«Keine schlechte Idee. Hauptsache, er stellt keine Fragen.»

«Zur Not verschließt ein Mietzuschuss seine Lippen.»

«Hat er Telefon?»

«Ja, wir können ihn gleich von der Rezeption aus anrufen.»

«Gehen wir lieber in eine Telefonzelle.» Gerber machte mit Daumen und Zeigefinger die Geste des Geldzählens. «Der Herr Empfangschef scheint mir hierfür etwas zu empfänglich.»

Er half Eva in den Mantel, und sie verließen die Pension. Es regnete nicht länger, und in dem bunten Treiben auf dem Kurfürstendamm hielt Gerber Ausschau nach verdächtigen Gestalten. Da seine Browning noch im Kempinski lag, hatte er für den Notfall als einzige Waffe das Stilett. Und den Zollstock, der sich bereits bewährt hatte.

Winfried Gallasch war zu Hause und damit einverstanden, Eva bei sich aufzunehmen. Der Fotograf fragte sie nicht einmal, warum sie bei ihm unterschlüpfen wollte.

Zurück auf ihrem Zimmer, nahm Eva ihren abgewetzten Koffer von der Ablage und machte große Augen, als Gerber ihn ihr aus der Hand nahm und zurücklegte.

«Keinen Koffer, das ist zu auffällig», sagte er. «Du gibst auch dein Zimmer hier nicht auf, und kein Wort zu dem Portier. Falls man an dich ran will, ist das ein nettes Ablenkungsmanöver. Da es nicht länger regnet, pack einfach die nötigsten Sachen in deinen Mantel, schnür ein Bündel draus, und los geht's!»

Sie sah ihn zweifelnd an. «So richtig unauffällig ist das aber auch nicht.»

«Mag sein, dann ist es halt so. Jedenfalls werden wir versuchen, irgendwelche Verfolger abzuschütteln. Mach dich auf eine kleine Hetzjagd durch die U-Bahn-Tunnel von Berlin gefasst.»

Mehrmals stiegen sie in der U-Bahn um, sprangen manchmal im letzten Augenblick in die nächste Bahn, und Eva war ein wenig erledigt, als sie schließlich vor dem mehrstöckigen Haus in Spandau standen, in dessen Dachgeschoss Gallasch wohnte. Das Haus hatte den Krieg halbwegs überstanden, und die größten Schäden waren ausgebessert worden.

«Wenn das Dach dicht ist, wirst du es hier wohl aushalten können», sagte Gerber zu Eva, als sie sich vor der Haustür verabschiedeten. Sie hatte ihm die Telefonnummer des Fotografen gegeben, und er hatte ihr eingeschärft, mit der Weitergabe der Nummer und ihres Aufenthaltsorts vorsichtig zu sein. Als die Haustür nach einem letzten, langen Kuss hinter Eva zufiel, fühlte er sich plötzlich einsam.

--

Gerber steuerte einen Kiosk in der Nähe von Gallaschs Wohnung an und kaufte eine neue Schachtel Peer Export, da die Packung in seinem Mantel nach den Aufregungen des Tages nur noch ein feuchter Klumpen war. Nicht anders war es dem *Neuen Deutschland* in seiner Manteltasche ergangen, um das es nicht schade war. Beides landete im Papierkorb. Er ließ sich von dem Verkäufer reichlich Kleingeld geben und betrat die nächste Telefonzelle.

Nach Gerbers Bericht schwieg Brückner für ein paar lange Sekunden, atmete hörbar durch und sagte: «Stellen Sie den Kontakt zwischen dem Mann im Osten und dem Amerikaner her, Gerber. Sie haben freie Hand. Nach allem, was Sie mir erzählt haben, nimmt die Sache Ausmaße an, die mir nicht geheuer sind. Je eher die Verantwortung bei den Amerikanern liegt, desto besser. Halten Sie mich auf dem Laufenden, und passen Sie gut auf sich auf!»

Sein zweiter Anruf war nicht von Erfolg gekrönt. In der Anderson-Villa ging niemand an den Apparat. Er würde es später noch einmal versuchen, was nicht dramatisch, aber wegen des Zeitverlustes ärgerlich war. Anderson musste wahrscheinlich mit ein paar hohen Tieren jenseits des Atlantiks Rücksprache halten, und das würde nicht ganz schnell gehen. Semjonow befand sich zweifellos in Gefahr, und jede Verzögerung vergrößerte diese Gefahr. Außerdem ging es Gerber ähnlich wie Brückner: Er würde sich entlastet fühlen, sobald er die Verantwortung für die Aktion in Andersons Hände legen konnte.

Er nahm sich ein Taxi zum Kempinski und empfand es als Wohltat, endlich seine Kleider abzustreifen und ein ausgiebiges Bad zu nehmen. Wenn er schon in einem Luxushotel logierte, wollte er auch die Annehmlichkeiten des luxuriösen Badezimmers in Anspruch nehmen. Anschließend zog er frische Sachen an und gab die verschmutzten zur Reinigung ab. Besonders den Mantel wollte die Frau vom Hotelservice «möglichst schnell wieder tragbar machen», wie sie es nannte.

Am Abend ging Gerber ohne Mantel auf die Straße und suchte eine Telefonzelle auf. Diesmal trug er unter der Jacke das Schulterholster mit der Browning. Stilett und Zollstock hatte er auf dem Zimmer gelassen. Am Telefon hatte er wieder kein Glück, der General und seine Familie schienen ausgeflogen zu sein.

Er ging zurück ins Hotel, wo er auf Wilder traf, der ihn mit sich in die Bar zog. Das war Gerber durchaus recht, er konnte etwas Kräftiges gebrauchen und bestellte einen Brandy.

«Sie waren heute Morgen plötzlich verschwunden», sagte Wilder, «es ist mir erst gar nicht aufgefallen.»

Gerber lächelte. «Es war meine Absicht, nicht aufzufallen. Ich habe mich mit dem Zollstock Stück für Stück aus dem Blickfeld gemessen und mich dann still und heimlich entfernt. Ein sehr nützlicher Zollstock übrigens, in mehrerlei Hinsicht.»

«Wie meinen Sie das?»

«Vorhin bin ich auf der Straße angegriffen worden, mit einem Stilett. Meine einzige Waffe war der Zollstock, und ich habe gewonnen.»

Die Augen hinter Wilders Brillengläsern weiteten sich. «Klingt nach einer guten Filmszene. Nicht vergessen, ich habe die Filmrechte daran!»

// KAPITEL 26 //

Donnerstag, 10. August 1961

«Es ist sechs Uhr am zehnten August. Der Herr wollte geweckt werden.»

Die Stimme am Telefon war höflich und sachlich. Gerber bedankte sich mit vom Schlaf rauer Stimme und klatschte den Hörer zurück auf die Gabel. Er fühlte sich hundemüde und wäre am liebsten zurück in die Kissen gesunken. Trotz der gestern durchgestandenen Strapazen hatte er unruhig geschlafen und vor allen Dingen zu kurz. Mitternacht war schon vorüber gewesen, da hatte er noch einmal in der Anderson-Villa angerufen, wieder ohne Erfolg.

War der General samt Tochter und Schwiegersohn vorzeitig in die Staaten zurückgekehrt?

Er stieg aus dem Bett, ging durchs Halbdunkel zum Fenster und zog die Vorhänge zurück. Es wurde nicht wesentlich heller. Aus dunklen Wolken regnete es auf Berlin, von Hochsommer keine Spur.

Nach einer heiß-kalten Dusche zog er sich an, und wie aufs Stichwort brachte ein Zimmermädchen seinen Trenchcoat, sauber und trocken.

«Den können Sie bei dem Wetter sicher gebrauchen, mein Herr. Ihre übrigen Sachen werden im Lauf des Tages fertig, ich bringe Sie Ihnen dann.»

Gerber bedankte sich mit einem guten Trinkgeld und fand,

das Kempinski sei die hohen Preise wert, besonders, wenn man den Aufenthalt nicht aus eigener Tasche bezahlen musste.

Er zog den Mantel zum Schutz gegen den Sommerregen über sein Jackett, und unter dem Jackett steckte seine Browning zum Schutz gegen Smersch. Hoffnungsvoll verließ er das Hotel und wurde in der Telefonzelle bald enttäuscht. Wieder hörte er nur das Freizeichen, legte auf und überlegte, ob er jemanden informieren sollte, entweder Dr. Brückner oder vielleicht den Frankfurter Kollegen Hanisch, damit der mal in der Villa vorbeisah. Schließlich entschied der sich dagegen, weil er kein unnötiges Aufsehen erregen wollte. Bis zum Mittag würde er noch warten.

Das Gefühl, seine Zeit zu verplempern, drückte im Verein mit dem Regen auf sein Gemüt. Etwas Ablenkung hätte ihm jetzt gutgetan. Immer wieder musste er an Eva denken und daran, wie ihrer beider Leben trotz vieler Berührungspunkte die meiste Zeit über aneinander vorbeiliefen. Ihre Berufe waren daran schuld. Wäre es nicht sinnvoller und erfüllender gewesen, mit Eva eine Familie zu gründen, statt einem Mann beim Überlaufen in den Westen zu helfen, den er noch bis vor Kurzem zu seinen größten Feinden gezählt hatte? Er sah sich wieder mit Semjonow in dem unterirdischen Verhörraum sitzen und hörte ihn sagen: «Schafott immer ist gutes Ende.»

In einem nahen Hutgeschäft kaufte Gerber sich Ersatz für den Fedora, den er gestern verloren hatte. Der passionierte Hutträger Adenauer, der ihn oft damit aufgezogen hatte, dass er barhäuptig durchs Leben ging, hätte sich wohl darüber amüsiert. Dabei hatte Gerber nicht vor, dauerhaft eine Kopfbedeckung zu tragen. Aber bei dem unablässigen Regen, der diesen Sommer prägte, war so ein Hut schon nützlich, und er vervollständigte seine Tarnung; auch die Fensterglasbrille hatte er wieder aufgesetzt. Andererseits musste er sich die Frage stellen, ob die Tarnung nicht komplett im Eimer war. Die Gegenseite hatte seine Witterung aufgenommen, da halfen auch Hut und Brille nichts.

Gegen Mittag, als Wilder mit seinem Team längst unterwegs zum Brandenburger Tor war, um ein paar Regenpausen zum Drehen abzupassen, ging Gerber abermals zur Telefonzelle, inzwischen fast ohne Hoffnung.

«Bei Anderson.»

Kyle Brodies tiefe Stimme dröhnte durch die Hörmuschel, so unerwartet, dass es Gerber geradezu elektrisierte.

«Mensch, Brodie, wo haben Sie alle gesteckt? Wissen Sie eigentlich, wie oft ich seit gestern die Wählscheibe gedreht habe?»

«Captain Gerber, sind Sie das?»

«Und wie ich das bin.»

«Wir waren in Bad Homburg, Sir. Mr. und Mrs. Beauville wollten gern das Spielcasino besuchen. Ich habe sie chauffiert. Wir haben uns tagsüber die Stadt angesehen und nach dem Casinobesuch in Ritters Park-Hotel übernachtet. Vor wenigen Minuten sind wir erst zurückgekommen.»

Die Homburger Spielbank war berühmt, schon Dostojewski hatte sich dort für seinen Roman *Der Spieler* inspirieren lassen. Gerber konnte sich ein Schmunzeln nicht verkneifen, als er sich den knorrigen Hiram C. Anderson im Abendanzug vorstellte, wie er mit einem Cocktail in der Hand durch das Casino spazierte und seine Chance beim Roulette suchte oder beim Baccarat gar die Bank übernahm. Anschließend hatte er im noblen Park-Hotel residiert wie ein Fürst. Vielleicht begann Anderson auf seine alten Tage, das süße Leben zu schätzen.

Jetzt aber brauchte er nicht den Lebemann, sondern den

erfahrenen Geheimdienstoffizier, und er sagte: «Ich muss den General sprechen, sofort und dringend.»

«Ja, Sir, ich hole ihn.»

Kurz darauf hörte Gerber die Reibeisenstimme des Generals: «Phil, mein Junge, was gibt es Eiliges?»

«Ich bin in Berlin, Sir, und im Ostteil der Stadt ist jemand, dessen größter Wunsch es ist, dass Sie ihn in die Arme schließen. Er möchte sich dauerhaft in Ihrer Heimat niederlassen, mit Anhang. Allerdings besteht er auf der festen Zusicherung guter Bedingungen.»

«Wer?», schnarrte Anderson.

«Als Sie noch aktiv waren, war er quasi Ihr Gegenstück für Ostdeutschland, und er ist es immer noch.»

«Der Bauernkrautraucher?»

«Richtig, Sir.»

«Wann kommt er?»

«Jederzeit, sobald er Ihre verbindliche Zusicherung hat. Ich rate zur Eile. Die Kinder des Siegers sind ihm auf den Fersen.»

Kinder des Siegers, das war eine im CIC gebräuchliche Umschreibung für Smersch. Erster Leiter der Organisation war der Geheimdienstfunktionär Viktor Abakumow gewesen, und Viktor bedeutete Sieger.

«Und die Bedingungen im Einzelnen?», fragte Anderson.

Gerber brauchte nicht nachzusehen. Er hatte das Papier, das man ihm in der Datscha überreicht hatte, sorgfältig studiert. Es war auf der Maschine geschrieben und in perfektem Deutsch abgefasst. Vermutlich hatte Ulrike Vogt die Forderungen Semjonows ins Reine gebracht.

«Das sind interessante Neuigkeiten, Phil», sagte Anderson, nachdem Gerber die einzelnen Punkte aufzählt hatte. «Was die

Bedingungen betrifft, muss ich Rücksprache halten. Das kann ein paar Tage dauern.»

«Ein paar Stunden wäre besser, Sir.»

«Du kennst die Bürokratie und ihre Wege, mein Junge. Wenn ich einen guten Preis aushandeln will, der den Bauernkrautraucher überzeugt, muss ich wiederum die Entscheidungsträger überzeugen, dass es sich für unsere Seite auszahlt. Ich melde mich bei dir so bald wie möglich. Wo kann ich dich erreichen?»

«Ich bin als Gerald Wedekind im Kempinski abgestiegen. Aber Sie sollten dort nicht anrufen. Ich rufe besser Sie an.»

«In Ordnung. Du erhältst eine Nachricht, wenn es so weit ist. Und Phil?»

«Ja, Sir?»

«Nimm dich in Acht vor den Kindern des Siegers!»

--

«Trübe Stimmung oder Trubel?», fragte Winni Gallasch, während er einen neuen Film in seine Kamera einlegte. «Unter welchem Titel werden meine Fotos erscheinen?»

Eva blickte von ihrem Standpunkt auf der Straße des 17. Juni zum Brandenburger Tor mit den Wachtposten und Grenzanlagen von Ost und West. Über der Quadriga hatten sich dunkle Wolken versammelt, und die Regenpausen waren bisher nur kurz gewesen. Zu kurz für den Hollywood-Regisseur und sein Team. Nach wenigen Szenen hatten sie ihre Ausrüstung am frühen Nachmittag wieder abgebaut, in den schweren Fahrzeugen verstaut und waren zu einem anderen Drehort oder zurück in ihre Unterkünfte gefahren. Die Menschen, die über die Grenze wollten, ließen sich vom Wetter nicht abschrecken. Besonders in Richtung Westen drängten sie sich, und viele von ihnen würden nicht nach Ost-Berlin zurückkehren. Der Flüchtlingsstrom riss nicht ab.

«Wie wäre es mit Trubel wegen trüber Stimmung?», stellte Eva eine Gegenfrage. «Wäre die Stimmung der Menschen im Osten nicht so gedrückt, würden sie nicht in solchen Scharen nach Westen strömen.»

Flüchtlinge, die sich hilfesuchend an die britischen Grenzposten und die deutschen Zollbeamten wandten, wurden zu einem Fuhrpark aus Omnibussen geführt, wo Mitarbeiter der West-Berliner Verwaltung ihre Daten aufnahmen und die Menschen bestimmten Bussen zuwiesen. Auf diese Art sollte etwas Ordnung in das Chaos gebracht werden. Alle paar Minuten fuhr ein voll besetzter Omnibus zu einer der Flüchtlingsunterkünfte ab.

Eva ging, begleitet von Gallasch, zu dem Fuhrpark, um mehr über das Schema der Flüchtlingsverteilung zu erfahren. Doch sie kamen gar nicht in die Nähe der Busse, weil ein Corporal der britischen Militärpolizei ihnen mit ausgebreiteten Armen entgegentrat und sie zurückdrängte.

«Nichts Interviews und nichts Fotos.»

Das breite und eigentlich gutmütige Gesicht des Mannes wirkte angespannt, als befände er sich im Kriegseinsatz. Ein paar seiner Kameraden blickten zu ihnen herüber, bereit, dem Corporal im Notfall beizuspringen.

Ein breites Lächeln zog eine Schneise in Gallaschs Bartgestrüpp, und er sagte in einem Englisch, das nicht besser klang als das Deutsch des Militärpolizisten: «I making photos, not making war.»

Eva und Gallasch zogen sich zurück, und Eva pflückte zwei Zigaretten aus ihrer Overstolz-Packung.

«Eine explosive Stimmung, als könnte Stalin jeden Augenblick von den Toten auferstehen und West-Berlin überrennen.»

Der Fotograf gab beiden Feuer, tat einen ersten Zug und sagte: «Du hast recht, da braut sich was zusammen. Wir sollten aufpassen, wohin wir die aufgerauchten Kippen werfen. Ein Funke könnte genügen, um das Pulverfass zur Explosion zu bringen.»

Eva dachte, wie so oft in den vergangenen Tagen, an ihr Treffen mit Generalmajor Semjonow. Sie hätte Gallasch noch so viel mehr zu dem Thema sagen können, aber das durfte sie nicht. Von Semjonows Absicht überzulaufen und dem geplanten Mauerbau hatte er keine Ahnung.

Noch mehr dachte sie an Philipp, und das mit großer Sorge. Mehr als einmal hatten sie sich bereits in lebensgefährlichen Situationen befunden, aber was Philipp ihr gestern über seine Erlebnisse erzählt hatte, hatte ihr deutlich gezeigt, an was für einem dünnen Faden sein Leben diesmal hing. Attentäter, die ihm in Ost- wie in West-Berlin auflauerten. Was für ein Leben war das, fragte sie sich, und wollten sie beide wirklich diese Art von Leben führen?

Wieder dachte sie an die Begegnung mit Semjonow am Sonntagabend und dann daran, wie der KGB-Mann sie vor sieben Jahren gegen Philipp benutzt hatte. Konnte es sein, dass Semjonow auch dieses Mal ein doppeltes Spiel trieb und Eva wieder nur benutzt hatte, um Philipp in etwas Schmutziges, Düsteres, Lebensbedrohliches hineinzuziehen?

«Was ist mit dir, Eva? Du siehst plötzlich so blass aus.»

Sie spürte Gallaschs Hand auf der Schulter, und er sah sie besorgt an.

«Schon gut, alles in Ordnung», erwiderte sie und bemühte sich um ein Lächeln. «Wahrscheinlich hat sich die Anspannung des Corporal auf mich übertragen.»

Sie stützte sich mit einer Hand an dem Brezelkäfer des Fotografen ab und zog an ihrer Overstolz. Dabei fiel ihr Blick auf eine Limousine, die gerade über die Grenze nach West-Berlin gerollt war und jetzt, an ihnen vorbei, Fahrt aufnahm. Ein grauer Mercedes mit einem sowjetischen Diplomatenkennzeichen. Am Lenkrad saß ein junger Mann mit Chauffeurmütze und im Fond eine Frau mit einem grünen Hut, unter dem rote Locken hervorschauten. Vermutlich spielten ihre Sinne Eva einen Streich, aber sie glaubte tatsächlich für einen Moment, sie hätte Ulrike Vogt gesehen.

--

Eigentlich hätte Gerber sich freuen sollen. Nach den Anstrengungen des gestrigen Tages verbrachte er einen ereignislosen Nachmittag in seinem Hotelzimmer, lag auf dem Bett, die Hände hinter dem Kopf verschränkt, und döste vor sich hin. Jedenfalls versuchte er es, aber die innere Anspannung hinderte ihn daran, sich zu erholen, bis Antwort von General Anderson kam. Er wurde das ungute Gefühl nicht los, dass ihm die Zeit davonlief.

Als er sich die fünfte oder sechste Zigarette zwischen die Lippen schob, klopfte es an der Tür. Sofort fuhr seine rechte Hand zum Kolben der Browning unter seiner linken Schulter, und er rief kurz: «Ja, bitte?»

«Für den Herrn ist eine Nachricht abgegeben worden», sagte eine jugendliche Stimme.

Eine Nachricht? Erfüllte sich Gerbers Wunsch, und Anderson hatte sich so schnell das Einverständnis seiner Vorgesetzten geholt? Er sprang aus dem Bett und ging, ohne die Schuhe anzuziehen oder das Jackett überzustreifen, zur Tür. Er drehte den Schlüssel herum und öffnete die Tür langsam mit der linken Hand. In seiner Rechten lag die schussbereite Browning.

Auf dem Gang stand ein blonder Junge in der Pagenlivree des Kempinski, auf dem Kopf die Kappe mit dem Schriftzug «Bristol Hotel Kempinski», auf der linken Brust neben den blank polierten Jackenknöpfen das stilisierte «K» im Kreis. In der Hand hielt er ein Silbertablett mit einem cremefarbenen Briefkuvert.

Gerber nahm das Kuvert an sich, kramte ein Markstück aus seiner Hosentasche und legte es auf das Tablett. «Wer hat das abgegeben?»

«Das weiß ich leider nicht.»

«Ist gut, danke.»

Nachdem er die Zimmertür wieder verschlossen hatte, ging Gerber zum Schreibtisch und schlitzte mit dem Brieföffner das Kuvert auf, auf das jemand mit Tinte «Gerald Wedekind» geschrieben hatte. Darin steckte ein kleiner Zettel mit einer kurzen Nachricht in derselben Handschrift: «Ich erwarte Sie im Wien. Trage einen grünen Hut. U.»

«U.» mit Ulrike Vogt gleichzusetzen, bedurfte keiner Gehirnakrobatik. Es war unverkennbar die Handschrift einer Frau, und ein Mann trug in einem Café keinen Hut, schon gar keinen grünen.

Den Gedanken an eine Falle, der sofort in ihm aufblitzte, verwarf er gleich wieder. Sich dafür einen so öffentlichen Raum wie das beliebte und wohl auch belebte Café Wien auszusuchen, widersprach jeder Logik.

Er zog sich vollständig an, streifte den Mantel über, setzte Hut und Brille auf und verließ das Zimmer. Das Kempinski und das Café Wien lagen nur ein paar Schritte voneinander entfernt, und beide hatten eine ähnliche Geschichte. Schon vor dem Krieg berühmt, wurden beide Unternehmen durch die Nazis ihren jüdischen Eigentümerfamilien entrissen, und nach dem Krieg waren die Vertriebenen oder ihre Angehörigen zurückgekehrt, um ihr rechtmäßiges Eigentum wieder zu beanspruchen.

Das Wien war schon immer ein Café gewesen, und Gerber hatte beim Eintreten den Eindruck, dass es hier vor dem Krieg ganz ähnlich ausgesehen haben musste. Ein gigantischer Saal mit Tischen und Stühlen auf zwei Ebenen und in der Mitte der Decke ein Kronleuchter, der beim Herunterfallen leicht eine halbe Kompanie erschlagen konnte. Es sah hier wirklich aus wie in einem alten Wiener Kaffeehaus, eine aus der Zeit gefallene Welt der Ruhe und Zurückgezogenheit.

Viele Tische mit vielen Menschen daran erschwerten es ihm, Ulrike Vogt zu entdecken, bis ihm ein Winken auf der Galerie auffiel. An einem der Tische dort saß sie und trug tatsächlich einen grünem Hut. Er gab Hut und Mantel an der Garderobe ab und ging hinauf.

«Küss die Hand, gnädige Frau», sagte er, als er an Vogts Tisch trat. «Welches Stück geben wir denn heute, *Sissi vierter Teil*?»

«Wenn Sie den Franz Joseph spielen, gern.»

Kaum hatte er sich gesetzt, erschien wie aus dem Nichts ein Kellner, um sich nach seinen Wünschen zu erkundigen. Er konnte einen Kaffee gut vertragen und merkte jetzt auch, dass er Hunger hatte. Also bestellte er zum Franziskaner ein Stück Sachertorte.

«Was auch sonst», sagte Vogt, die aber ein Stück Obsttorte aß.

«Warum sind Sie hier?», fragte Gerber, als der Kellner gegangen war.

«Frontaler Angriff, Herr ... Wedekind? Freuen Sie sich nicht, mich zu sehen?»

«Mein Herz strömt über vor Begeisterung. Sie sind wie immer

eine Augenweide, und der Hut ist farblich genau auf Ihr Kleid abgestimmt. Er ist aus Leder, nicht wahr? Besonders gut gefällt mir die goldfarbene Schnalle am Hutband und der neckische Knick in der Krempe.» Er lehnte sich auf dem gepolsterten Stuhl zurück. «Besser so?»

Sie schüttelte in gespielter Verärgerung den Kopf. «Ihr Benehmen entspricht ganz und gar nicht dem Hofzeremoniell, werter Herr.»

Er grinste. «Haben Sie sich tatsächlich diese Filme angesehen?»

«Alle drei. In West-Berlin gibt es tolle Lichtspielhäuser. Und Sie?»

«Ich habe nur einen halben geschafft, mein Taschentuch war nass.»

«Sie sind wirklich unmöglich.»

Der Kellner kehrte mit Franziskaner und Sachertorte zurück, und nach seinem Abgang sagte Gerber: «Jetzt, wo wir unter uns sind, können wir zum Geschäftlichen kommen. Oder sind Sie nur hier, um fürs Wochenende einen Kinobesuch mit mir zu planen?»

«Ich bin hier, um mich nach dem Stand der Dinge zu erkundigen. Haben Sie schon eine Rückmeldung erhalten?»

«Jetzt schon, wo denken Sie hin? Ich konnte den Kontakt zu dem Gastgeber Ihrer Wahl erst heute Mittag herstellen. Sobald ich Nachrichten für Sie habe, melde ich mich. Ich hätte mehr Geduld von Ihrer Reisegruppe erwartet.»

«Es geht nicht nur darum.» Sie zog ein Kuvert aus ihrer Handtasche, legte es auf den Tisch und schob es ihm zu. «Das ist für Sie.»

Rasch steckte er es in die Innentasche seines Jacketts.

«Wir haben hier unsere Wünsche für die neue Unterkunft

spezifiziert. Es ist also ganz gut, dass Sie noch keine Nachricht haben.»

«Wenn Sie dauernd etwas nachlegen, verzögert das die Verhandlungen unnötig.»

«Beide Seiten sollen doch zufrieden sein, oder?»

«Ich wäre zufriedener, wenn Sie mir das Dossier überreicht hätten, um das ich gebeten habe.»

Tatsächlich hatte Gerber kurz geglaubt, Vogt hole die erbetenen Informationen über Heinz Felfe aus ihrer Handtasche. Er hatte sich getäuscht, natürlich. Semjonow war mehr an seinen eigenen Forderungen interessiert als daran, die Wünsche anderer zu erfüllen. Falls der Generalmajor das Felfe-Dossier tatsächlich an Gerber übergab, dann wohl zum letztmöglichen Zeitpunkt, um ihn bei der Stange zu halten. Im umgekehrten Fall hätte Gerber es genauso gemacht.

«Es zerreißt mir immer das Herz, wenn ich einen Mann unglücklich machen muss», sagte Vogt. «Haben Sie sonst noch Wünsche, die ich Ihnen nicht erfüllen kann?»

«Das kommt darauf an. Gibt es Neuigkeiten über die geplanten Baumaßnahmen?»

Ihre eben noch süffisante Miene nahm einen ernsten Ausdruck an. «Nichts Konkretes, leider. In dieser Angelegenheit ist die Staatsführung sehr gut darin, den Deckel auf dem Topf zu halten.»

«Dann können wir nur hoffen, dass der Topf nicht überkocht.»

«Ja», sagte sie und ließ die Kuchengabel auf den Teller fallen, obwohl sie ihr Tortenstück erst zur Hälfte gegessen hatte. «Darf ich mich eingeladen fühlen?»

«Selbstverständlich.»

«Dann verabschiede ich mich jetzt.»

Gerber widmete sich der Sachertorte und sah Vogt noch nach, als sie unten in ihren Mantel schlüpfte und dann das Café verließ. Noch in der Tür leuchtete der grüne Hut zu ihm herauf.

Keine Viertelstunde später suchte Gerber erneut eine Telefonzelle auf. Diesmal erreichte er Brodie sofort und hatte kurz darauf Andersons Stimme in der Leitung.

«Du schon wieder, Phil? So schnell schießen die Preußen nicht und wir Amerikaner auch nicht. Ich habe erst vor einer halben Stunde die letzten Gespräche geführt, vor morgen fällt garantiert keine Entscheidung.»

«Dann wird es Sie riesig freuen zu hören, dass mir die Reisegruppe gerade einen Katalog mit Wünschen für ihre Tour überreicht hat.»

«Und was steht drin?»

«Das Kuvert steckt noch verschlossen in meiner Tasche. Ich kann es öffnen und Ihnen den Inhalt vorlesen.»

«Ich verzichte», erwiderte Anderson barsch. «Glaubst du, die hohen Herren wollen sich alle fünf Minuten neue Forderungen anhören?»

«Ich glaube das nicht, aber ich habe die Forderungen auch nicht gestellt.»

«Jetzt wird nichts mehr gefordert. Lies dir den Kram durch, Phil, und falls man dich fragt, sag, du hast alles weitergegeben. Ich verspreche dem Bauernkrautraucher meinetwegen sonst was. Ob ich es halte, ist eine andere Frage.»

«Mit Verlaub, Sir, mit Ihnen möchte ich nicht unbedingt Geschäfte machen.»

«Das musst du ja auch nicht. Nicht mehr, seitdem du wieder ein Deutscher geworden bist.»

Den kaum versteckten Vorwurf nahm Gerber zwar wahr, aber er erwiderte nichts darauf. Die Dinge waren schon kompliziert genug, und als er durch den unvermeidlichen Regen zurück zum Kempinski ging, beschlich ihn das Gefühl, dass ihm der ganz große Ärger erst noch bevorstand.

// KAPITEL 27 //

Samstag, 12. August 1961

Gerber hatte seit Mittwochabend nichts mehr von Eva gehört. Jetzt, wo er am Spandauer Schiffsanleger stand, unweit der Dachwohnung des Fotografen, wurde sein Wunsch, sie endlich wieder in die Arme zu schließen, noch drängender. Aber er hatte nicht ihretwegen ein Taxi nach Spandau genommen. Im Kempinski war eine Nachricht für ihn abgegeben worden, diesmal nicht von Vogt, sondern von Hiram C. Anderson. Gerber hatte seine Handschrift erkannt, trotz der kargen Mitteilung: der Schiffsanleger, die Schifffahrtslinie und die Abfahrtszeit, mehr hatte nicht auf dem Zettel gestanden. Gerber war es wie eine Erlösung vorgekommen. Er hatte keine Lust mehr, noch länger in seinem Hotel zu warten, so nobel die Unterkunft auch sein mochte.

Der Himmel war bedeckt, und ein frischer Wind blies über die Havel. Bei dem Wetter war die Menschenschlange vor dem Ausflugsdampfer nicht besonders lang. Den Fedora tief in die Stirn gezogen, den Mantelkragen hochgeschlagen, die Hände in den Taschen vergraben, näherte er sich dem weißen Schiff der Linie 3. Sooft er sich auch umsah, weder sah er Anderson noch jemanden, den er als Smersch-Agenten hätte identifizieren können. Aber so war das mit Smersch: Wer mit diesen Leuten zu tun hatte, merkte das in der Regel zu spät.

Gerber blieb unter Deck und bestellte sich einen Kaffee,

nachdem die *Havelbraut* pünktlich abgelegt hatte. Seine Gedanken kreisten um Semjonow und darum, die ganze Operation endlich abzuschließen. Ob sich der Aufwand für den Westen lohnte, hatte Gerber nicht zu beurteilen. Immerhin hatte der Generalmajor als Chefresident des KGB Einblicke in höchste Vorgänge, und seine Aussage, dass Marschall Konew neuer Oberbefehlshaber der sowjetischen Streitkräfte in der Ostzone werden würde, hatte sich bewahrheitet.

Wenn das Dossier über Heinz Felfe, das Gerber sich von Semjonow erhoffte, ähnlich zuverlässig war, hatte sich der Aufwand wenigstens für Gerber gelohnt. Er hielt Felfe immer noch dafür verantwortlich, dass Dietmar Krohn im Nord-Express versucht hatte, ihn umzubringen. Deshalb nahm er die Aufgabe persönlich, den BND-Mann zur Strecke zu bringen.

Das Schiff steuerte die nächste Anlegestelle an, den weithin sichtbaren Grunewaldturm. Als der Anleger langsam näher kam, fielen Gerber die beiden Männer zwischen den Wartenden auf: General Anderson und Kyle Brodie. Beide trugen Trenchcoats. Der General hatte einen Hut aufgesetzt, Brodie war barhäuptig. Gerber verlor sie aus dem Blick, als die neuen Gäste einstiegen und die Passagiere von Bord gingen, die auf den Aussichtsturm aus rotem Backstein steigen und vielleicht im Terrassenrestaurant eine Stärkung zu sich nehmen wollten.

In dem Fahrgastraum unter Deck ließen sich die beiden Amerikaner nicht blicken. Gerber wartete an seinem Tisch, bis die *Havelbraut* wieder abgelegt hatte, um Kladow anzusteuern, den südlichsten Teil Spandaus. Er nickte dem älteren Ehepaar zu, das ihm gegenübersaß, und ging hinauf aufs Promenadendeck. Gerade jetzt fing es wieder an zu regnen, und etliche Ausflügler mit enttäuschten Gesichtern kamen ihm auf der Treppe entgegen.

Entsprechend leer war es oben, wo nur eine Handvoll Leute dem Regen trotzten. Zwei davon waren Anderson und Brodie, die an der Reling saßen und so taten, als schauten sie sich die Gegend an.

Gerber steckte sich eine Zigarette zwischen die Lippen, schirmte sie mit einer Hand gegen den Fahrtwind ab und zündete sie mit dem Pan-Am-Feuerzeug an. Er spazierte über das Deck, sah sich nach allen Seiten um, als habe er alle Zeit der Welt, und blieb schließlich neben dem Tisch der Amerikaner stehen, wo er kurz den Hut lüftete.

«Gestatten die Herren, dass ich mich zu Ihnen setze?», fragte er auf Deutsch.

Brodie erhob sich, nickte ihm zu und sagte auf Englisch: «Ich wollte mir ohnehin ein wenig die Beine vertreten.»

Gerber nahm seinen Platz ein, während Brodie über das Promenadendeck schlenderte, dabei aber immer ihren Tisch im Blick behielt.

«Endlich sind Sie da, General», sagte Gerber, jetzt auch auf Englisch.

Anderson stieß ein heiseres Lachen aus. «Gib es zu, Phil, du hättest nicht gedacht, dass du noch einmal sehnsüchtig auf mich warten würdest.»

«Das gebe ich freimütig zu. Wie geht es Mr. und Mrs. Beauville?»

«Sehr gut. Sie sind wohl ganz froh, mal ohne den alten Herrn zu sein. Da müssen sie keinerlei Rücksicht nehmen und können tun, was Verliebte so tun.»

Gerber winkte ab. «Keine Details, bitte.»

«Wie geht es dir, Phil? Haben die Kinder des Siegers noch mal Kontakt zu dir gesucht?»

«Das Vergnügen ist mir erspart geblieben.» Gerber zog das

Kuvert, das Ulrike Vogt ihm im Café Wien überreicht hatte, hervor und reichte es Anderson. «Mein letzter Kontakt war mit der Freundin unseres Reisewilligen. Die Übergabe der Wunschliste, bitte sehr!»

Anderson faltete das Schreiben auseinander und betrachtete es kurz. Dann steckte er es zurück und verstaute das Kuvert in seinem Mantel.

«Unser Angebot stimmt nicht in allen Punkten damit überein, ist in einigen aber sogar besser. Sagen Sie das dem Bauernkrautraucher, falls er sich beschwert.»

Bei diesen Worten schob der General einen anderen Umschlag über den Tisch, und Gerber öffnete ihn nach einem zustimmenden Nicken seines ehemaligen Vorgesetzten. Besonders interessierte ihn die Unterschrift. Es war die von Hiram C. Anderson. Gerber faltete das Papier wieder zusammen, steckte es zurück in den Umschlag und verstaute das Schreiben in seinem Jackett.

«Du siehst nicht überzeugt aus, Phil.»

«Was ist, wenn unser Mann sich die Unterschrift von jemandem wünscht, der noch im Amt ist?»

«Willst du damit sagen, die Zusicherung eines abgehalfterten Generals außer Dienst ist nichts wert?»

«Ich weiß, was Ihre Unterschrift wert ist, General. Ich versuche nur, mich in die Lage unseres Reisewilligen zu versetzen. Er hat sehr deutlich gemacht, dass er seine Reise ohne entsprechende Garantien nicht antreten wird.»

«Genau das hätte ich an seiner Stelle auch gesagt», brummte Anderson und klopfte mit der flachen Hand gegen seine Brust. «Hier steckt das gleiche Schreiben noch einmal, mit der Unterschrift einer hochrangigen Person aus Washington. Es kam mit dem Überseekurier und ist mir vergangene Nacht zugestellt worden. Unser Mann bekommt dieses Schreiben von mir persönlich ausgehändigt, sobald ich ihn in West-Berlin begrüßen kann. Aber er wird verstehen, dass ich ein Schreiben mit offizieller Unterschrift nicht auf Ost-Berliner Gebiet schicken kann, auch nicht, wenn es sich in deinen Händen befindet.»

«Sie meinen, falls die Kinder des Siegers zur Jagd auf den Postboten blasen.»

«Zum Beispiel.»

«Jedenfalls ist es gut, dass Sie in der Stadt bleiben, Sir. Ich bin froh, wenn ich unseren Mann an Sie übergeben kann.»

Die *Havelbraut* begrüßte ein entgegenkommendes Schiff mit einem lang gezogenen Sirenensignal, und die Passagiere auf den Promenadendecks der beiden Ausflugsdampfer winkten einander zu. Gerber und Anderson stimmten in das Winken ein.

Der General lächelte, aber es wirkte grimmig. «Die Deutschen sind ein lustiges Völkchen. Immer im Gleichschritt voran, beim Winken und beim Jubeln und beim Marschieren. Wir hätten das nach Kriegsende ausnutzen sollen. Anstatt die deutschen Divisionen zu entwaffnen, hätten wir sie gegen Stalin schicken sollen. Aber wir haben Onkel Joe lieber einen Teil von Berlin geschenkt, das wir vor ihm hätten erobern können. Oder denk mal an General Patton, der mit seiner Armee Prag im Handstreich eingenommen hätte. Auch Churchill war der Ansicht, dass die Sowjets unsere eigentlichen Feinde sind. Aber Eisenhower hat es einfach nicht gewollt und Patton zurückgepfiffen.» Er schüttelte resigniert den Kopf. «Es war ein Fehler, den Roten so große Teile von Europa zu überlassen.»

Gerber kannte diese Tiraden und sagte nichts dazu. Die Deutschen als Kanonenfutter gegen die Sowjets zu benutzen, war eins von Andersons Lieblingsthemen. Er mochte mit vielem nicht ganz falsch liegen, aber letztlich war alles längst vergossene Milch, und der Lauf der Geschichte hatte eine dicke Kruste darüber gebildet.

«Wo kann ich Sie erreichen, Sir?», fragte Gerber, nachdem sich Anderson seinen Kummer über die Roten von der Seele geredet hatte.

«Tempelhof, Flughafenhotel. Ich wohne nicht so feudal wie du.» Er zwinkerte Gerber zu. «Ich bin dort unter dem Namen Coleman S. Dorset, Bankdirektor im Ruhestand, abgestiegen. Ein nicht benutztes Alias aus alten CIC-Zeiten.»

Sie plauderten noch eine Weile über die sogenannten guten alten Zeiten, bis die nächste Anlegestelle in Sicht kam.

«Geh du zuerst von Bord, mein Junge, du hast noch viel zu erledigen. Brodie und ich fahren weiter bis zur Pfaueninsel. Wir werden dort ein wenig flanieren, Pfauen sind doch hübsche Tiere.»

Gerber stand auf und tippte mit Daumen und Zeigefinger an seine Hutkrempe. «Viel Spaß dabei. Übrigens, früher hieß die Insel Kaninchenwerder.»

// KAPITEL 28 //

Am späteren Nachmittag zeigte sich tatsächlich die Sonne, und die Filmleute drehten fleißig am Brandenburger Tor. Wilder gab seinen Hauptdarstellern, dem jungen Deutschen und dem erfahrenen Amerikaner, den Gerber schon als junger Mann im Kino bewundert hatte, ein paar Anweisungen. Als der Regisseur Gerber erblickte, rief er so laut, dass alle Umstehenden es hören mussten: «Schön, dass Sie sich von Ihrem Sommerschnupfen erholt haben, Gerald. Schließlich haben wir bestimmt zwanzig Grad Celsius, da kann man nicht krank im Bett liegen.»

Gerber zog den Zollstock, den er im Hotel gegen die Browning eingetauscht hatte, aus der Manteltasche. «Ich bin wieder einsatzbereit.»

Während Wilder so tat, als gäbe er ihm ein paar Anweisungen, sagte er leise: «Was immer Sie hier auch treiben, ich bin sicher, es ist eine klasse Story. Sobald Sie die mir erzählen dürfen, machen Iz Diamond und ich ein tolles Drehbuch daraus.» Er deutete auf einen schmalen Mann mit Brille, der in sich zusammengesunken auf einem Klappstuhl saß und die Dreharbeiten beobachtete.

«Wer soll mich spielen?»

«Bill», sagte Wilder sofort. «Das ist eine Bombenrolle für Bill Holden.»

Gerber tat ziemlich genau dasselbe wie am Mittwoch, als er die Dreharbeiten zum ersten Mal benutzt hatte, um in den Ostsektor zu gehen, ohne dabei einem Vopo ins Gesicht zu schauen. Wieder ging er in die Telefonzelle vor dem S-Bahnhof, und diesmal wählte er die Nummer des Übersetzers, die Kolja ihm gegeben hatte. Den Zettel mit der Nummer hatte er aus Sicherheitsgründen längst verbrannt, aber die Nummer war fest in seinem Gedächtnis verankert.

Als sich niemand meldete, wollte er den Hörer schon wieder einhängen. Aber da Klaus nach Koljas Worten im Rollstuhl saß, benötigte er womöglich etwas länger, um an den Apparat zu kommen. Also ließ Gerber es weiter klingeln, und seine Geduld wurde belohnt.

«Ja, wer ist da?», fragte schließlich eine kratzige Männerstimme, die nicht so klang, als sei ihr Besitzer über die Störung erfreut.

«Wedekind. Wir haben einen gemeinsamen Freund, der mir sagte, ich soll mich bei Ihnen melden. Ich würde meinen Freund gern sprechen, habe aber seine Telefonnummer nicht.»

«Verstehe. Wo sind Sie?»

«Am selben Ort wie bei meinem letzten Besuch hier.»

«Ich werde es unserem Freund sagen», versprach Klaus und legte auf.

Gerber verließ die Telefonzelle und betrachtete die üppigen Auslagen in den Schaufenstern. Wahrscheinlich legte Ulbrichts Regime Wert darauf, dass die Geschäfte in unmittelbarer Grenznähe mit denen im Westen konkurrieren konnten. Es war eine Prestigefrage, und die hier angepeilte Kundschaft schien aus Leuten zu bestehen, die mit Westmark bezahlten. Besucher aus dem Westen oder jene ostdeutschen Grenzgänger, deren Westgeld dem Staat ungleich willkommener war als die Menschen selbst.

Ein klappriger, alter Pkw mit Ost-Berliner Kennzeichen hielt neben ihm, und ein Mann rief durch das heruntergelassene Fenster auf der Beifahrerseite: «Klaus hat mich geschickt.»

Erst auf den zweiten Blick erkannte Gerber in dem Fahrer Kolja. Er trug heute keinen Anzug, sondern eine abgeriebene Strickjacke, und auf dem Kopf saß statt einer Chauffeurmütze eine Baskenmütze. Unrasiert und mit einer Zigarette im Mundwinkel schien Semjonows Sohn ein anderer Mensch sein.

Gerber trat auf den Wagen zu und erkannte, dass es ein tschechoslowakisches Modell war, ein Aero Minor aus der Zeit um 1950. Er öffnete die schwergängige Beifahrertür und nahm Platz. Kolja fuhr sofort los, und Gerber kurbelte das Seitenfenster nach oben.

«Gab es keine Zwischenstufe zwischen Ihrem Mercedes und diesem Ding hier?»

«Wir haben den Mercedes noch. Vielleicht brauchen wir ihn für den Notfall, aber er ist nicht länger sicher.»

«Er hat doch eine verstärkte Karosserie und Panzerglas.»

«Das meine ich nicht. Die Limousine ist einfach zu auffällig. Vielleicht können wir sie noch einmal für den Übertritt benutzen, aber bis dahin bleibt sie im Versteck.»

«Wo ist das?»

«Da fahren wir jetzt hin. Sie sind alle da, mein Vater, Ulrike Vogt und Mikhail. Mein Vater ist nämlich aufgeflogen.»

«Was ist passiert?»

«Er wurde unter Hausarrest gestellt. Er darf sein Büro nicht mehr betreten und seine beruflichen Pflichten nicht mehr wahrnehmen.»

«Der Anfang vom Ende», sagte Gerber sachlich.

«Genau. Er ist schnellstens untergetaucht und wartet jetzt sehnsüchtig auf Sie. Haben Sie die geforderten Garantien?»

«Ich habe alles bei mir.»

«Das ist gut.» Kolja klang erleichtert. «Das ist wirklich sehr gut. Wir sitzen nämlich wie auf … glühenden Kohlen. Sagt man das so?»

«Wie auf heißen Kohlen», korrigierte Gerber. «Aber wenn sie heiß sind, glühen sie auch.»

Während Kolja den Wagen nach Nordosten lenkte und sie die Fabrikgelände und Arbeitersiedlungen Pankows passierten, dachte Gerber über die neue Lage nach. Es sah so aus, als habe Anderson die amerikanischen Garantien für Semjonow im letztmöglichen Augenblick gebracht. Hausarrest und Befreiung von den beruflichen Pflichten – damit war der Generalmajor nach Lage der Dinge seines Postens als KGB-Chefresident enthoben. Bis zu seiner offiziellen Abberufung konnte es nicht mehr lange dauern. Dadurch, dass er untergetaucht war, hatte Semjonow sich zwar dem unmittelbaren Zugriff entzogen, aber er hatte damit diesen Zugriff vielleicht auch beschleunigt.

Das Unbehagen, das Gerber in Ost-Berlin immer empfand, verstärkte sich. Aus dem mächtigsten KGB-Mann in Deutschland war im Handumdrehen ein Ausgestoßener geworden, ein Gesuchter und Gejagter. Wer sich in Semjonows Gesellschaft befand, teilte sein Schicksal. Das Klügste für Gerber wäre gewesen, in die entgegengesetzte Richtung zu fahren, nur raus aus Ost-Berlin. Aber er hatte hier einen Job zu erledigen.

Sich in einer gefährlichen Situation zu befinden, war für ihn kein Grund zur Klage, dafür wurde er bezahlt. In Ost-Berlin war der Unterschied, dass er von jeder Hilfe abgeschnitten war. Er hatte hier keine offizielle Funktion, konnte sich nicht auf seinen Status als Polizeibeamter berufen. Er war bestenfalls als Privatmann unterwegs oder aber als Agent und Saboteur.

Auf dem Weg zum Brandenburger Tor hatte er Wesler informiert. Gerber war wohler dabei gewesen, dass nicht nur Anderson, sondern auch die Sicherungsgruppe über seinen nächsten Besuch in Ost-Berlin unterrichtet war.

Natürlich war es mehr eine psychologische als eine tatsächliche Absicherung. Im Ernstfall konnte weder das in Abwicklung begriffene CIC noch die Sicherungsgruppe ihm helfen, nicht auf dieser Seite der Sektorengrenze.

Kolja war auf Nebenstraßen abgebogen, und sie passierten weite, brachliegende Flächen und ehemalige Werksgelände, die bloß noch Ruinen waren. Nur wenige Fahrzeuge, in der Regel Lastwagen oder Traktoren, waren hier unterwegs. In einer weiten Kurve bog Kolja nach rechts ab und hielt auf eine Fabrik zu, die einem Brand zum Opfer gefallen war. Was von den Mauern und Gebäuden noch stand, war rußgeschwärzt, und obwohl der Brand anscheinend länger zurücklag, hing der beißende Geruch noch in der Luft.

«Eine ehemalige Zuckerfabrik», sagte Kolja. «Unser Versteck.»

«Die Datscha in Köpenick hat mir besser gefallen», erwiderte Gerber.

Der Aero Minor holperte über das Gelände und blieb vor einem lang gezogenen Schuppen stehen, der vom Feuer weitgehend verschont geblieben war. Kolja stieg aus und öffnete das Tor. Der Schuppen diente als Garage. Gerber sah die Mercedes-Limousine und den russischen Geländewagen. Kolja parkte den tschechoslowakischen Pkw neben dem Mercedes und verschloss, als sie den Schuppen verlassen hatten, das Tor wieder. Dabei erblickte Gerber unter der halb offenen Strickjacke seines Begleiters ein Schulterholster und einen Pistolenkolben.

Er folgte Kolja zum Seiteneingang eines Bungalows, der früher vielleicht Büros beherbergt hatte. Kolja klopfte in einem bestimmten Rhythmus an die Tür, und kurz darauf wurde sie geöffnet. Gerber blickte in Mikhails abweisendes Gesicht und in den Lauf seiner Kalaschnikow. Ein kurzes Gespräch zwischen Kolja und Mikhail auf Russisch, und sie durften eintreten.

«Werde ich nicht nach Waffen durchsucht?», wunderte sich Gerber.

Ulrike Vogt, die ihnen entgegenkam, antwortete: «Hat es Ihnen beim letzten Mal so gut gefallen, dass ich Sie abgetastet habe?»

«Nur deshalb bin ich wiedergekommen.»

Vogt lächelte. «Pech für Sie, wir vertrauen Ihnen.»

Sie trug ein grün gemustertes, hochgeschlossenes Kostüm und kniehohe, schwarze Stiefel. Was nicht ganz zur damenhaften Eleganz ihrer Erscheinung passte, war die Makarow in ihrer Hand.

«Ihr Vertrauen reicht wohl nicht weiter als bis zur nächsten Patrone», sagte Gerber mit Blick auf die Waffe.

«Oh, das ist nur eine Sicherheitsmaßnahme. Kolja hat Ihnen vielleicht erzählt, dass wir im Ausnahmezustand leben. Jedenfalls so lange, bis wir die erlösende Nachricht von Ihnen erhalten.»

«Ich habe sie bei mir.»

«Eine Garantie von den Amerikanern?»

«Ja. General Anderson hat sie mir heute überbracht.»

Eine Tür, die bislang angelehnt gewesen war, wurde geöffnet, und Semjonow betrat den Raum. Er trug ebenfalls Stiefel, eine Arbeitshose und ein Arbeitshemd, darüber eine grobe Weste. Unter der Weste hing, kaum versteckt, ein Schulterholster samt Pistole.

«Anderson ist hier in Berlin?», fragte er.

«Ja, aber im Westteil.»

«Warum ist er nicht selbst gekommen?»

«Aus demselben Grund, aus dem Sie nicht ohne schriftliche Sicherheitsgarantie nach West-Berlin wollen.»

Lachend trat Semjonow näher und streckte die Hand aus. «Zeigen Sie mir Garantie von Anderson.»

Gerber zog den Umschlag aus der Manteltasche und reichte ihn Semjonow. Der konnte seine Ungeduld nicht verbergen, als er das Kuvert öffnete, den Inhalt auseinanderfaltete und prüfend auf die letzte Seite blickte.

Enttäuscht, fast wütend sah er wieder auf. «Das hat nur Anderson unterschrieben, sonst niemand.»

«Was haben Sie erwartet, Herr Generalmajor?»

«Garantie muss offiziell sein, sonst ist sie wertlos. Anderson ist nur ehemaliger Chef von CIC für Deutschland.»

«Sie selbst haben doch verlangt, dass ich Kontakt zu Anderson aufnehme. Warum beschweren Sie sich jetzt?»

Semjonow schleuderte die Papiere auf den Boden. «Weil Garantie so nichts wert ist!»

«Wenn eine solche Garantie mit offizieller Unterschrift in die falschen Hände fällt, könnte das zu politischen Verwicklungen führen», erklärte Gerber ruhig. «Das wissen Sie so gut wie ich. Anderson trägt eine weitere Ausfertigung dieses Schriftstücks bei sich, mit der von Ihnen gewünschten offiziellen Unterschrift. Er wird sie Ihnen aushändigen, sobald Sie Ihren Fuß auf westlichen Boden setzen.»

«Das hat er Ihnen gesagt?»

«Ja, vor wenigen Stunden.»

«Und Sie haben Papier mit offizieller Unterschrift gesehen?»

«Ja», log Gerber.

Semjonow fuhr sich mit beiden Händen durch das graue Haar und atmete schwer, gab sich schließlich einen Ruck und sah seinen Sohn an. «Papiere mitbringen.» Er sah Vogt an. «Du kommst mit.» Und dann Mikhail, zu dem er ein paar russische Sätze sagte. Danach wandte er sich wieder an Gerber. «Mikhail wird sich um Ihr Wohl kümmern. Aber hier ist es nicht so feudal wie in Köpenick.»

«Das habe ich schon mitbekommen.»

--

Gerber saß in einem kleinen Zimmer, dessen einziges Fenster auf eine verrußte Hauswand zeigte, und trank den Tee, den Mikhail ihm gebracht hatte, diesmal ohne Samowar und ohne aufwendige Zeremonie. Es gab dazu auch keine leckeren Igelchen, sondern trockenes Gebäck, das in Form und Geschmack an Zwieback erinnerte. Gerber konnte nichts anderes tun, als abzuwarten, und die Zeit verrann. Offenbar prüfte der kaltgestellte KGB-Mann die Garantien auf Herz und Nieren und diskutierte sie mit seiner Geliebten und seinem Sohn. Hin und wieder drangen ihre Stimmen undeutlich zu ihm durch.

Gerber konnte sich einfach nicht an den kalten Brandgeruch gewöhnen, den er mit jedem Atemzug in sich aufnahm. Wahrscheinlich stank inzwischen jede Faser seiner Kleidung nach der abgebrannten Zuckerfabrik.

Allmählich gab er die Hoffnung auf, noch an diesem Tag zurück nach West-Berlin zu kommen, als plötzlich die Zimmertür aufflog und ein aufgebrachter Semjonow hereinstürmte.

«Halten Sie mich für dumm, Gerber?», fuhr der Generalmajor ihn an. «Ich habe Ihnen durch Frau Vogt genaue Vorstellungen übermittelt. Die sind in Papier von Anderson nicht enthalten!»

«Dazu war die Zeit zu knapp», sagte Gerber ruhig, und seine äußere Gelassenheit war nicht gespielt; er fühlte sich müde, und seine Lust auf heftige Diskussionen mit Semjonow hielt sich in

Grenzen. «Ihre Wünsche in die offizielle Garantie aufzunehmen, hätte zu viel Zeit beansprucht. Zeit, die wir nicht haben. Das haben Sie doch am eigenen Leib erfahren. General Anderson verspricht Ihnen, alle Ihre Wünsche zu berücksichtigen.»

«Versprechungen sind nichts wert», donnerte Semjonow. «Ich brauche Garantien.»

«Mehr habe ich nicht für Sie, Herr Generalmajor.» Gerber breitete hilflos die Hände aus. «Heißt das, unsere Verhandlungen sind an ein Ende gelangt?»

Semjonow riss die Augen auf, deren helles Grau so gar nichts mit Koljas dunklen Augen zu tun hatte, und sein Blick auf Gerber war wie ein Blitzstrahl. Unvermittelt machte er kehrt und verließ mit schnellen Schritten das kleine Zimmer. Gerber stellte sich lieber nicht vor, was der KGB-Mann unter anderen Umständen mit ihm gemacht hätte.

Die Sonne ging unter, und Mikhail brachte ihm eine Suppe. Gerber hatte Hunger und aß, ohne zu fragen, woraus die dickflüssige Masse bestand. Sie war warm und essbar, darauf kam es an. Irgendwann räumte Mikhail Teller und Löffel wieder ab, und kurz darauf betrat Ulrike Vogt das Zimmer, in der Hand ein Schriftstück und einen Füllfederhalter. Beides legte sie vor Gerber auf den Tisch.

Gerber hatte sich die Höflichkeit gespart, bei ihrem Eintreten aufzustehen. Müde sah er zu ihr auf und fragte: «Diktat oder Aufsatz? Wie wäre es mit dem Thema ‹Meine schönsten Stunden in einer Zuckerfabrik›?»

«Sie müssen das nur unterschreiben. Das ist alles.»

Er las sich den handgeschriebenen Text durch und erkannte Vogts Schrift. Der Text war in englischer Sprache abgefasst und enthielt sämtliche von Semjonow gewünschte Ergänzungen zu der von Anderson übermittelten Garantie.

«Sehr schön. Aber was haben Sie davon, wenn ich es unterschreibe? Ich stehe nicht in amerikanischen Diensten, schon lange nicht mehr.»

«Wenn Sie den letzten Satz sorgfältig gelesen haben, ist Ihnen Ihre Versicherung nicht entgangen, hiermit im Auftrag der amerikanischen Regierung eine verbindliche Erklärung abzugeben.»

«Im Zweifelsfall ist das nicht viel wert, eigentlich gar nichts.»

Für einen Augenblick las er Einverständnis in Vogts Gesicht, dann nahm es wieder einen maskenhaften Ausdruck an.

«Unterschreiben Sie einfach, Pjotr möchte es so.»

Mit einem Stoßseufzer nahm Gerber den Füllfederhalter zur Hand und unterschrieb den Text, um den man offenbar lange gerungen hatte. Zeit, die man nach seiner Ansicht besser darauf verwendet hätte, über die Sektorengrenze zu gelangen, bevor man sie in diesem Versteck aufspürte.

Gerber gab ihr das Dokument und den Füller zurück. «Nach dem heutigen Tag sage ich nie wieder etwas gegen die westdeutsche Bürokratie.»

// KAPITEL 29 //

Sonntag, 13. August 1961

Gerber saß mit weit ausgestreckten Beinen in einem Sessel, als laute Stimmen und schnelle Schritte ihn aus seinem Halbschlaf rissen. Er sah auf die A 11. Halb drei Uhr morgens. Sonntag. Was hatten Semjonow und seine Leute nur die ganze Zeit über getrieben?

Die Tür flog auf, und Ulrike Vogt, die einen Mantel und ihren grünen Hut trug, sagte: «Wir sind so weit, Herr Gerber, Aufbruch!»

«Tatsächlich schon?», fragte er mit beißender Ironie, zog die Beine an und stemmte sich aus dem Sessel. «Falls ich hier nicht schon festgewachsen bin.»

Er folgte ihr bis auf den Hof, wo Semjonow und Mikhail standen. Der Generalmajor trug ebenfalls einen Mantel, Mikhail dagegen seine einfache Tracht samt der Kalaschnikow. Semjonow drehte sich zu Gerber um und überreichte ihm einen dicken Umschlag.

«Noch mehr zum Unterschreiben?», ächzte Gerber.

«Ihre Belohnung, Dossier über Felfe wie versprochen.»

Gerbers Stimmung hellte sich ein wenig auf. «Ich dachte schon, Sie hätten es vergessen.»

«Ich halte immer mein Wort.»

Ein Motor röhrte durch die Nacht, und aus dem Schuppen, dessen Tor weit offen stand, rollte eine schwere Limousine, der

Diplomaten-Mercedes. Er hielt vor den anderen. Kolja, der den Wagen fuhr, trug wieder seinen Anzug und die Chauffeurmütze. Ulrike Vogt setzte sich neben ihn, Semjonow und Mikhail nahmen Gerber auf der Rückbank in die Mitte. Jetzt erst flammten die Scheinwerfer auf, und Kolja lenkte den Wagen zur Ausfahrt.

«Scheißbrandruine war gutes Versteck», sagte Semjonow, als sie die Fabrik hinter sich zurückließen.

Gerber spürte ein Kratzen am Kinn und fuhr mit der Hand darüber. «Ich hätte mich rasieren sollen. Mit den Stoppeln passe ich nicht zur Etikette im diplomatischen Dienst.»

«Wir gehören zur Sowjetmacht», sagte der Generalmajor. «Sie winken uns an Sektorengrenze einfach durch und sehen nichts von Ihrem Bart und Mikhails Kalaschnikow.»

«Wozu braucht er die Waffe, wenn man uns einfach durchwinken wird?»

«Am besten fährt man im Leben, wenn man auf alles vorbereitet ist.»

«Das Wort zum Sonntag», murmelte Gerber und lehnte sich zurück.

--

Eva erwachte durch ein Klingeln. Ein Licht ging an, und sie hörte einen Fluch. Es war Winni Gallasch, der sich in seinem Bett umdrehte und zum Telefonhörer griff. Ihre Matratze lag ein Stück entfernt in dem großen Raum, der die halbe Dachgeschosswohnung einnahm.

«Mitten in der Nacht», knurrte er. «Wenn das ein Scherz ist, werde ich zum Mörder.»

Eva setzte sich auf der Matratze auf und bemühte sich, ihre

Gedanken zu ordnen. Sie und Winni hatten lange zusammengesessen, eine Flasche Rotwein geleert und über die Gegensätze der beiden deutschen Staaten philosophiert. Über die Gegensätze, nicht über die Gemeinsamkeiten, das ging ihr jetzt erst auf.

«Was ist los?», fragte Winni laut. «Echt, ungelogen?» Und dann: «Du spinnst doch!» Nach einiger Zeit sagte er, etwas leiser: «Also gut, ich sehe mir das an. Wenn du mich hochnimmst, Berti, schneide ich dir die Eier ab!»

Lauter als nötig legte er den Hörer zurück auf die Gabel.

«Was ist denn?», fragte Eva verschlafen und blickte zu Winnis Bett, wo das Licht der Nachttischlampe leicht flackerte.

«Das war ein Freund, Reporter bei der *Morgenpost*, Bertram Dargatz.»

«Ich kenne ihn von ein paar Pressekonferenzen. So ein kleiner mit Wuschelkopf.»

«Genau. Der Wuschelkopf steht gerade am Brandenburger Tor, behauptet er zumindest, und sieht zu, wie die Vopos die Sektorengrenze absperren. Er sagt, sie rollen da massenweise Stacheldraht aus. Und Panzerwagen oder so was sind da aufgefahren. Er meint, ich soll schnell kommen und ein paar Fotos schießen. Könnte sein, es gibt Krieg.»

Eva war hellwach und sprang auf. Dabei bemerkte sie ein leichtes Hämmern im Kopf, das sie auf den billigen Rotwein zurückführte.

«Wenn es Krieg gäbe, würden sie nicht die Grenze absperren, dann würden die Panzerwagen in den Westen durchrollen. Aber dass sie die Grenze sperren, ist schlimm genug.»

«Du glaubst den Kram?»

«Natürlich», sagte sie und griff nach ihren Kleidern.

«Warum?»

«Weil ich das Absperrmaterial gesehen habe. Vor einer verdammten Woche habe ich es mit eigenen Augen gesehen.»

Fünf Minuten später saßen sie in Winnis Käfer und fuhren zum Brandenburger Tor. Eva erzählte von ihrem Besuch in dem Lagerhaus, ohne die näheren Umstände oder Semjonow zu erwähnen. Warum noch verschweigen, was offensichtlich war.

Je näher sie ihrem Ziel kamen, desto voller wurden trotz der nachtschlafenden Stunde die Straßen. Streifenwagen und Mannschaftstransporter der West-Berliner Polizei, Privatfahrzeuge und Rundfunk-Übertragungswagen. Dazu waren jede Menge Fahrradfahrer und Fußgänger unterwegs. Alles strömte in Richtung Sektorengrenze. Schließlich wurden sie, wie alle anderen Privatfahrzeuge, von Verkehrspolizisten an die Seite gewunken.

Eva stieß die Beifahrertür auf und fragte einen der Polizisten, was los sei.

«Keine Fragen! Platz machen, Platz machen!», bellte der Uniformierte und schwang seine Kelle wie ein Dirigent seinen Stab vor dem Orchester. «Die Einsatzfahrzeuge brauchen Platz!»

Winni zuckte mit den Schultern. «Da nützt alles nichts, wir müssen zu Fuß weiter.»

Er nahm die Kameratasche vom Rücksitz und Eva das Stativ. So tauchten sie in den Menschenstrom ein und liefen auf der Straße des 17. Juni weiter zum Brandenburger Tor. Zwischen den Menschen flogen die Gerüchte nur so hin und her. Von gewalttätigen Auseinandersetzungen war die Rede, von Schüssen und sogar von Toten, aber niemand wusste etwas Genaues.

Evas Gedanken überschlugen sich, und die meisten kreisten um Philipp. War er ein zweites Mal nach Ost-Berlin gegangen? Und wenn er noch drüben war und die Grenze im Augenblick dichtgemacht wurde, wie sollte er dann zurückkommen?

--

Irgendetwas stimmte nicht. Das wurde ihnen immer klarer, je näher sie dem Bezirk Mitte kamen. Überall waren Trupps der Volkspolizei, teils mit gepanzerten Fahrzeugen, und der Verkehr rollte nur noch im Schritttempo. Als vor ihnen eine Straßensperre auftauchte, hell erleuchtet in der Dunkelheit, gab Semjonow seinem Sohn den Befehl, in eine Seitenstraße abzubiegen.

Kolja gehorchte sofort, fragte aber: «Was wollen wir hier?»

«Umdrehen!», bellte der Generalmajor. «Umdrehen, bevor es ist zu spät dazu. Sonst stecken wir in Blechschlange fest.»

«Vielleicht geht es ja gleich weiter.»

«Es geht nicht mehr weiter.» Semjonow war von einer Sekunde zur anderen bleich geworden. «Begreifst du es nicht, Kolja? Heute ist es so weit. Ulbricht und Honecker haben Grenze geschlossen!»

«Wir haben ein sowjetisches Diplomatenkennzeichen.»

«Das uns nichts mehr nützen wird. Wenn wir erst mal feststecken, haben wir jede Handlungsfreiheit verloren.» Semjonow sah Gerber an. «Was denken Sie, Herr Gerber?»

«Dasselbe wie Sie. Wir müssen umkehren und einen anderen Weg suchen.»

Kolja schien anderer Ansicht zu sein, aber er konnte seinen Einwand kaum vorbringen, da herrschte ihn sein Vater an: «Halt den Mund und bring uns zurück zur Zuckerfabrik!»

Semjonows Sohn wendete den Wagen.

Der Generalmajor beugte sich zu Ulrike Vogt vor. «Radio an!»

Sie schaltete augenblicklich das Autoradio ein, und eine sonore Männerstimme verkündete, unterlegt mit einem leisen Knistern: «… wiederhole. Sie hören Radio DDR Eins mit einer

Sondersendung zu den antiimperialistischen Maßnahmen, die zum Schutz des Demokratischen Berlins ergriffen wurden. Diese Maßnahmen beruhen auf einer Weisung der Warschauer-Vertrags-Staaten, an der West-Berliner Grenze eine solche Ordnung einzuführen, durch die eine verlässliche Bewachung und eine wirkliche Kontrolle gewährleistet wird. Folgende Anordnungen gelten im Einzelnen: Für alle Bürger der DDR ist ein Passierschein zum Betreten von West-Berlin zwingend erforderlich und …»

«Wir wären vielleicht noch durchgekommen», sagte Kolja.

«Unsinn!», knurrte Semjonow. «Wo Stau ist, da ist kein Durchkommen. Wir geraten nur in Gefahr, dass wir unliebsame Aufmerksamkeit erregen. Jetzt sei still, Radio vielleicht wichtig!»

«… meisten der Übergänge zwischen dem Demokratischen Berlin und dem Westteil der Stadt werden dauerhaft geschlossen», sagte der Radiosprecher in seinem gravitätischen Tonfall. «Lediglich dreizehn Übergänge, die noch im Einzelnen bekannt gegeben werden, sind weiterhin nutzbar, sofern ein Passierschein vorliegt. Und hier eine wichtige Durchsage für alle Grenzgänger: Die Arbeit in West-Berlin wird Bürgern der DDR mit sofortiger Wirkung untersagt. Alle Grenzgänger haben sich unverzüglich bei ihrer letzten Arbeitsstelle in der DDR oder bei der für sie zuständigen Registrierungsstelle zur Arbeitseinteilung zu melden.»

Ein langer Konvoi aus Panzerwagen und Bussen, Einheiten der Volkspolizei oder der Betriebskampfgruppen, kam ihnen entgegen. Zur Sicherheit lenkte Kolja den Mercedes an den Straßenrand.

«Glaubst du immer noch, Kolja, wir wären durchgekommen einfach so?», fragte Semjonow und ließ ein paar Sätze auf Russisch folgen, die sich für Gerber wie Verwünschungen anhörten.

Währenddessen spulte der Sprecher im Radio seine Meldungen ab: «… S-Bahn-Verkehr zwischen dem Demokratischen Berlin und West-Berlin wird eingestellt. Die nach Westen fahrenden Züge enden ab sofort auf dem Bahnhof Friedrichstraße.»

Der Konvoi war an ihnen vorbeigefahren, und Kolja lenkte den Mercedes zurück auf die Straße, um die Fahrt in Richtung Pankow fortzusetzen. Gerber wischte sich mit der Hand über die Augen, aber das vertrieb weder seine Müdigkeit noch seine Frustration. Sie hätten es schaffen können, wahrscheinlich ohne jede Schwierigkeit, hätte Semjonow nicht so viel Wert darauf gelegt, auch noch die kleinste Randnotiz seiner Garantien durch die Amerikaner niederzuschreiben und von ihm unterschreiben zu lassen. Dabei war Gerbers Unterschrift auf diesem Papier nicht mehr wert als ein Kekskrümel.

--

Die aufgehende Sonne warf einen ersten Schimmer auf das Brandenburger Tor und die Menschen, die sich auf beiden Seiten der Grenze versammelt hatten. Auf die ostdeutschen Arbeiter, die unter dem Schutz von Polizei und Betriebskampfgruppen den Stacheldraht entrollten und Panzersperren errichteten. Auf Schützenpanzer und Wasserwerfer, die auf der westlichen Seite des Tors aufgefahren waren, davor in einem Halbkreis eine Kette von Volkspolizisten, die Karabiner mit den fest aufgepflanzten Bajonetten geschultert – eine Drohkulisse gegen die wütenden West-Berliner, die hier zusammenströmten. Immer klarer wurde ihnen, dass sie ihre Verwandten und Freunde in Ost-Berlin nicht mehr wiedersehen sollten.

Winni hatte mit dem Fotografieren aufgehört, seit die aufgepeitschte Menge fast seine Kamera vom Stativ gerissen hätte.

Eva konnte die Menschen, die schreiend und mit geballten Fäusten zum Tor drängten, nur zu gut verstehen. Längst hatte sie aufgehört, die objektive Journalistin zu sein. Ihre Gedanken kreisten nur noch um Philipp und die Frage, auf welcher Seite des Wahnsinns aus Draht, Beton und Waffen er sich befand. Aber hier würde sie keine Antwort darauf finden.

Sie blickte Winni an und brüllte, um den Lärm zu übertönen: «Wir müssen hier weg!»

Doch dazu war es zu spät. Sie waren eingekeilt in der aufgebrachten Menge, die sie immer weiter vorwärtsschob, dem Brandenburger Tor und den bewaffneten Kräften des DDR-Regimes entgegen. Lautsprecher riefen ihnen Warnungen zu, sollten sie zurückdrängen, aber für Worte war es längst zu spät. Niemand hörte zu, niemand blieb stehen, es ging überhaupt nicht.

Da trafen die Strahlen aus den Wasserwerfern auf sie und drängten sie mit Gewalt zurück. Die Menschen taumelten, stürzten, keuchten, kamen schwankend wieder hoch, nur um erneut zu stürzen. Einer riss Eva mit sich zu Boden und begrub sie unter sich. Um sie herum waren Leiber, Beine, Füße, und alles begann, sich um sie zu drehen.

Zwei kräftige Hände packten sie an der Schulter und zogen sie auf die Füße. Sie blickte in Winnis bärtiges Gesicht.

«Alles in Ordnung, Eva?»

«Nur etwas wacklig auf den Beinen.»

«Dann lass uns hier abhauen, bevor's noch schlimmer wird!»

Der Einsatz der ostdeutschen Wasserwerfer hatte die Front der Vorwärtsdrängenden aufgehalten und Lücken in sie gerissen. Mehr und mehr von ihnen wichen langsam zurück, mit ihnen Winni und die durchnässte Eva.

// KAPITEL 30 //

Im Stabszimmer lief die ganze Zeit das Radio, jetzt hatten sie den RIAS eingeschaltet. Alles, was im DDR-Rundfunk vermeldet wurde, kannten sie inzwischen auswendig. Stabszimmer, so hatte Gerber in Gedanken den Raum genannt, in dem er mit Semjonow, Ulrike Vogt und Kolja zusammenhockte. Es erinnerte ihn an eine Kommandostelle im Krieg. Über einen Stadtplan von Ost-Berlin gebeugt, spielten sie alle auch nur entfernt in Betracht kommenden Möglichkeiten durch, in den Westen zu gelangen. Mikhail patrouillierte derweil mit seiner Kalaschnikow auf dem Hof.

Wenn ihnen nicht bald ein Ausweg einfiel, würde die Fabrik vielleicht von einem sicheren Versteck zu einer tödlichen Falle werden. Inzwischen kannten sie die dreizehn Punkte, an denen ein Grenzübergang laut Radiodurchsage weiterhin möglich sein sollte. Einer davon war das Brandenburger Tor.

«Da kommen wir garantiert nicht durch», sagte Vogt. «Wir haben doch im RIAS gehört, was für ein Aufruhr dort herrscht.»

«Den könnten wir vielleicht ausnutzen, um unbemerkt in den Westen zu gelangen», schlug Kolja vor.

Vogt schüttelte so entschieden den Kopf, dass ihr rotes Haar hin und her wehte. «Ich fürchte, dort kann niemand unbemerkt über die Grenze kommen, nicht jetzt, wo alles voller Polizei und Kampfgruppen ist.»

Kolja stützte sich mit beiden Händen auf dem Kartentisch ab.

«Und wenn wir mit Gewalt durchbrechen? Mit dem kugelsicheren Mercedes könnte es gelingen.»

«Ich bezweifle, dass wir überhaupt bis zur Grenze kommen», sagte Gerber und trank einen Schluck Kaffee. «Gerade am Brandenburger Tor dürfte alles weiträumig abgesperrt sein.»

«Dann versuchen wir es an einem anderen Übergang, einem, der weniger prominent ist», schlug Kolja vor.

«Auch keine gute Idee», fand Gerber. «Pistolen- oder auch Gewehrkugeln mag der Mercedes ja abhalten, aber die Geschosse der Panzerwagen?»

«Vielleicht stehen an den anderen Übergängen keine Panzerwagen.»

«Das auszuprobieren, wäre ein Spiel mit dem Feuer, ein lebensgefährliches Spiel», blieb Gerber hart.

Er wollte zurück in den Westen und das möglichst schnell, aber auf einem Weg, der eine echte Chance bot.

«Sie sind doch ein Bürger der Bundesrepublik und haben falsche Papiere», sagte Kolja zu Gerber. «Papiere, die von echten nicht zu unterscheiden sind. Warum gehen Sie nicht einfach und versuchen, auf eigene Faust nach West-Berlin zu gelangen?»

«Dafür gibt es zwei Gründe. Erstens: Das hätte gestern bei dem üblichen Grenzverkehr wohl noch funktioniert, aber die strengen Kontrollen, die ab heute gelten, erhöhen die Wahrscheinlichkeit, dass ich auffliege. Als Angehöriger der Sicherungsgruppe hätte ich einen Prozess zu erwarten, dessen Urteil schon vorher feststünde. Zweitens: Ich habe hier eine Aufgabe übernommen.»

Semjonow sah Gerber an und lachte. «Was ist das? Deutsche Pflichterfüllung oder Nibelungentreue?»

Bei der Erörterung möglicher Fluchtwege brachte Kolja

schließlich die Idee auf, es schwimmend zu versuchen, durch die Spree oder durch den Schifffahrtskanal.

Einmal mehr schüttelte Semjonow seinen Kopf. «Da sind wir zu gute Zielscheiben. Das ist für Grenzposten wie Tontaubenschießen.»

Vogt war bei seinen Worten still geworden, wirkte fast wie erstarrt, bis sie sagte: «Überall, wo man uns sieht, besteht die Gefahr, dass man auf uns schießt. Sie dürfen uns gar nicht erst zu Gesicht bekommen.»

Semjonow legte einen Arm um die Schultern seiner Geliebten. «Woran denkst du, Ulrike?»

«Die Abwasserkanäle, Pjotr, sie wurden nie voneinander getrennt! Die Trinkwasserversorgung zwischen Ost- und West-Berlin wurde schon vor Jahren separiert, aber nicht die Abwasserkanäle. Ich war im Bauministerium bei einer Sitzung, in der es um die Abwasseranschlüsse für Neubauten ging. Daher weiß ich, dass im Archiv des Ministeriums Pläne der Abwasserkanäle liegen. Die könnte ich holen.»

«Eine gute Idee», fand Gerber. «Aber wird nach Ihnen nicht auch gesucht?»

«Vielleicht, vielleicht auch nicht, ich weiß es nicht. Aber heute ist Sonntag, da dürfte im Ministerium nicht viel los sein. Ich muss es versuchen!»

«Idee ist gut», fand Semjonow. «Aber Gerbers Überlegung ist richtig. Es kann gefährlich werden.»

«Ich werde mitkommen», sagte Gerber. «Nach mir wird offiziell nicht gefahndet, hoffe ich zumindest. Also gehe ich das geringste Risiko ein, solange ich mich im Hintergrund halte.»

--

«Nichts», sagte Eva enttäuscht und legte den Telefonhörer auf. «Der Portier sagt, er ist die ganze Nacht nicht in seinem Zimmer gewesen. Ich glaube, ich fahre einfach mal zum Hotel, vielleicht erfahre ich dort etwas.»

«Ich würde dich hinfahren», sagte Winni, der sich ein Bier aus dem Kühlschrank geholt hatte. «Aber das mit deinem Freund ist ja alles fürchterlich geheim. Außerdem muss ich zurück in die Dunkelkammer, die Fotos entwickeln. Willst du meine Autoschlüssel haben?»

«Lass mal, vielleicht brauchst du deine Brezel noch. Ich nehme den Omnibus.»

Er hatte recht, es war so geheim, dass sie das Kempinski lieber von einer Telefonzelle aus hätte anrufen sollen. Sie war sogar schon unten auf der Straße gewesen, hatte aber keine freie Zelle gefunden. An diesem Tag, an dem Berlin zerschnitten wurde wie ein Stück Torte, glühten wohl die Telefondrähte. Also war sie zurückgegangen und hatte auf die Geheimhaltung gepfiffen. Sie musste wissen, was mit Philipp war!

Eva zog den Mantel über, schnappte sich ihre Handtasche und verließ die Dachgeschosswohnung. Draußen war es so warm und hell wie schon seit Tagen nicht mehr. Ausgerechnet an diesem schlimmen Tag.

Ein Doppeldeckerbus, der in Richtung Kurfürstendamm fuhr, rollte auf die Haltestelle zu. Sie ließ die Beine fliegen, erreichte ihn noch und sprang hinein. Ihr rechter Oberschenkel schmerzte von ihrem Sturz am Brandenburger Tor. Der Bus war gerammelt voll. Halb Berlin war auf den Beinen, um mit Freunden oder Verwandten über die neue Lage zu sprechen oder um sich an der Sektorengrenze selbst ein Bild zu machen. Es war wie in einem Schlag aufgeschreckter Tauben.

Sie dachte zurück an den letzten Sonntag und an ihren

unfreiwilligen Besuch in dem Lagerhaus an der Spree. Letztlich war Semjonows Warnung vergeblich gewesen. Die ostdeutsche Führung hatte ihren Plan in die Tat umgesetzt, und der Westen hatte offenbar nichts dagegen tun können. Wirklich nicht? Ulbricht und Honecker hatten ihren Willen bekommen, und vielleicht war das manchem im Westen nur recht so, weil es die Kriegsgefahr, hervorgerufen durch die Flüchtlingswelle, gebannt, zumindest aber verringert hatte. Wahrscheinlich dachte Präsident Kennedy so, auf jeden Fall Senator Fulbright, vielleicht auch Bundeskanzler Adenauer.

Vor der Rezeption des Kempinski herrschte ein gewaltiger Andrang, und es dauerte endlose Minuten, bis sie sich zu einem Portier durchgekämpft hatte.

«Was ist hier los?», fragte sie.

«Mr. Wilder und die Filmleute reisen ab», antwortete der Portier. «Sie haben am Brandenburger Tor gedreht, soweit ich weiß. Aber da kommt jetzt keiner mehr ran, jedenfalls nicht aus dem Westen.»

Ein Mann hinter ihr sagte: «Ulbricht und seine Leute drehen da jetzt einen anderen Film, und der ist gar nicht komisch.»

Sie drehte sich um, und sah sich einem der deutschen Schauspieler gegenüber, den sie als Künstler sehr mochte.

«Herr Lothar, wie sollen die Dreharbeiten weitergehen?», fragte sie.

«In München wird alles im Studio nachgebaut, auch das Brandenburger Tor.» Der Schauspieler mit dem markanten Gesicht machte mit den Fingern die Bewegung des Geldzählens. «Wenn die Amis eins haben, dann Kohle.»

Eva wandte sich wieder dem Portier zu und fragte nach Gerald Wedekind, erhielt aber außer der Antwort, er sei nicht auf seinem Zimmer, keine weiteren Auskünfte. Als sie sich wieder umdrehte, stand noch immer der Schauspieler hinter ihr.

«Sieh an, Sie wollen zu dem geheimnisvollen Herrn Wedekind.»

«Wieso geheimnisvoll?»

«Wenn er mal da ist, hängt er mit Billy zusammen, ich meine Mr. Wilder. Die beiden tun so, als gehöre er zum Filmteam, tut er aber nicht. Gibt sich als Kameraassistent aus, latscht mit einem Zollstock durch die Gegend und hat in Wahrheit von Tuten und Blasen keine Ahnung. Wenn der vom Film ist, bin ich Flugzeugpilot.»

«Wissen Sie, wo er ist?»

«Keine Ahnung, schöne Dame. Gestern, als wir am Tor gedreht haben, ist er kurz aufgetaucht, hat seinen Zollstock gezückt und war kurz darauf wieder verschwunden. Ich glaube fast, Billy dreht hier zeitgleich einen zweiten Film, so ein Spionagestück.»

Von noch größerer Unruhe erfüllt, verließ sie das Hotel. Es konnte gut sein, dass Philipp wirklich im Ostsektor war.

Eva erspähte eine freie Telefonzelle und stürzte hinein. Sie zögerte nur kurz und tat dann, was sie nur ungern tat: Sie wählte die Privatnummer von Kriminaloberrat Wesler. Weslers Frau meldete sich.

Eva nannte ihren Namen und fragte: «Ist Ihr Gatte zu sprechen?»

«Fräulein Herden, von Ihnen habe ich ja lange nichts gehört. Aber ja, ich hole ihn an den Apparat, einen Augenblick.»

«Wesler», hörte sie kurz darauf die Stimme des Kriminaloberrats, begleitet von einem leichten Husten. «Sind Sie es wirklich, Fräulein Herden?»

«Ja, mitten aus Berlin.»

«Ich verfolge gerade die Berichte im Rundfunk und im Fernsehen. Jetzt wissen wir hundertprozentig, dass man Sie richtig informiert hat.»

«Hinterher weiß man es immer hundertprozentig», sagte sie sarkastisch. Sie fing sich wieder und fragte nach Philipp.

«Ich glaube, er ist noch in der Ostzone, Fräulein Herden. Andernfalls hätte man mich benachrichtigt.»

«Aber da muss doch was geschehen», sagte Eva mit einem Kloß im Hals. «Wir müssen Philipp helfen, in den Westen zurückzukommen!»

«Ich fürchte, da sind uns die Hände gebunden. Chruschtschow und Ulbricht sind gerade dabei, ein ganzes Volk, Millionen Menschen, vom Westen abzuschneiden. Alles ist furchtbar unübersichtlich. Vielleicht können wir etwas unternehmen, wenn sich die Lage ein wenig beruhigt hat. Aber im Augenblick ist Hauptkommissar Gerber leider auf sich allein gestellt.»

--

Ulrike Vogt steuerte den Aero Minor nach Berlin-Mitte. Bis auf das Brummen des Jawa-Motors war es still im Wagen. Ein Radio gab es in dem tschechoslowakischen Auto nicht. Gerber saß auf dem Beifahrersitz, rauchte schweigend und beobachtete die Umgebung. Je näher sie dem Zentrum Berlins kamen, desto stärker wurde der Verkehr, und in der Mehrzahl waren es Polizeifahrzeuge, dazwischen Lastwagen mit Bau- und Sperrmaterial und Pritschenwagen mit aufgesessenen Bautrupps. Als sie an einem Schützenpanzer vorbeifuhren, auf dem ein überschweres Maschinengewehr saß, kam sich Gerber mit der Makarow in der Manteltasche nicht übermäßig bewaffnet vor. Er hatte die Pistole und drei Ersatzmagazine eingesteckt, bevor er mit seiner Begleiterin die Zuckerfabrik verlassen hatte.

Im Gegensatz zu der nächtlichen Fahrt im Mercedes war Gerber jetzt auf das vorbereitet, was er zu sehen bekam. Ost-Berlin schien sich in ein Heerlager zu verwandeln. Nun, im hellen Tageslicht, die Straßen und Plätze voller paramilitärischer Fahrzeuge und voller Bewaffneter zu sehen, die für den Ernstfall in Bereitschaft standen, wirkte auf ihn ernüchternder als der Schockmoment in der Nacht. Er konnte nur hoffen, dass die westlichen Siegermächte nicht auf die Idee kamen, mit Waffengewalt gegen die Sperrmaßnahmen vorzugehen. Das würde in einem Desaster enden. Von Krieg und Zerstörung hatte die Stadt wahrlich schon genug abbekommen. Die Trümmerwüsten, die er damals, im August 1945, gesehen hatte, standen ihm so deutlich vor Augen, als wäre es erst gestern gewesen.

Ungeachtet des beträchtlichen Truppenaufmarsches kamen sie gut voran, und Gerber begann gerade, sich ein wenig zu entspannen, da tauchte vor ihnen eine Straßensperre auf. Zwei Vopos, die eben einen Konvoi mit Baufahrzeugen durchgelassen hatten, zogen ein rot-weißes Absperrgitter auf die Fahrbahn und hielten ihre Maschinenpistolen bereit. Ein weiterer Polizist gab ihnen mit seiner Kelle das Zeichen zum Anhalten. Während Vogt abbremste, ließ Gerber instinktiv seine rechte Hand in die Manteltasche gleiten, wo er die Makarow ergriff.

«Sie nähern sich der Grenze», sagte der Vopo, als er sich zum Seitenfenster hinunterbeugte und neugierig ins Innere des Wagens sah. «Da finden zurzeit Operationen zur Sicherung gegen imperialistische Umtriebe statt. Es ist besser, Sie kehren um.»

«Ministerium für Bauwesen», erwiderte Vogt und zeigte ihren Dienstausweis vor. «Man hat uns extra angerufen, zur Verstärkung, falls für die antiimperialistischen Aktionen besondere Baupläne benötigt werden.» Sie seufzte schwer. «Sonntagsarbeit, aber das kennen Sie ja auch.»

«Oh ja.»

Das ernste Gesicht des Polizisten hellte sich etwas auf, und sein Blick wanderte weiter zu Gerber. Der hielt die Pistole fest. Jetzt kam es darauf an, ob der Wachtposten auch seinen Ausweis sehen wollte. Dann wäre er aufgeflogen.

«Eine Zigarette könnte ich jetzt auch vertragen», sagte der Vopo.

Gerber versuchte sich an einem verlegenen Grinsen. «Sind aber welche vom Klassenfeind.»

Der Polizist grinste zurück. «Die Vernichtung von feindlichem Material ist doch unser aller Ziel, oder?»

Gerber zog mit der linken Hand die Packung Peer Export hervor und klopfte eine Zigarette für den Vopo heraus.

«Dürfen Sie denn auf Wache rauchen?»

«Heute achtet bestimmt niemand darauf.»

Der Polizist zog die Zigarette ganz aus der Packung und klemmte sie zwischen seine Lippen.

Gerber tat so, als würde er in seinem Mantel nach dem Feuerzeug suchen. Er hatte es längst gefunden, wollte dem Mann aber kein vergoldetes Pan-Am-Feuerzeug unter die Nase halten.

«Wo hat sich das Ding bloß versteckt?», murmelte er.

«Lassen Sie's gut sein.» Der Vopo holte eine Packung Streichhölzer aus einer Uniformtasche. «Dann noch gute Fahrt und frohe Verrichtung!»

Er trat zurück und gab seinen Kameraden einen Wink, das Absperrgitter wegzuziehen.

Gerber nickte ihm freundlich zu, und Vogt fuhr wieder an, nachdem sie das Fenster hochgekurbelt hatte.

Sie passierten die beiden Männer mit den Maschinenpistolen, und Gerber stieß einen Rauchkringel aus. «Jetzt sag noch mal einer, Rauchen sei schädlich.»

«Das war eine unnötige Gefahr», kam es barsch von Vogt. «Wäre ich allein gefahren, wäre das nicht passiert.»

«Ich finde Sie auch ganz sympathisch, Ulrike. Das liegt wohl an Ihrer warmherzigen Ausstrahlung.»

Sie erreichten die Clara-Zetkin-Straße und parkten auf dem Innenhof des Ministeriums, auf dem nur wenige Fahrzeuge standen.

Auf dem Weg zum Eingang sagte Vogt: «Ich kenne die Pförtner hier ganz gut. Überlassen Sie mir das Reden, bevor Sie wieder Ihre West-Zigaretten zücken.»

«Immer gern», murmelte Gerber und ließ ihr den Vortritt. «Falls Sie auf der Fahndungsliste stehen sollten und man Sie festnehmen will, darf ich dann einschreiten?»

Die Bemerkung trug ihm einen bösen Blick ein, bevor Vogt entschlossen die Tür öffnete.

Der Pförtner, ein älterer Mann mit lichtem, weißem Haar, beugte sich in seiner Loge neugierig vor, als sie in sein Blickfeld traten. Am Sonntag kamen, was der leere Parkplatz schon verriet, nicht viele Personen ins Ministerium.

«Guten Tag, Herr Gebhardt», grüßte Vogt. «Nicht viel los heute, im Gegensatz zu dem Aufmarsch an der Grenze.»

«Sie sagen es, Fräulein Vogt. Was bringt Sie her?»

Während er das fragte, hing sein Blick längst an dem ihm unbekannten Gerber.

«Das ist der Kollege Neumann aus dem Ministerium für Verkehrswesen, Hauptverwaltung Kraftverkehr und Straßenwesen. Aufgrund der neuen Lage und der damit verbundenen Umleitungen benötigen die Genossen in der Rathausstraße ein paar

Pläne, die in unseren Archiven schlummern. Wir wollen in den Keller und mal nachsehen, ob wir sie finden.»

Gerber nickte dem Pförtner zu.

Vogt trat an die Pförtnerloge. «Ach, Herr Gebhardt, haben Sie die Kellerschlüssel griffbereit?»

«Für Sie doch immer.» Der Alte nahm einen Schlüsselbund von einem Wandbrett und reichte ihn Vogt. «Ich vermerke im Vorgangsbuch, das ich Ihnen die Kellerschlüssel ausgehändigt habe.»

«Natürlich. Muss ich das unterschreiben?»

«Nicht nötig. Sie müssen die Schlüssel nur wieder zurückbringen.» Er zog eine dunkelblaue Kladde aus einem Regal. «Hoffentlich haben Sie keine Angst vor Mäusen, die huschen da unten gern mal rum.»

«Wenn ich Hilfe brauche, schreie ich», sagte Vogt lachend und ging mit Gerber eine breite Treppe hinab. Unten blieb sie stehen, um sich zu orientieren.

«Kennen Sie sich hier nicht aus?», fragte Gerber.

«Ehrlich gesagt, gehörte das Aktenentstauben ebenso wenig zu meinem Aufgabengebiet wie die Mäusejagd.»

Sie entschied sich für eine Richtung, und Gerber folgte ihr. Je weiter sie in die Tiefen des Kellers vordrangen, desto stärker wurde der Geruch nach Feuchtigkeit, Papier und Putzmitteln. Vogt öffnete mithilfe der Schlüssel mehrere Türen, schaltete in den jeweiligen Kellern das Licht an und sah nach den Aufschriften der Aktenschränke. Jedes Mal waren sie falsch, und Gerber begann sich zu fragen, wann der Pförtner unruhig wurde und herunterkam, um nach dem Rechten zu sehen.

«Hier ist es», sagte Vogt, als sie im fünften oder sechsten Kellerraum vor einem großen Aktenschrank standen. «Die Pläne für die Berliner Abwasseranlagen.»

Sie zog die erste von vielen Schubladen auf.

Gerber konnte seine wachsende Ungeduld nicht verhehlen. Er fragte sich, wo seine übliche Kaltblütigkeit geblieben war. Sein sechster Sinn schien ihn davor zu warnen, zu viel Zeit hier unten zu verbringen.

«Wie lange wird es noch dauern?»

Vogt durchsuchte mit flinken Fingern die einzelnen Schubladen. «Nicht so lange, wie Sie befürchten. Wir brauchen nur die Verlaufspläne, alles andere kann uns egal sein.» Keine zwei Minuten später verkündete sie: «Da ist es auch schon. Alles, was wir benötigen!»

Sie schloss die Lade wieder, und in dem Moment flog die Tür zum Kellerraum auf. Darin stand ein Mann um die vierzig. Seine schwarze Lederjacke stand offen, und in der rechten Hand hielt er einen Revolver, mit dem er auf Gerber und Vogt zielte.

«Guten Tag, Genossin Vogt. Haben Sie gefunden, was Sie suchen?»

--

Die Betriebsamkeit im Schöneberger Rathaus ließ Eva fast vergessen, dass Sonntag war. Geschäftig eilten die Mitarbeiter auf den Gängen hin und her, und auf vielen Gesichtern lag Ratlosigkeit und Schock. Wahrscheinlich hatten etliche der Leute Verwandte und Freunde in Ost-Berlin.

«Heute nicht», sagte Fräulein Kirsch, als Eva das Vorzimmer betrat. «Wirklich nicht, Fräulein Herden. Herr Bahr ist nicht da. Er hat eine Konferenz mit dem Regierenden. Die beiden sind doch heute erst mit Pan Am aus München zurückgekehrt, wollten eigentlich in Westdeutschland sein. Gestern Abend war Auftakt der heißen Wahlkampfphase in Nürnberg.»

«So etwas dachte ich mir schon, aber ich wollte es wenigstens versucht haben.»

Während Eva sprach, fühlte sie sich plötzlich unsicher auf den Beinen, und im rechten Oberschenkel stach es wieder heftig. Sie stützte sich am Schreibtisch der Vorzimmerdame ab.

Frau Kirsch sprang auf, lief um den Tisch herum und hielt sie fest. «Was ist mit Ihnen? Fühlen Sie sich nicht wohl?»

«Es ist ein hektischer Tag heute», sagte Eva, während abwechselnd heiße und kalte Wellen durch ihren Körper liefen. «Außerdem tut mein Bein weh, seit am Brandenburger Tor jemand auf mich draufgefallen ist.»

«Auf Sie draufgefallen?»

«Ja, als uns die Wasserwerfer getroffen haben.»

Fräulein Kirsch führte sie zu einem Besucherstuhl, und Eva nahm dankbar Platz.

«Ruhen Sie sich erst mal aus. Sie sind ja kreidebleich. Ich bringe Ihnen gleich Kaffee und etwas zu essen.»

Eva nickte und atmete tief durch. Sie war Fräulein Kirsch dankbar, die jetzt zum klingelnden Telefon eilte.

«Ja, Herr Bahr ist heute im Haus», sagte die Sekretärin zu dem Anrufer in einer Weise, als hätte sie diesen Satz schon hundertmal gesagt. «Nein, er ist nicht zu sprechen, er ist in einer Konferenz. Ich kann nicht sagen, wann er wieder ins Büro kommt. Er ruft Sie gern zurück, sobald er Zeit hat. Ich notiere Ihren Namen, Herr Regierungsrat, aber die Rückrufliste ist schon recht lang. Ja, auf Wiederhören.» Sie legte den Hörer auf, trug den Namen des Anrufers auf einer Liste ein und seufzte: «So geht das heute schon den ganzen Tag.»

Sie brachte einen Teller mit Gebäck. «Essen Sie erst mal etwas, der Kaffee kommt gleich.»

«Danke, Fräulein Kirsch.»

Eva fühlte sich ein wenig besser und spürte auf einmal, dass sie einen Bärenhunger hatte.

«Sie waren nicht aus reiner Neugier am Brandenburger Tor, richtig? Haben Sie jemanden drüben?»

«Ja, den Menschen, der mir von allen am meisten bedeutet.»

Eva dachte an Philipp und daran, warum sie überhaupt hier war. In der gegenwärtigen Lage konnte sie nichts für ihn tun und Egon Bahr wohl auch nicht. Aber er war vermutlich auf dem aktuellen Stand der Ereignisse, und vielleicht konnte er ihr etwas sagen, das ihr Hoffnung machte.

--

«Geisbach!», entfuhr es Ulrike Vogt beim Anblick des Mannes in der Lederjacke.

Jetzt wusste Gerber, mit wem er es zu tun hatte. Eva hatte von ihm erzählt. Richard Geisbach war der Begleiter von Vogt gewesen, als sie Kontakt zu Eva aufgenommen hatte und mit ihr in Sachen Baubrigade unterwegs gewesen war.

Geisbach betrat den großen Kellerraum. An der Art, wie er sich bewegte, erkannte Gerber, dass er mit seiner Waffe umzugehen verstand. Es war ein Nagant-Revolver, schon Ende des letzten Jahrhunderts auf den Markt gebracht, von den Sowjets aber noch fleißig im Zweiten Weltkrieg benutzt.

«Ich habe Ihren Wagen gar nicht auf dem Hof gesehen», sagte Vogt.

«So ein Unglück aber auch für Sie. Ich bin nach Ihnen gekommen, wie mir der Pförtner sagte. Und als er mir erzählte, Sie seien mit einem Begleiter in den Keller gegangen, wurde ich richtig neugierig.»

«Das ist Herr Neumann vom Ministerium für Verkehrswesen.»

«Seltsam. Ich dachte, es sei Herr Gerber von der westdeutschen Sicherungsgruppe.»

«Kennen wir uns?», fragte Gerber.

«Ich kenne Ihre Akte bei uns und Ihr Foto darin. Als ich mich über Fräulein Herden schlau gemacht habe, bin ich auf Sie gestoßen. Und was sehe ich jetzt? Die Vogt arbeitet mit Ihnen zusammen!»

«Es ist nicht so, wie es aussieht», sagte Vogt.

«Das können Sie alles später bei Ihrer Vernehmung erzählen. Jetzt holen Sie beide langsam die Waffen heraus und lassen sie auf den Boden fallen. Aber die Dinger nur mit zwei Fingern anfassen, sonst werde ich nervös!»

Gerber zog die Makarow aus der Manteltasche und merkte, dass er dabei noch etwas anderes mit nach oben zog, den Zollstock. Er hing jetzt halb aus der Tasche, aber Geisbach schien es nicht bemerkt zu haben.

«Sie auch, Vogt!»

«Ich habe gar keine Waffe bei mir.»

«Und ob! Sie vergessen wohl, dass Sie mir einmal Ihre kleine Damenpistole gezeigt haben. Also, auf den Boden damit!»

«Scheißkerl!», stieß Vogt hervor, zog eine kleine Pistole aus ihrem Mantel und ließ sie fallen. «Ich weiß schon, warum ich Ihnen nie getraut habe. Sie waren mir als Aufpasser zugeteilt, von Anfang an.»

«Und Sie haben immer versucht, mich auszubooten. Das hat mich misstrauisch gemacht.»

«Dann sind Sie nicht zufällig hier, oder?»

«Herr Gebhardt hat mich angerufen. Er hatte Anweisung, mich zu informieren, wenn Sie hier auftauchen.»

Das Wortgeplänkel verschaffte Gerber Zeit, um den Zollstock unauffällig Zentimeter für Zentimeter höher zu schieben. Jetzt fiel er aus der Manteltasche auf den Boden. Geisbach war kurz abgelenkt, und Gerber nutzte den Moment. Mit einem Hechtsprung riss er Geisbach von den Beinen, umklammerte dabei dessen rechten Unterarm und schlug die Hand des anderen derart heftig auf den Boden, dass er den Revolver losließ.

Geisbach rammte die linke Faust in Gerbers Gesicht, und sofort zuckte ein heftiger Schmerz durch seinen Kopf.

Beide Männer rangen miteinander und wälzten sich über den kalten Beton des Kellerbodens. Geisbach kam auf Gerber zu liegen und streckte eine Hand nach dem Revolver aus, aber Gerber konnte die Waffe mit einer Armbewegung wegschleudern. Sie schlitterte über den Boden und prallte mit einem metallischen Geräusch gegen einen der Aktenschränke.

Während Geisbach dem Revolver noch nachblickte, stürzte sich Vogt von hinten auf ihn und umklammerte seinen Oberkörper mit dem linken Arm. Mit der rechten Hand stieß sie ihm etwas in die Brust, immer und immer wieder.

Ein kurzer Aufschrei Geisbachs, und er sackte in sich zusammen. Jede Kraft hatte ihn verlassen, und er fiel neben Gerber auf den harten Boden.

Gerber rappelte sich auf und sicherte als Erstes den Revolver und die Makarow. Auch den Zollstock, der ihn schon zum zweiten Mal gerettet hatte, steckte er ein. Mit der Makarow in der Rechten trat er neben den reglosen Geisbach.

Jetzt erst sah Gerber, was Vogt in der Hand hielt. Was wie ein Füllfederhalter aussah, war eine tödliche Waffe, aus der eine Nadel ragte, ungefähr acht Zentimeter lang. Diese Nadel hatte sie Geisbach mehrmals ins Herz gerammt.

Sie wischte die Nadel an der Hose des Toten ab und fuhr sie durch eine kleine Drehung an dem scheinbaren Schreibutensil wieder ein.

«Die Stasi und ihre Spielzeuge», sagte Gerber angewidert.

«Das Spielzeug hat uns gerade gerettet.»

«Ich dachte, es wäre mein Zollstock gewesen.»

«Wie auch immer, wir sollten die Leiche verstecken. Das verschafft uns Zeit, wenn man nach ihm sucht. Na los, fassen Sie mit an!»

Sie trugen den Toten in einen Kellerraum auf der gegenüberliegenden Gangseite und sammelten Vogts Pistole und Gerbers heruntergefallenen Hut ein.

«Haben Sie die Pläne?», fragte Gerber.

«Sie sollten mich wirklich nicht für eine Anfängerin halten.»

Er sah ihr ins Gesicht. «Warum tun Sie das alles?»

«Das ist doch klar. Weil ich Pjotr liebe.»

Bevor sie die Kellertreppe wieder hinaufgingen, brachte Gerber sein Äußeres in Ordnung. Er klopfte seine Kleidung ab, so gut es ging.

Vogt spuckte auf ein Taschentuch und tupfte damit sein Gesicht ab. «Sie sehen aus wie ein Junge nach einer Schulhofkeilerei.»

Oben hielt der Pförtner schon nach ihnen Ausschau und hatte gerade seine Loge verlassen.

«Sie haben aber lange gebraucht.»

«Zum Glück hat der Kollege Geisbach uns geholfen, sonst hätte es noch länger gedauert», sagte Vogt.

Gebhardt blickte zur Treppe. «Ist er noch unten?»

«Ja, er sucht dort noch etwas. Wenn er hochkommt, bringt er Ihnen die Schlüssel mit.»

«Ja, gut.»

Unschlüssig blieb der Pförtner vor seiner Loge stehen und sah wieder zur Kellertreppe.

Gerber und seine Begleiterin verließen das Gebäude und gingen auf den Innenhof, wo Vogt auf einen blauen Renault deutete.

«Das ist Geisbachs Auto. Ich wusste schon, warum ich ihn nach Hause geschickt habe, bevor ich mit Fräulein Herden zu dem Lagerhaus gefahren bin.»

«Sie und Wittmann, das hat Eva mir erzählt. Wittmann ist tot und jetzt auch Geisbach. Das Unternehmen entwickelt sich zu einer verlustreichen Angelegenheit.»

Sie fuhren zurück auf die Clara-Zetkin-Straße, wo ein Schützenpanzer der Volkspolizei an ihnen vorbeirollte.

--

Eva wäre auf ihrem Stuhl fast eingeschlafen, fand sie an diesem Tag doch zum ersten Mal Ruhe. Bilder von Philipp geisterten durch ihren Kopf, wie sie sich umarmten und gemeinsam lachten. Trugbilder, das war ihr klar, weil sie und Philipp in Wahrheit durch Draht und Beton, durch Maschinenpistolen und Wasserwerfer voneinander getrennt waren.

Sie hörte eine helle, einprägsame Männerstimme, die nach wichtigen Anrufen fragte und darum bat, die fünf wichtigsten auf der Liste zu unterstreichen.

«Ich habe nicht viel Zeit zum Telefonieren, muss gleich in die nächste Sitzung und dann vor die Presse. Oje!»

Eva kämpfte gegen die Schläfrigkeit an und zwang sich, die Augen aufzureißen. Das war der Mann, den sie sprechen wollte. Seinetwegen saß sie doch hier.

Ihre Blicke trafen sich, er hatte sie wohl jetzt erst bemerkt.

«Fräulein Eva!», rief Egon Bahr überrascht.

«Fräulein Herden wartet hier schon zwei Stunden», erklärte Fräulein Kirsch. «Da konnte sie sich wenigstens etwas erholen.»

«Erholen?», fragte Bahr. «Wovon?»

«Sie ist am Brandenburger Tor vor die Wasserwerfer geraten.»

«Oje!», wiederholte er seinen Ausruf und half Eva, die etwas wacklig hochkam, beim Aufstehen. Er nahm sie mit in sein Büro, und sie setzten sich in die gemütliche Konferenzecke. Bahr beugte sich zu Eva vor und nahm ihre Hände in seine. «Die sind ja ganz kalt. Ich glaube, so richtig wohl ist Ihnen noch nicht.»

«Zu wenig Schlaf und zu viel Aufregung, Herr Bahr. Ich mache mir große Sorgen um Philipp. Er ist drüben, ausgerechnet jetzt ist er drüben.»

«Leider sieht es nicht so aus, als würde sich die Lage in absehbarer Zeit wieder normalisieren. Oder sagen wir es anders: Vielleicht werden wir den Zustand, der seit heute Morgen in Berlin herrscht, bald als normal betrachten. Die Abriegelungsmaßnahmen haben ja erst begonnen. Was jetzt noch an den meisten Stellen wie ein Provisorium aussieht, wird wahrscheinlich recht schnell ausgebaut werden.»

«Also wird es keinen militärischen Druck auf die DDR und die Sowjetunion geben?»

«Militärischer Druck? Womit denn? Die Westalliierten sind doch froh, wenn Chruschtschows Horden sie in Frieden lassen. Vor unserer Konferenz hatte Brandt ein Gespräch mit den drei westlichen Stadtkommandanten. Mit Mühe und Not konnte er sie dazu bringen, Patrouillen an die Grenze zu schicken, damit unsere Bürger sich nicht alleingelassen fühlen. Wissen Sie, wie Willy die Stadtkommandanten genannt hat? ‹Scheißer!› Aber zitieren Sie mich bloß nicht.»

«Ich bin nicht beruflich hier, Herr Bahr, leider nicht.»

«Wenn es etwas Neues gibt, werde ich mich sofort bei Ihnen melden. Versprochen. Sind Sie in der Pension am Kudamm zu erreichen?»

«Ich bin zurzeit bei einem befreundeten Fotografen untergeschlüpft.»

Sie schrieb Bahr Winnis Nummer auf.

«Es tut mir leid, wenn ich im Augenblick nicht mehr für Sie tun kann, Fräulein Eva. Der Senat ist selbst froh, wenn er irgendwie auf dem neuesten Stand ist, was in der Regel mit einiger Verzögerung geschieht. Der Kreml spricht nicht mit uns West-Berlinern, das läuft alles über Bonn.»

Sie erhob sich und lächelte tapfer. «Ich will Sie jetzt in Frieden lassen, lieber Herr Bahr. Sie haben genug zu tun. Irgendwann werden irgendwelche klugen Leute dicke Bücher darüber schreiben, wie das alles so weit kommen konnte. Und wissen Sie was?»

«Was?», fragte Bahr, als er ihr die Tür zum Vorzimmer öffnete.

«Auch dann wird es niemand verstehen.»

// KAPITEL 31 //

Montag, 14. August 1961

Gerber lehnte sich auf seinem Stuhl zurück und hörte nur mit einem Ohr zu, wie Semjonow telefonierte, denn der KGB-Mann sprach Russisch.

Es war fast vierundzwanzig Stunden her, dass die Ostzone mit der Abriegelung der Sektorengrenze begonnen hatte. Nichts deutete darauf hin, dass die Maßnahmen nur vorübergehend sein würden. Im Gegenteil. Nach allem, was Semjonow über die ihm bekannten Pläne erzählt hatte, war das alles nur der Beginn umfangreicher Arbeiten, und am Ende würde eine feste Mauer die beiden Teile Berlins voneinander trennen. Es war höchste Zeit, das «Demokratische Berlin», das so wenig demokratisch war wie die «Deutsche Demokratische Republik», zu verlassen.

Mikhail hatte ihnen gegen Mitternacht ein stärkendes Mahl serviert, einen großen Topf Borschtsch.

«Letzte Mahlzeit in DDR ist natürlich russisch», hatte Semjonow gesagt und laut gelacht. «So wie DDR auch eigentlich russisch ist, nur in klein.»

Mikhail war längst wieder draußen auf dem Gelände der Zuckerfabrik und patrouillierte mit seiner Kalaschnikow durch die Nacht.

Sie hatten ihre Ausrüstung zusammengesucht. Wichtige Papiere waren in Plastikfolie eingeschlagen, auch das Dossier über Heinz Felfe, das Gerber von Semjonow erhalten hatte. Er hatte es sich mit mehreren Streifen Klebeband auf dem Rücken befestigt. Ulrike Vogt und Kolja saßen ebenfalls im Stabszimmer.

Semjonow legte den Hörer auf und sagte: «Das war Sergei, den ich angerufen habe. Treuer Freund aus alten Zeiten, sitzt in Berliner Sowjet-Botschaft. Er sagt, man hat Leiche von diesem Giesbach gefunden.»

«Geisbach», verbesserte ihn Vogt.

«Egal. Leiche ist gefunden, und Fahndung ist eingeleitet nach dir und Gerber.»

«Aber sie suchen nach einem Herrn Neumann und kennen meine wahre Identität nicht», sagte Gerber.

«Doch, sie kennen Ihre Identität», entgegnete Semjonow. «Fahndung läuft nach Philipp Gerber von Sicherungsgruppe, gefährlicher Saboteur und Mörder.»

Gerber fischte die letzte, schon etwas zerdrückte Peer Export aus der Packung, zündete sie an und warf die leere Schachtel in den Papierkorb.

«Ich möchte wissen, woher sie meinen Namen haben.»

«Vielleicht haben sie Ihre Fingerabdrücke irgendwo im Keller gefunden», sagte Vogt. «Oder Geisbach hatte sich Notizen über Sie gemacht.»

Wie auch immer sie auf seinen Namen gekommen waren, Gerber war nicht glücklich darüber. Wenn man ihn auf der Flucht erwischte, musste er mit dem Schlimmsten rechnen, mit der Todesstrafe.

Auch Semjonow steckte sich eine Zigarette an, natürlich eine Papirossa.

«Noch etwas habe ich von Sergei erfahren. Heute Mittag sind sie gekommen und haben mein Haus in Köpenick durchsucht. Gut, dass wir dort weg sind.»

«Diese Fabrik sollten wir auch schnellstens verlassen», sagte

Gerber. «Nennen Sie es Instinkt oder Erfahrung, Herr Generalmajor, aber es kann nicht mehr lange dauern, bis sie auch dieses Versteck aufspüren.»

«Ja, das stimmt.» Semjonow sah auf seine Pobeda-Armbanduhr. «Fünfzehn Minuten nach zwei, jetzt ist beste Zeit zum Handeln. In dieser Zeit der Nacht werden Wachen müde, unaufmerksam und sehen nicht mehr so genau hin. Im Krieg haben wir gesagt, jetzt ist beste Zeit für kleines Massaker.» Er drückte die Papirossa im Aschenbecher aus und erhob sich mit dem Elan eines jungen Mannes von seinem Stuhl. «Aufbruch!»

Draußen war es kühl, aber trocken. Der Himmel war so klar wie schon lange nicht mehr, und Gerber sah hinauf zu den Sternen, die keine Grenzen und keine Mauern kannten.

«Träumen Sie nicht», sagte Vogt, die neben ihn trat. «Konzentrieren Sie sich lieber auf das, was vor uns liegt. Sie werden früh genug wieder bei Ihrer Eva sein, dann können Sie träumen.»

Gerber warf den kümmerlichen Rest der Zigarette in den Dreck und zertrat ihn.

«Sie mögen Akten über mich haben, aber von meinen Träumen wissen Sie nichts.»

Aus der Nacht tauchte Mikhail auf, so unerwartet, dass er mit seinem verbrannten Gesicht ein altes Mütterchen auf einer schlecht beleuchteten Straße zu Tode erschreckt hätte. Dieses entstellte Antlitz wirkte verschlossen und grimmig wie immer. Gerber konnte sich recht gut vorstellen, wie der Mann im Krieg zu nächtlicher Stunde losgezogen war, um ein «kleines Massaker» zu veranstalten.

Sie hatten sich dafür entschieden, mit zwei Autos zu fahren. Auch in der Nacht mussten sie mit Straßensperren und Kontrollen rechnen, und ein mit fünf Personen besetzter Wagen mochte Verdacht erregen. Semjonow, Kolja, Mikhail und Ulrike

Vogt hatten sich schon vor Tagen falsche Papiere besorgt, Gerber musste mit seiner falschen Identität als Gerald Wedekind, in Ost-Berlin durch die plötzliche Grenzsperrung gestrandeter Westdeutscher, auskommen. Er trug die Fensterglasbrille und den Fedora.

Ulrike Vogt setzte sich wieder hinter das Lenkrad des Aero Minor, und Gerber nahm neben ihr Platz. Der Wagen rollte aus dem Schuppen auf den Hof, gefolgt von dem sowjetischen Geländewagen. Kolja saß auf dem Fahrersitz des GAZ-69, Mikhail hockte neben ihm und Semjonow im Fond.

Hinter Gerber und Vogt blitzte die Lichthupe des zweiten Fahrzeugs auf, und Vogt hielt an. Kolja kam an ihre Seite, und sie öffnete die Tür.

«Was ist los?», fragte sie.

Koljas feminine Züge, die in Gerber eine schwache, nicht greifbare Erinnerung wachriefen, nahmen einen entschuldigenden Ausdruck an. «Ich muss noch mal schnell ins Haus, habe die Reservemagazine für unsere Makarows vergessen.»

Er eilte im Laufschritt zurück ins Haus.

Als Vogt sich zu Gerber wandte und sein Grinsen bemerkte, sagte sie: «Wollen Sie nicht lieber überprüfen, ob wenigstens Sie Ihre Reservemunition dabeihaben?»

«Alles am Mann. Möchten Sie mich noch einmal abtasten, um sich selbst davon zu überzeugen?»

«Ich bin nicht vergnügungssüchtig», schnaubte sie und starrte, die Hände auf dem Lenkrad, geradeaus.

Kolja kam zurück, einen kleinen Stoffbeutel in der einen Hand, mit der anderen gab er ihnen ein Zeichen, dass alles in Ordnung sei.

«Na endlich, Junior», seufzte Vogt und setzte ihren Wagen wieder in Bewegung.

Gerber blickte über die Schulter und sah, dass ihnen der Geländewagen folgte.

Die Straße war kaum befahren, und es gab auch keine Kontrollen, als sei die Absperrung der Sektorengrenze nur ein Spuk gewesen. Erst als sie sich der Innenstadt näherten, bemerkten sie an den größeren Kreuzungen Posten der Volkspolizei, die aber nichts taten außer zu beobachten. Am Bahnhof Prenzlauer Allee hatten die Vopos ein größeres Aufgebot mit Schützenpanzern und einem Wasserwerfer zusammengezogen, offenbar ein Eingreiftrupp für Notfälle. Die Straße war nicht gesperrt, und sie konnten ungehindert passieren. Semjonows Worte über die beste Stunde für ihr Unternehmen schienen sich zu bewahrheiten.

Ulrike Vogt umfuhr den Alexanderplatz und brachte sie mit einer Sicherheit zur Spree, als habe sie jahrelang ein Taxi durch Berlin gefahren. In Wahrheit hatte sie sich den Straßenverlauf genau eingeprägt, ein Fehler konnte tödlich sein.

Dieser tödliche Fehler schien schnell zu kommen, als sie versuchten, die Spree zu überqueren. An der Jannowitzbrücke traten ihnen zwei Vopos entgegen, einer mit erhobener Haltekelle, der andere mit einer Maschinenpistole im Anschlag.

«Soll ich ihn über den Haufen fahren?», fragte Vogt leise.

«Besser nicht.» Gerber umfasste die Makarow in seiner Manteltasche. «Noch haben wir eine Chance, ohne Aufsehen durchzukommen.»

Vogt bremste ab und ließ ihr Fenster nach unten.

«Wohin?», fragte der Vopo mit der Kelle ohne jeden Gruß. «Reichlich spät für eine Spazierfahrt.»

«Es ist nicht mehr weit, mein Verlobter und ich wollen in die Ohmstraße», sagte Vogt. «Der Abschnittsbevollmächtigte hat uns angerufen, weil es meiner Tante sehr schlecht geht. Sie kann das Bett nicht mehr verlassen und ist ganz allein.»

Der Polizist streckte eine Hand aus. «Ausweis!»

Vogt langte nach der kleinen Handtasche, die sie extra für diesen Zweck auf den Rücksitz gelegt hatte. Etwas umständlich öffnete sie die Tasche und zog den gefälschten Ausweis heraus, den der Vopo routiniert öffnete.

«Adelheid Warnitz aus Weißensee, Lemgoer Straße», murmelte er und betrachtete ihr Foto. «In Ordnung.»

Er gab ihr den Ausweis zurück und sah jetzt Gerber an. «Und Sie?»

«Mein Verlobter Karl, Karl Beuchert», sagte Vogt. «Er begleitet mich. So mitten in der Nacht wollte ich nicht allein fahren.»

«Ausweis», schnarrte der Vopo.

Gerber tat so, als suche er verzweifelt seine Manteltaschen ab. Wahrscheinlich blieben ihm nur noch Sekunden, bis er die Makarow ziehen musste.

«Nun mach doch schon, Karl!», zischte Vogt ihn an. «Tante Martha wälzt sich mit Schmerzen im Bett herum und wartet auf Hilfe.»

Der Vopo mit der Maschinenpistole trat einen Schritt näher und wandte sich an seinen Kameraden. «Jetzt lass sie schon durch, Edwin! Wenn ich an die letzte Nierenkolik meiner Mutter denke, wird mir ganz anders. Sie hat geschrien wie am Spieß, als ich nach Hause kam.»

Der Polizist mit der Kelle stieß einen unwilligen Seufzer aus.

«Das nächste Mal den Ausweis bereithalten», sagte er zu Gerber und trat zwei Schritte zurück. «Weiterfahren!»

Vogt kurbelte zügig die Scheibe nach oben und fuhr über die Brücke.

Gerber hielt die Makarow noch umklammert, blickte nach hinten und sah, wie der Wagen mit Semjonow, Kolja und Mikhail von dem Posten kontrolliert wurde.

«Was machen wir, wenn die anderen nicht durchkommen?», fragte Vogt, die in den Rückspiegel blickte.

Während ihrer eigenen Kontrolle hatte sie kaltblütig gewirkt, aber jetzt, als es um ihren Geliebten ging, zeigte sie Nerven.

«Beten. Etwas anderes fällt mir nicht ein.»

Sie erreichten das Ende der Brücke, wo ein zweiter Doppelposten stand, und der erste Kontrollposten mit dem GAZ-69 verschwand aus ihrem Blickfeld. Vogt fuhr langsam, war kurz davor anzuhalten.

«Fahren Sie weiter, zu Tante Martha!», sagte Gerber. «Es ist zu auffällig, so nah an der Brücke zu halten.»

Natürlich gab es keine Tante Martha, aber die Ohmstraße, eine Wohnstraße in der Luisenstadt, war der festgelegte Endpunkt ihrer Fahrt. Nicht weit entfernt lagen die Sektorengrenze und dahinter der amerikanische Sektor. Deshalb hatten sie dieses Ziel gewählt.

In der Ohmstraße brannte nur hinter wenigen Fenstern Licht. Vogt fuhr rechts ran.

«Noch zwanzig Meter weiter», sagte Gerber. «Da ist eine Straßenlaterne ausgefallen.»

Vogt parkte den Wagen in der dunklen Insel unter der defekten Laterne und blickte unverwandt in den Rückspiegel.

«Sie kommen nicht», sagte sie leise, und das Vibrieren ihrer Stimme machte ihre Anspannung deutlich. «Sie kommen einfach nicht.»

«Abwarten. Etwas anderes bleibt uns nicht übrig.»

«Sie haben leicht reden, Gerber!», fauchte Vogt ihn an. «An dem Kontrollposten hängt ja niemand fest, den Sie lieben.»

«Nein, das nicht», seufzte Gerber.

Sie drehte sich auf ihrem Sitz zu ihm um. «Entschuldigen Sie, Philipp, das war ungerecht. Sie wollen zurück in den Westen, wo Ihre Eva auf Sie wartet, und ich zicke hier rum.»

Er lächelte. «Wenn es Ihnen hilft, dann zicken Sie.»

Motorgeräusch ertönte hinter ihnen und wurde lauter. Wieder blickte er sich um und sah den klobigen Umriss des russischen Geländewagens durch den Lichtkegel einer Straßenlaterne fahren.

«Da sind Sie!»

Die sonst so nüchterne Frau neben ihm stieß fast einen Jubelruf aus.

Anfangs hatte Gerber die Zuneigung zwischen ihr und Semjonow nicht ernst genommen, da der Generalmajor in dem Ruf eines Ladykillers stand und die rothaarige Vogt, die Semjonows Tochter hätte sein können, eine sehr attraktive Frau war. Inzwischen hatte er die Überzeugung gewonnen, dass sie starke Gefühle für Semjonow hegte. Die Frage war nur, ob diese starken Gefühle erwidert wurden oder ob Ulrike Vogt für ihn nicht mehr war als eine Bettgespielin und eine fähige Agentin. Nicht sein Problem, sagte Gerber sich und stieß die Beifahrertür auf.

Vogt stand bereits auf der Straße und wollte Semjonow, als er den Geländewagen verließ, um den Hals fallen.

«Auch wenn nur hinter wenigen Fenstern Licht brennt, sollten wir hier keine Feierlichkeiten veranstalten», sagte Gerber. «Was war los?»

«Der eine Vopo wollte alles ganz genau wissen», erklärte Kolja. «Wir mussten ihn etwas härter angehen und ihm damit drohen, dass die sowjetische Botschaft sich über ihn bei Maron beschweren wird.»

Karl Maron war der Minister des Innern und der Chef der Deutschen Volkspolizei.

«Halten wir uns hier nicht weiter auf», sagte Gerber, und zu Fuß schlugen sie den Weg zur parallel verlaufenden Brückenstraße ein.

// KAPITEL 32 //

Mit jeder Sprosse wuchs bei Gerber der Eindruck, in eine ganz andere Welt hinabzusteigen. Dunkel, klamm, nach Unrat und Fäulnis stinkend, und jeder Laut erzeugte einen unwirklichen Hall. Eisensprosse um Eisensprosse, die aus dem alten Mauerwerk ragten, stieg er tiefer hinunter. Kolja hatte den Anfang gemacht und den unterirdischen Laufweg, der keinen Meter breit war, bereits erreicht. Ihm folgten Gerber, Vogt, Semjonow und als Letzter Mikhail. Der Mann mit der Kalaschnikow, die jetzt über seinem Rücken neben einem Rucksack hing, hatte den Einstiegsdeckel in der Brückenstraße mit einem Nageleisen angehoben. Und nachdem alle durch den Einstieg geschlüpft waren, hatte er den Deckel auch wieder über ihre Köpfe gezogen. Oben war Berlin, hier unten waren sie.

Auch Mikhail erreichte den Laufweg, neben dem das Abwasser in einem dreimal so breiten Bett floss. Auf der gegenüberliegenden Seite lag wieder ein schmaler Laufweg. Der gerundete Kanaltunnel aus rotem Backstein maß vom Laufweg aus an seiner höchsten Stelle allenfalls zweieinhalb Meter. In regelmäßigen, großzügigen Abständen hingen Lampen unter der Decke und sorgten für ein dämmriges Licht. Es waren Lichtinseln, die an ihren Rändern in Finsternis zerflossen. Mikhail steckte das Nageleisen zurück in den Rucksack und streifte den Gurt seiner Waffe wieder über die rechte Schulter.

Etwas huschte zwischen ihren Füßen hindurch und verschwand mit einem Platschen im Wasser. Vogt erschrak und wäre auf dem nassen, zum Wasser hin leicht abfallenden Stein fast ausgerutscht. Semjonow umschlang sie mit seinen Armen und hielt sie fest.

«Was war das?», fragte sie.

Kolja grinste. «Ich würde sagen, eine Ratte. Hier dürfte es noch ein paar mehr davon geben.»

«Solange es nur vierbeinige Ratten sind, wollen wir zufrieden sein», sagte Gerber.

Semjonow lachte hart. «Ganz richtig, Gerber, ganz richtig.»

Jedes Wort hallte nach, und Gerber musste sich bewusst machen, dass oben auf der nächtlichen, menschenleeren Straße davon nichts zu hören war.

Kolja zeigte ans andere Ende ihrer kleinen Gruppe, wo Mikhail stand. «Da geht es nach Süden, immer der Nase nach. Die wir uns am besten zuhalten sollten.»

Mikhail marschierte los, und die anderen folgten ihm in einer Reihe. Ab jetzt war alles furchtbar einfach. Sie mussten nur geradeaus gehen, immer unter der Straße entlang. So jedenfalls hatte es auf den Plänen ausgesehen. Die Brückenstraße über ihren Köpfen wurde im weiteren Verlauf zur Neanderstraße und diese zur Prinzenstraße. Mitten durch die Prinzenstraße lief die Sektorengrenze, und sobald sie die Grenze unterquert hatten, mussten sie nur noch am nächsten Ausstieg nach oben klettern, und dann hatten sie es geschafft. Die Kanalisation, die Ost und West auf so vielfältigen Wegen miteinander verband, war wohl die größte Lücke im Bemühen des Ulbricht-Regimes, Ost-Berlin abzuschotten.

Eine Weile lang war nichts zu hören außer ihren Schritten auf dem nassen Steinweg, dem leisen Glucksen des Abwassers und hin und wieder einem Platschen, wenn eine Ratte in die stinkende Brühe sprang. Vor ihnen tauchte eine finstere Stelle auf, an der die Beleuchtung ausgefallen war und wo sich der Kanal teilte. Die eine Trasse führte schräg nach links, die andere schräg nach rechts.

«Verfluchte Dunkelheit», murmelte Kolja. «Wohin müssen wir?»

«Das werden wir wohl erst erfahren, wenn wir weitergehen», sagte Gerber. «Ich kann mich jedenfalls nicht erinnern, diese Gabelung in den Plänen gesehen zu haben. Marschieren wir erst mal auf dieser Seite weiter, dann müssen wir nicht durchs Abwasser waten. Der Kompass wird uns schon sagen, ob wir weiter auf Kurs sind.»

«So machen wir es», bestätigte Semjonow und blickte auf den sowjetischen Militärkompass, dessen Lederarmband er sich um das rechte Handgelenk gebunden hatte.

Während er noch sprach, klatschte etwas über ihnen gegen die Decke, und ein Knall hallte durch die unterirdische Welt.

«Keine Bewegung, oder ihr seid tot!», rief eine Frauenstimme mit einem harten russischen Akzent. «Das Licht fällt genau auf euch, ihr seid ein gutes Ziel!»

Gerber hörte noch andere Stimmen, die miteinander tuschelten. Vermutlich hockten ihre Gegner auf dem Bodenvorsprung an der Stelle, wo der Kanal sich teilte. Die Dunkelheit war ihr Schutz, und die Lampe über ihnen war kaum zufällig ausgefallen.

Er zog die Makarow und legte auf die Lampe an, die genau über ihm hing. Sie machte aus ihm und seinen Begleitern ideale Zielscheiben.

Mikhail war schneller, und ein Feuerstoß aus der Kalaschnikow, dessen Echo durch das Kanalsystem waberte, verwandelte die Lampe in einen Scherbenhaufen. Jetzt wurden auch sie von Finsternis umhüllt. Scherben und Steinsplitter fielen auf sie herab.

Hinter Gerber ertönte ein Aufschrei, begleitet vom Knall eines Schusses, wohl ein Karabiner, und etwas Schweres fiel mit einem lauten Aufklatschen in den Kanal.

«Mikhail!», rief Semjonow. «Sie haben ihn erwischt.»

Gerber feuerte zwei Schüsse in Richtung der Kanalgabelung ab, und ein Mann schrie auf.

«Was ist mit Mikhail?», fragte Gerber.

«Er weg», antwortete Semjonow. «Ich glaube, er tot.»

«Geben Sie auf!», forderte die Frau mit dem russischen Akzent. «Es ist vorbei! Der Rückweg ist auch abgeschnitten.»

Das letzte Mal hatte Gerber diese Stimme am vorletzten Dienstag gehört, auf dem Frankfurter Flughafen. Er hatte die Szene wieder deutlich vor Augen. Major Galina Walentina Markowa hatte ihn furchtlos angesehen mit den dunklen Augen in dem ovalen Gesicht, das von dunklen Locken umspielt wurde. Das Gesicht mit den sinnlich geschwungenen Lippen.

«Haben Sie die Stimme auch erkannt, Semjonow?»

«Ja. Es ist lange her, dass ich sie gehört habe, aber es ist die Markowa.»

«Ist sie Koljas Mutter?»

«Warum fragen Sie?»

«Ist sie es?»

«Ja», sagte Semjonow leise. «Es war Krieg, und für uns zwei es gab keine Zukunft. Kolja ist bei Pflegeeltern aufgewachsen, guten Eltern. Ich habe immer für ihn gesorgt.»

«Offenbar ist Ihr Sohn da anderer Meinung», sagte Gerber. «Sonst hätte er Sie nicht an Smersch verraten.»

«Das hat er bestimmt nicht getan!»

«Nein?», fragte Gerber. «Wie erklären Sie sich dann die Falle hier und den Umstand, dass Smersch uns immer dicht auf den Fersen gewesen ist? Als er vor unserer Abfahrt noch mal ins

Haus gelaufen ist, um die angeblich vergessenen Magazine zu holen, hat er vermutlich durch einen Anruf unseren Fluchtplan verraten. Was sagen Sie dazu, Kolja?»

Kolja lachte heiser. «Sie sind klug, Gerber, aber ein bisschen zu langsam. Die Erkenntnis nutzt Ihnen nichts mehr.»

«Aber ich bin dein Vater!», rief der KGB-Mann aus. «Ich habe mich immer um dich gekümmert und hier in Deutschland zu mir geholt. Warum?»

«Es war wohl eher meine Mutter, die sich um mich gekümmert hat. Sie hat mir erzählt, wie du sie im Stich gelassen hast, um deine Offizierskarriere nicht zu gefährden. Sie und mich. Du bist ohne Ehre und Treue, ein Verräter, der jetzt mit seiner deutschen Hure überlaufen will.»

«Der Verräter bist du, Kolja», sagte Vogt. «Aber warum diese Falle hier unten? Du hättest uns längst ausliefern können.»

Gerber gab die Antwort: «Kolja wollte seinen Vater nicht einfach ausliefern. Er und seine Mutter wollten ihre ganz persönliche Rache. Ihre Smersch-Verbindungen hat die Markowa für ihre eigenen Pläne benutzt.»

«Schluss damit!», fauchte Kolja. «Ihr geht jetzt alle ins Licht und ergebt euch!»

Er richtete seine Makarow auf die anderen.

Gerbers rechter Fuß schnellte vor und krachte gegen Koljas Knie. Kolja fiel zur Seite und stürzte in den Abwasserkanal. Ein Schuss, der sich aus seiner Waffe löste, jaulte durch den Tunnel.

In der Dunkelheit war Kolja nichts als ein schemenhafter Umriss in dem stinkenden Gewässer. Gerber hörte ein Plätschern und widerstand der Versuchung, auf Kolja zu schießen. Es war nicht seine Art, einem fliehenden Mann eine Kugel in den Rücken zu jagen.

Das war auch gar nicht nötig. Sobald Kolja in den Außenbereich eines Lichtkegels watete, hallte das leicht heisere Bellen des Mosin-Nagant-Repetiergewehrs durch den Tunnel. Kolja stieß einen Schrei aus, der in einem Gurgeln erstarb, als er in der Jauche versank.

«Ein Meisterschuss, Markowa», rief Gerber durch die Dunkelheit. «Sie haben gerade Ihren eigenen Sohn erschossen.»

Er hörte flüsternde Stimmen, verstand aber nicht, was sie sagten, dann eröffneten die Gegner das Feuer. Mehrere Kugeln schlugen gegen das Mauerwerk und pfiffen als Abpraller davon, andere spritzten ins Abwasser.

«Deckung!», rief Gerber.

Als er sich der Länge nach auf den glitschigen Boden warf, rutschte der Fedora von seinem Kopf und fiel in den Kanal. Er riss die nutzlose Brille von seiner Nase und warf sie hinterher.

Vogt schrie auf und sackte in sich zusammen. Semjonow kniete sich hin und hielt sie fest, damit sie nicht in den Kanal rutschte.

Gerber holte die Taschenlampe hervor, die er vor ihrem Aufbruch in der Fabrik eingesteckt hatte, schaltete sie ein und versuchte, das Licht mit seinem Mantel abzuschirmen, um Major Markowa kein Ziel zu bieten.

Ein Schuss hatte Vogt in der Brust erwischt, nahe dem Herzen. Erst dachte er, sie habe das Bewusstsein verloren, aber sie war nur zu schwach zum Sprechen. Als sie es dennoch versuchte, brachte sie es nicht fertig, auch nur ein Wort zu formen. Zwischen ihren Lippen sickerte Blut hervor.

Er tauschte einen Blick mit Semjonow. Beide waren Soldaten gewesen und hatten viele Menschen sterben sehen. Sie wussten, dass es mit Ulrike Vogt zu Ende ging.

Markowa und ihre Begleiter hatten das Feuer eingestellt.

Wieder tuschelten sie miteinander, dann ertönten platschende Geräusche.

Sie kamen durchs Wasser.

«Sie haben gut gekämpft, Gerber», flüsterte Semjonow. «Sie sind guter Kamerad wie Mikhail. Jetzt gehen Sie und suchen Sie anderen Ausgang. Ich gebe Ihnen Feuerschutz.»

«Sie können sich noch in Sicherheit bringen», erwiderte Gerber.

Semjonow strich über das Haar seiner Geliebten. «Diesmal nicht. Kolja hat recht, ich habe immer alle im Stich gelassen, auch Galina. Aber nicht Ulrike. Ich bleibe, Sie gehen. Das ist ein Befehl von Generalmajor.»

Gerber nickte ihm zu und schaltete die Taschenlampe aus. Er erhob sich und hastete geduckt den Weg zurück, den sie gekommen waren. Kurz blieb er stehen und zerstörte die nächste Lampe, der er sich näherte, mit einem gezielten Schuss.

Fast zeitgleich ertönten hinter ihm Schüsse, Semjonows letztes Gefecht.

// KAPITEL 33 //

Irgendwann waren die Schüsse verstummt, und auch die Stimmen blieben hinter ihm zurück. Gerber hörte nur noch seine Schritte, den eigenen Atem und das Plätschern des Abwassers. Er lief, so schnell er konnte, in der Rechten die Makarow. Markowas Bemerkung, der Rückweg sei abgeschnitten, hatte er nicht vergessen.

Er hatte zwei Möglichkeiten. Wenn er die Stelle unterhalb der Brückenstraße erreichte, an der sie in die Kanalisation eingestiegen waren, konnte er dort wieder nach oben klettern. Aber dann war er immer noch in Ost-Berlin gefangen. Oder er lief ein kurzes Stück weiter. Die Pläne hatten wenige Hundert Meter von ihrer Einstiegsstelle entfernt eine Gabelung angezeigt. Der dort abzweigende Kanal führte ebenfalls unter der Sektorengrenze hindurch, ungefähr da, wo auf der Westseite das Krankenhaus Bethanien stand. Der Weg war länger, deshalb hatten sie sich bei der Fluchtplanung gegen ihn entschieden.

Als er die Einstiegsstelle erreichte, war von irgendwelchen Gegnern nichts zu sehen. Vielleicht war es nur eine leere Drohung gewesen. Diese Überlegung ermutigte ihn, weiterzulaufen und sein Glück in dem nördlich abzweigenden Kanal zu suchen.

Er hielt noch einmal inne, aber hinter sich hörte er keine Geräusche. Vielleicht gab sich Markowa damit zufrieden, ihren Ex-Geliebten überwältigt oder getötet zu haben. Und dessen jetzige Geliebte, die vermutlich tot war.

Auch die Abzweigung erreichte er ungehindert, und seine Hoffnung wuchs. Der Kanalarm, in den er hier lief, war nicht so gut beleuchtet wie der andere. Er drosselte sein Lauftempo, um nicht durch eine Unachtsamkeit in die Abwässer zu fallen.

Er schien allein zu sein, abgesehen von den Ratten. Vierbeinige Ratten, zum Glück, dachte er grimmig, und ihm war fast, als hörte er Semjonows hartes Lachen nachhallen.

Gerber lief und lief, und irgendwann stand er vor einem recht gut beleuchteten Aufstieg. Sein Herz schlug schneller, über ihm lag die Freiheit.

Er steckte die Pistole in die Manteltasche und umklammerte die rostigen Eisensprossen. Nur raus aus diesem Wahnsinn!

Als er die Hälfte hinter sich gebracht hatte, hörte er schwere Schritte und eine schneidende Männerstimme, die auf Deutsch rief: «Nicht weiter, oder ich schieße!»

Er hörte auf zu klettern und sah nach unten. Dort stand ein Mann in dunkler Kleidung, der zu ihm heraufsah und eine Maschinenpistole auf ihn richtete. Ein paar Sekunden später, und Gerber hätte es nach oben geschafft.

«Runterkommen, aber schnell!»

Die Makarow steckte in Gerbers Manteltasche, er konnte sich nicht verteidigen. Also fügte er sich und kletterte wieder nach unten.

Der Mann mit der Maschinenpistole war auf der Hut und trat ein paar Schritte zurück, sodass Gerber keine Chance hatte, ihn zu entwaffnen.

«Die Hände ganz nach oben, ist ja Platz genug», sagte der Mann und machte ein zufriedenes Gesicht. «Es war doch eine gute Idee, dass ich mich hier verborgen habe.»

«Da gehen die Meinungen auseinander», sagte Gerber, während er den Mann vor sich betrachtete.

Ungefähr dreißig, schlank, rotblondes Haar und Sommersprossen. Als ihm die Erkenntnis dämmerte, überkam es ihn, er konnte nicht anders. Auch seine Nerven waren nicht aus Stahl. Gerber begann, laut zu lachen.

--

Dienstag, 14. August 1945

Jede Kraft wich aus dem dünnen Leib des Jungen, der inmitten der Trümmerwüste so verloren wirkte wie der Letzte seiner Art. Er sackte vor Gerber auf die Knie und schluchzte hemmungslos. Dann hob er den Kopf und sah Gerber an mit jenem Blick, den er im Krieg schon so oft gesehen hatte, zu oft. Der Junge hatte mit allem abgeschlossen.

«Töten Sie mich», wisperte er mit dünner Stimme. «Bitte töten Sie mich …»

Er richtete die Mündung seiner Maschinenpistole auf den Knienden und dachte an das, was der ihm eben erzählt hatte. Von der Schändung und Ermordung seiner Mutter und seiner Schwestern und das alles vor seinen Augen.

Eine Lüge? War der Junge ein kaltherziger Werwolf, der einfach Theater spielte? Falls ja, hatte er ein Riesentalent.

Gerber konnte nicht sagen, ob der Junge log oder nicht, aber sein Gefühl und seine Erfahrung sprachen dafür, dass er die Wahrheit sagte. Trotzdem blieb eine Tatsache bestehen: Er hatte sich den Werwölfen angeschlossen, um sie bei ihrem heimtückischen Überfall zu unterstützen. Ein einsamer, verwirrter, mutloser Junge, der Anschluss gesucht hatte. Und der, wenn seine Worte stimmten, weggelaufen war, als der Überfall begann.

Seine Beteiligung an dem Überfall würde genügen, um ihn an die Wand zu stellen. Ein Toter mehr, ein Deutscher noch dazu, spielte in diesen Tagen nicht die geringste Rolle.

Gerber ließ seinen Blick über das zerbombte, zerstörte Berlin gleiten und fand, dass es heute genug Tote gegeben hatte. Was war hier noch zu vernichten außer einem Menschen, dessen Seele wohl schon mehrmals gestorben war? Irgendwann mussten Vertrauen und Hoffnung eine Chance bekommen. Selbst Jim würde es nichts mehr nutzen, wenn er den weinenden Jungen jetzt niederschoss.

«Steh auf und verschwinde», sagte Gerber leise.

Der Junge hob langsam den Kopf, und die mit Tränen erfüllten Augen in dem sommersprossigen Gesicht blickten ihn verständnislos an.

Gerber wiederholte seine Worte.

«Warum?», würgte der Junge hervor.

«Weil keine Hoffnung mehr ist, wenn keiner übrig bleibt. Los, verschwinde!»

Der Junge stand schwankend auf, murmelte ein «Danke» und stolperte in die Trümmerlandschaft hinein.

Gerber hob die Thompson und jagte einen Feuerstoß in die Luft. Der Junge zuckte nicht zusammen und drehte sich nicht zu ihm um, er stolperte einfach weiter.

Gerber machte kehrt und ging in die Richtung, wo er Sergeant McDuff vermutete.

--

Das Gesicht des Rotblonden vor ihm war ein einziger Ausdruck der Verwunderung, als Gerber lachte und lachte.

«Hören Sie endlich auf damit! Was soll das?»

«Ich lache nur über das Schicksal. Manchmal gräbt man sich sein eigenes Grab und merkt es erst nach Jahren. Nach sechzehn Jahren, sogar auf den Tag genau.»

«Sind Sie übergeschnappt? Egal, Sie leeren jetzt langsam Ihre Taschen aus, werfen alles in den Kanal, und dann marschieren wir zurück.»

«Wir sind hier aber schon im amerikanischen Sektor.»

«Ach was?» Der Rotblonde grinste. «Ich sehe hier aber keine amerikanischen Soldaten.»

«Vielleicht hätte ich meine Uniform nicht ausziehen sollen», seufzte Gerber. «Egal, ich gehe nicht noch einmal in ein ostdeutsches Gefängnis. Töten Sie mich einfach, dann haben wir beide es hinter uns.»

«Ihre Uniform? Wie meinen Sie das?» Langsam zeichnete sich in den Zügen des anderen die Erkenntnis ab. «Sie … Sie sind …»

«Tja, so trifft man sich wieder. Nur mit vertauschten Rollen.» Gerber nahm die Arme herunter. «Schießen Sie schon, Mann!»

Jetzt begann der Rotblonde zu lachen. «Das ist wirklich gut. Nur schade, dass ich es keinem erzählen kann.»

«Warum nicht? Die Geschichte von dem Blödmann, der sich sein eigenes Grab geschaufelt hat, als er ein flennendes Kind laufen ließ, kommt sicher gut bei den Genossen an.»

Der Rotblonde wurde wieder ernst und sah Gerber in die Augen.

«Verschwinden Sie», sagte er leise. «Bevor ich es mir anders überlege.»

War es eine List? Wollte sein Gegenüber ihn hinterrücks abknallen, während Gerber auf den Sprossen nach oben kletterte, die Freiheit zum Greifen nah?

Der Mann mit der Maschinenpistole wiederholte seine Aufforderung, und Gerber griff nach einer der Sprossen, begann erneut seinen Aufstieg. Unter sich sah er den Rotblonden stehen und zu ihm heraufsehen, die Waffe schussbereit. Gerber kletterte weiter, und dann war der andere plötzlich verschwunden.

Gerber hatte die Luke erreicht und musste sie nur noch aufdrücken, um in Freiheit zu sein. Irgendwo unter ihm erscholl ein trockenes Lachen und dann ein Feuerstoß aus einer Maschinenpistole.

// KAPITEL 34 //

In Spandau sprang Gerber aus dem Doppeldeckerbus und ging mit schnellen Schritten zu dem großen Mietshaus, in dessen Dachgeschoss der Fotograf Gallasch wohnte. Es war kühl, und die dichten Wolken über Berlin ließen es fast gleichgültig erscheinen, ob die Sonne bereits aufgegangen war.

Vor knapp zwei Stunden, als er in der Nähe des Bethanien-Krankenhauses aus der klammen, dämmrigen Unterwelt gestiegen war, war es ihm dagegen richtig hell vorgekommen.

Die Straße war zu dieser frühen Stunde menschenleer gewesen, und schnell hatte er den Deckel wieder auf die Öffnung geschoben. Kurz hatte er einen Blick zur nahen Sektorengrenze geworfen, jetzt ein Verhau aus Stacheldraht und Absperrungen, auf beiden Seiten von Bewaffneten bewacht. Er hatte es tatsächlich geschafft, er war in West-Berlin, aber die Erleichterung darüber paarte sich nicht mit Freude. Zu viele waren zurückgeblieben, die meisten tot, und seine Mission, Generalmajor Semjonow in den Westen zu holen, war gescheitert.

Zum Trübsalblasen war keine Zeit gewesen, und er war zur nächsten Telefonzelle gegangen. Vergebens hatte er in seinen Manteltaschen nach einer Zigarette gesucht und sich daran erinnert, dass er die leere Packung in der Zuckerfabrik weggeworfen hatte. Aber Kleingeld für seine dringenden Telefonate hatte er gefunden und zuerst Dr. Brückner in dessen Haus und dann General Anderson im Flughafenhotel aus dem Bett geklingelt. Beide Gespräche waren nur kurz gewesen, und beide Männer hatten seine Mitteilung vom Scheitern der Mission kommentarlos zur Kenntnis genommen. Sollte es Vorwürfe geben, würde er sie später zu hören bekommen.

Vor dem Krankenhaus hatte er ein Taxi zum Kempinski genommen, und der Fahrer hatte angesichts des verdreckten, stinkenden Mannes genauso die Augen verdreht wie kurz darauf der Hotelportier. Als er in seinem Zimmer die verschmutzte Kleidung abgestreift hatte, war ihm erst bewusst geworden, dass sein Ausflug nach Ost-Berlin kein vollständiger Misserfolg war. An seinem Rücken hatte das Dossier über Heinz Felfe geklebt, das Semjonow ihm übergeben hatte. Nachdem er lange und ausgiebig die Badewanne frequentiert hatte, um den Geruch nach Fäkalien, kaltem Brand und Schweiß loszuwerden, hatte er das Dossier wieder auf seinem Rücken befestigt.

Den verdreckten Mantel hatte er nicht wieder anziehen wollen, und jetzt fror er ein wenig, als er auf das Mietshaus zuging. Als hätte dieser August beschlossen, seine Temperaturen dem politischen Klima anzupassen.

«Ja», meldete sich eine müde Stimme, begleitet von einem starken Rauschen, nach Gerbers dreimaligem Klingeln durch die Gegensprechanlage. «Was für ein verrückter Hund ist da zu fast nachtschlafender Zeit?»

«Besuch für Eva.»

«Wer?»

«Sagen Sie ihr, Gerald ist hier.»

Zwanzig Sekunden später summte es, und Gerber drückte die Haustür aus schwerem Holz auf. Die alte Treppe knarrte bei jedem Schritt, und bevor er die Dachgeschosswohnung erreichte, wurde die Wohnungstür aufgerissen.

Eva!

Sie war barfuß, hatte verwuscheltes Haar und trug einen gestreiften Pyjama. Noch nie hatte sie so schön ausgesehen.

Ihr Gesicht drückte eine Mischung aus Verwunderung und Erleichterung aus.

«Du bist im Westen, Philipp?» Sie pfiff auf seinen Tarnnamen, hatte die Sache wohl schlicht vergessen.

«Seit zwei Stunden zurück», sagte er, als er die Wohnungstür erreichte.

«Seit zwei Stunden?» Mit einem lauten Klatschen landete ihre flache Hand auf seiner Wange, so heftig, dass es brannte. «Ich komme vor Sorge um dich fast um, und du meldest dich erst nach zwei Stunden?»

«Ich …»

Weiter kam Gerber nicht mit seiner Rechtfertigung. Eva schlang ihre Arme um ihn, und ihre Lippen verschlossen seine. Er genoss ihre Nähe, ihre Wärme und ihre Liebe. Die Flucht durch die Abwasserkanäle schien ihm keine zwei Stunden, sondern zwei Jahrzehnte zurückzuliegen. Die Frau in seinen Armen, Eva, war alles, was zählte.

Irgendwann nahm er einen bärtigen Mann wahr, der hinter Eva in der Wohnung stand und sein Hemd zuknöpfte.

«Nachtruhe ist ja wohl nicht mehr angesagt», sagte Gallasch. «Soll ich mich zu einem Spaziergang um den Block zurückziehen und ein paar frische Schrippen organisieren? Oder braucht ihr mich noch?»

Widerwillig löste Gerber seine Lippen von Evas und sah den Fotografen an. «Nein, im Augenblick brauchen wir Sie nicht. Es sei denn …»

«Was?», fragte Eva irritiert.

Gerber hielt ihr Gesicht in seinen Händen und sagte zu Gallasch: «Es sei denn, Eva will Sie als Trauzeugen.»

--

Vier Stunden später flogen Gerber und Eva von Tempelhof nach Köln-Wahn, und am Nachmittag fuhr Gerber gemeinsam mit Dr. Brückner vom Hauptquartier der Sicherungsgruppe in Bad Godesberg durch einen leichten Sprühregen zum Palais Schaumburg. Erwin Sattler hatte es sich nicht nehmen lassen, sie zu chauffieren. Das schlechte Wetter nahm dem schlossartigen Gebäude, das von gepflegten Parkanlagen umgeben war, viel von seiner märchenhaften Anmutung, aber was sie im Bundeskanzleramt erwartete, war gewiss auch kein zauberhaftes Märchen.

Sattler hielt unter dem Vordach, das den Eingang vor dem Regen schützte, und Dr. Brückner stieg wortlos aus, eine Aktentasche in der Hand.

«Viel Glück, Philipp», sagte Sattler leise zu Gerber, als der vom Beifahrersitz stieg. «Lass dich von dem ollen Miesepeter nicht auffressen.»

«Nach allem, was ich hinter mir habe, kann der mich nicht einschüchtern», sagte Gerber und strich den neuen Trenchcoat glatt, den er in Berlin auf dem Weg zum Flughafen gekauft hatte.

Mit dem Miesepeter war Hans Globke gemeint, der Brückner und Gerber zu sich zitiert hatte.

Wie bei Globke üblich mussten sie etliche Minuten auf dem Gang vor seinem Büro warten. Es war Globkes Art, durch solche Spielchen andere einzuschüchtern und seine Macht zu demonstrieren. Als sie endlich aufgerufen wurden und Globkes geräumiges Reich betraten, nahmen sie auf zwei Besucherstühlen vor dem Schreibtisch Platz, ohne dass der Mann dahinter sie dazu aufgefordert hatte. Auch das gehörte zu Globkes Spezialitäten: Er ließ Besucher einfach stehen, nicht aus Unachtsamkeit, sondern weil es ihm half, andere gefügig zu machen.

Globke war ein großer Mann, Anfang sechzig, mit streng nach hinten gekämmtem, stark ergrautem Haar und einer Brille mit runden Gläsern. Durch diese Brille betrachtete er Gerber eine Weile, bevor er sagte: «Glückwunsch, dass Sie es aus Ost-Berlin herausgeschafft haben, Herr Hauptkommissar. Leider haben Sie Generalmajor Semjonow nicht mitgebracht. Die Amerikaner sind sehr enttäuscht.»

«Dessen bin ich mir bewusst», sagte Gerber. «Aber nachdem seine Geliebte schwer verwundet worden war, hatte Semjonow beschlossen, bei ihr zu bleiben.»

Globke blickte auf die maschinengeschriebenen Blätter, die vor ihm auf dem Schreibtisch lagen. «Ja, ich habe Ihren Einsatzbericht gelesen, den das Büro von Dr. Brückner mir übersandt hat. Hätten Sie nicht auf den Generalmajor einwirken können, dass er seine Meinung ändert?»

«Im Kugelhagel von Smersch blieb mir dazu kaum Zeit, Herr Staatssekretär. Außerdem ist Semjonow kein Mann, der einen einmal gefassten Entschluss ändert.»

«Verstehe. Und Sie können nicht sagen, ob Semjonow überlebt hat?»

«Ich habe in der Kanalisation Schüsse gehört, mehr weiß ich nicht darüber.»

«Wir warten noch auf Reaktionen von sowjetischer Seite zu der Sache», schaltete sich Brückner ein. «Eine Meldung zum überraschenden Tod des verdienten Generalmajors Semjonow oder etwas in der Art.»

Globke schien das nicht weiter zu interessieren, sein Blick blieb auf Gerber gerichtet. «Dann war Ihr Unternehmen in Ost-Berlin alles in allem nicht von Erfolg gekrönt.»

«Da muss ich widersprechen», sagte Brückner, sichtlich bemüht, Gerber aus der Schusslinie zu nehmen. «Hauptkommissar Gerber hat von Semjonow ein Dossier über den Verräter im BND erhalten, Heinz Felfe. Nach Durchsicht des Dossiers muss ich sagen, dass wir jetzt hieb- und stichfestes Material gegen Felfe in der Hand haben.»

Er öffnete seine Aktentasche und legte den Umschlag, der nach Gerbers Berlin-Abenteuer nicht mehr sehr ansehnlich wirkte, vor Globke auf den Schreibtisch.

Globke faltete die Hände wie zum Gebet. «Sie sollten General Gehlen nicht für zu naiv halten, auch wenn Sie ihn vielleicht nicht mögen. Er hegt schon lange einen Verdacht gegen Felfe und lässt gegen ihn im eigenen Haus ermitteln.» Er klopfte auf den Umschlag. «Das Dossier werde ich Gehlen zukommen lassen, um seine Ermittlungen zu beschleunigen.»

Gerber räusperte sich. «Ich wäre gern dabei, wenn Felfe überführt wird.»

Der Staatssekretär sah ihn an wie ein Naturforscher ein seltenes Insekt. «Warum?»

«Weil Felfe mich auf eine Mission geschickt hat, die mich fast das Leben gekostet hätte. Felfe und Gehlen, der da wohl schon wusste, was er von Felfe zu halten hat. Ich möchte sogar behaupten, dass Felfe den Killer quasi auf mich angesetzt hat.»

«Ah ja, das unrühmliche Intermezzo im Nord-Express», seufzte Globke. «Ehrlich gesagt, von persönlicher Rache halte ich gar nichts. Außerdem ist es besser, wenn der BND die Angelegenheit intern regelt. Wir wollen doch zu großes Aufsehen in dieser Sache vermeiden, damit das Vertrauen unserer Bündnispartner in unseren Auslandsnachrichtendienst nicht über Gebühr beeinträchtigt wird.»

Globke wollte die Angelegenheit offensichtlich unter den Tisch kehren, sei es aus dem von ihm genannten Grund oder aus persönlicher Sympathie für Gehlen.

Als Gerber protestieren wollte, schnitt Globke ihm einfach das Wort ab: «Meine Herren, das wäre es für heute. Vielen Dank für Ihr Erscheinen.»

Beim Verlassen des Bundeskanzleramts sagte Dr. Brückner: «Ich sehe Ihnen an, dass Sie nicht zufrieden sind, Gerber, und ich verstehe Sie gut. Aber die Affäre Felfe ist jetzt nicht mehr unsere Angelegenheit. Schreiben Sie morgen Ihren ausführlichen Bericht, und wenn Sie damit fertig sind, nehmen Sie sich den Rest der Woche frei. Sonderurlaub, damit Sie sich von den Strapazen in Berlin erholen können. Lassen Sie sich von Ihrer Freundin verwöhnen. Vielleicht vergessen Sie darüber die Affäre Felfe.»

// KAPITEL 35 //

Dienstag, 15. August 1961

Am späten Abend ließ Gerber seinen Opel Kapitän von der Rheinfähre bei Rhöndorf ans Ufer rollen. Die dicke Wolkendecke erstreckte sich weit über das vor ihm aufragende Siebengebirge. Gerber ließ die Scheinwerfer aufflammen und fuhr den Weg, den er so gut kannte.

Sattler hatte den Wagen aus der Darmstädter Werkstatt abgeholt, als Gerber in Berlin gewesen war. Über die Reparaturkosten dachte Gerber lieber nicht nach, zumal noch nicht feststand, inwieweit Vater Staat sich daran beteiligen würde. Im Augenblick beschäftigten ihn andere Dinge.

Gegen Mittag hatte Gerber die ausführliche Fassung seines Berichts abgeschlossen und seinen Sonderurlaub angetreten. Eva war den Tag über zu Recherchezwecken unterwegs, und er hatte versucht, mit einem Bourbon in seiner Wohnung zu entspannen. Es wollte ihm nicht gelingen. Die Affäre Felfe mochte nicht mehr Sache der Sicherungsgruppe sein, aber er betrachtete sie weiterhin als seine persönliche Angelegenheit, und deshalb hatte er einen Entschluss gefasst.

«Willst du das wirklich tun?», hatte Eva ihn gefragt, als er ihr beim gemeinsamen Abendessen von seiner Absicht erzählt hatte, Konrad Adenauer aufzusuchen. «Du umgehst damit den Dienstweg und setzt dich über deine Vorgesetzten hinweg.»

Das alles war ihm bewusst, aber seine Frustration über den

Verlauf, den das Gespräch mit Globke genommen hatte, war zu groß. Zudem war er noch nie ein Sklave der Dienstvorschriften gewesen. Sonst hätte er Eva vieles von seiner Mission in Berlin nicht erzählen dürfen. Ausgerechnet ihr, einer linken Journalistin!

Wobei ihm schien, als habe sich ihre Einstellung zum Kommunismus in der letzten Zeit gewandelt. Was Eva bei der Absperrung der Sektorengrenze erlebt hatte, schien nur der Tropfen gewesen zu sein, der das Fass zum Überlaufen gebracht hatte. Vielleicht hatte auch ihr eigener Besuch in Rhöndorf etwas damit zu tun. Was sie ihm über ihren persönlichen Eindruck von Adenauer erzählt hatte, klang durchaus angetan. Gerber musste grinsen. Nicht, dass sie noch eine Anhängerin des Alten wurde.

Adenauers Haus am Hang war schon von Weitem zu sehen, und mehrere Fenster waren erleuchtet. Heute hatte es eine Sondersitzung des Kabinetts gegeben, um Gegenmaßnahmen zur Abriegelung der Berliner Sektorengrenze zu beraten. Gerber wusste, dass Adenauer an diesem Abend zu Hause war, um sich auf sein morgiges Treffen mit dem sowjetischen Botschafter vorzubereiten. Auch bei diesem Treffen würde es um die Berlin-Frage gehen.

Er parkte unten an der Treppe und hatte den Wagen noch nicht ganz verlassen, als schon zwei uniformierte Polizisten neben ihm standen. Gerber zeigte ihnen seinen Dienstausweis.

«Ach, Sie sind es, Herr Hauptkommissar», sagte der eine und tippte grüßend an seine Mütze. «Ich habe Ihren Wagen nicht erkannt. Früher hatten Sie doch das alte Kapitän-Modell.»

Gerber wechselte ein paar Worte mit ihm und stieg die vom Regen glitschigen Stufen hinauf. Dabei gönnte er sich noch eine Zigarette, weil er bei Adenauer nicht rauchen durfte. Falls der Kanzler ihn überhaupt empfing.

Oben sahen ihm zwei Kollegen vom Kommando Adenauer entgegen, Oberkommissar Reichardt und der kürzlich zum Kommissar beförderte Petersen.

«Hauptkommissar Gerber, wir haben Sie gar nicht erwartet», sagte Reichardt, als Gerber oben ankam. «Steht etwas an?»

«Nein, es ist ein inoffizieller Besuch.»

«Bei wem?»

Gerber machte eine Kopfbewegung in Richtung des Hauses. «Wohnt hier sonst noch jemand?»

«Beim Alten? Weiß er, dass Sie kommen?»

«Nein.»

Reichardt zog die Stirn in Falten. «Dann begleite ich Sie wohl besser.»

«Tun Sie Ihre Pflicht», sagte Gerber und ging mit ihm zur Eingangstür.

Die Haushälterin, die erst nach dem zweiten Klingeln öffnete, war nicht weniger überrascht und sagte: «Soweit ich weiß, empfängt der Herr Bundeskanzler heute keinen Besuch mehr.»

«Vielleicht sind Sie so freundlich und fragen ihn», erwiderte Gerber.

Die Haushälterin war so freundlich, wenn auch ungern, wie ihr Gesichtsausdruck zeigte. Als sie nach zwei Minuten zurückkehrte, blickte sie viel zugewandter drein.

«Der Herr Bundeskanzler erwartet Sie, Herr Hauptkommissar. Er ist in der Kajüte. Ich bereite inzwischen eine Stärkung für Sie vor.»

Die Kajüte wurde so genannt, weil der Raum mit seinen großen Fenstern, wie von einem Schiff aus, einen weiten Ausblick gewährte. Gleichzeitig war er eher klein und wurde von Adenauer als Studierzimmer genutzt und auch als Esszimmer, wenn er nicht in Gesellschaft war.

Der Kanzler saß über einem Stapel Unterlagen und erhob sich bei Gerbers Eintreten mit einer Frische, die für einen Fünfundachtzigjährigen alles andere als selbstverständlich war. Er trat dem Gast entgegen und schüttelte ihm die Hand.

«Mein lieber Jerber, ich freue mich sehr, dass Se wohlbehalten aus Berlin zurück sind. Wie ich höre, war die Zeit dort kein Zuckerschlecken. Kommen Se, setzen Se sich und erzählen Se mir von der Laje in Berlin.»

«Ich fürchte, Sie sind darüber besser informiert als ich, Herr Bundeskanzler. Ich war im Ostteil der Stadt, als die Abriegelung begann.»

«Ja, die unselije Affäre mit dem sowjetischen Jeneral», sagte Adenauer, als er sich wieder setzte. «Globke hat mir davon erzählt.»

«Der Herr Staatssekretär ist der Grund meines Besuches, gewissermaßen. Ich bin mir bewusst, dass ich gegen jede Regel und vor allem gegen den ordentlichen Dienstweg verstoße. Trotzdem habe ich eine Bitte an Sie.»

«Jeht es um diesen Verräter im BND? Von dem sprach Globke auch.»

«Ja, Herr Bundeskanzler.»

«Globke hat Se gebeten, die ganze Sache dem Jehlen zu überlassen, nicht wahr?»

«Ja, und doch habe ich eine große Bitte. Ich möchte derjenige sein, der Felfe die Handschellen anlegt.»

«Se werden einen Grund dafür haben, Jerber.» Adenauer lehnte sich zurück und streckte die Beine aus. «Dann erzählen Se mir mal janz in Ruhe von diesem Felfe.»

Gerber erstattete seinen persönlichen Bericht über Heinz Felfe, während Adenauers Haushälterin Kaffee und belegte Brote brachte. Er erzählte von dem ersten Treffen mit Felfe in München, von der Zusammenkunft mit Felfe und Gehlen in Pullach und von dem Fiasko im Nord-Express. Für den unrühmlichen Ausgang des Unternehmens Abstellgleis hielt er Felfe verantwortlich, und auch das sagte er dem Kanzler. Er schloss mit dem Hinweis darauf, dass er das Dossier über Felfe unter Einsatz seines Lebens in den Westen gebracht hatte.

«Und daraus leiten Se das Recht ab, diesem Felfe die Handschellen anzulejen, wie Se es ausdrückten?»

«Nein, kein Recht. Es ist nur ein persönlicher Wunsch und damit verbunden eine informelle Bitte, die ich an Sie richte, Herr Bundeskanzler.»

«Unter Umjehung des Dienstwegs und vor allem unter Umjehung des Herrn Staatssekretärs Globke.»

«So ist es.»

Adenauers verwittertes Gesicht wirkte so starr wie sein Blick, der Gerber zu durchdringen schien. «Globke würde darüber nicht glücklich sein. Nennen Se mir einen juten Grund, warum ich das tun sollte.»

«Ob es ein guter Grund ist, müssen Sie selbst entscheiden, aber mein Grund ist ganz einfach: um der alten Zeiten willen.»

Wieder saß Adenauer eine ganze Weile still, und nur die geöffneten Augen vermieden den Eindruck eines Schlafenden. Ruckartig erhob er sich plötzlich und reichte Gerber zum Abschied die Hand.

«Passen Se jut auf sich auf, Jerber, und auf Ihre Handschellen. Se werden die Dinger noch brauchen.»

// KAPITEL 36 //

Samstag, 19. August 1961

Hätte es nicht geregnet, hätte Gerber fast etwas gefehlt. Ein kurzer Blick in den Himmel, als er vor die Haustür trat, versprach keine Besserung. Mit schnellen Schritten ging er zu seinem Kapitän, stieg ein und legte die grüne Vierkantflasche auf den Beifahrersitz. Eigentlich hätte Eva dort sitzen sollen, aber sie war wie vom Erdboden verschwunden. Seit Tagen war sie sehr beschäftigt und spielte die Geheimnisvolle. Wie immer, wenn sie etwas Großem auf der Spur war. Sie hatte versprochen, rechtzeitig bei ihm zu sein, damit sie zusammen zu Weslers Geburtstagsparty fahren konnten. Kaffee und Kuchen am Nachmittag, und abends wollte Wesler grillen. Sein Haus in Dottendorf, ein am Fuß des Venusbergs liegender Ortsteil Bonns, hatte einen großen Garten, aber bei dem Mistwetter würde das nicht viel nutzen.

Der Kapitän sprang erst beim vierten oder fünften Startversuch an. Das war vor dem Unfall nicht so gewesen. Äußerlich war der Wagen vollständig wiederhergestellt, aber beim Fahren stieß Gerber auf die eine oder andere Macke. Das Beste war von dem Wagen runter, und er hatte den Spaß an seinem Spielzeug verloren.

Kurz überlegte er, ob er bei Eva in Bad Godesberg vorbeifahren sollte. Vielleicht war sie doch zu Hause und hatte einfach das Telefon klingeln lassen, weil sie zu tief in der Arbeit steckte. Er entschied sich dagegen. Sie hatten ausführlich über die Party gesprochen, Eva hatte ihr Erscheinen zugesichert, und er hatte dreimal bei ihr angerufen – das musste genügen. Er war schon spät dran, und jetzt war auch keine Zeit mehr, die Doornkaat-Flasche irgendwo einpacken zu lassen. Eva hätte das übernehmen sollen, er hatte kein Händchen für so was. Nicht weiter schlimm, sagte er sich, war die Flasche, Weslers Lieblingskorn, doch nur eine kleine persönliche Anerkennung. Für das Hauptgeschenk hatte die gesamte Ermittlungsabteilung zusammengelegt. Sie hatten sich nicht lumpen lassen, Wesler war sehr beliebt und wurde immerhin fünfundfünfzig. Eine Schnapszahl, dachte Gerber mit Blick auf die Flasche neben sich.

Er schaltete das Autoradio ein und hörte, wie immer in diesen Tagen, den RIAS, um in Sachen Berlin auf dem neuesten Stand zu sein. Jemand sagte auf Englisch, dass im Augenblick zusätzliche amerikanische Truppen auf dem Weg nach Berlin seien und dass General Lucius Clay auf Bitten des US-Präsidenten nach Berlin gekommen sei. Die Worte wurden ins Deutsche übersetzt, und Gerber begriff, dass es die Live-Übertragung vom Flughafen Tempelhof war. Der Sprecher war Lyndon B. Johnson, der amerikanische Vizepräsident. Er und Clay, der Held der Luftbrücke, waren ein starkes Signal, das Präsident Kennedy den Berlinern schickte, aber eben auch nicht mehr. Der Westen würde es nicht zum Krieg kommen lassen, und so war auch die militärische Verstärkung, eine eintausendfünfhundert Mann starke Kampfgruppe der achten Infanteriedivision aus Mannheim, nicht mehr als eine Geste, um die Moral der Berliner zu stärken.

Ebenso wie die sechzehn Panzer und die achtzehn gepanzerten Lastwagen, die heute von der britischen Regierung nach

Berlin entsandt wurden. Die West-Berliner waren von der Tatsache, dass nichts gegen die Grenzabsperrung unternommen wurde, wie vor den Kopf gestoßen. Die auflagenstarke *Bild-Zeitung* hatte es vor ein paar Tagen mit ihrer Schlagzeile auf den Punkt gebracht: «Der Osten handelt – was tut der Westen? Der Westen tut NICHTS!»

Der Osten handelte wirklich, und die Sperren wurden immer weiter ausgebaut, an einigen Stellen schon durch Betonplatten und Hohlblocksteine zu einer Mauer verstärkt. Vor zwei Nächten hatten ostdeutsche Maurerkolonnen eine Sperrmauer am Potsdamer Platz hochgezogen. Viele Menschen, darunter auch Volkspolizisten, versuchten die Flucht in den Westen, bevor die Sperren vollends unüberwindbar wurden, aber längst nicht allen gelang es. Als Sattler ihn gestern wegen des Geschenks für Wesler aufgesucht hatte, hatte er Gerber erzählt, dass in Ost-Berlin eine gigantische Verhaftungswelle im Rollen war, um vermeintliche oder tatsächliche Flüchtlinge, Störer und Aufwiegler von der Bildfläche verschwinden zu lassen.

Gerber wischte die Gedanken an die vertrackte Lage in Berlin beiseite und stellte das Radio aus, als die Straße mit Weslers Haus in Sicht kam. Hier reihte sich ein schmuckes Wohnhaus mit gepflegtem Vorgarten an das nächste. Er stellte den Kapitän ab, nahm die grüne Vierkantflasche und ging zu dem weiß verputzten Haus, aus dem ihm Gelächter entgegenscholl.

Frau Wesler, in einem geblümten Sommerkleid, das dunkle Haar mit viel Haarspray zu einer Farah-Diba-Frisur gestaltet, öffnete ihm mit einem herzlichen Lächeln. «Wie schön, Herr Gerber, wir haben Sie schon vermisst! Wo haben Sie Ihre nette Freundin gelassen?»

«Ganz ehrlich, das frage ich mich auch. Sie steckt mitten in wichtigen Recherchen. Ich hoffe sehr, sie stößt noch zu uns.»

Frau Wesler schüttelte den Kopf. «Was sind das bloß für Zeiten, in denen Frauen so viel arbeiten müssen.»

Wesler kam herbei, nahm Gerbers Gratulation und die Doornkaat-Flasche entgegen. «Zur Schnapszahl einen guten Schnaps, dachte ich.»

«Danke, mein Bester.» Wesler wandte sich an seine Frau und reichte die Flasche an sie weiter. «Bist du so lieb und stellst sie zu den anderen?»

Da erst sah Gerber die Anrichte, auf der schon einige Vierkantflaschen standen, ein paar hübsch eingepackt, andere mit einer Schleife verziert und wieder andere nackt wie die von Gerber.

«Den Preis für das originellste Mitbringsel bekomme ich schon mal nicht.»

Wesler winkte ab. «Das wird schon alle, wenn Sie und die Kollegen mir helfen.»

Die anderen Gäste, teilweise schon mit Kuchentellern bewaffnet, hatten den Neuankömmling bemerkt und strömten herbei. Sattler hatte seine Lilly im Arm, und Gerber ertappte sich dabei, wie er nach einem Anzeichen für den Nachwuchs Ausschau hielt. Lillys schwarzgrünes Gürtelkleid machte eine schlanke Taille, und von einer Schwangerschaft war noch nichts zu sehen. Auch die beiden erkundigten sich nach Eva, und er gab dieselbe Antwort.

«Was recherchiert sie denn schon wieder?», fragte Sattler. «Etwas im Zusammenhang mit Berlin?»

«Ich bin genauso dumm wie du.»

Lilly legte ein Lächeln auf ihr sommersprossiges Gesicht. «Wenn ich die beiden genialsten Männer der Sicherungsgruppe kurz daran erinnern darf, dass man nach Philipps Eintreffen Herrn Wesler das Geschenk übergeben könnte. Sonst denkt er noch, es bleibt bei Doornkaats gesammelten Werken.»

Sattler schlug sich gegen die Stirn. «Mensch, das liegt ja noch im Auto.»

«Tut es nicht, auch wenn du es da glatt liegen gelassen hättest», widersprach Lilly. «Ich habe dir gesagt, so etwas Teures gehört nicht ins Auto, und du hast es vorhin Frau Wesler in Verwahrung gegeben.»

«Stimmt.»

Als Sattler auf die Herrin des Hauses zusteuerte, sagte Lilly mit liebevollem Spott: «Männer!»

Gerber beugte sich zu ihr und sagte leise: «Falls Erwin da nicht wieder etwas durcheinandergebracht hat, meinen herzlichen Glückwunsch zum baldigen Nachwuchs!»

Sie lächelte und sah dann an sich hinunter. «Oh, sieht man schon was?»

«Kein bisschen, Lilly. Hättest du dunkle Haare, könnte man dich für Audrey Hepburn halten.»

«Alter Schmeichler. Ich verstehe gar nicht, warum Eva nicht endlich mit dir vor den Traualtar tritt.»

Gerber erwiderte nichts darauf, sondern ging zu Erwin und den anderen Kollegen, die alle ihren Beitrag zu dem Geschenk geleistet hatten. Sattler hatte es besorgt und sollte es daher auch überreichen.

Nach einem eher lauten als schönen Geburtstagsständchen gab er Wesler das aufwendig eingepackte Päckchen mit den Worten: «Zu welchen Höhenflügen Sie in den kommenden Jahren auch noch ansetzen werden, verehrter Herr Oberkriminalrat, mit diesem Geschenk, Ausdruck unserer großen kollegialen Zuneigung für Sie, bleiben Sie immer auf Kurs.»

Neugierig packte Wesler es aus und staunte nicht wenig, als er eine Uhr mit schwarzem Lederarmband in der Hand hielt, auf der ungefähr so viele Ziffern, Striche und sonstige Zeichen abgebildet waren wie in einem ganzen Lehrbuch für Mathematik.

«Eine Breitling Navitimer mit Rechenschieberlünette», erklärte Sattler nicht ohne Stolz. «Die tragen alle Piloten auf Überseeflügen. Wegen der Höhenflüge, von denen ich sprach.»

«Ich habe es verstanden, lieber Sattler», sagte Wesler lachend, unterdrückte ein Husten und bedankte sich herzlich bei allen. «Glaubt aber nicht, das gibt jetzt eine Gehaltserhöhung für alle in der Abteilung. Das Geld für dieses teure Geschenk seid ihr los.»

Er band sich die Uhr um und ließ sie von allen bewundern, bis er schließlich zu Gerber kam.

Unvermittelt wurde sein Gesichtsausdruck ernst. «Herr Gerber, würden Sie mich für ein paar Minuten in mein Arbeitszimmer begleiten, für ein Gespräch unter vier Augen?»

«Natürlich.»

Gerber folgte ihm mit gemischten Gefühlen ins Obergeschoss, wo in einem kleinen Zimmer mit Schrägen ein Schreibtisch, zwei Stühle, ein Bücher- und ein Aktenschrank standen. Die Möbel nahmen fast jeden verfügbaren Raum ein. Hinter ihnen schloss Wesler die Tür, und sie setzten sich.

«Zeit für ein paar ernste Worte, Herr Gerber.»

«Ich kann mir schon denken, zu welchem Thema. Mein privater Besuch beim Bundeskanzler, richtig?»

Wesler lachte lauthals, bis er wieder einen Hustenanfall bekam.

«Privater Besuch, das haben Sie wirklich hübsch gesagt. Sie liegen vollkommen richtig mit Ihrer Vermutung. Adenauer hat mit Globke gesprochen, Globke mit Brückner und Brückner mit mir. Globke war nicht gerade begeistert. Mit Ihrem Besuch beim Alten haben Sie sich keinen Freund im Bundeskanzleramt gemacht.»

«Aber ich habe …»

«Ich weiß, Sie haben Ihr Ziel erreicht», fiel Wesler ihm ins Wort. «Doch zu welchem Preis? Globke ist ein mächtiger Mann. Als Adenauers rechte Hand könnte er sehr schnell mal der Mann sein, auf dessen Unterstützung Sie angewiesen sind, Herr Kriminalrat.»

«In diesem speziellen Fall konnte ich nicht anders», sagte Gerber. «Felfe hat sein Spiel mit mir zu weit …» Gerber unterbrach sich, stutzte kurz und sagte: «Sie haben sich versprochen, Herr Kriminaloberrat, ich bin kein Kriminalrat.»

Wesler lächelte. «Noch nicht, aber das wird sich bald ändern. Dr. Brückner und ich haben Sie zur Beförderung vorgeschlagen, und Sie werden Ihren neuen Rang erhalten, sobald Sie Ihren neuen Posten bekleiden.»

«Meinen neuen Posten?»

Der Oberkriminalrat nickte. «Als Leiter der Unterabteilung zwei/Ermittlungsdienst.»

«Das ist der Stuhl, auf dem Sie sitzen.»

«Nicht mehr lange. Das Haus hier wird bald verkauft, und ich wechsle in die BKA-Zentrale nach Wiesbaden, auf einen ganz ruhigen Schreibtischjob. Als Verwaltungshengst habe ich ja schon im Krieg Erfahrungen gesammelt, bei der Marine-Nachrichtenschule in Aurich.»

Gerber war völlig überrascht. «Warum?»

«Berlin, vor sieben Jahren», seufzte Wesler. «Sie wissen ja noch, die Kugel, die mir der Fremdenlegionär in die Brust gejagt hat.»

«Walter Dorst, ja», sagte Gerber und sah den großen, muskulösen Mann wieder vor sich, der drei Jahre später in einer Frankfurter Tiefgarage vor seinen Augen erschossen worden war. «Aber die Kugel hat man Ihnen im Krankenhaus Moabit doch herausgeholt.»

«Das hat man, ja, aber die Wunde ist nie ganz verheilt. Sie hören es an meinem Husten. In letzter Zeit ist er schlimmer geworden. Meine Frau hat mich dazu gedrängt, auf einen ruhigen Posten zu wechseln, und sie hat recht. Wir haben drei Kinder, und ich möchte gern noch erleben, was aus ihnen wird. Also wird mich der Höhenflug, von dem Kollege Sattler gesprochen hat, nach Wiesbaden bringen. Haben Sie einen Vorschlag für Ihre eigene Nachfolge?»

«Sattler», sagte Gerber wie aus der Pistole geschossen. «Wäre ich damals nicht vom CIC zur Sicherungsgruppe gekommen, hätte er ohnehin meinen Job bekommen. Außerdem ist er der richtige Mann, ich vertraue ihm blind.»

«Da sind wir uns einig.» Wesler hielt Gerber die Hand hin, und er schlug ein. «Willkommen im neuen Job! Aber behalten Sie es vorerst noch für sich.»

«Und Eva?»

«Ihr können Sie es sagen, meinetwegen. Dann wird es ja nicht gleich in der Zeitung stehen.»

Wesler lachte über seinen eigenen Scherz, bis ihn ein weiterer Hustenanfall packte.

// KAPITEL 37 //

Sonntag, 20. August 1961

Jemand war in seiner Wohnung!

Die Feier war lang gewesen, und ein paar der Doornkaat-Flaschen waren in ihrem Verlauf geleert worden. Den Kapitän hatte Gerber stehen lassen und sich mit einigen Kollegen ein Taxi genommen, das ihn gegen zwei Uhr morgens vor dem Mietshaus absetzte, in dem er seit ein paar Jahren wohnte. Er sah zu seiner Wohnung hinauf und bemerkte einen schwachen Lichtschein im Wohnzimmer.

Sofort war er hellwach und ignorierte seinen Brummschädel. Er hatte sicher keine Lampe brennen gelassen, hatte er die Wohnung doch schon am Nachmittag verlassen. Im Haus zog er seine Browning, bevor er durch das enge Treppenhaus nach oben ging. Er bewegte sich so leise wie möglich und schaltete kein Licht ein. In letzter Zeit hatte man so oft versucht, ihm das Lebenslicht auszublasen, dass er nicht vorsichtig genug sein konnte.

Vor seiner Wohnungstür blieb er stehen, legte ein Ohr an die Tür und lauschte. Kein Geräusch und kein Lichtschein, der unter der Tür hinausfiel. Die Browning weiterhin in der Rechten, schob er mit der Linken leise den Wohnungsschlüssel ins Schloss und drehte ihn ebenso leise um. Ein Klacken ließ sich nicht vermeiden, und dann konnte er die Tür auch schon aufschieben. Seltsam. Er schloss die Tür beim Verlassen der Wohnung immer zweimal ab.

Sobald er den Flur betrat, ahnte er, was los war. Er roch Evas würzig-blumiges Parfüm, Nueva Maja. Die Tür zum Wohnzimmer stand einen Spalt weit auf, und in dem Zimmer brannte ein Licht, vermutlich die Stehlampe.

Er stieß die Tür mit der Linken auf. Es war die Stehlampe, und es war Eva. Sie saß in einem Sessel und war eingeschlafen, auf dem Tisch vor sich einen Stapel Papiere, daneben ein leerer Teller und ein halb volles Bierglas.

Gerber schob die Browning zurück ins Schulterholster und streifte den Mantel ab. Dabei stieß er mit einer Hand gegen die Tür, und es gab ein Klacken, leise zwar, aber doch laut genug, um Eva zu wecken.

«Wie spät ist es?», fragte sie mit verschlafener Stimme, als ihr Blick sich klärte.

«Frag lieber, wie früh. Und sag mir, warum du nicht zu Weslers Feier gekommen bist. Essen und trinken hättest du da auch können.»

Sie grinste. «Besonders trinken, nehme ich an.»

Er grinste zurück. «Nicht nur, Wesler hat fleißig gegrillt.»

«Bei dem Wetter?»

«Die Hintertür zu seinem Garten hat eine Überdachung, und darunter stand der Grill.»

Als er sie auf die Wange küsste, verzog sie das Gesicht. «Was immer dein Chef gegrillt hat, es riecht nach Korn.»

«Den gab es auch.»

«Ach, habt ihr die Doornkaat-Flasche gleich leer gemacht?»

«Nicht nur die eine. Auch ein paar Kollegen hatten die glorreiche Idee mit dem Schnaps zur Schnapszahl.»

«Dann ist es ganz gut, dass ich nicht vorbeigekommen bin. Ihr Schnapsdrosseln hättet mich nur beim Arbeiten gestört.»

«Hast du wenigstens was herausgefunden?»

«Und ob. Ich habe in den vergangenen Tagen tief in den Archiven gewühlt. Und dich dürfte das Ergebnis besonders interessieren.»

«Warum denn?»

Ein zufriedenes Lächeln erschien auf ihrem Gesicht. «Ich denke, ich weiß jetzt, wer General Anderson an die Sowjets verraten hat.»

--

Im Badezimmer schüttete Gerber sich massenweise kaltes Wasser ins Gesicht. Anschließend putzte er seine Zähne und gurgelte ordentlich, um den Schnapsgeruch ein wenig einzudämmen. Als er ins Wohnzimmer zurückkehrte, hatte Eva Kaffee gekocht und füllte zwei große Becher.

«Bist du bereit für die große Enthüllung?», fragte sie, als sie die Kanne abstellte.

«Ich bin gespannt wie ein Flitzebogen.»

Er setzte sich auf die Couch, ganz dicht an Eva, und betrachtete die Unterlagen vor ihr, handschriftliche Notizen und Kopien von Zeitungsartikeln, darunter viele englischsprachige. Auf den vielen Fotos sah er immer wieder ein und dieselbe Frau, die er sofort erkannte: Major Galina Walentina Markowa in jüngeren Jahren. Auf einigen trug sie Uniform, auf anderen Zivil. Was ihn schon beim ersten Blick erstaunte, war die starke Ähnlichkeit zwischen der jungen Scharfschützin und ihrem Sohn. Auf den Fotos war sie ungefähr so alt wie Kolja, als er starb. Hätte man ein Bild von Kolja neben eins der jungen Markowa gelegt, hätte man sie für Bruder und Schwester halten können.

«Die meisten Artikel stammen von der Propagandatour, die Galina Markowa 1943 durch die Vereinigten Staaten unternommen hat», sagte Eva. «Sie war Teil einer sowjetischen Delegation aus Soldaten und Studenten, die auf die öffentliche Meinung in den USA einwirken sollte, damit die Amerikaner eine zweite Front gegen Hitler-Deutschland bilden. Schnell schälte sich die Markowa aber als der eigentliche Star der Reisegruppe heraus. Die schöne Russin in Uniform, die eiskalt auf die Nazis schoss, das war der Stoff, auf den sich die Reporter stürzten. Zugute kam ihr dabei ihre Schlagfertigkeit, die Leichtigkeit, mit der sie fremde Sprachen erlernte, und natürlich die Zuneigung, die Eleanor Roosevelt zu ihr fasste. Dieses Foto hier zeigt die First Lady, wie sie die Reisegruppe auf dem Washingtoner Bahnhof begrüßt.»

Sie deutete auf ein Foto, das die Frau des damaligen US-Präsidenten mit mehreren jungen Leuten inmitten von Reisegepäck zeigte.

«Wieso nicht auf dem Flughafen?», fragte Gerber und trank einen großen Schluck Kaffee, um klarer denken zu können.

«Der Flug hatte mehrere Etappen, aufgrund der Kriegslage etwas verworren, die letzte Strecke ging von Kairo nach Miami, und von dort aus wurde die Sowjet-Delegation im Expresszug nach Washington gebracht. Galina Markowa wohnte einige Zeit im Weißen Haus und nahm an Banketten, Theateraufführungen, Vorträgen und so weiter teil, oft in Begleitung der First Lady.»

Eva zeigte ihm mehrere Artikel und Fotos. Gerber tippte auf ein großes Foto mit einem Mann im Mittelpunkt, der einen Kopfstand machte.

«Der hier sieht aus wie Charlie Chaplin», meinte er.

«Das ist er auch. Bei einer Rundreise durch mehrere Bundesstaaten, die Markowa in Begleitung der First Lady unternommen hat, waren sie auch bei Chaplin zu Gast.»

«Zwei wirklich dicke Freundinnen offenbar. Willst du mir

etwa sagen, die ehemalige First Lady hat General Anderson an die Markowa verraten?»

Eva lachte. «Nein, Philipp, das nicht. Aber du kommst der Sache näher. Sieh dir dieses Foto an.»

Sie zog zielsicher eine Aufnahme aus dem Stapel, die Galina Markowa, Eleanor Roosevelt, einen schlanken Mann in den Vierzigern und neben ihm eine eher kleine Frau Ende dreißig zeigte, deren Frisur in einer Nackenrolle auslief. Alle schienen bester Stimmung zu sein. Der Mann deutete zur allgemeinen Erheiterung mit dem Stiel seiner Pfeife auf seine Begleiterin, und sie tat, als würde sie vor ihm zurückweichen.

«Der Mann kommt mir entfernt bekannt vor», sagte Gerber nach einigem Überlegen. «Aber ich komme einfach nicht darauf.»

«Du kennst seinen Sohn, der zu jener Zeit noch ein Kind war.»

«Aber natürlich!» Er schnalzte mit der Zunge. «Der Mann auf dem Foto erinnert mich an Junes Mann, an Bartlett Beauville.»

«Das ist William Henry Beauville, damals Dozent an der juristischen Fakultät in Harvard, mit seiner Frau Judith. June Andersons Schwiegereltern, wären sie noch am Leben. Eleanor Roosevelt war mit den Beauvilles befreundet und hat ihnen bei diesem Empfang in Boston deine Scharfschützin vorgestellt.»

«Bartletts Eltern sind bereits tot, beide? Mir schwant nichts Gutes.»

«Sie standen politisch links und hatten Kontakte zur CPUSA, zur Kommunistischen Partei der Vereinigten Staaten. Manche Quellen sagen, William Beauville sei Mitglied der Partei gewesen, aber darüber habe ich nichts Definitives gefunden. Ihre Sympathien für die Linken haben jedenfalls ausgereicht, sie während der Kommunistenhatz, die nach Kriegsende in den

USA Fahrt aufnahm, in Bedrängnis zu bringen. 1951 erhielt Beauville eine Vorladung vor das Komitee für unamerikanische Umtriebe. Drei Tage vor dem Termin kam er bei einem Autounfall ums Leben, als er mit hoher Geschwindigkeit gegen einen Baum raste.»

«Selbstmord?»

«Vermutlich, auch wenn es offiziell bei der Unfallversion blieb. Sein Sohn, Bartlett William Beauville, war damals einundzwanzig. Obwohl es Hinweise darauf gibt, dass er in den Vierzigerjahren Kontakt zur Young Communist League, der Jugendorganisation der CPUSA, hatte, konnte er seine Harvard-Karriere fortsetzen. Auch seine Mutter wurde offenbar von Senator McCarthy und seinen Hexenjägern in Frieden gelassen. Das ist jetzt nur Spekulation, aber für mich sieht es so aus, als sei der Tod von Beauville senior der Preis dafür gewesen, dass man den Sohn und seine Mutter ungeschoren ließ. Mrs. Beauville starb übrigens 1956, offenbar eines natürlichen Todes, vielleicht aber auch an gebrochenem Herzen.»

Eva war eine gute Rechercheurin, die beste, die Gerber kannte. Was sie herausgefunden hatte, gefiel ihm ganz und gar nicht, und doch war die Schlussfolgerung, die sich daraus ergab, naheliegend. So naheliegend, dass es ihn für June schmerzte.

Er trank mehrmals von dem Kaffee, betrachtete die Fotos und Artikel auf dem Tisch und überdachte das Gehörte. Schließlich sagte er: «Du willst also andeuten, Andersons Schwiegersohn hat den General an Smersch verraten.»

Es war keine Frage, nur eine Feststellung.

«Ich halte es für wahrscheinlich. Wer wusste besser über Andersons Reisepläne Bescheid als sein mitreisender Schwiegersohn? June schließe ich mal aus. Nach allem, was ich von ihr weiß, liebt sie ihren Vater über alles.»

«Und das Motiv? Ein immer noch starker Hang zum Kommunismus? Oder Rache für den Tod seiner Eltern? Gar eine Mischung aus beidem?»

Eva breitete die Arme aus. «Das kann ich dir nicht sagen, Philipp. Frag ihn am besten selbst!»

«Weißt du was? Genau das werde ich tun!»

// KAPITEL 38 //

Am liebsten wäre Gerber sofort nach Frankfurt gefahren, aber er benötigte dringend ein paar Stunden Schlaf. Eva lag bei ihm, und er hätte eine friedliche Nacht verbringen können, doch wilde Träume plagten ihn. Darin begegnete er Heinz Felfe und Männern aus seiner Vergangenheit: Curt Hansen, Harald Warnke, Arnulf Krey. Die letzten drei waren allesamt tot, wurde ihm bewusst, als er in der Morgendämmerung erwachte. Sobald sein Verstand auf Touren kam, fiel ihm eine weitere Gemeinsamkeit ein: Alle hatten ihn oder Menschen, die ihm nahestanden, verraten, so wie auch Felfe ein Verräter war. Und offenbar Bartlett Beauville.

Noch einmal ging er alles durch, was Eva ihm ein paar Stunden zuvor erzählt hatte, und versuchte, einen Schwachpunkt in der Indizienkette zu finden. Vergebens. Wenn Eva sich in eine Recherche verbiss, beging sie keine Fehler.

Er richtete sich ein Stück auf, stützte sich auf einen Ellbogen und betrachtete die schlafende Eva neben sich. Sie lag auf der Seite, das Haar ein wilder Schleier um ihren Kopf, und selbst in einem seiner Pyjamas, der ihr viel zu groß war, wirkte sie verführerisch. So klug, so schön und noch immer jung. Im Gegensatz zu ihm, der die vierzig längst überschritten hatte.

Manchmal konnte er sein Glück kaum fassen. In Augenblicken wie diesen suchte er nach Möglichkeiten, es festzuhalten. Er dachte an die bevorstehende Beförderung, von der er Eva noch nichts erzählt hatte. An Weslers Haus in Dottendorf, das zum Verkauf stand. An Kinder, die im Garten umhertollten.

Aber er dachte auch daran, dass es wohl das Letzte war, was die selbstständige Eva vom Leben erwartete. *Frau Kriminalrat bittet zur Kaffeetafel.* Bei der Vorstellung hätte er fast vor Erheiterung losgeprustet. Auf seine Anspielung mit dem Trauzeugen, die er im Beisein von Winfried Gallasch gemacht hatte, war sie nicht eingegangen. Warum hätte sie es auch ernst nehmen sollen bei einem Mann wie ihm, dessen Job es war, nachts durch Abwasserkanäle zu schleichen, in denen die Luft nicht nur bestialisch stank, sondern auch noch bleihaltig war. *Frau Kriminalrat, leider müssen wir Ihnen mitteilen, dass Ihr Gatte gerade einer Bleivergiftung erlegen ist.* Sollte das sein Versprechen für eine gemeinsame Zukunft sein?

Als er aus dem Bett steigen wollte, fragte sie mit müder Stimme: «Wo willst du hin?»

«Unter die Dusche, und danach das Frühstück für uns machen. Vielleicht sollte ich noch Anderson anrufen und ihn bitten, heute nicht wegzugehen.»

«Klingt nach einem vollen Programm, aber etwas hast du vergessen.»

«Ach ja? Was?»

Sie drehte sich zu ihm um und strich eine Haarsträhne aus ihren Augen. «Mich! Oder ist der Schnaps neuerdings deine einzige Leidenschaft?»

Er grinste. «Der Doornkaat war schon lecker.»

«So, der Herr möchte also etwas Leckeres», sagte sie und klang jetzt gar nicht mehr verschlafen. «Mal sehen, was auf der Speisekarte steht.»

Als sie damit begann, die Knöpfe ihrer Pyjamajacke zu öffnen, beschloss Gerber, dass es noch etwas zu früh zum Aufstehen war.

--

Nach dem zweiten Frühstück, das am Küchentisch stattgefunden hatte, stiegen Gerber und Eva in den Opel Kapitän, um nach Frankfurt zu fahren. Gerber hatte mit General Anderson telefoniert, und der hatte versprochen, auf ihn zu warten.

«Eigentlich wollte ich mit June und Bart in den Zoo. Stell dir mal vor, Phil, so viele Jahre habe ich in Frankfurt gelebt, und ich war nie im Zoo. Obwohl er einer der berühmtesten Deutschlands ist.»

Gerber hatte es sich vorgestellt, aber es war ihm schwergefallen. Früher hätte Anderson auch nicht einen Gedanken an einen Zoobesuch verschwendet, es sei denn zu einem konspirativen Treffen.

«Schicken Sie die beiden doch allein hin», hatte Gerber geantwortet. «Sie sollen ihren gemeinsamen Tag genießen.»

In Gedanken hatte er hinzugefügt: Es könnte der letzte sein, den sie miteinander verbringen.

Der Himmel war bewölkt, es schien einfach kein anderes Wetter zu geben. Auf der Fahrt zur Autobahn flogen zahlreiche Wahlplakate an ihnen vorbei. «Auch morgen in Freiheit leben – CDU», «Voran mit der SPD», «FDP – nötiger denn je» und andere mehr. Die Berlin-Krise hatte den Wahlkampf in den Hintergrund gedrängt, war das beherrschende Thema in allen Reden und Interviews. Gerber fragte sich, ob Berlin an der Wahlurne tatsächlich eine Rolle spielen würde.

Als er Eva darauf ansprach, richtete sie sich auf dem Beifahrersitz auf und sah ihn an. «Ich hoffe, dass Brandt davon profitieren wird. Er hat ein klares Wort in der Sache gesprochen, hat den Westen ermahnt, deutlicher Stellung zu beziehen, und er hat Kennedy in einem Brief seine Meinung gegeigt.»

«Das wird Kennedy aber beeindruckt haben», spottete Gerber. «Gib es zu, du fliegst auf Brandt wie die meisten Frauen.»

«Nur keine Eifersucht, zum Frühstück habe ich ihn noch nicht eingeladen.»

«Das Noch habe ich jetzt überhört.»

Eva lächelte. «Dass du dein Kreuz bei Adenauer machst, ist mir klar. Dabei hat er Berlin seit der Grenzabsperrung noch nicht besucht.»

«Er wollte Vizepräsident Johnson nach Berlin begleiten, aber Johnson hat das abgelehnt. Johnson meinte, das hätte nach Wahlkampfhilfe ausgesehen.»

«Ausreden gibt es immer», seufzte sie und sah durch die Panoramascheibe nach draußen.

Gerber fuhr auf die Autobahn, die an diesem Sonntagvormittag leer war. Er beschleunigte, und die neunzig Pferdestärken zogen den Kapitän immer schneller vorwärts, ohne das weiche Fahrgefühl zu beeinträchtigen. Vielleicht war mit dem Wagen doch alles in Ordnung, und er sollte sich keinen Kopf mehr darum machen.

Immer wieder drehte sich ihr Gespräch um Berlin und um die Bundestagswahlen, aber ein Thema sparten sie aus: Bartlett Beauville. Vor ihnen lag eine heikle, unangenehme Aufgabe, und sie beide wären froh gewesen, den Sonntag mit etwas anderem verbringen zu können.

--

Hiram C. Anderson war überrascht, als Kyle Brodie nicht nur Gerber, sondern auch Eva in den Salon führte, wo zu einem Lunch gedeckt war.

«Ich wusste nicht, dass du deine Freundin mitbringst, Phil. Aber wo zwei satt werden, wird es auch für drei reichen.»

«Eva und ich haben gut gefrühstückt», sagte Gerber. «Ich habe sie mitgebracht, weil sie Ihnen den Grund unseres Kommens besser erklären kann als ich, General. Wo sind übrigens June und ihr Mann?»

«Im Zoo, wie sie es vorhatten.» Sie setzten sich, und Anderson sagte: «Bevor wir zu eurem Anliegen kommen, erzähl mir von Berlin. Da ist einiges schiefgelaufen, wie?»

Gerber erstattete ausführlich Bericht und endete mit der Bemerkung: «Ich hoffe, die hohen Herren in Washington haben Ihnen nicht zu viele Knüppel über den Kopf gehauen, Sir. Schließlich war ich es, der den Kontakt zu Semjonow hergestellt hat.»

«Eigentlich war ich es», sagte Eva.

«Stimmt, aber ich habe es vermasselt.»

«Nein, nicht vermasselt», entgegnete Anderson. «Nach allem, was du mir jetzt erzählt hast, hast du alles in deiner Macht Stehende getan. Und niemand weiß, was aus Semjonow geworden ist?»

«Mir ist nichts zu Ohren gekommen», sagte Gerber.

«Vielleicht ist er tot, vielleicht schmort er in einem KGB-Gefängnis, für ihn dürfte es ungefähr dasselbe sein.»

Eva blickte betrübt drein. «Mir tut es leid um Ulrike Vogt, sie hat so viel riskiert. Nach allem, was ich von Philipp gehört habe, ist sie vermutlich tot.»

Anderson stieß ein Knurren aus, das jedes Mitgefühl mit Vogt ausschloss. «Wer viel riskiert, kann auch viel verlieren, in unserem Metier oft das eigene Leben.»

«Wenn sie tot ist, geht es wohl auf das Konto von Major Markowa. Womit wir beim Grund unseres Besuchs wären.» Gerber öffnete die Aktentasche, in der die Ergebnisse von Evas Recherche steckten. «Eva, setz den General bitte ins Bild.»

Eva erzählte General Anderson all das, was sie in der Nacht schon Gerber erzählt hatte. Anfangs hörte Anderson ruhig zu, wurde zusehends nervöser und wirkte, als Eva zum Ende kam, zutiefst schockiert. Wie erstarrt saß er auf seinem Stuhl und schien durch seine Besucher hindurchzublicken. Nur das leichte Zittern seiner Hände verriet, wie es in ihm arbeitete.

Gerber packte die Unterlagen wieder zusammen und schloss die Aktentasche.

Eva erhob sich, beugte sich über ihn und sagte leise: «Ich mache einen Verdauungsspaziergang. Vielleicht ist es besser, wenn du und der General unter vier Augen über alles Weitere sprecht.»

--

Bartlett Beauville kehrte allein zurück und sagte mit munterer Stimme: «Ich habe schon gehört, dass Sie den General besuchen, Philipp. Wir haben draußen Ihre Freundin Eva getroffen, die mit June in ein Café gegangen ist. Über alte Zeiten reden. Eva meinte, Sie hätten mir etwas zu sagen.»

Gerber wechselte einen kurzen Blick mit Anderson. Sie hatten über ihr weiteres Vorgehen gesprochen, und der General schien bereit zu sein, so schwer es ihm auch fiel. Brodie hatten sie in Kenntnis gesetzt, ihm aber keine Einzelheiten mitgeteilt. Er wusste nur, dass ein schwerer Verdacht auf Andersons Schwiegersohn lastete und dass er sich für den Fall bereithalten sollte, dass Beauville einen Fluchtversuch unternahm.

Anderson deutete auf den Stuhl, auf dem vorhin Eva gesessen hatte. «Setz dich, Bart, ich habe eine dringende Frage an dich.»

Der Mann mit der randlosen Brille kam der Aufforderung nach, beugte sich vor und legte dabei die Hände auf die Knie.

«Ja, Dad?»

«Ich bin nicht dein Dad!», herrschte Anderson ihn in einer plötzlichen Aufwallung seiner Gefühle an. «Nenn mich nicht so, nie wieder!»

Erschrocken zuckte Beauville zurück. «Aber ich habe dich schon oft so genannt. Wo ich doch keinen eigenen Vater mehr habe.»

«Hast du es deshalb getan? War es aus Rache für den Verlust deines Vaters? Weil ich für das Land arbeite, das so etwas zugelassen hat?»

Beauville rückte seine Brille zurecht, nervös und verwirrt.

«Ich weiß nicht, wovon du sprichst.»

«Ich spreche von deinem Verrat. Du nennst mich Dad und hast mich an diese KGB-Killerin verraten! Mich, den Vater deiner Frau!»

Beauvilles Augen zuckten, die Nasenflügel vibrierten. Im Gegensatz zu Gerber und Anderson war er nicht darauf trainiert, scharfe Verhöre auszuhalten.

Gerber zog das Foto, das Beauvilles Eltern mit Eleanor Roosevelt und Galina Markowa zeigte, aus der Aktentasche und legte es vor ihm auf den Tisch. «Haben Sie Major Markowa damals schon persönlich kennengelernt?»

Beim Anblick des Fotos veränderte sich etwas in Beauvilles Gesicht. Es wirkte eingefallen, hatte seine Straffheit verloren. Sein Widerstand war gebrochen.

«Nach dem Bankett haben meine Eltern sie und Tante Eleanor mit nach Hause gebracht. Ich lag schon im Bett, aber die Stimmen haben mich geweckt, und ich habe mich aus dem Zimmer geschlichen, um sie heimlich zu beobachten. Galina hat mich oben am Treppengeländer entdeckt und gerufen: ‹Wer ist der kleine Spion, der uns da oben auskundschaftet?› Ich durfte herunterkommen und sie begrüßen. Wiedergetroffen habe ich sie als Erwachsener, bei einer Studienreise nach Moskau.»

«Hat sie dich auf June angesetzt?», fragte Anderson, jetzt ganz kalt. «Hast du meine Tochter nur deshalb geheiratet, um in meine Nähe zu kommen?»

Beauville blickte zu Boden und schwieg. Es war so gut wie ein Ja.

«Eine Frage noch», fuhr Anderson mühsam beherrscht fort. «Weshalb sollte ich sterben?»

«Galina wollte es so. Du solltest dein Wissen nicht an die DIA weitergeben und auch nicht an Philipp Gerber. June hatte so eine Bemerkung gemacht, du wolltest ihn über etwas Wichtiges in Kenntnis setzen, irgendetwas mit einem Verräter. Sie wusste nichts Genaues, aber als ich es Galina mitteilte, hat es ihr offenbar genügt.»

«Und wenn das Attentat geklappt hätte, wäre es wahrscheinlich der ostdeutschen KGB-Sektion angelastet worden und damit dem von der Markowa so gehassten Semjonow», sagte Gerber. «Ein hübscher, dreckiger Zusatznutzen.»

Anderson sah seinem Schwiegersohn in die Augen. «Hast du irgendwelche echten Gefühle für June? Das Wort Liebe möchte ich besser nicht in den Mund nehmen.»

Beauville schluckte. «Ich habe mich wirklich in sie verliebt, auch wenn mir das jetzt keiner mehr glaubt.»

«Was dich nicht davon abgehalten hat, mich ans Messer zu liefern.»

«Das kann ich nicht mehr ändern», kam es leise von Beauville.

«Wenn du vor Gericht gestellt wirst, liegen Monate, vielleicht

Jahre der Hölle vor June», sagte Anderson. «Du kannst ihr das ersparen.» Er öffnete eine Schublade und nahm einen fünfundvierziger Colt-Revolver heraus. «In der Trommel steckt eine Patrone. Den Park in der Nähe kennst du. Du musst hier im Haus keine Sauerei anrichten. Benimm dich wie ein anständiger Mann, und niemand wird von deinem Verrat erfahren!»

Ungläubig starrte Beauville auf den langläufigen Armeerevolver, den der General vor ihm auf den Tisch legte.

«Wenn ich das tu, wird man nach dem Grund fragen.»

Anderson legte einen Füllfederhalter und Papier neben die Waffe.

«Ein kurzer Abschiedsbrief reicht. Schreib, als wir kürzlich im Bad Homburger Spielcasino waren, ist deine alte Leidenschaft für das Glücksspiel wieder in dir erwacht. Du fürchtest, deine Frau durch deine Spielsucht in den Ruin zu treiben, und ziehst aus Rücksicht auf sie die Konsequenzen.»

«Ich habe keine Leidenschaft für das Glücksspiel.»

«Man wird Belege dafür finden, mein Wort darauf.»

Beauvilles Hand schwebte über dem Füllfederhalter, sein Blick suchte Halt bei Anderson.

«Aber ...»

Der General zeigte keinerlei Mitgefühl.

«Es muss erledigt sein, bevor June heimkommt. Sei ein Mann und tu es!»

// KAPITEL 39 //

Montag, 6. November 1961

«Ich hätte nicht gedacht, dass Adenauer sich an sein Versprechen dir gegenüber erinnert, er hat zurzeit doch wirklich anderes im Kopf.»

Das sagte ganz unvermittelt Erwin Sattler, der neben ihm auf dem Beifahrersitz saß und lange geschwiegen hatte. Gerber hatte schon geglaubt, sein Freund und Kollege sei eingeschlafen.

Die Sonne war noch nicht aufgegangen, und seit einer Stunde platschte Schneeregen auf seinen Opel Kapitän, der auf dem Weg nach München war. Aus dem Autoradio dudelte Tanzmusik, hin und wieder von Nachrichten und Wettermeldungen unterbrochen. In New York sollte heute auf einer Vollversammlung der Vereinten Nationen über ein Verbot sämtlicher Atomwaffenversuche abgestimmt werden, das Indien eingebracht hatte.

Mit seiner Bemerkung hatte Sattler nicht ganz unrecht. Adenauer hatte aufreibende Tage hinter sich. Bei der Bundestagswahl hatte die CDU die absolute Mehrheit verfehlt, war aber stärkste Partei geworden. Der Alte hatte nach langwierigen Verhandlungen eine Koalition zwischen der CDU, der CSU und der FDP geschmiedet. Morgen sollte es endlich so weit sein und Konrad Adenauer im Bundestag zum vierten Mal bei der Kanzlerwahl die Mehrheit der Stimmen erhalten. Und zum letzten Mal. Die FDP hatte es zur Bedingung gemacht, dass Adenauer vor Ende der Legislaturperiode von seinem Amt zurücktreten sollte. Für Gerber war das nur schwer vorstellbar. Eine Bundesrepublik ohne Adenauer an der Spitze war wie ein Mercedes ohne Stern oder ein Sonntagsessen ohne ein ordentliches Stück Fleisch auf dem Teller.

«Der nächtliche Anruf kam nicht von Adenauer, sondern von Brückner, und der wiederum hatte es aus dem Kanzleramt», erinnerte Gerber seinen Freund. «Wahrscheinlich hat Globke einen seiner Lakaien beauftragt, Brückner in letzter Sekunde Bescheid zu geben, damit ich es nach Möglichkeit nicht rechtzeitig schaffe.»

«Aber Adenauer wird Globke eingeimpft haben, auch ja an dich zu denken, wenn es Felfe an den Kragen geht.»

Gerber lachte heiser. «Gerade deshalb wird Globke alles andere als begeistert darüber gewesen sein.»

Irgendwann nach Mitternacht hatte Dr. Brückner bei Gerber angerufen und ihm mitgeteilt, er solle sofort mit einem Kollegen nach München fahren, um am Vormittag gemeinsam mit der Münchner Kriminalpolizei Heinz Felfe in Pullach zu verhaften. Gerber, der damit schon nicht mehr gerechnet hatte, war blitzschnell auf den Beinen gewesen, hatte Sattler wachgeklingelt, Eva einen Abschiedskuss gegeben, und schon waren sie auf der Autobahn gewesen.

«Danke übrigens, dass du mich als Begleitung ausgewählt hast», brummte Sattler. «Ich hatte schon befürchtet, die Nacht in Lillys weichen Armen verbringen zu müssen. Ist doch viel schöner, mit dir durch das Schneetreiben zu fahren und im Radio Bert Kaempfert zu hören.»

«Was willst du? Der Nachwuchs ist doch bereits unterwegs.»

«Stimmt. Und bei euch?»

«Was meinst du, Erwin?»

«Spreche ich Chinesisch?»

«Bei uns ist nichts geplant.»

«Nichts geplant? Was heißt das?»

«Ich habe ein paar Anspielungen in Sachen Hochzeit gemacht, aber Eva reagiert nicht darauf.»

«Mit Anspielungen kommst du nicht weiter, Philipp. Mach ihr einen ordentlichen Heiratsantrag und zack!»

Fast hätte Sattler mit der Faust aufs Armaturenbrett gehämmert.

«Wenn das so einfach wäre», seufzte Gerber und dachte zurück an jenen Sonntag im August, als Eva mit June Anderson vom Kaffeetrinken in die Villa am Mozartplatz gekommen war.

June hatte sich gewundert, dass Bartlett Beauville noch einmal weggegangen war. Kurz darauf hatten zwei Beamte einer Funkstreife geklingelt und vom Selbstmord ihres Mannes berichtet. Man hatte die Leiche im nahen Park gefunden. Für June war eine Welt zusammengebrochen. Fast wäre es ihr gelungen, aus dem Haus zu laufen, um sich ihren toten Mann anzusehen. Im letzten Augenblick hatte Kyle Brodie sie an der Haustür abgefangen und festgehalten. Sobald die Frankfurter Polizei den Leichnam freigegeben hatte, hatten June und ihr Vater ihn in die USA überführt. Gerber konnte nur hoffen, dass June niemals den wahren Grund für Beauvilles Suizid erfuhr. Es würde ihr noch einmal das Herz zerreißen.

Auf der Rückfahrt nach Bonn war Eva sehr still gewesen. Schließlich hatte sie gesagt: «Wenn man sich so sehr an einen Menschen bindet wie June, und dann endet es …» Nach einer kurzen Pause hatte sie geseufzt: «Am besten ist es wohl, gar nicht erst zu heiraten.»

Dieser Satz hatte sich tief in Gerber eingebrannt. Während er jetzt in Richtung München fuhr, ging er ihm wieder und wieder durch den Kopf.

Im Radio brachten sie einen Bericht über die Zentrale Erfassungsstelle zur Registrierung sowjetzonaler Gewaltakte, die in Westdeutschland eingerichtet worden war, um Material über Gewalttaten an der innerdeutschen Grenze und an der Berliner Mauer zu sammeln. Die Absperrung der Sektorengrenze hatte sich zu einer veritablen Mauer ausgewachsen, und das Ulbricht-Regime war beständig dabei, die Todeszone, wie Adenauer es bei seinem Berlin-Besuch am 22. August genannt hatte, auszubauen. Häuser wurden abgerissen, Eingänge auf ostdeutscher Seite zugemauert, und viele Menschen, die dennoch die Flucht versuchten, wurden festgenommen oder einfach erschossen. Mauern, mitten durch Städte oder in den Köpfen, und Lügen, die man den Menschen eintrichterte, so wie es Chruschtschow und Ulbricht bei ihren Bürgern taten, das waren Geißeln der Menschheit.

Wie so oft in den letzten Monaten dachte Gerber an Semjonow und Vogt, von denen er nie wieder etwas gehört hatte. Offiziell war Semjonow aus gesundheitlichen Gründen abgelöst worden, aber über sein weiteres Schicksal schwieg sich die Sowjetunion aus.

In München war der morgendliche Verkehr längst erwacht, obwohl es noch nicht richtig hell war. Gerber fand einen Parkplatz nahe dem Polizeipräsidium in der Ettstraße, und sie gingen durch den anhaltenden Schneeregen zum Eingang, um sich beim Pförtner zu melden.

«Wir möchten zu Kriminalhauptkommissar Ludwig», sagte Gerber nach einem kurzen Gruß. «Hauptkommissar Gerber und Oberkommissar Sattler vom Bundeskriminalamt.» Nachdem Sattler ihn in die Seite geknufft hatte, korrigierte er sich: «Kriminalrat Gerber und Hauptkommissar Sattler.»

Der Pförtner sah sie skeptisch an. «Und wer sind die Herren wirklich?»

Sie legten ihre Ausweise vor, und Sattler sagte: «Wir haben wenig Schlaf gehabt und eine lange Fahrt hinter uns. Die Beförderung liegt erst kurz zurück, zum Monatsanfang.»

«Herzlichen Glückwunsch, der Hauptkommissar Ludwig ist in der Kantine.»

«Prima», sagte Sattler. «Ich habe nämlich Hunger wie ein Bär. Wo müssen wir hin?»

«Den Gang immer geradeaus und dann die Treppe nach unten.» Er beschrieb den beiden noch den Hauptkommissar, damit sie ihn auch finden konnten.

Als sie die Kantine betraten, ging Sattler sofort zum Büfett, während Gerber sich im Raum umsah. Er brauchte nicht lang, um einen kleinen, drahtigen Mann mit spitzem Gesicht als den Kollegen zu identifizieren. «Hauptkommissar Ludwig?»

«Derselbe.» Angesichts seines fragil wirkenden Äußeren hatte er einen erstaunlich festen Händedruck. «Und Sie sind entweder der ehemalige oder der gegenwärtige Hauptkommissar aus Bad Godesberg, nehme ich an.»

«Der ehemalige. Der gegenwärtige ist schon unterwegs, um sich ein Brötchen einzuverleiben.»

«Hierzulande nennt man das eine Semmel.»

«Haben Sie den Haftbefehl?»

Hauptkommissar Ludwig zog das Dokument aus seinem Jackett und reichte es Gerber.

«Man hat mir gesagt, Sie möchten die Verhaftung gern persönlich durchführen, Herr Kriminalrat.»

Sie frühstückten gemeinsam, bevor sie nach Pullach aufbrachen.

--

Gerber blickte zum wiederholten Mal und mit zunehmender Ungeduld auf seine Uhr. Seit zwei Stunden saß er mit Sattler, Ludwig und einem BND-Mann, der sich Bernhard nannte, was aber vermutlich ein Deckname war, in einem Zimmer im Doktorhaus, ohne dass etwas geschah.

Bernhard hatte sie am Tor von Camp Nikolaus abgeholt, sich als Verantwortlicher für die Sicherheit vorgestellt, sich zu ihnen in den Kapitän gesetzt und war mit ihnen zum Doktorhaus gefahren. Sie hatten weder Gehlen noch Felfe gesehen und saßen einfach hier herum, während dieser Bernhard ihnen einen Vortrag hielt. Die Überführung des Verräters sei keinesfalls allein auf das Dossier zurückzuführen, das man vom Bundeskanzleramt erhalten habe. Vielmehr habe der Bundesnachrichtendienst selbst in mühsamer Kleinarbeit Beweise gegen Felfe und seinen Komplizen Hans Clemens zusammengetragen. Und so weiter.

Clemens sollte zeitgleich in seiner Kölner Wohnung verhaftet werden. Gerber, seit fünf Tagen Weslers Nachfolger und damit Leiter der Ermittlungsabteilung, hatte die Kommissare Senft und Liepelt beauftragt, die Verhaftung in Zusammenarbeit mit der Kölner Kriminalpolizei vorzunehmen. Er hatte sie angerufen, bevor er das Münchener Präsidium verlassen hatte.

«Was dauert denn so lange?», fragte Gerber an Bernhard gewandt. «Wird Felfe erst noch befördert?»

Der BND-Mann lächelte hintergründig. «So ähnlich. Herr Langendorf hat ihn unter dem Vorwand einbestellt, ihm solle die Georgsmedaille für seine zehnjährige Mitarbeit im Bundesnachrichtendienst verliehen werden. Vermutlich macht Langendorf sich den Spaß, die Verleihung tatsächlich vorzunehmen.»

Langendorf war auch ein Deckname. Dahinter verbarg sich Wolfgang Langkau, ein ehemaliger Wehrmachtsgeneral, der im BND Leiter des Strategischen Dienstes war. Gerber hatte darüber nachgedacht, ob Gehlen bei der Verhaftung des wohl größten Verräters anwesend sein würde, den der BND jemals hervorgebracht hatte. Aber das war nicht Gehlens Stil, der Mann hatte kein Format.

Das Telefon klingelte zweimal, dann war es wieder still. Bernhard stand nach dem zweiten Klingeln aus seinem Sessel auf.

«Meine Herren, das ist Ihr Auftritt!»

Er führte die drei Polizisten über den Flur ein paar Türen weiter und trat in ein Vorzimmer, ohne anzuklopfen.

Als die Vorzimmerdame sie ansah, deutete er mit dem Daumen auf die geschlossene Durchgangstür und fragte leise: «Langenfeld und Friesen?»

Sie nickte nur, als sie die beiden Decknamen hörte.

«Dann mal hinein in die gute Stube», sagte Bernhard.

Heinz Felfe und ein Endfünfziger, dessen gerade Haltung etwas Militärisches an sich hatte, saßen sich gegenüber und sprachen miteinander. Das Gespräch verstummte beim Eintreten der vier Männer. Bernhard trat zu dem Mann mit der militärischen Haltung und zog ihn sanft aus seinem Sessel, um mit ihm den Raum zu verlassen.

Felfes Gesichtsausdruck wechselte von Überraschung zu Erkenntnis. Sobald er Gerber sah, wusste er, was die Stunde geschlagen hatte.

«Guten Tag, Herr Felfe», sagte Gerber betont höflich. «Für Sie beginnt jetzt Ihre ganz eigene Operation Abstellgleis.»

Umständlich stand Felfe aus seinem Sessel auf und führte mit einer raschen Bewegung eine Hand zum Mund.

Sattler war schneller, packte Felfes rechten Unterarm mit beiden Händen und drehte diese in entgegengesetzte Richtungen. Vor Schmerz stöhnte Felfe auf, öffnete die Hand, und etwas Kleines, Schwarzes fiel auf den Teppich.

Gerber hob es mit einer schnellen Bewegung auf. Er hatte erst gedacht, wohl genauso wie Sattler, dass Felfe eine Giftkapsel schlucken wollte.

«Gut gemacht, Erwin», sagte Gerber und hielt in der offenen Hand einen winzigen Gegenstand aus Plastik. «Da wollte unser Herr Friesen alias Felfe vor unseren Augen ein Beweisstück hinunterschlucken.»

Sattler strahlte. «Ein Minox-Film, schau an. Ich bin gespannt, was wir darauf finden werden.»

«Auf jeden Fall etwas Belastendes.»

Gerber steckte den winzigen Film ein, und Hauptkommissar Ludwig durchsuchte Felfe nach Waffen, während Sattler Felfes Hände festhielt.

«Sauber», sagte Ludwig und trat zurück.

«Darauf habe ich lange gewartet», sagte Gerber und zog seine Handschellen hervor. «Herr Felfe, ich habe einen Haftbefehl gegen Sie und vollstrecke ihn hiermit. Die Gründe sind mannigfach, und wir werden uns noch ausgiebigst über die Einzelheiten unterhalten.»

Er schloss die Handschellen mit einem doppelten Klicken um Felfes Handgelenke.

«Sie kommen sich wohl sehr schlau vor, Gerber», sagte Felfe. «Ihr alle kommt euch so schlau vor, aber während ihr eure kleinen Siege feiert, schaffen die Sowjets Tatsachen. Schaut nach Berlin, die Mauer konntet ihr alle nicht verhindern!»

«Leider», sagte Gerber. «Wer sich darüber freut, der freut sich auch über die vielen Toten, die die Mauer mit sich gebracht hat und noch mit sich bringen wird.» Er schob Felfe ins Vorzimmer. «Nach Ihrer Verurteilung, Herr Felfe, werden Sie viel Zeit haben, sich über den Wert oder Unwert von Mauern Gedanken zu machen.»

// EPILOG //

Samstag, 11. November 1961

«Na, da haben Weslers aber Glück! Heute lacht ausnahmsweise mal die Sonne.»

«Was?», murmelte Gerber, kniff die Augen zusammen und blickte zu Eva, die die Schlafzimmervorhänge aufgezogen hatte. Ein sehr schöner Anblick, wie er fand, trug sie doch nicht einen einzigen Fetzen Stoff am Leib. «Komm doch wieder ins Bett, Eva! Sonst wird dir noch kalt!»

«Eben war uns beiden recht warm, und dir ging es so gut, dass du danach wieder eingeschlafen bist.»

«Und? Das schreit doch nach Wiederholung. Ich werde dich in meinen starken Armen halten und wärmen.»

«Du wirst nachher Möbel und Umzugskisten in deinen starken Armen halten», sagte Eva lachend. «Vergiss nicht, dass wir Weslers versprochen haben, beim Umzug zu helfen.»

«Hast du es so eilig?»

Sie drehte sich zu ihm um, und sein Verlangen, Eva zurück ins Bett zu holen, wuchs.

«Sie nehmen doch nicht alles mit nach Wiesbaden. Frau Wesler will mir die Sachen zeigen, die sie hierlassen. Vieles ist noch gut, und ich könnte es übernehmen.»

«Du?» Wahrscheinlich war er noch nicht ganz wach, aber seine Leitung war sehr lang. «Was willst du mit den Möbeln und Teppichen und was da noch alles ist?»

«Wenn man so ein Haus übernimmt, muss was drin sein. Ist doch viel gemütlicher, wenn man darin wohnt.»

Gerber sah Eva noch immer an, voller Bewunderung und Verlangen, und das half ihm nicht gerade, sich zu konzentrieren.

«Verstehe ich das richtig? Du willst das Haus übernehmen?»

«Du denkst wohl auch: Wer unter der Woche gewiefte Spione verhaftet, darf am Wochenende das Gehirn ruhig mal abstellen.»

«Aber das Haus und das Grundstück, das alles ist doch viel zu groß für dich!»

«Für einen allein schon, für eine Familie nicht.»

«Familie. Aber du …»

«Ich weiß», sagte Eva. «Dazu brauche ich erst einmal einen Mann. Aber ich denke, ich finde schon einen, wenn ich im *General-Anzeiger* eine Anzeige aufgebe. Oder was meinst du?»

Sie präsentierte sich ihm wie ein Modell auf dem Laufsteg, ein unbekleidetes Modell.

«Anzeige?»

«Ehewünsche. Das ist so eine Rubrik bei den Kleinanzeigen, wo man sich einen Ehepartner sucht, wenn man sonst keinen findet.»

Die Leitung in Gerbers Verstand hatte den Wackelkontakt überwunden. Blitzschnell rollte er sich im Bett herum, packte Eva und zog sie an sich, zurück ins Bett. Sein Herz klopfte bis zum Hals.

«Ich habe auch schon ein Kennwort für deine Kleinanzeige», flüsterte er ihr ins Ohr.

«Ach ja?»

«Ja! Es lautet: schon vergeben.»

Keine Stunde später trafen sie vor dem Haus der Weslers auf Sattler und Lilly, die gerade aus Sattlers zweifarbig lackiertem Taunus stiegen. Wie Gerber und Eva hatten auch die beiden grobe Arbeitskleidung angezogen. Inzwischen war der Nachwuchs unter Lillys Latzhose deutlich zu erkennen.

Während Eva zu Lilly ging, kam Sattler auf Gerber zu und sagte leise: «Ihr zwei habt euch ja sehr leidenschaftlich geküsst, bevor ihr aus dem Wagen gekommen seid.»

Gerbers Herz klopfte immer noch wie wild, und er sagte mit belegter Stimme: «Stell dir vor, Erwin, sie hat Ja gesagt. Als hätte Eva gewusst, dass ich sie schon die ganze Zeit über fragen wollte.»

«Tatsächlich?» Sattler grinste von einem Ohr zum anderen und hieb mit der rechten Faust kräftig in die linke Hand. «Und zack!»

// NACHWORT DES AUTORS //

Die Mauer, die Berlin einst teilte, ist heute nur noch eine mehr oder minder ferne Erinnerung und für die nach ihr Geborenen nur noch ein Stück Geschichte. Als ich geboren wurde, stand sie bereits, und in meiner Kindheit und Jugend war sie eine so unverrückbare Realität, dass ich auf ihren Fall nicht hätte wetten mögen. Zum Glück gehört es zu den Unwägbarkeiten des Schicksals, dass es auch Erfreuliches bereithält. Der Fall der Mauer, der Niedergang des SED-Regimes, die Wiedervereinigung Deutschlands – das alles konnte man von den frühen Sechzigern bis zu den späten Achtzigerjahren des zwanzigsten Jahrhunderts zwar erhoffen, aber nicht wirklich erwarten.

Die DDR-Führung hat Nikita Chruschtschow gedrängt, seine Einwilligung zum Mauerbau zu geben, weil die wachsenden Flüchtlingszahlen drohten, den ostdeutschen Staat ausbluten zu lassen. Die westliche Welt nahm es hin, weil sie, allen voran John F. Kennedy, glaubte, Chruschtschow dadurch zu beschwichtigen und ihn an den Verhandlungstisch über Fragen wie die der atomaren Abrüstung zu bringen. Fragen, die Kennedy und seinen Gefolgsleuten viel wichtiger erschienen als die Freiheit der Berliner. Chruschtschow aber fühlte sich nach den eher zaghaften Protesten des Westens in der harten Gangart bestätigt, was zu seinem Plan führte, im Jahr 1962 mit atomaren Sprengköpfen bestückte Mittelstreckenraketen auf Kuba zu stationieren. Die Berlin-Krise und die Kuba-Krise kann man nicht losgelöst voneinander betrachten. Kennedy sah seinen Irrtum ein und gewann verlorenes Vertrauen bei seinem Berlin-Besuch am 26. Juni 1963 zurück, als er vor den jubelnden Menschen sagte: «Ich bin ein Bearleener» (phonetische Schreibweise nach Kennedys handschriftlicher Notiz).

Ulbrichts scharfe Gangart in Sachen Mauerbau verärgerte Chruschtschow, der sich das Heft des Handelns nicht aus der Hand nehmen lassen wollte. So kam es nie zu dem mehrmals von Chruschtschow angekündigten separaten Friedensvertrag mit der DDR.

Adenauers Zurückhaltung in den Tagen nach dem Mauerbau – er absolvierte planmäßig seine Wahlkampfauftritte und besuchte Berlin erst neun Tage nach dem Baubeginn – kostete ihn in der Bevölkerung Sympathien und bei der Bundestagswahl Stimmen. Daraus folgten der Verlust der absoluten Mehrheit und die Koalition mit der FDP, auf deren Betreiben wiederum Adenauer vor Ende der Legislaturperiode als Bundeskanzler zurücktreten musste. Der Rücktritt erfolgte am 15. Oktober 1963, und Ludwig Erhard wurde neuer Kanzler. Die Berliner Mauer hatte Adenauers lange Kanzlerschaft nach vierzehn Jahren beendet.

In diesem Roman geht es um die Tage des Mauerbaus und damit nur um einen kleinen Ausschnitt aus der Geschichte jenes monströsen, menschenverachtenden Bauwerks. Es gibt noch viele andere Geschichten über die Mauer zu erzählen, über die Menschen, deren Leben durch sie beeinflusst wurde, und nicht zuletzt über die Menschen, die ihr Leben bei dem Versuch verloren, die Mauer zu überwinden.

Zu den politischen Hintergründen empfehle ich die Bücher *Berlin 1961. Kennedy, Chruschtschow und der gefährlichste Ort der Welt* von Frederick Kempe, *Ulbrichts Mauer. Wie die SED Moskaus Widerstand gegen den Mauerbau brach* von Hope M. Harrison und *Chruschtschows Berlin-Krise 1958 bis 1963. Drohpolitik und Mauerbau* von Gerhard Wettig. In seinem Werk *Krieg um Berlin? Die sowjetische Militär- und Sicherheitspolitik in der zweiten Berlin-Krise 1958 bis 1962* legt Matthias Uhl den Schwerpunkt auf den militärischen Aspekt. Eine kompakte Abhandlung über die Geschichte der Mauer liefert Thomas Flemming mit dem Buch *Die Berliner Mauer. Geschichte eines politischen Bauwerks.* Eine Schilderung der Lebensverhältnisse im geteilten Berlin vor dem Mauerbau und der einzelnen Schritte, die schließlich zum Bau der Mauer führten, findet man in dem Werk *Ende einer Utopie. Der Mauerbau in Berlin 1961* von Jens Schöne. Einen umfassenden Blick auf die Geschichte der Mauer und auf die Chronologie der Ereignisse inklusive vieler Dokumente in Wort, Bild und Ton liefert im Netz die Seite www.chronik-der-mauer.de.

Die plötzlich in Ost-Berlin eingesperrten Menschen versuchten die Flucht nach Westen auf den unterschiedlichsten Wegen, tatsächlich auch durch die Abwasserkanäle, die beide Teile Berlins weiterhin miteinander verbanden. Die DDR-Behörden gaben sich Mühe, das durch den Einbau von Sperren in den Kanälen zu unterbinden, die mit der Zeit immer aufwendiger wurden.

Ein Opfer des Mauerbaus wurde auch der Filmregisseur Billy Wilder. Nicht nur, weil er die Dreharbeiten am Brandenburger Tor abbrechen musste, sondern auch, weil seine rasante Satire *Eins, zwei, drei* über das geteilte Berlin für die Kinogänger damals einen schlechten Beigeschmack bekam. Wie konnte man sich über etwas lustig machen, das Menschen in tiefes Leid stürzte? Das Publikum und viele Kritiker reagierten negativ auf den Film, und erst 1985, als er wieder in die Kinos kam, konnte man endlich über ihn lachen.

Wie schnell die in Berlin abgebrochenen Dreharbeiten bei einem in München nachgebauten Brandenburger Tor weitergingen, schildert Liselotte Pulver in ihrem Buch *Was vergeht, ist nicht verloren. Drehbuch meines Lebens.* Über Billy Wilder und seine Filme gibt es zahlreiche Veröffentlichungen. Besonders hilfreich fand ich die Biografie *On Sunset Boulevard. The Life and Times of Billy Wilder* von Ed Sikov, die auch ausführlich auf Wilders Tätigkeit für die U.S. Army 1945 in Deutschland eingeht. Wilders Eindrücke 1945 in Berlin und von ihm gedrehte Filmaufnahmen der Ruinenstadt fanden 1948 Eingang in seinen Film *Eine auswärtige Affäre.*

Sein Spitzname «Billy», vor seiner Emigration noch «Billi» geschrieben, wird in der Literatur auf diverse Helden des Wilden Westens zurückgeführt, mal auf Billy the Kid, dann auf Buffalo Bill oder auf Wild Bill Hickok. Ob die ganze Geschichte mit dem Wildwestspielen und der Namensgebung durch seine Mutter sich so zugetragen hat, erscheint mir fraglich, aber Wilder wird die eine oder andere Version bestimmt erzählt haben. Er schätzte eine gut erfundene Geschichte mehr als eine, die wahr, aber langweilig ist, und im Erfinden war er ein Meister. Ich werde immer bedauern, dass er keinen Philipp-Gerber-Film mit William Holden gedreht hat.

Der Spionagefall Heinz Felfe, ein Verrat von gigantischen Ausmaßen, der ein schlechtes Licht auf die Zustände im Bundesnachrichtendienst warf, entwickelte sich nach Felfes Verhaftung zu einem Ringen um die Deutungshoheit über diese Affäre. Der BND unterbreitete dem inhaftierten Felfe das Angebot, für eine Zahlung von fünfhunderttausend D-Mark seine Erinnerungen in einem für den BND positiven Licht zu verfassen und nach seiner Haftentlassung nicht in den Osten zu gehen, sondern in einem westlichen Land zu leben. Die bemerkenswert hohe

Summe verdeutlicht das große Interesse des BND an der Sache. Einwände der CIA und der Bundesregierung brachten die Operation Schnippchen, wie der BND das Unternehmen nannte, zu Fall, und Felfe, der dem Deal begeistert entgegengefiebert hatte, musste 1969 bei einem Agentenaustausch geradezu enttäuscht zu seinen Freunden in den Osten gehen. Felfe veröffentlichte mehr als fünfzehn Jahre später seine Erinnerungen, schöngefärbt im Sinne des KGB, und nannte sie *Im Dienst des Gegners*. Das definitive Buch über Felfe ist *Spion ohne Grenzen. Heinz Felfe – Agent in sieben Geheimdiensten* von Bodo V. Hechelhammer.

Felfes jederzeitige Bereitschaft, sich auf die eine oder die andere Seite zu schlagen, verdeutlicht, dass er eins nicht war: ein Überzeugungstäter. Ihm ging es bei seinem Verrat nur ums Geld, und er war, wie Armin Fuhrer in seinem Beitrag *Heinz Felfe. Agent im Dienste vieler Herren* schreibt (www.focus.de, 21.05.2014), «nicht nur Doppelagent, sondern auch Doppelverdiener».

Die Operation Campus, also die Unterwanderung des BND durch das CIC, hat Mary Ellen Reese in ihrem Buch *Organisation Gehlen. Der Kalte Krieg und der Aufbau des deutschen Geheimdienstes* dokumentiert.

Inspiriert zur Scharfschützin Galina Markowa hat mich die sowjetische Scharfschützin Ljudmila Pawlitschenko, die im Zweiten Weltkrieg tatsächlich auf eine Propagandatour durch die USA geschickt wurde und freundschaftliche Bande zu Eleanor Roosevelt knüpfte. Ihre Autobiografie erschien unter dem Titel *Lady Death. Stalins Scharfschützin*, und ein Film mit ihr als Protagonistin (*Red Sniper – Die Todesschützin*) entstand – im Jahr 2015 war das noch möglich – als ukrainisch-russische Koproduktion. Wenn ich auch viele Vorkommnisse in meinem Roman an das Leben von Ljudmila Pawlitschenko anlehne, möchte ich betonen, dass meine Galina Markowa eine ganz eigene Figur ist.

ZEITTAFEL

1949

Viermächteabkommen: Am 4. Mai geben die drei Westmächte Frankreich, Großbritannien und die USA sowie die Sowjetunion bekannt, dass alle Beschränkungen der sogenannten Berlin-Blockade ab dem 12. Mai aufgehoben sind.

1951

Am 15. November tritt Heinz Felfe seinen Dienst bei der Organisation Gehlen an.

1958

Chruschtschow-Ultimatum: Am 27. November kündigt die sowjetische Regierung in einem Schreiben an die drei Westmächte, die Bundesrepublik Deutschland und die DDR das Viermächteabkommen über Berlin auf und setzt eine sechsmonatige Frist, West-Berlin den Status einer entmilitarisierten Freien Stadt zu geben. Das US-Außenministerium weist das Ultimatum zurück.

1961

15. Juni: «Niemand hat die Absicht, eine Mauer zu errichten», sagt der DDR-Staatsratsvorsitzende Walter Ulbricht auf einer Pressekonferenz.

3. bis 5. August: Gipfelkonferenz der Warschauer-Pakt-Staaten in Moskau mit der Erklärung der Sowjetunion, noch 1961 einen Friedensvertrag mit beiden deutschen Staaten oder nur mit der DDR abzuschließen.

5. bis 7. August: In Paris treffen sich die Außenminister der drei Westmächte und der Bundesrepublik Deutschland zu einer Konferenz über die Berlin-Frage.

13. August: Die DDR beginnt mit dem Bau der Berliner Mauer.

19. August: US-Vizepräsident Lyndon B. Johnson und US-General Lucius D. Clay treffen in West-Berlin ein.
22. August: Bundeskanzler Konrad Adenauer besucht West-Berlin und nennt die Mauer eine «Zone des Schweigens oder des Todes».
Am 17. September findet die Wahl zum 4. Deutschen Bundestag statt. CDU und CSU verlieren die absolute Mehrheit, können sich aber durch eine Koalition mit der FDP an der Regierung halten.
Am 1. Oktober nimmt die Defense Intelligence Agency (DIA) als neuer militärischer Nachrichtendienst der USA ihre Arbeit auf. Das Counter Intelligence Corps (CIC) geht in der neuen Organisation auf.
Am 6. November wird Heinz Felfe in Pullach verhaftet.
Am 7. November wird Konrad Adenauer vom Bundestag zum vierten Mal zum Bundeskanzler gewählt.
Am 15. Dezember erlebt Billy Wilders Filmkomödie über das geteilte Berlin *Eins, zwei, drei* in den USA ihre Uraufführung.

1963

Am 26. Juni besucht US-Präsident John F. Kennedy zum Gedenken der Luftbrücke vor fünfzehn Jahren West-Berlin.
Am 22. Juli wird Heinz Felfe wegen Geheimnis- und Landesverrats zu vierzehn Jahren Zuchthaus verurteilt.
Am 15. Oktober tritt Konrad Adenauer vom Amt des Bundeskanzlers zurück.

1969

Am 14. Februar wird Heinz Felfe, von Bundespräsident Heinrich Lübke zu diesem Zweck begnadigt, bei einem Agentenaustausch dem KGB in der DDR übergeben.

1972

Am 1. September wird Heinz Felfe zum außerordentlichen Professor für Kriminalistik an der Ost-Berliner Humboldt-Universität berufen.

1989

Am 9. November wird die Berliner Mauer geöffnet.

2008

Am 8. Mai stirbt Heinz Felfe an Herzversagen in seinem Haus in Berlin-Weißensee.

DANKSAGUNG

Als ich vor ein paar Jahren das Konzept für eine Reihe von Thrillern entwarf, in denen die Geschichte der jungen Bundesrepublik Deutschland erzählt werden sollte, habe ich auch vier konkrete Geschichten in Kurzform entwickelt. *Mauern und Lügen* halten Sie als viertes Buch der Philipp-Gerber-Reihe gerade in den Händen. Was zeigt: Manchmal gehen Pläne auf.

Tatsächlich entwickelte sich der Roman beim Schreiben in einer Art, die viele Ereignisse aus den vorherigen Romanen wieder aufgreift und teilweise auch zu einem Abschluss führt. Erleben wir im ersten Roman *Die Akte Adenauer*, wie Philipp Gerber vom CIC-Agenten zum Hauptkommissar der Sicherungsgruppe wird, so stehen am Ende des vorliegenden Romans die Abwicklung des CIC und Gerbers Beförderung zum Kriminalrat und Leiter der Ermittlungsgruppe.

Was keineswegs das Ende seiner Abenteuer bedeuten soll. Ich bin sicher, auch im höheren Rang ist Gerber kein Mann, der an seinem Schreibtischstuhl klebt. Im weiteren Verlauf der deutschen Geschichte gibt es noch viel für ihn zu tun. Ganz zu schweigen von den Fällen, die er in den Jahren vor oder zwischen den bisherigen Romanen zu lösen hatte.

Dieses aufregende Dasein, das zum Glück so viele Leserinnen und Leser erfreut, verdankt Gerber nicht nur dem ebenfalls erfreuten Autor, sondern auch vielen anderen, die unermüdlich hinter den Kulissen tätig sind, damit aus meinen Einfällen ein gelungenes Buch wird.

Mein Agent Markus Michalek bezeichnet sich selbst als Gerber-Fan, und als solcher nimmt er regen Anteil an den Abenteuern von Philipp Gerber und Eva Herden. Ich danke Markus Michalek nicht nur für seine Begeisterung, sondern auch für den kreativen Input.

Bei Rowohlt, meinem geschätzten Verlag, sind so viele hilfreiche Hände daran beteiligt, das Buch lesbar, schön und erfolgreich zu machen, dass ich stellvertretend nur meine Lektorin Nina Grabe nenne, die als Schnittstelle zwischen Autor und Verlag wohl oft mehr zu tun hat, als ihr lieb ist, aber das niemals zeigt. Es gibt mehrere Gründe, warum es mir, bei aller Arbeit, viel Freude bereitet, ein Buch wie *Mauern und Lügen* zu schreiben. Die Zusammenarbeit mit Nina Grabe ist einer davon.

Liebe Freunde mit hilfreichen Ideen haben auch dieses Mal mein Dasein während des Schreibens begleitet und bereichert, namentlich Thomas Haufschild und Werner Möhring.

Die beste Freundin ist meine Frau Corinna, die mich mit Rat und Tat unterstützt, für mich da ist, wenn ich sie brauche, und sich wissend zurückzieht, wenn sie merkt, dass ich mich in die Welt meines Romans versenken muss. Danke dafür und für alles andere!

Ralf Langroth

Weitere Titel

Die Philipp-Gerber-Romane

Die Akte Adenauer

Ein Präsident verschwindet

Das Mädchen und der General